APOCALYPSE SUR COMMANDE

Ken Follett est né à Cardiff, Pays de Galles, en 1949.
Licence de philosophie (University College, Londres) ; puis reporter, d'abord au *South Wales Echo* puis au *London Evening News*.
Tout en travaillant à l'*Evening News*, il écrit son premier roman, un roman à suspense qu'il publie sous un pseudonyme.
Ken Follett travaille ensuite dans une maison d'édition et publie une dizaine de romans, pour la plupart sous un pseudonyme, avant *L'Arme à l'œil* (1978) qui fait de lui le plus jeune auteur millionnaire du monde. Ce roman lui valut également l'Edgar des Auteurs du Roman policier d'Amérique, et fut adapté pour le cinéma avec Donald Sutherland et Kate Nelligan dans les rôles principaux.
Par la suite, Ken Follett publia plusieurs autres romans qui arrivèrent en tête de la liste des best-sellers : *Triangle, Le Code Rebecca, L'Homme de Saint-Pétersbourg, Comme un vol d'aigles, Les Lions du Panshir, La Nuit de tous les dangers* et *Les Piliers de la terre*, une œuvre monumentale, dont l'intrigue, aux rebonds incessants, s'appuie sur un extraordinaire travail d'historien.
Il poursuit dans la lignée des romans historiques avec *La Marque de Windfield* et *Le Pays de la liberté*, avant de revenir au thriller contemporain avec *Le Troisième Jumeau*. Amateur de rock et de blues, il vit aujourd'hui à Londres avec sa deuxième femme et les enfants de leurs mariages respectifs.

Paru dans Le Livre de Poche :

L'ARME À L'ŒIL

TRIANGLE

LE CODE REBECCA

LES LIONS DU PANSHIR

LES PILIERS DE LA TERRE

LA NUIT DE TOUS LES DANGERS

L'HOMME DE SAINT-PÉTERSBOURG

LA MARQUE DE WINDFIELD

COMME UN VOL D'AIGLES

LE PAYS DE LA LIBERTÉ

LE TROISIÈME JUMEAU

KEN FOLLETT

Apocalypse sur commande

ROMAN TRADUIT DE L'ANGLAIS PAR JEAN ROSENTHAL

LAFFONT

Titre original :

THE HAMMER OF EDEN

PREMIÈRE PARTIE

Quatre semaines

Quand il sombre dans le sommeil, c'est toujours ce paysage qu'il imagine.

Une forêt de pins aussi drue que la fourrure sur le dos d'un ours couvre les collines. Le ciel est si bleu dans l'air pur des montagnes qu'il en fait mal aux yeux. À des kilomètres de la route existe une vallée secrète. Dans les replis de ses pentes abruptes coule une rivière aux eaux glacées. Là, caché aux yeux des étrangers, un versant ensoleillé a été défriché ; des vignes y poussent en rangs bien alignés.

Lorsqu'il se remémore la beauté de cet endroit, il a l'impression que son cœur va se briser.

Des hommes, des femmes et des enfants évoluent à pas lents dans le vignoble. Ils soignent les plants. Ce sont ses amis, ceux qu'il aime, sa famille. Une des femmes rit. Elle est grande avec de longs cheveux bruns. Il éprouve pour elle une tendresse particulière. Soudain elle renverse la tête en arrière et ouvre grande la bouche. Sa voix haute et claire flotte dans la vallée comme le chant d'un oiseau. Certains des hommes murmurent un mantra tout en travaillant. Ils prient les dieux de la vallée et des vignes de leur accorder une bonne vendange. À leurs pieds, quelques grosses souches leur rappellent l'épuisant labeur qui a donné naissance à ce lieu, vingt-cinq ans auparavant. Le sol est pierreux, mais c'est bien, car les cailloux retiennent la chaleur du soleil, réchauffent les racines des vignes et les protègent des rigueurs du gel.

Par-delà le vignoble, s'élève un groupe de constructions en bois, simples, solides, à l'épreuve des intempéries. De la fumée monte d'une cuisine. Dans une clairière, une femme apprend à un jeune garçon à fabriquer des tonneaux.

C'est un lieu saint.

Protégé par le secret et les prières, il est resté pur. Ceux qui y vivent sont libres, tandis qu'au-delà de la vallée le monde a sombré dans la corruption, l'hypocrisie, la déchéance et la cupidité.

Brusquement, la vision change.

Il est arrivé quelque chose au torrent glacé qui serpentait au fond de la vallée. Son murmure s'est tu, son cours impétueux s'est figé. À sa place s'étale une mare sombre, calme et silencieuse. Ses bords semblent stables, mais s'il détourne les yeux quelques instants, la mare s'élargit, le forçant à battre en retraite sur le versant.

Pourquoi les autres ne remarquent-ils pas la montée des eaux ? Elles viennent lécher la première rangée de ceps, mais ils continuent à travailler. Les bâtiments sont cernés et inondés. Le feu s'éteint dans la cuisine, des tonneaux vides flottent sur l'étang qui forme désormais un petit lac. Pourquoi ne s'enfuient-ils pas ? La panique lui serre la gorge.

Des nuages couleur de fer assombrissent le ciel, un vent froid fouette les vêtements de ses amis, mais ils continuent à évoluer parmi les vignes. Ils se penchent, se relèvent, échangent des sourires, discutent calmement. Il est le seul à voir le danger. Vite, prendre dans ses bras un, deux, trois des enfants pour les sauver de la noyade ! Il essaie de courir jusqu'à sa fille, mais ses pieds sont pris dans la boue. Il ne peut plus avancer ! L'épouvante l'envahit.

Dans le vignoble, l'eau monte jusqu'aux genoux des travailleurs, jusqu'à leur taille, jusqu'à leur cou.

Il essaie de crier pour prévenir ceux qu'il aime, leur dire de bouger maintenant, vite, dans les secondes à venir ! Mais il a beau ouvrir la bouche et faire des efforts désespérés, aucun son ne sort.

La terreur le submerge. L'eau vient clapoter dans sa bouche ouverte. À ce moment-là, il se réveille.

1

Priest rabattit sur son visage son chapeau de cowboy et inspecta le désert poussiéreux du Texas du Sud.

Dans toutes les directions, aussi loin que portait le regard, s'étendait le vert terne des yuccas épineux et des buissons de sauge. Devant lui, une piste creusée de sillons et d'ornières se détachait au milieu de la végétation ; un *sendero*, comme l'appelaient les conducteurs hispaniques de bulldozers qui en avaient dessiné les lignes implacablement droites. Sur l'un de ses bords des fanions en plastique rose vif flottaient au sommet de piquets métalliques plantés tous les cinquante mètres avec une précision mathématique. Un camion avançait lentement le long du sendero.

C'était ce camion que Priest devait voler.

Il avait dérobé son premier véhicule à l'âge de onze ans. Une Lincoln Continental 1961 rutilante, d'un blanc immaculé, garée, les clés sur le tableau de bord, sur South Broadway, à Los Angeles. Priest, qui, en ce temps-là, s'appelait Ricky, arrivait à peine au niveau du volant. Malgré sa peur — il avait failli en pisser dans son pantalon —, il avait conduit la voiture sur une dizaine de pâtés de maisons avant de remettre fièrement les clés à Jimmy Riley, dit « Tête de Lard ». Celui-ci lui avait royalement refilé cinq

dollars puis avait emmené sa petite amie en balade. La voiture avait fini dans le décor de la Pacific Coast Wighway. Ricky, lui, était devenu membre de la bande de Tête de Lard.

Le camion convoité n'était pas un véhicule comme les autres. Priest l'observa. Le puissant mécanisme installé derrière la cabine du conducteur abaissa lentement jusqu'au sol une massive plaque d'acier d'environ deux mètres carrés. Il y eut un silence, suivi d'un grondement sourd. Un nuage de poussière s'éleva tandis que la plaque commençait à marteler la terre de façon rythmée. Priest sentit le sol trembler sous ses pieds.

Il s'agissait d'un vibrateur sismique qui envoyait des ondes de choc à travers la croûte terrestre. Priest n'avait jamais beaucoup étudié, sauf le vol de voitures, mais il était malin comme un singe et il comprenait très bien comment fonctionnait le vibrateur : les ondes de choc étaient renvoyées par les accidents de terrain — roches ou fluides — et revenaient à la surface, où elles étaient recueillies par des appareils d'écoute appelés géophones.

Priest travaillait dans l'équipe du vibrateur. Ils avaient planté plus d'un millier de géophones, à intervalles mesurés avec précision, dans un carré de quinze cents mètres de côté. Chaque fois que le vibrateur s'ébranlait, les échos recueillis par les géophones étaient enregistrés par un surveillant travaillant dans une caravane appelée la niche. Toutes ces données étaient ensuite transmises à un superordinateur de Houston afin d'établir une carte en trois dimensions du sous-sol. On vendrait ensuite la carte à une compagnie pétrolière.

Les vibrations s'intensifièrent, dans un bruit comparable à celui des puissantes machines d'un paquebot prenant de la vitesse. Puis le son cessa brutalement. Priest courut le long du sendero jusqu'au camion, plissant les yeux pour se protéger des tourbillons de poussière. Il ouvrit la portière de la

cabine et se glissa sur la banquette près du conducteur, un petit brun trapu d'une trentaine d'années.

— Salut Mario, dit-il.

— Salut, Ricky.

Richard Granger était le nom qui figurait sur le permis de conduire de Priest. Le permis était faux, mais le nom était bien le sien.

Priest lança contre le tableau de bord la cartouche de Marlboro qu'il tenait sous le bras.

— Tiens, je t'ai apporté quelque chose.

— Hé, mon vieux, fallait pas !

— Je te pique toujours tes clopes.

Prenant un paquet ouvert devant le conducteur, il en tira une et la colla entre ses lèvres.

— Pourquoi tu ne t'achètes pas tes cigarettes toi-même ? demanda Mario en souriant.

— Pas question : je n'ai pas les moyens de fumer.

Mario éclata de rire.

— Tu es dingue, mon vieux !

Priest alluma sa cigarette. Il avait toujours eu le don de se rendre sympathique. Dans les rues où il avait grandi, les gars vous tombaient dessus si votre tête ne leur revenait pas. Comme il était plutôt maigrichon, il avait aiguisé la seule arme à sa portée : le sentiment instinctif de ce que les autres attendaient de lui. Déférence, affection, humour, qu'importe, il avait pris l'habitude de le leur donner sans perdre de temps. Sur les champs pétrolifères, ce qui rassemblait les hommes, c'était l'humour, moqueur, parfois drôle, souvent obscène.

En deux semaines, Priest s'était acquis la confiance de ses compagnons de travail. Mais il n'avait pas encore trouvé comment voler le vibrateur sismique. Et il ne lui restait que quelques heures ! Le lendemain, le camion devait partir pour un nouveau site, à plusieurs centaines de kilomètres de là, du côté de Clovis, au Nouveau-Mexique.

Il avait vaguement envisagé de se faire prendre en stop par Mario. Le voyage durerait deux ou trois jours, le camion, une masse de près de vingt tonnes, roulait à à peine plus de soixante-quinze kilomètres à l'heure. Il enivrerait Mario, on trouverait un truc, puis il filerait avec l'engin. Il avait espéré qu'un meilleur plan lui viendrait à l'esprit, mais l'inspiration lui faisait défaut.

— Ma bagnole est en train de me lâcher. Tu veux bien m'emmener jusqu'à San Antonio, demain ?

— Tu ne viens pas à Clovis ? demanda Mario, surpris.

— Pas question, dit-il en désignant d'un geste large le morne paysage du désert. Regarde un peu : c'est si beau, le Texas, mon vieux ! Je ne veux pas le quitter.

Mario haussa les épaules. Dans ce genre de travail, un type qui ne se fixait jamais n'avait rien d'extraordinaire.

— Bien sûr, je t'emmène si tu veux. (Le règlement de la compagnie interdisait d'accepter des passagers, mais les chauffeurs le faisaient tout le temps.) Rendez-vous à la décharge.

Priest acquiesça. La décharge était une cuvette désolée emplie de camionnettes rouillées, de téléviseurs fracassés et de matelas grouillant de vermine, à la lisière de Liberty, la bourgade la plus proche. Personne n'y verrait Mario le ramasser, sauf peut-être deux ou trois gosses qui tiraient des serpents à la carabine.

— Quelle heure ?

— Vers six heures.

— J'apporterai du café.

Priest voulait ce camion. Sa vie en dépendait. Il avait une folle envie d'empoigner Mario, de le jeter dehors et de filer avec l'engin. Tout bien considéré, ce n'était pas une bonne idée : Mario avait près de vingt ans de moins que lui et ne se laisserait peut-être pas éjecter aussi facilement. En outre, il ne fallait pas qu'on découvre le vol avant quelques jours. Priest avait besoin de conduire le camion jusqu'en

Californie et de le cacher avant qu'on donne l'alerte à tous les flics du pays.

Un bip émana de la radio : le contremaître avait contrôlé les données de la dernière vibration ; tout allait bien. Mario souleva la plaque, embraya et avança de cinquante mètres, s'arrêtant exactement à la hauteur du fanion rose suivant. Là, il abaissa de nouveau la plaque et envoya le signal annonçant qu'il était prêt. Une fois de plus Priest observa attentivement l'ordre dans lequel Mario actionnait les leviers et les boutons. S'il oubliait quelque chose plus tard, il n'y aurait personne pour le renseigner.

Ils attendirent le signal radio de la niche qui déclencherait la vibration suivante. Le conducteur du camion pouvait le faire mais, d'ordinaire, les contremaîtres préféraient conserver le commandement et déclencher le processus à distance. Priest termina sa cigarette et jeta le mégot par la fenêtre. Mario désigna du menton la voiture de Priest, garée à quatre cents mètres de là, sur la route à deux voies.

— C'est ta pépée ?

Priest suivit son geste du regard. Star était descendue de la Honda Civic bleu clair maculée de boue et, adossée au capot, elle s'éventait avec son chapeau de paille.

— Oui.

— Attends que je te montre une photo.

Mario tira de la poche de ses jeans un vieux portefeuille en cuir, en sortit une photographie et la tendit à Priest.

— C'est Isabella, annonça-t-il fièrement.

Une jolie Mexicaine d'une vingtaine d'années, en robe jaune avec un bandeau dans les cheveux, tenait un bébé sur sa hanche. Un jeune garçon aux cheveux bruns était planté timidement à côté d'elle.

— Ce sont tes gosses ?

— Rose et Betty.

Priest retint son sourire en entendant ces prénoms anglo-saxons.

— Ils sont beaux. (Il pensa à ses enfants et faillit parler d'eux à Mario ; il s'arrêta juste à temps.) Où est-ce qu'ils habitent ?

— El Paso.

Le germe d'une idée jaillit dans l'esprit de Priest.

— Tu as souvent l'occasion de les voir ?

Mario hocha la tête.

— Je n'arrête pas de bosser, mon vieux ! Je mets de l'argent de côté pour leur acheter une belle maison avec une grande cuisine et une piscine dans la cour. Ils le méritent bien.

Priest maîtrisa son excitation et, gardant un ton détaché, poursuivit :

— Une belle maison pour une belle famille, pas vrai ?

— C'est ce que je me dis.

Un nouveau bip de la radio. Le camion se mit à trembler. On entendit comme un roulement de tonnerre, mais plus régulier. Commençant par une note très basse, il évolua lentement vers l'aigu, pour cesser au bout de quatorze secondes exactement. Dans le silence qui suivit, Priest claqua des doigts.

— Dis donc, j'ai une idée… Enfin, peut-être pas.

— Quoi donc ?

— Je ne sais pas si ça marcherait.

— Qu'est-ce que c'est, mon vieux, qu'est-ce que c'est ?

— Je pensais, tu sais, ta femme est si jolie, tes gosses sont si mignons ; c'est dommage que tu ne les voies pas plus souvent.

— C'est ça, ton idée ?

— Non. Mon idée c'est que je pourrais conduire le camion au Nouveau-Mexique pendant que tu leur rends visite. (*Surtout ne pas avoir l'air trop enthousiaste.*) Non, quand j'y pense, ça ne peut pas marcher, ajouta-t-il d'un ton détaché.

— Tu as raison, mon vieux, ça n'est pas possible.

— Non, sans doute. Remarque, si on partait de bonne heure demain et qu'on roulait jusqu'à San

Antonio, je pourrais te déposer à l'aéroport et tu pourrais être à El Paso pour midi. Tu jouerais avec les gosses, tu dînerais avec ta femme, tu passerais la nuit, tu prendrais un avion le lendemain et je pourrais te reprendre à l'aéroport de Lubbock... Lubbock, c'est loin de Clovis ?

— Cent quarante, cent soixante kilomètres.

— On pourrait être à Clovis le soir même ou le lendemain matin au plus tard, et personne ne saurait que ce n'est pas toi qui conduisais.

— Mais tu veux aller à San Antonio !

Merde.

— Bah ! Je ne connais pas Lubbock, alors que c'est le patelin où est né Buddy Holly.

— Qui c'est ?

— « I love you, Peggy Sue. » Quand il est mort tu n'étais pas encore né, Mario. Je le trouvais meilleur qu'Elvis. Et ne me demande pas qui est Elvis !

— Tu ferais tout ce trajet rien que pour moi ?

Était-ce de l'inquiétude, de la méfiance ou simplement de la gratitude ?

— Sûr... si tu me laisses fumer tes Marlboro.

— Tu es un sacré gars, Ricky, déclara Mario avec étonnement. Mais je ne sais pas...

Ce n'était donc pas de la méfiance. Plutôt de l'appréhension. Il n'arriverait sans doute pas à lui faire prendre une décision tout de suite. Priest dissimula sa déception sous une feinte nonchalance.

— Enfin, réfléchis-y...

— S'il y a un pépin, je ne veux pas perdre ma place.

— Ça se comprend, répondit Priest, réprimant son agacement. Discutons-en plus tard. Tu seras au bar ce soir ?

— Bien sûr.

— Tu n'auras qu'à me répondre à ce moment-là.

— D'accord.

Le bip de la radio donna le feu vert, Mario actionna le levier qui soulevait la plaque du sol.

— Il faut que je retourne à la caravane. On a quelques kilomètres de câble à enrouler avant la nuit. (Priest rendit à Mario la photo de sa famille et ouvrit la portière.) Mon vieux, si j'avais une nana aussi jolie, je ne mettrais pas les pieds hors de chez moi.

Il sourit, sauta à terre et claqua la portière.

Le camion roula vers le piquet suivant, tandis que Priest s'éloignait, ses bottes de cow-boy soulevant de petits nuages de poussière.

Il suivit le sendero jusqu'à l'endroit où sa voiture était garée. Star l'attendait d'un air impatient et inquiet.

Elle avait connu jadis un bref moment de célébrité. À l'apogée de l'époque hippie, elle habitait le quartier de Haight-Ashburry, à San Francisco. Priest ne la fréquentait pas en ce temps-là — il avait passé la fin des années soixante à gagner son premier million de dollars —, mais il avait entendu parler d'elle. C'était alors une vraie beauté : grande, les cheveux noirs, une silhouette de rêve. Elle avait enregistré un disque où elle récitait de la poésie sur fond de musique psychédélique avec un groupe qui s'appelait Raining Fresh Daisies. L'album avait connu un certain succès et pendant quelque temps Star avait été célèbre.

Mais ce qui avait fait d'elle un mythe, c'était son insatiable appétit sexuel. Elle couchait avec tous ceux dont elle s'entichait : des garçons de douze ans bourrés d'énergie, des sexagénaires qui n'en revenaient pas, des types qui se croyaient homos et des femmes qui ignoraient qu'elles étaient lesbiennes, des amis qu'elle connaissait depuis des années et des étrangers rencontrés dans la rue.

Il y avait longtemps de cela. Aujourd'hui, à quelques semaines de son cinquantième anniversaire, sa chevelure était parsemée de fils gris et si ses formes demeuraient plantureuses, elle n'avait plus une silhouette de rêve. Cependant, elle rayonnait toujours d'une extraordinaire sexualité et quand elle entrait dans un bar, les hommes se retournaient. Même maintenant qu'elle était inquiète et mourait de chaud, son déhanchement sexy tandis qu'elle faisait les cent pas autour de la vieille guimbarde, l'invitée sensuelle des mouvements de son corps sous la mince robe de cotonnade donnaient à Priest l'envie de l'empoigner sur-le-champ.

— Comment ça s'est passé ? demanda-t-elle dès qu'il fut à portée de voix.

— Pas si mal, affirma Priest, toujours optimiste.

Star le connaissait trop pour le croire sur parole.

Il lui expliqua la proposition qu'il avait faite à Mario.

— La beauté de la chose, ajouta-t-il, c'est qu'on accusera Mario.

— Comment ça ?

— Réfléchis. Il arrive à Lubbock, il me cherche, je ne suis pas là et son camion non plus. Il comprend que je l'ai roulé. Qu'est-ce qu'il fait ? Il se tape toute la route jusqu'à Clovis pour aller expliquer à la compagnie qu'il a perdu son camion ? Sûrement pas. Dans le meilleur des cas, il se fera virer. Dans le pire, on l'accusera d'avoir volé le camion et on le jettera en taule. Je parie qu'il n'ira pas à Clovis. Il reprendra l'avion, retournera à El Paso, fourrera sa femme et ses gosses dans la voiture et disparaîtra. La police sera alors certaine que c'est lui qui a volé le camion. Et Ricky Granger ne sera pas suspecté.

— Ton plan est formidable, concéda Star, mais va-t-il mordre à l'hameçon ?

— Je crois que oui.

Du plat de la main, elle frappa le toit poussiéreux de la voiture.

— Merde, il nous le faut, ce foutu camion !

Priest était tout aussi inquiet qu'elle, mais il le dissimulait sous des airs sûr de lui.

— On l'aura. Si ça ne marche pas, on trouvera un autre moyen.

Elle reposa son chapeau de paille sur sa tête et, fermant les yeux, s'adossa à la voiture.

— Je voudrais bien en être aussi certaine.

— Je peux vous emmener quelque part, ma petite dame ? murmura-t-il en lui caressant la joue.

— Oui, s'il vous plaît, monsieur, ramenez-moi à ma chambre d'hôtel climatisée.

— Ça ne sera pas gratuit.

— Oh, monsieur ! s'exclama-t-elle en ouvrant de grands yeux faussement innocents. Il faudra que je fasse quelque chose de vilain ?

— Ouais, dit-il en glissant la main dans l'ouverture de son corsage.

— Oh, zut ! susurra-t-elle en remontant sa jupe autour de sa taille.

Elle n'avait pas de dessous. Priest eut un grand sourire et déboutonna ses jeans.

— Que va penser Mario s'il nous voit ?

— Il sera jaloux, répondit Priest en la pénétrant. Ils étaient presque de la même taille et une longue habitude facilitait leurs gestes. Elle l'embrassa.

Quelques instants plus tard, Priest entendit un véhicule approcher. Tous deux levèrent la tête sans s'interrompre. C'était une camionnette avec trois manœuvres assis sur la banquette avant. Les hommes voyaient très bien la scène et, au passage, ils poussèrent des acclamations par la vitre ouverte.

Star leur fit de grands gestes en criant :

— Salut, les gars !

Priest rit si fort qu'il en eut un orgasme.

La crise était entrée dans sa phase ultime et décisive exactement trois semaines plus tôt.

Ils étaient dans la cuisine, attablés à la longue table, devant un ragoût bien relevé de lentilles et de légumes, avec du pain tout droit sorti du four, quand Paul Beale arriva, une enveloppe à la main.

Paul, qui mettait en bouteilles le vin produit par la communauté, était leur lien avec l'extérieur, l'homme qui leur permettait d'entretenir des contacts avec le monde tout en gardant leurs distances. Chauve, barbu, toujours vêtu d'un blouson de cuir, il était l'ami de Priest depuis l'époque où tous deux étaient des voyous de quatorze ans qui dévalisaient les ivrognes dans les quartiers pauvres de LA, au début des années soixante.

Priest devina que Paul avait reçu la lettre le matin même et qu'il avait aussitôt sauté dans sa voiture pour accomplir le trajet depuis Napa. Il se doutait aussi du contenu de la lettre, mais il attendit les explications.

— Ça vient du Bureau de l'aménagement du territoire, annonça Paul. C'est adressé à Stella Higgins.

Il tendit l'enveloppe à Star, assise en bout de table, en face de Priest. Stella Higgins était son véritable nom, sous lequel elle avait pour la première fois loué cette terre au ministère de l'Agriculture à l'automne 1969.

Le silence se fit autour de la table. Même les enfants, sentant l'appréhension et le désarroi, se turent.

Star ouvrit l'enveloppe et en tira un seul feuillet. Elle le lut d'un coup d'œil.

— Le 7 juin, annonça-t-elle.

— Dans cinq semaines et deux jours, précisa machinalement Priest.

Des gémissements de désespoir s'élevèrent. Une femme du nom de Song se mit à pleurer sans bruit. Ringo, dix ans, un des enfants de Priest, demanda :

— Pourquoi, Star, pourquoi ?

Priest surprit le regard de Mélanie, la dernière arrivée, une femme de vingt-huit ans, grande et mince, d'une beauté frappante : teint pâle, long cheveux couleur paprika et corps de mannequin. Dusty, son fils âgé de cinq ans, était assis près d'elle.

— Pourquoi quoi ? murmura Mélanie d'une voix étranglée. Que se passe-t-il ?

Tous les autres savaient que ça devait arriver, mais c'était si déprimant qu'ils n'en avaient pas parlé à Mélanie.

— Je suis désolé, Mélanie, répondit Priest. Il va falloir qu'on quitte la vallée.

Star poursuivit sa lecture à voix haute.

— « La parcelle susnommée présentera des risques pour l'habitation humaine à compter du 7 juin. Votre location est donc résiliée à cette date conformément à l'article 9, section B, paragraphe 2 de votre bail. »

Mélanie se leva. Sa peau blanche s'était empourprée et une brusque colère crispa son joli visage.

— Non ! cria-t-elle. Non ! Ils ne peuvent pas me faire ça ! Je viens tout juste de vous trouver ! Je n'y crois pas, c'est un mensonge. (Elle tourna sa rage contre Paul.) Menteur ! Salaud de menteur !

Son fils éclata en sanglots.

— Hé, ça suffit ! s'écria Paul, indigné. Je ne suis que le facteur, moi !

Tout le monde se mit à hurler en même temps.

En deux enjambées, Priest fut auprès de Mélanie. Il la prit par les épaules et lui parla doucement à l'oreille.

— Tu fais peur à Dusty. Assieds-toi. Tu as raison d'être en colère, nous sommes tous fous de rage.

— Dis-moi que ça n'est pas vrai.

— Si Mélanie, c'est vrai.

Quand ils se furent tous calmés, Priest déclara :

— Allons, tout le monde ! on fait la vaisselle et on se remet au travail.

— À quoi bon ? demanda Dale. (Vigneron, il n'était pas un des fondateurs et s'était réfugié dans la vallée vers les années quatre-vingts, déçu par ce monde mercantile. Après Priest et Star, c'était le membre le plus important du groupe.) Nous ne serons pas ici pour les vendanges, reprit-il, alors, pourquoi travailler ?

Priest braqua sur lui son regard, ce regard hypnotique qui intimidait tout le monde sauf les plus fortes têtes. Il laissa le silence s'établir, puis il énonça avec force :

— Parce que les miracles, ça arrive.

Un arrêté local interdisait la vente de boissons alcooliques dans l'agglomération de Shiloh, mais La Bombe volante, juste à la sortie de la ville, proposait de la bière à la pression pas chère, un spectacle de musique country, des serveuses en blue-jeans moulants et bottes de cow-boy.

Ne voulant pas que Star risque d'être reconnue plus tard, Priest y alla seul. Il regrettait qu'elle ait dû venir au Texas, mais il avait besoin de quelqu'un pour l'aider à ramener chez eux le vibrateur sismique. Ils rouleraient jour et nuit, se relayant au volant et se droguant pour rester éveillés. Il voulait être rentré avant qu'on eût signalé la disparition de l'engin.

Il regrettait son imprudence de l'après-midi. Mario avait vu Star à plus de quatre cents mètres et les trois ouvriers dans la camionnette ne l'avaient qu'aperçue en passant, mais elle avait un physique reconnaissable et ils pourraient sans doute donner d'elle un signalement, même sommaire.

Avant d'arriver à Liberty, Priest s'était laissé pousser la barbe et la moustache et avait noué ses longs cheveux en une tresse serrée qu'il avait fourrée sous son chapeau.

Mais si son plan fonctionnait, personne n'aurait à fournir une description de lui ou de Star.

Quand il arriva à La Bombe volante, Mario était déjà assis à une table avec cinq ou six gars du chantier et le patron du groupe, Lenny Petersen, qui dirigeait toute l'équipe de prospection sismique.

Pour ne pas avoir l'air trop empressé, Priest commanda une Lone Star et resta un moment au bar à siroter sa bière et à discuter avec la serveuse, puis il rejoignit Mario à sa table.

Lenny, un homme au nez rouge et à la calvitie naissante, avait engagé Priest deux week-ends plus tôt. Priest passait la soirée au bar, à boire modérément, à sympathiser avec l'équipe tout en glanant quelques bribes d'argot de l'exploration sismique et en riant bruyamment des plaisanteries de Lenny. Le lendemain matin, il était allé le trouver à son bureau, sur le terrain, pour lui demander du travail.

— Je veux bien te prendre à l'essai, avait consenti Lenny.

Priest n'en demandait pas plus.

Il était travailleur, il pigeait vite, il était d'un commerce facile ; au bout de quelques jours, il était accepté comme membre régulier de l'équipe.

Comme il s'asseyait, Lenny lança avec son accent traînant du Texas :

— Alors, Ricky, tu ne viens pas avec nous à Clovis ?

— C'est exact. J'aime trop le climat d'ici pour m'en aller.

— Eh bien, j'aimerais simplement dire, très sincèrement, que ça a été un honneur et un plaisir de te connaître, même pour si peu de temps.

Les autres ricanèrent. Ce genre de blague était monnaie courante. Ils attendaient la riposte de Priest.

Celui-ci prit un air grave.

— Lenny, tu es si bon et si gentil avec moi que je te le demande encore une fois : veux-tu m'épouser ?

Ils éclatèrent tous de rire. Mario donna une grande claque dans le dos de Priest.

Lenny, apparemment troublé, répliqua :

— Tu sais que je ne peux pas t'épouser, Ricky. Je t'ai déjà expliqué pourquoi. (Il marqua un temps pour souligner son effet. Tous se penchèrent en avant pour ne pas manquer la chute.) Je suis lesbienne.

Ce fut une explosion de rires. Avec un sourire désabusé, Priest reconnut sa défaite et commanda un pichet de bière pour la table.

On se mit à parler base-ball. Priest ne s'intéressait pas aux sports. Il attendit donc avec impatience, lançant de temps en temps un commentaire sans conviction. Ils étaient d'humeur joyeuse : ils avaient terminé à l'heure, tout le monde avait été bien payé et c'était vendredi soir. Priest dégustait sa bière à petites gorgées. Il ne buvait jamais beaucoup, ayant horreur de ne plus être maître de lui. Il regardait Mario vider une chope après l'autre. Quand Tammy, leur serveuse, apporta un autre pichet, Mario glissa un regard nostalgique sur ses seins, sous la chemise à carreaux.

Continue à rêver, Mario, imagine que tu pourrais être au lit avec ta femme demain soir.

Au bout d'une heure, Mario alla aux toilettes. Priest lui emboîta le pas.

J'en ai marre d'attendre. Il est grand temps de prendre une décision.

Il se planta à côté de Mario et dit :

— Je crois que Tammy porte des dessous noirs ce soir.

— Comment tu le sais ?

— J'ai jeté un coup d'œil quand elle s'est penchée sur la table. J'adore les soutiens-gorge en dentelle.

Mario poussa un soupir.

— Ça te plaît, les dessous noirs ? poursuivit Priest.

— Rouges, rétorqua Mario d'un ton catégorique.

— Oui, le rouge c'est pas mal non plus. Il paraît que ça veut dire qu'une femme a vraiment envie de toi quand elle met des dessous rouges.

— C'est vrai ?

Mario, l'haleine chargée de bière, respira à un rythme plus rapide.

— Oui, je l'ai entendu quelque part. Maintenant, il faut que j'y aille. Ma nana m'attend au motel.

Mario eut un grand sourire et essuya la sueur sur son front.

— Je vous ai vus tous les deux cet après-midi, mon vieux.

Priest prit un air faussement navré.

— C'est mon point faible. Je suis incapable de refuser quoi que ce soit à une jolie frimousse.

— Tu y allais carrément, en plein sur cette foutue route !

— Hé ! quand elle ne t'a pas vu depuis un moment, ta femme est un peu excitée, si tu vois ce que je veux dire.

Allons, Mario, tu saisis l'allusion, non?

— Oui, je sais. Écoute, à propos de demain.

Priest retint son souffle.

— Eh bien, si tu es toujours d'accord...

Oui! Oui!

— Alors, tope là!

Priest résista à la tentation de le serrer dans ses bras.

— Ça te va vraiment? insista Mario d'un ton anxieux.

— Ne t'inquiète pas! Les copains, ça sert à quoi?

Ils sortirent des toilettes, Priest un bras autour des épaules de Mario.

— Merci, mon vieux, déclara Mario, les larmes aux yeux. Tu es un chic type, Ricky.

Ils lavèrent leurs écuelles en grès et leurs cuillères de bois dans une grande bassine d'eau chaude puis les essuyèrent avec un torchon découpé dans une vieille chemise.

— Écoute, proposa Mélanie à Priest, on n'a qu'à recommencer ailleurs! Trouver un terrain, bâtir des cabanes, planter des vignes, faire du vin. Pourquoi pas? Tu t'es bien lancé, la dernière fois.

— C'est vrai, reconnut Priest.

Il posa son écuelle sur une étagère et rangea sa cuillère dans le casier. Un moment, il se sentit jeune, fort comme un cheval, plein d'une énergie sans limites, certain de pouvoir résoudre tous les problèmes que la vie dressait sur son chemin. Il se rappelait les senteurs sans pareil de ces jours-là: le bois fraîchement scié; le jeune corps de Star baigné de sueur tandis qu'elle creusait la terre; la fumée bien reconnaissable de leur propre marijuana qu'ils faisaient pousser dans une clairière au milieu des bois; la douceur enivrante des grappes qu'on écrasait. Puis il revint au présent.

— Ça remonte à des années. On avait loué cette

terre au gouvernement pour trois fois rien, puis ils nous ont oubliés.

— En vingt-neuf ans, renchérit Star, jamais une augmentation de loyer.

— On a défriché la forêt grâce au travail de trente ou quarante jeunes prêts à travailler gratis, douze à quatorze heures par jour, pour un idéal.

— J'en ai encore mal au dos quand j'y pense, ajouta Paul Beale en souriant.

— On a acheté nos plants pour trois fois rien à un brave cultivateur de Napa Valley qui voulait encourager les jeunes à faire quelque chose de constructif au lieu de rester assis sur leur cul à se camer toute la journée.

— Le vieux Raymond Dellavalle. Il est mort, que Dieu ait son âme.

— En attendant notre première vendange vendable, on a eu à peine de quoi vivre pendant cinq ans. On crevait à moitié de faim, on dormait par terre, on avait des trous dans nos chaussures… et le pire, c'est qu'on était vraiment heureux !

Star ramassa un bébé qui traînait à quatre pattes sur le sol, lui essuya le nez et dit :

— Et on n'avait pas à se faire du souci pour des gosses.

— Dans des conditions pareilles, pas de problème pour tout recommencer, lança Priest.

— Il doit bien y avoir un moyen ! insista Mélanie.

— Oh, il y en a bien un, confirma Priest. Paul a tout calculé.

— Oui, expliqua Paul en hochant la tête. On pourrait créer une société, emprunter deux cent cinquante mille dollars à une banque, engager du personnel et commencer à surveiller les marges bénéficiaires, comme n'importe quelle bande de sales capitalistes.

— Autant abandonner, conclut Priest.

Il faisait encore nuit quand Priest et Star se réveillèrent le samedi matin à Liberty. Priest alla chercher du café au bistrot à côté de leur motel. Lorsqu'il revint, Star étudiait un atlas routier à la lueur de la lampe de chevet.

— Tu déposes Mario à l'aéroport international de San Antonio vers neuf heures et demie, dix heures ce matin. Ensuite, tu quittes la ville par la nationale 10.

Les cartes déconcentraient Priest, qui ne regarda pas l'atlas. Au besoin, il suivrait les panneaux indiquant la N10.

— Où va-t-on se retrouver ?

— Je devrais avoir environ une heure d'avance sur toi... Disons sur la N10, à une vingtaine de kilomètres de l'aéroport. Il y a un village qui s'appelle Leon Springs. Je me garerai à un endroit où tu seras sûr de voir la voiture.

— Ça m'a l'air parfait.

Ils étaient tendus et excités. Voler le camion de Mario n'était que la première étape du plan, mais elle était cruciale. Tout le reste en dépendait.

Star s'inquiéta des détails pratiques.

— Que va-t-on faire de la Honda ?

Trois semaines plus tôt, Priest avait acheté la voiture mille dollars en espèces.

— Elle va être difficile à vendre. Si on passe devant un dépôt de voitures d'occasion, on pourra peut-être en tirer cinq cents dollars. Sinon, on trouvera bien un bois à côté de la nationale et on l'abandonnera là.

— Est-ce qu'on en a les moyens ?

— L'argent vous appauvrit.

Priest citait un des cinq paradoxes de Baghram, le gourou dont les préceptes réglaient leurs vies.

Priest savait au *cent* près combien d'argent ils possédaient, mais il maintenait tous les autres dans l'ignorance. La plupart d'entre eux ignoraient même l'existence du compte en banque de la communauté. Et personne ne connaissait le fonds de secours de Priest, dix mille dollars en billets de vingt collés à l'intérieur d'une vieille guitare pendue à un clou au mur de sa cabane.

— Ça fait vingt-cinq ans que je me fiche du fric, c'est pas aujourd'hui que je vais commencer à m'en préoccuper, déclara Star, haussant les épaules et ôtant ses lunettes.

— Tu étais mignonne avec tes lunettes, murmura Priest en lui souriant.

Elle lui lança un regard en coulisse et demanda brusquement :

— Tu as hâte de revoir Mélanie ?

Priest et Mélanie étaient amants. Il prit la main de Star avant de répondre :

— Bien sûr.

— J'aime bien te voir avec elle. Elle te rend heureux.

Un souvenir de Mélanie jaillit soudain dans l'esprit de Priest. Elle était allongée à plat ventre en travers de son lit, endormie. Le soleil matinal entrait de biais dans la cabane. Assis à boire son café, il l'observait, admirant le grain de sa peau blanche, la courbe de son derrière, la façon dont ses longs cheveux roux s'étalaient sur ses épaules. Dans un instant, elle allait sentir le café, rouler sur le dos et ouvrir les yeux. Alors ils feraient l'amour. Pour l'instant, il se réjouissait à cette idée, imaginant leurs caresses et savourant ce délicieux moment comme un verre de bon vin.

La vision s'estompa ; il retrouva les quarante-neuf ans du visage de Star dans un minable motel du Texas.

— Ça ne te fait pas de peine que Mélanie soit là, hein ? demanda-t-il.

Elle cita un autre des paradoxes :

— Le mariage est la pire des infidélités.

Il acquiesça. Jamais ils n'avaient exigé l'un de l'autre la fidélité. Au début, c'était Star qui méprisait l'idée de se consacrer à un seul amant. Passé trente ans, comme elle s'était calmée, Priest avait mis sa tolérance à l'épreuve en faisant défiler dans son lit toute une cohorte de filles. Depuis quelques années, même s'ils croyaient toujours au principe de l'amour libre, ni l'un ni l'autre n'en avaient profité.

L'arrivée de Mélanie avait donc été un choc pour Star. Aucun drame n'en avait pourtant résulté ; ils se connaissaient si bien, tous les deux... Et puis Priest appréciait de se rendre imprévisible. Il aimait Star, mais l'angoisse mal dissimulée qu'il lisait désormais dans ses yeux lui procurait un plaisant sentiment de toute-puissance.

Elle faisait tourner entre ses doigts son gobelet de café.

— Je me demande ce que Fleur pense de tout ça.

Fleur était leur fille de treize ans, l'aînée des enfants de la communauté.

— Elle n'a pas grandi dans une cellule familiale. Nous n'avons pas fait d'elle une esclave des conventions bourgeoises. C'est à ça que sert une communauté.

— Oui, reconnut Star. Mais je ne veux pas qu'elle te perde, c'est tout.

— Ça n'arrivera pas.

— Merci, murmura-t-elle en lui pressant les doigts.

Priest se leva.

— Il faut qu'on y aille.

Leurs maigres possessions tenaient dans trois sacs à provisions en plastique. Priest les porta jusqu'à la Honda, Star sur ses talons.

Ils avaient réglé leur note le soir précédent. La réception était déserte. Personne ne vit Star prendre le volant et la voiture s'éloigner dans la grisaille de l'aube.

Shiloh était une agglomération composée de deux rues ponctuées d'un feu rouge. À cette heure-là, un samedi matin, il n'y avait pas beaucoup de voitures. Star grilla le feu et se dirigea vers la sortie du bourg. Ils arrivèrent à la décharge quelques minutes avant six heures.

Il n'y avait pas de panneau sur le côté de la route, pas de clôture ni de grille : rien qu'un sentier où les pneus des camionnettes avaient écrasé les pousses de sauge. Star suivit le chemin ; la décharge était dans un creux invisible de la route. Elle s'arrêta près d'un tas d'ordures qui se consumait lentement. Pas trace de Mario ni du vibrateur sismique.

La nervosité de Star transparaissait dans tous ses gestes.

Il faut que je la rassure, songea Priest, anxieux.

Elle ne pouvait pas se permettre d'avoir l'esprit ailleurs, surtout pas aujourd'hui. Si quelque chose tournait mal, elle aurait besoin d'être sur ses gardes, concentrée.

— Fleur ne va pas me perdre, lança-t-il.

— Tant mieux, répondit-elle prudemment.

— On va rester ensemble tous les trois. Tu sais pourquoi ?

— Dis-moi.

— Parce qu'on s'aime.

Le soulagement dissipa la tension sur le visage de Star.

Elle refoula ses larmes.

— Merci.

Il lui avait donné ce dont elle avait besoin. Maintenant, ça irait. Il l'embrassa.

— Mario va être ici d'une seconde à l'autre. Il faut que tu partes maintenant. Que tu prennes quelques kilomètres d'avance.

— Tu ne veux pas que j'attende qu'il arrive ?

— Il ne faut pas qu'il te voie de près. On ne sait pas ce que l'avenir nous réserve et je ne tiens pas à ce qu'il soit en mesure de t'identifier.

— D'accord.

Priest descendit de voiture.

— Hé, n'oublie pas le café de Mario ! cria-t-elle en lui tendant le sac en papier.

— Merci.

Elle effectua un large demi-tour et s'éloigna rapidement, ses pneus soulevant un nuage de poussière dans ce Texas désertique.

Priest regarda autour de lui, ahuri par la quantité de déchets que pouvait rejeter une si petite bourgade.

Des bicyclettes tordues, des voitures d'enfant qui semblaient neuves, des canapés tachés, de vieux réfrigérateurs, une bonne dizaine de chariots de supermarché... Partout s'amoncelaient des emballages de chaînes stéréo, des fragments de polystyrène comme des structures abstraites, des sacs en papier et en plastique, du papier alu et une collection de récipients qui avaient contenu des substances que Priest n'avait jamais utilisées : colorants pour les cheveux, laits hydratants, crème après-shampooing, adoucisseurs, cartouches d'encre pour fax. Il aperçut un château de conte de fées en plastique rose, probablement un jouet d'enfant, et il s'émerveilla de l'extravagant gâchis d'une construction aussi soignée.

À Silver River Valley, il n'y avait jamais beaucoup de détritus. On n'utilisait pas de poussette ni de réfrigérateur et on achetait rarement des produits emballés. Les enfants se servaient de leur imagination pour fabriquer un château de conte de fées à partir d'un arbre, d'un tonneau ou d'un tas de bois.

Un soleil rouge et noyé dans la brume émergea au-dessus de la crête, projetant l'ombre allongée de Priest sur un sommier rouillé. Il se remémora le lever du soleil sur les pistes enneigées de la Sierra Nevada et éprouva un pincement de nostalgie en songeant à l'air pur et frais des montagnes.

Bientôt, bientôt.

Quelque chose étincelait à ses pieds : un objet métallique brillant à demi enfoui dans la terre. Une grosse clé anglaise en acier inoxydable. Elle avait l'air neuve.

Mario en aura peut-être l'emploi.

Elle semblait être à peu près de la bonne taille pour le gros mécanisme du vibrateur sismique.

Mais, évidemment, le camion doit être équipé de clés adaptées au moindre boulon.

Priest laissa tomber l'outil inutile. C'était vraiment la société du gaspillage.

Il entendit un véhicule, mais le bruit du moteur ne ressemblait pas à celui d'un gros camion. Il leva les yeux. Quelques instants plus tard, une camionnette marron apparut sur la crête, cahotant sur le sentier défoncé. Le Dodge tout terrain au pare-brise craquelé de Mario. Priest eut un moment de malaise. Qu'est-ce que ça signifiait ? Mario était censé arriver au volant du vibrateur sismique. C'était un de ses copains qui devait conduire sa voiture, à moins qu'il n'eût décidé de la vendre ici pour en acheter une autre à Clovis.

Il est arrivé quelque chose.

— Merde ! Merde !

Comme Mario s'arrêtait et descendait de voiture, Priest réprima ses sentiments de colère et de déception.

— Je t'ai apporté du café, dit-il en tendant à Mario le sac en papier. Que se passe-t-il ?

Sans ouvrir le sac, Mario secoua la tête d'un air navré.

— Je ne peux pas le faire, mon vieux.

Merde !

— Je te remercie vraiment de ton offre, mais je dois la refuser.

Putain, qu'est-ce qui lui arrive ?

Priest serra les dents et s'efforça de prendre un ton détaché.

— Qu'est-ce qui t'a fait changer d'avis, vieux ?

— Après ton départ du bar, hier soir, Lenny m'a fait un long discours pour m'expliquer combien coûtait le camion, et que je ne devais emmener personne faire un tour, ni prendre d'auto-stoppeurs, qu'il me faisait confiance et bla-bla.

Je vois d'ici Lenny, saoul comme une bourrique et

pleurnichant. Il t'a sans doute fait chialer, Mario, pauvre connard!

— Tu sais, Ricky, c'est un bon boulot. On travaille dur, on fait beaucoup d'heures, mais on est bien payés. Je ne veux pas perdre ma place.

— Oh, pas de problème, dit Priest avec un entrain forcé. Tu peux toujours m'emmener à San Antonio.

Je trouverai une idée entre ici et là-bas.

Mario refusa d'un geste.

— Il vaut mieux pas, pas après ce que Lenny m'a raconté. Personne ne montera dans ce camion à part moi. C'est pour ça que j'ai pris ma voiture, pour pouvoir te ramener en ville.

Qu'est-ce que je suis censé faire, maintenant, bon Dieu?

— Alors, on y va?

Et quoi, ensuite?

Priest avait bâti des plans sur la comète et les voyait s'évanouir dans la brise légère des remords de Mario. Il avait passé deux semaines dans ce désert brûlant et poussiéreux à faire un travail stupide et sans intérêt, il avait gaspillé des centaines de dollars en billets d'avion, en notes de motel et en bouffe dégueulasse... Il n'avait pas le temps de recommencer.

La date limite n'était plus qu'à dans deux semaines et un jour.

— Ben, mon vieux, répéta Mario, on y va?

« Je ne renoncerai pas à cet endroit », avait déclaré Star à Priest le jour où la lettre était arrivée. Assis côte à côte sur un tapis d'aiguilles de pin, à la lisière du vignoble, pendant la pause de l'après-midi, ils buvaient de l'eau fraîche et mangeaient des raisins. « Ça n'est pas seulement un vignoble, pas seulement une vallée, pas seulement une communauté: c'est toute ma vie. On est arrivés ici, il y a des années, parce qu'on croyait que nos parents avaient bâti une société tordue, corrompue et empoisonnée. Et, bon sang, on avait raison! » Son visage exprimait toute sa passion. Priest songeait à quel point elle était encore belle. « Regarde un peu ce qui est arrivé au monde, continua-t-elle en haussant le ton. La violence, la laideur, la pollution, des présidents qui racontent des mensonges et qui violent la loi, des émeutes, des crimes, la pauvreté. Pendant ce temps-là, on a vécu ici dans la paix et l'harmonie, année après année, sans argent, sans rivalité sexuelle, sans règle conformiste. On soutenait que la seule chose nécessaire, c'est l'amour, et on nous traitait de naïfs. Mais nous avions raison, et eux avaient tort. Nous avons trouvé la bonne façon de vivre. Nous l'avons prouvé. » Sa prononciation soignée trahissait ses origines bourgeoises. Son père, médecin issu d'une famille riche, avait choisi d'exercer dans un quartier minable. Star avait hérité de son idéalisme. « Je ferai n'importe quoi pour sauver notre foyer et notre façon de vivre. Je suis prête à mourir pour que nos enfants puissent continuer à vivre ici. » Elle s'exprimait calmement, clairement, avec une détermination impitoyable. « Je tuerai s'il le faut, avait-elle ajouté. Tu me comprends, Priest ? *Je ferai n'importe quoi.* »

— Tu m'écoutes ? demanda Mario. Tu veux que je te dépose en ville ou non ?

— Bien sûr.

Bien sûr, salopard de dégonflé, pauvre trouillard, espèce de racaille, bien sûr que je veux que tu me déposes.

Mario se retourna.

Le regard de Priest se posa sur la clé anglaise jetée sur le sol.

Un nouveau plan s'esquissa dans sa tête.

Comme Mario franchissait les quelques mètres qui le séparaient de sa voiture, Priest se pencha pour ramasser la clé.

Elle mesurait près de cinquante centimètres et pesait deux ou trois kilos. Presque tout le poids se concentrait à l'extrémité, au niveau des mâchoires ajustables faites pour serrer de gros boulons hexagonaux. Tout en acier.

Priest jeta un coup d'œil au chemin qui menait à la route.

Personne en vue.

Pas de témoin.

Il avança d'un pas au moment où Mario tendait la main pour ouvrir la portière de sa camionnette. Brusquement une brève vision le troubla : la photo d'une jolie jeune femme mexicaine en robe jaune avec un enfant dans les bras et un autre à côté d'elle. Pendant une fraction de seconde sa résolution chancela. Puis il eut une vision plus pénible encore : un lac d'eau noire montant lentement pour engloutir un vignoble et noyer les hommes, les femmes et les enfants qui soignaient les plants.

Il se précipita vers Mario en brandissant la grosse clé.

Mario ouvrait la portière du Dodge. Il avait dû distinguer un mouvement du coin de l'œil car, quand Priest arriva sur lui, il poussa un cri de terreur et ouvrit toute grande la portière pour se protéger.

Priest s'écrasa contre celle-ci, qui se rabattit sur Mario. Les deux hommes trébuchèrent. Mario perdit l'équilibre et tomba à genoux. Sa casquette de baseball vola vers le sol. Priest bascula en arrière et s'affala lourdement sur la terre, lâchant la clé. Elle heurta une grande bouteille de Coca et rebondit à un mètre de là.

— T'es dingue ! s'écria Mario, haletant.

Il s'appuya sur un genou et chercha une prise pour se remettre debout. Sa main gauche se referma autour du montant de la portière. Comme il se hissait, Priest — toujours à terre — prit son élan et y décocha de toutes ses forces un coup de pied. La portière claqua sur les doigts de Mario, avant de se rouvrir. Mario poussa un hurlement de douleur et vint s'effondrer contre le flanc de la camionnette.

Priest se releva d'un bond.

La clé brillait d'un éclat argenté sous le soleil matinal. Il s'empressa de la ramasser. Il observa Mario, le cœur bouillant de rage et de haine pour celui qui avait fait échouer son plan soigneusement préparé et mis en péril sa façon de vivre. Il s'approcha et leva l'outil.

Mario se tourna à demi vers lui. Son jeune visage exprimait un étonnement infini. Il ouvrit la bouche et, comme Priest abattait la clé, il dit d'un ton interrogateur :

— Ricky ?

Les lourdes mâchoires de l'outil heurtèrent avec un bruit sourd le crâne de Mario. Le cuir chevelu se déchira, l'os se fracassa et le métal s'enfonça dans la masse molle du cerveau.

Mais Mario ne mourut pas tout de suite. Il gardait les yeux fixés sur Priest. C'était à peine si son expression étonnée, trahie, avait changé. Ayant l'air de chercher la suite de sa phrase, il leva une main comme pour attirer l'attention de son interlocuteur.

Affolé, Priest fit un pas en arrière.

— Non ! cria-t-il.

— Mon vieux, murmura Mario.

La panique envahit Priest. Il leva une nouvelle fois l'instrument.

— Crève, fils de pute ! hurla-t-il.

Et il frappa.

La clé cette fois s'enfonça plus avant. En la retirant, Priest eut l'impression de l'arracher à la boue. Un hoquet lui leva le cœur lorsqu'il vit les mâchoires de l'outil barbouillées d'une matière grise palpitante. Son estomac se révulsa. Au bord du vertige, il déglutit péniblement.

Comme au ralenti, Mario glissa contre le pneu arrière. Il resta là, immobile. Son bras ne bougeait plus, sa mâchoire pendait, mais il vivait encore. Ses yeux étaient rivés à ceux de Priest. Le sang jaillissant de son crâne ruisselait sur son visage et coulait dans l'entrebâillement du col de sa chemise écossaise. Son regard terrifiait Priest.

— Crève, supplia-t-il. Pour l'amour de Dieu, Mario, je t'en prie, crève.

Mais la mort n'arrivait pas.

Priest recula. Silencieusement, Mario semblait le supplier d'en finir, mais il ne pouvait plus le frapper. Il ne pouvait tout simplement plus lever la clé.

Soudain, Mario bougea. Sa bouche s'ouvrit, son corps se raidit et un cri d'agonie étranglé jaillit de sa gorge.

Il n'en fallut pas plus pour faire basculer Priest. Il se mit à hurler, puis se précipita sur l'agonisant et le frappa encore et encore, comme aveugle, distinguant à peine sa victime à travers la brume de terreur qui lui brouillait la vue.

Les hurlements cessèrent. Priest se calma brusquement.

Le cadavre de Mario glissa lentement sur le côté jusqu'au moment où la chose innommable qui avait été sa tête toucha le sol. Une bouillie grisâtre se répandit dans la poussière.

Priest tomba à genoux et ferma les yeux.

— Ô Dieu Tout-Puissant, pardonne-moi.

Il resta là agenouillé, tremblant de tous ses membres, terrifié à l'idée de voir l'âme de Mario s'envoler. Machinalement, il récita son mantra :

— Ley, tor, pur-doy-kor…

Ces mots n'avaient aucun sens. Pour cette raison, se concentrer très fort sur ce texte produisait un effet apaisant. Il avait le rythme d'une berceuse dont Priest gardait le souvenir.

Am stram gram
J'ai pris un jour un brochet de cent grammes
Bourre et bourre et ratatam
Mais je l'ai repoussé d'un coup de rame

Quand il chantonnait ainsi, Priest passait souvent du mantra à la berceuse ; ça marchait tout aussi bien.

Apaisé par les syllabes familières, il réfléchit à la façon dont son souffle pénétrait par ses narines, suivait les cloisons nasales jusqu'au fond de sa bouche, franchissait sa gorge et descendait dans sa poitrine pour pénétrer enfin dans les plus lointains recoins de ses poumons avant de refaire le trajet en sens inverse — poumons, gorge, bouche, nez, narines et retour à l'air libre. Quand il se concentrait pleinement sur sa respiration, sa tête se vidait : pas de visions, pas de cauchemars, pas de souvenirs.

Quelques minutes plus tard, il se releva, le cœur froid, l'air décidé, purgé de toute émotion. Il n'éprouvait plus ni regret ni pitié. Le meurtre appartenait au passé et Mario n'était qu'un détritus dont il fallait se débarrasser.

Il ramassa son chapeau de cow-boy, l'épousseta et le remit sur sa tête.

Derrière le siège du conducteur, il trouva la trousse à outils de la camionnette. Il y prit un tournevis qu'il utilisa pour détacher les plaques minéralogiques à l'avant et à l'arrière. Il alla jusqu'à la décharge pour les enterrer dans un amas rougeoyant d'ordures en train de se consumer. Puis il remit le tournevis dans la trousse à outils.

Il se pencha sur le corps. De la main droite, il empoigna la ceinture des jeans de Mario. De la gauche, il attrapa la chemise à carreaux. Il souleva le corps. L'effort lui arracha un gémissement.

La porte de la camionnette était restée ouverte. Priest balança deux ou trois fois Mario d'avant en arrière pour trouver son rythme puis, d'un grand élan, il lança le cadavre dans la cabine. Le corps tomba sur la banquette, les talons de ses bottes dépassant par la portière ouverte, la tête pendant sous le volant.

Il voulait siphonner l'essence du réservoir. Pour cela, il lui fallait un long bout de tuyau étroit. Il ouvrit le capot, repéra le récipient du lave-glace et arracha le tuyau en plastique qui allait du réservoir à la buse devant le pare-brise. Il alla prendre la grande bouteille de Coca qu'il avait remarquée auparavant, puis passa derrière la camionnette et ôta le bouchon du réservoir. Il plongea le bout du tuyau à l'intérieur, aspira jusqu'au moment où il sentit le goût de l'essence, puis inséra l'autre extrémité dans la bouteille de Coca qui, lentement, se remplit.

Le carburant continuait à se répandre sur le sol tandis que Priest se dirigeait vers la portière et vidait sur le cadavre de Mario le contenu de la bouteille de Coca.

Il entendit alors le bruit d'une voiture.

Priest regarda le corps arrosé d'essence. Si quelqu'un arrivait maintenant, il ne pourrait rien dire ni faire pour dissimuler sa culpabilité.

Son calme l'abandonna. Il se mit à trembler, la bouteille en plastique lui glissa des doigts et il s'accroupit sur le sol comme un enfant affolé. Un lève-tôt venait-il se débarrasser d'un lave-vaisselle hors d'usage, de la maison de poupée en plastique dont les gosses s'étaient lassés, ou des costumes démodés d'un grand-père défunt ? Le bruit du moteur s'amplifia. Priest ferma les yeux.

— Ley, tor, pur-doy-kor...

Le bruit peu à peu diminua. Le véhicule était passé devant l'entrée et avait continué sa route.

Priest se sentit stupide. Il se leva pour mieux se maîtriser.

— Ley, tor, pur-doy-kor...

Mais la peur l'incita à se hâter.

Il emplit de nouveau la bouteille de Coca et arrosa rapidement d'essence tout l'intérieur de la cabine. Il versa le reste sur le sol, en une traînée allant jusqu'à l'arrière de la camionnette. Puis il lança la bouteille dans la cabine et recula.

Remarquant la casquette de base-ball de Mario sur le sol, il la ramassa et la jeta sur le corps.

Il prit dans la poche de ses jeans une pochette d'allumettes, en craqua une, s'en servit pour embraser toutes les autres, et lança la pochette enflammée à l'intérieur de la camionnette avant de reculer précipitamment.

Il y eut un *whooouush,* un nuage de fumée noire et, en une seconde, l'intérieur de la cabine se transforma en fournaise. Quelques instants plus tard, les flammes serpentaient jusqu'à l'endroit où le tuyau répandait encore de l'essence par terre. Le réservoir explosa, secouant la camionnette sur ses roues. Les pneus arrière prirent feu et les flammes se mirent à danser autour du châssis plein de cambouis.

Une odeur écœurante emplit l'air. Priest recula encore un peu.

Au bout de quelques secondes, le feu diminua d'intensité. Les pneus, les sièges et le corps de Mario continuèrent à se consumer lentement.

Priest attendit quelques minutes avant de s'aventurer plus près, en s'efforçant de retenir sa respiration pour ne pas sentir l'horrible odeur. À l'intérieur du véhicule, le cadavre et la banquette s'étaient fondus en une horrible masse noire de cendres et de plastique. Quant tout cela aurait refroidi, le véhicule ne se différencierait pas des vieilles carcasses auxquelles des gosses avaient mis le feu.

Priest savait qu'il ne s'était pas débarrassé de toute trace de Mario. Un rapide coup d'œil ne révélerait rien mais, si jamais les flics examinaient la camionnette, ils découvriraient la boucle de ceinture de Mario, ses plombages et peut-être ses ossements calcinés. Un jour, Mario reviendrait sans doute le hanter. Mais lui avait fait tout son possible pour dissimuler les preuves de son crime.

Maintenant, il lui fallait voler le camion.

Il se détourna du corps et s'éloigna à grands pas.

Le cœur de la communauté de Silver River Valley était composé d'un petit groupe de sept personnes intitulé les Mangeurs de riz. Ensemble, elles avaient survécu au terrible hiver de 1972-1973, lorsqu'elles avaient été coupées du monde par une tempête de neige et n'avaient mangé pendant trois semaines que du riz brun cuit dans de la neige fondue. Le jour où la lettre était arrivée, les Mangeurs de riz avaient veillé tard, assis dans la cuisine à boire du vin et à fumer de la marijuana.

Song, qui, en 1972, était une fugueuse de quinze ans, jouait un thème de blues à la guitare. Certains membres du groupe fabriquaient des guitares pendant l'hiver. Ils gardaient celles qu'ils préféraient et Paul Beale apportait le reste à une boutique de San Francisco où on les vendait un bon prix. Star l'accompagnait en chantant d'une voix de contralto un peu rauque, inventant les paroles au fur et à mesure : « Non, je ne prendrai pas ce foutu train... » Elle avait toujours eu la voix la plus sexy du monde.

Mélanie était avec eux, même si elle n'était pas une Mangeuse de riz, parce que Priest n'avait pas envie de la mettre dehors et que les autres ne contestaient pas les décisions de Priest. Elle pleurait en silence, de grosses larmes ruisselant sur son visage. Elle ressassait interminablement :

— Et moi qui viens seulement de vous trouver.

— Nous n'avons pas renoncé, lui répéta Priest. Il doit bien y avoir un moyen de faire changer d'avis ce connard de gouverneur de Californie.

Chêne, le menuisier, un Noir musclé du même âge que Priest, déclara d'un ton songeur :

— Tu sais, ça n'est pas si compliqué que ça de fabriquer une bombe atomique. (Il avait été dans les Marines mais avait déserté après avoir tué un officier au cours d'un exercice et s'était réfugié dans la vallée.) Si j'avais du plutonium, je pourrais la monter en un jour. On pourrait menacer le gouverneur : ou ils acceptent de nous laisser tranquilles ou on fait sauter Sacramento.

— Non ! s'exclama Aneth. (Elle donnait le sein à

son fils, âgé de trois ans. Priest trouvait qu'il était temps de le sevrer mais Aneth estimait qu'il fallait le laisser téter tant qu'il en avait envie.) On ne peut pas sauver le monde avec dcs bombes.

Star s'arrêta de chanter.

— On n'essaie pas de sauver le monde. J'y ai renoncé en 1969, après que la presse mondiale eut tourné le mouvement hippie en ridicule. Tout ce que je veux aujourd'hui, c'est sauver ce qu'on a ici, notre vie, pour que nos enfants puissent grandir dans la paix et l'amour.

Priest, qui avait déjà envisagé et rejeté l'idée de fabriquer une bombe atomique, ajouta :

— Se procurer le plutonium n'est pas une mince affaire...

Aneth retira l'enfant de son sein et lui tapota le dos.

— Laisse tomber. Je ne veux pas qu'on se mêle de ces trucs-là. C'est épouvantable !

Star se remit à chanter.

— Ce train, ce train, ce foutu train...

Chêne insista.

— Je pourrais dégoter un boulot dans une centrale nucléaire et trouver un moyen de me démerder avec leur système de sécurité.

— On te demanderait un CV, expliqua Priest. Et qu'est-ce que tu leur dirais sur ces vingt-cinq dernières années ? Que tu as travaillé dans la recherche nucléaire à Berkeley ?

— Je dirais que j'ai vécu avec une bande de cinglés, et qu'aujourd'hui ils ont besoin de faire sauter Sacramento, alors que je suis venu me procurer un peu de leur merde radioactive, mon vieux.

Les autres éclatèrent de rire. Chêne se rassit sur sa chaise et entonna à l'unisson avec Star :

— Non, non, je ne monterai pas dans ce foutu train...

Priest fronça les sourcils. Il ne pouvait pas sourire. La rage lui brûlait le cœur. Pourtant, il savait que les grandes idées jaillissent parfois de discussions futiles, et laissa courir.

Aneth posa un baiser sur la tête de son enfant et suggéra :

— On pourrait enlever quelqu'un.

— Qui ça ? Le gouverneur a sans doute six gardes du corps.

— Et son bras droit, ce Albert Honeymoon ? (Il y eut un murmure approbateur : ils détestaient tous Honeymoon.) Ou bien le président de Coastal Electric ?

Priest hocha la tête. Ça pourrait marcher.

Il connaissait un peu la musique. Ça faisait longtemps qu'il n'était plus dans la rue, mais il n'avait pas oublié les règles d'un coup réussi. Préparer avec soin, avoir l'air peinard, surprendre le pigeon pour qu'il n'ait pas le temps de réfléchir, agir vite et filer dare-dare. Mais quelque chose le préoccupait.

— Ce n'est pas assez voyant. Mettons qu'une huile se fasse enlever. Et alors ? Si on veut effrayer les gens, il ne s'agit pas de tergiverser, il faut leur foutre une trouille *terrible*.

Il se retint d'en révéler davantage.

Quand on a mis un type à genoux, sanglotant et pissant dans son froc, qui vous supplie, qui vous implore de l'épargner, c'est à ce moment-là qu'on peut poser ses conditions. Là, il vous est si reconnaissant qu'il vous vénère de lui indiquer ce qu'il doit faire pour arrêter de souffrir.

Mélanie prit alors la parole.

Elle était assise par terre, adossée à la chaise de Priest. Aneth lui offrit le gros joint qui circulait. Mélanie essuya ses larmes, tira une longue bouffée et le passa à Priest, puis exhala un nuage de fumée.

— Vous savez, il y a dix ou quinze endroits en Californie où les failles de l'écorce terrestre sont soumises à une pression si importante qu'il suffirait d'un rien, de pousser un tout petit peu pour faire glisser les plaques tectoniques, et alors : *boum !* C'est comme un géant qui glisse sur un caillou. Ça n'est qu'un petit caillou, mais le géant est si grand que sa chute fait trembler la terre.

Chêne s'arrêta de chanter.

— Mélanie, mon chou, qu'est-ce que tu déconnes ?

— Je parle d'un tremblement de terre.

— Je ne veux pas monter, reprit Chêne en riant, pas monter dans ce foutu train.

Priest, lui, ne rit pas. Quelque chose lui soufflait qu'ils tenaient une idée. Il demanda d'un ton calme mais intense :

— Tu peux t'expliquer, Mélanie ?

— Oubliez les enlèvements, oubliez les bombes atomiques. Pourquoi on ne menacerait pas le gouverneur d'un tremblement de terre ?

— Personne ne peut provoquer un tremblement de terre. Il faudrait une énorme quantité d'énergie pour faire bouger la terre.

— C'est là que tu te trompes. Si on intervient juste au bon endroit, on a besoin d'une quantité d'énergie minimale.

— Comment tu sais tout ça ? interrogea Chêne.

— J'ai un diplôme de sismologie. Je devrais enseigner à l'université à l'heure qu'il est, mais j'ai épousé mon professeur et ça a été la fin de ma carrière. On ne m'a pas laissée présenter ma thèse de doctorat.

Elle avait prononcé ces mots d'un ton amer. Priest en avait discuté avec elle et savait qu'elle en gardait une profonde rancœur. Son mari faisait partie de la commission universitaire qui l'avait évincée. On lui avait interdit d'assister à la réunion où se discutait le cas de sa femme — ce que Priest trouvait tout naturel —, mais Mélanie estimait que son mari aurait dû trouver un moyen de l'aider à se présenter. Priest était convaincu qu'elle n'était pas assez bonne pour poursuivre ses études jusqu'au doctorat, mais elle était prête à tout croire, sauf ça. Il lui avait donc expliqué que les hommes de la commission étaient si terrifiés par sa beauté et son intelligence qu'ils s'étaient unis pour l'abattre. Elle l'aimait de le lui laisser croire.

— C'est mon mari, reprit Mélanie — mon futur ex-mari — qui a élaboré la théorie de la tension sismique. À certains points de la ligne de faille, la pression s'accumule au long des décennies jusqu'à un niveau très élevé. Il suffit alors d'une vibration relativement faible de l'écorce terrestre pour faire bouger les plaques, libérer l'énergie accumulée et provoquer un séisme.

Priest était fasciné. Il surprit le regard de Star. Elle croyait à ce qui sortait de l'orthodoxie. C'était chez elle un article de foi : une théorie bizarre se révélait être la vérité, un mode de vie non conformiste était la clé du bonheur et le plan insensé réussissait là où des projets raisonnables échouaient.

Priest examina le visage de Mélanie. Elle avait l'air détachée de ce monde. La pâleur de sa peau, ses étonnants yeux verts et ses cheveux roux lui conféraient un air d'extraterrestre. Les premiers mots qu'il lui avait adressés avaient été : « Tu viens de Mars ? »

Savait-elle de quoi elle parlait ? Elle planait, mais les gens avaient parfois leurs idées les plus créatrices quand ils avaient pris de la dope.

— Puisque c'est si facile, comment se fait-il que personne n'y ait jamais pensé ? demanda-t-il.

— Oh, je ne prétends pas que ça soit facile ! Il faut être sismologue pour savoir exactement à quel endroit la faille est soumise à une pression critique.

Les idées se bousculaient dans l'esprit de Priest. Quand on était vraiment dans le pétrin, la solution pour en sortir était parfois de faire quelque chose de si bizarre, de si inattendu que votre ennemi en restait paralysé de surprise.

— Comment déclencherais-tu une vibration de l'écorce terrestre ?

— C'est le plus dur, reconnut-elle.

Je ne veux pas, je ne veux pas, je ne veux pas...
Monter dans ce foutu train...

En revenant à Shiloh, Priest était obsédé par le meurtre : la façon dont la clé s'était enfoncée dans la cervelle de Mario, l'expression qu'il avait observée sur son visage, le sang qui ruisselait sur le tapis de la voiture.

Ce n'était pas bon. Il devait rester calme et sur ses gardes. Il n'était toujours pas en possession du vibrateur sismique qui allait sauver la communauté. Tuer Mario avait été le plus facile. Il fallait ensuite faire avaler un bobard à Lenny. Mais comment ?

Le bruit d'une voiture le ramena brutalement au présent. Elle arrivait derrière lui et roulait en direction du bourg.

Dans ces régions-là, personne ne marchait. La plupart des gens supposeraient que sa voiture était tombée en panne. Certains s'arrêteraient pour lui proposer de l'emmener.

Priest essaya d'imaginer une raison pour laquelle il irait à pied en ville, à six heures et demie du matin un samedi.

Il n'en trouva aucune.

Il essaya d'invoquer le dieu qui lui avait inspiré l'idée de tuer Mario, mais les dieux restèrent silencieux.

Dans un rayon de quatre-vingts kilomètres il n'existait pas un endroit d'où il pouvait venir — à l'exception du seul lieu qu'il ne pouvait mentionner : la décharge.

La voiture ralentit en approchant.

Priest résista à la tentation de tirer sur ses yeux le bord de son chapeau.

Qu'est-ce que j'ai fait ?

Je suis allé dans le désert observer la nature.

Mais oui ! des buissons de sauge et des serpents à sonnette !

Ma voiture est tombée en panne.

Où ça ? Je ne l'ai pas vue.

Je suis allé pisser.

Si loin que ça ?

Malgré la fraîcheur matinale Priest se mit à transpirer.

La voiture le dépassa lentement, une Chrysler récente vert métallisé avec des plaques du Texas. Il y avait une seule personne à l'intérieur, un homme. Il vit le conducteur l'examiner dans le rétroviseur. Ça pourrait être un flic qui n'était pas de service...

L'affolement l'envahit. Il dut lutter contre l'envie de rebrousser chemin et de s'enfuir en courant.

La voiture s'arrêta et fit marche arrière. Le conducteur abaissa sa vitre. C'était un jeune Asiatique en costume sombre.

— Hé, l'ami, vous voulez que je vous emmène ?

Qu'est-ce que je vais répondre ? « Non, merci, j'adore marcher. »

— Je suis un peu poussiéreux, dit Priest en regardant ses jeans.

Je suis tombé sur le cul en essayant de tuer un homme.

— Qui ne l'est pas, dans cette région ?

Priest monta. Ses mains tremblaient. Il boucla sa ceinture de sécurité, pour avoir quelque chose à faire et dissimuler sa nervosité.

La voiture démarra. L'homme au volant demanda :

— Qu'est-ce que vous fichiez à marcher par ici ?

Je viens de tuer mon ami Mario avec une clé anglaise.

À la dernière seconde, Priest trouva une histoire.

— Je me suis engueulé avec ma femme. J'ai arrêté la voiture, je suis descendu et je suis parti à pied. Je ne m'attendais pas à ce qu'elle redémarre.

Il remercia les dieux, quels qu'ils soient, qui l'avaient de nouveau inspiré. Ses mains cessèrent de trembler.

— Ce ne serait pas une belle brune dans une

Honda bleue que j'ai croisée il y a vingt ou trente kilomètres ?

Putain, quelle mémoire, ce mec !

— Non, ça n'est pas elle. Ma femme est partie avec ma camionnette.

— Je n'ai pas vu de camionnette.

— Alors, peut-être qu'elle n'est pas allée très loin.

— Elle est sans doute garée sur un chemin de terre à pleurer toutes les larmes de son corps en souhaitant que vous reveniez.

Priest eut un sourire de soulagement. Le type avait gobé son histoire.

Ils arrivaient à la lisière de la ville.

— Et vous ? demanda Priest. Comment se fait-il que vous soyez debout si tôt un samedi matin ?

— Je ne me suis pas engueulé avec ma femme : je rentre la retrouver. J'habite Laredo. Je suis représentant en céramiques : des assiettes décoratives, des statuettes, des plaques disant « Chambre de Bébé », de très jolies choses.

— Vraiment ?

En voilà une façon de gâcher sa vie.

— Je vends surtout aux drugstores.

— Le drugstore de Shiloh ne sera pas encore ouvert.

— De toute façon, je ne travaille pas aujourd'hui. Mais je vais peut-être m'arrêter pour prendre un petit déjeuner. Vous avez une adresse à me recommander ?

Priest aurait préféré que le représentant traverse la bourgade sans s'arrêter, de façon à ne pas avoir l'occasion de parler du type barbu qu'il avait pris dans sa voiture non loin de la décharge, mais il ne manquerait pas d'apercevoir Chez Susan en passant dans la grand-rue ; alors, inutile de mentir.

— Il y a un petit bistrot.

— Comment est la bouffe ?

— Les céréales sont bonnes. C'est juste après le feu. Vous pourrez me déposer là.

Une minute plus tard, ils se garaient devant Chez Susan. Priest remercia le représentant en céramiques et descendit.

— Bon petit déjeuner, cria-t-il en s'éloignant.

Et n'engage pas la conversation avec les personnes du pays, bon Dieu !

À un pâté de maisons du bistrot se trouvait le local de Ritkin Seismex, la petite boîte de prospection sismique pour laquelle il travaillait. Le bureau était une grande caravane installée dans un terrain vague. Le vibrateur sismique de Mario était stationné près de la Pontiac rouge foncé de Lenny.

Priest s'arrêta et contempla un moment le camion. C'était un dix-roues avec de gros pneus tout terrain et comme une carapace de dinosaure. Sous une couche de poussière du Texas il était bleu clair. L'envie démangeait Priest de sauter à bord et de filer. Il examina la puissante machine, l'énorme moteur, la massive plaque d'acier, les réservoirs, les tuyaux, les soupapes et les cadrans.

Je pourrais faire démarrer cet engin en une minute : pas besoin de clé.

Mais s'il le volait maintenant, tous les agents de la police routière du Texas seraient à ses trousses dans la minute. Il fallait être patient.

Je vais provoquer un tremblement de terre et personne ne m'en empêchera.

Il entra dans la caravane.

Une grande animation régnait dans le bureau. Deux contremaîtres de l'équipe, plantés devant un ordinateur, regardaient une carte en couleurs de la région émerger lentement de l'imprimante. Aujourd'hui, ils allaient rassembler leur matériel et prendre la route pour Clovis. Un ingénieur discutait au téléphone en espagnol et Diana, la secrétaire de Lenny, examinait une liste.

Par la porte ouverte, Priest pénétra dans la pièce du fond. Un téléphone à l'oreille, Lenny buvait du café. Il avait les yeux injectés de sang et le visage bouffi après la beuverie de la veille au soir. Il salua Priest d'un hochement de tête à peine perceptible.

La gorge serrée, Priest resta planté sur le seuil, attendant que Lenny eût terminé. Au bout d'une minute Lenny raccrocha et lança :

— Dis donc, Ricky... tu n'as pas vu Mario ce matin ? (Il avait un ton agacé.) Il aurait dû partir d'ici depuis une demi-heure.

— Si, je l'ai vu. Je suis désolé de vous annoncer une mauvaise nouvelle à une heure aussi matinale, mais il vous a laissé tomber.

— Qu'est-ce que tu chantes ?

Priest lui raconta l'histoire qui lui était venue à l'esprit au moment où il ramassait la clé anglaise et s'attaquait à Mario.

— Sa femme et ses gosses lui manquaient tellement qu'il a pris sa vieille camionnette et qu'il a quitté la ville.

— Merde alors, elle est bonne celle-là. Comment l'as-tu appris ?

— Il m'a dépassé dans la rue tôt ce matin.

— Bon sang, pourquoi est-ce qu'il ne m'a pas appelé ?

— Il était trop gêné de te laisser tomber.

— Putain, j'espère qu'il roulera jusqu'à ce qu'il plonge direct dans la mer !

— Écoute, Lenny, dit Priest, improvisant, c'est un jeune père de famille, ne sois pas trop dur avec lui.

— Dur ? Tu plaisantes ? Pour moi, c'est de l'histoire ancienne.

— Il a vraiment besoin de ce boulot.

— Et moi, j'ai besoin de quelqu'un pour conduire cet engin jusqu'à ce putain de Nouveau-Mexique.

— Il met de l'argent de côté pour s'acheter une maison avec une piscine.

— Arrête, l'interrompit Lenny d'un ton sarcastique, tu vas me faire pleurer.

— Écoute... (Priest essaya de prendre un ton détaché.) Je veux bien conduire ce camion jusqu'à Clovis si tu promets de rendre son boulot à Mario.

Il retint son souffle. Lenny l'observa en silence.

— Mario n'est pas un mauvais bougre, tu le sais.

Ne bredouille pas, tu as l'air nerveux. Tâche d'avoir l'air détendu !

— Tu as un permis poids lourd ?

— Depuis que j'ai vingt et un ans.

Priest sortit son portefeuille, en tira le permis et le lança sur le bureau. C'était un faux. Star avait le même. Un faux aussi. Paul Beale savait où se procurer ces trucs-là.

Lenny l'examina puis leva les yeux d'un air méfiant.

— Où veux-tu en venir ? Je croyais que tu ne voulais pas aller au Nouveau-Mexique.

Cesse de tourner autour du pot, Lenny, dis-moi oui ou non !

— J'ai pensé que cinq cents dollars de plus ne me feraient pas de mal.

— Je ne sais pas...

Bougre d'enfant de salaud, j'ai tué un homme pour ça, allons !

— Deux cents, ça irait ?

Oui ! Merci ! Merci bien !

Priest fit semblant d'hésiter.

— Deux cents, c'est pas des masses pour trois jours de travail.

— Deux jours, maximum deux et demi. J'irai jusqu'à deux cent cinquante.

N'importe quoi ! File-moi juste les clés !

— Écoute, je le ferai de toute façon, parce que Mario est un brave gosse et que je veux lui donner un coup de main. Alors, paie-moi simplement ce que tu penses sincèrement que vaut ce boulot.

— O.K., espèce de sournois, trois cents.

— Marché conclu.

Et j'ai un vibrateur sismique.

— Tu sais, je te remercie de me tirer de ce pétrin. Je te remercie vraiment.

Priest essaya de ne pas afficher un sourire triomphant.

— Tu parles !

Lenny ouvrit un tiroir, y prit une feuille de papier et la lança sur le bureau.

— Tu n'as qu'à remplir ce formulaire pour l'assurance.

Priest resta cloué sur place.

Il ne savait ni lire ni écrire.

Affolé, il contempla le formulaire.

— Allons, insista Lenny avec impatience, prends-le, bon sang ! Ce n'est pas un serpent à sonnette.

Je suis désolé, je n'y comprends rien, ces gribouillis et ces lignes sur le papier, ça danse sous mes yeux et je n'arrive pas à les faire tenir tranquilles !

Lenny regarda le mur, s'adressant à un auditoire invisible.

— Il y a une minute, j'aurais juré que tu étais parfaitement éveillé.

Ley, tor, pur-doy-kor…

Priest tendit lentement la main et prit la feuille.

— Qu'est-ce que ça a de si dur ? demanda Lenny.

— Euh, je pensais juste à Mario. J'espère qu'il n'a pas de problème.

— Oublie-le. Remplis le formulaire et prends la route. Je veux voir ce camion à Clovis.

— D'accord. Je vais le faire dehors.

— Parfait, laisse-moi à mes cinquante-sept autres emmerdes.

Priest passa dans le grand bureau voisin.

Tu as vécu cette scène-là cent fois déjà, alors calme-toi, tu sais comment t'y prendre.

Il s'arrêta sur le pas de la porte. Personne ne fit attention à lui : ils étaient tous occupés.

Il examina le formulaire.

Les grosses lettres dépassent comme les arbres au

milieu des buissons. Si elles dépassent vers le bas, c'est que tu tiens le formulaire à l'envers.

Il le tenait à l'envers. Il le retourna.

Quelquefois il y avait un gros X imprimé très gras ou marqué au crayon ou à l'encre rouge pour indiquer où inscrire son nom, mais ce formulaire n'avait pas ce genre de marque facile à repérer. Priest était capable d'écrire son nom, enfin à peu près. Ça lui prenait un moment et il savait que les lettres ne ressemblaient à rien, mais il pouvait y arriver.

Seulement il ne pouvait rien écrire d'autre.

Étant gosse, il était si futé qu'il n'avait pas besoin de lire ni d'écrire. Il savait additionner de tête plus vite que n'importe qui, même s'il était incapable de lire le moindre chiffre. Sa mémoire était infaillible. Il arrivait toujours à obtenir des autres ce qu'il voulait sans rien écrire. À l'école, il réussissait à éviter de lire tout haut. Pour les interrogations écrites, il s'arrangeait avec un copain. Si ça ne marchait pas, il inventait mille excuses. Les maîtres finissaient par hausser les épaules, résignés à ne pas forcer un enfant résolu à ne pas travailler. Il s'acquit une réputation de paresse et, quand une crise approchait, il faisait l'école buissonnière.

Par la suite, il était parvenu à faire tourner une affaire prospère de vente d'alcools en gros. Il n'écrivait jamais une lettre et réglait tout par téléphone et personnellement. Il avait mémorisé des douzaines de numéros, jusqu'au jour où il put embaucher une secrétaire. Il savait exactement combien il y avait d'argent dans la caisse ou bien à la banque. Si un représentant sortait un bon de commande, il disait : « Je vous dicte ce qu'il me faut et vous remplissez le formulaire. » Il avait un comptable et un avocat pour régler les problèmes avec le gouvernement. À vingt et un ans, il avait gagné un million de dollars. Il avait tout perdu à l'époque où il avait rencontré Star et rejoint la communauté ; non pas parce qu'il était illettré, mais parce qu'il escroquait ses clients, qu'il ne payait pas ses impôts et qu'il empruntait de l'argent à la mafia.

Ça ne devait pas être sorcier de se faire remplir un formulaire d'assurance.

Il s'assit devant le bureau de la secrétaire de Lenny et sourit à Diana.

— Tu as l'air vannée ce matin, mon chou.

Elle soupira. C'était une blonde potelée d'une trentaine d'années, mariée à un manœuvre, avec trois gosses de moins de dix ans. Elle repoussait avec vigueur les avances grossières des hommes qui entraient dans la caravane, mais Priest la savait sensible au charme raffiné.

— Ricky, j'ai tellement de boulot ce matin que je regrette de ne pas avoir deux cerveaux.

Il prit un air dépité.

— Mauvaise nouvelle : j'allais te demander un service.

Elle hésita, puis eut un sourire désabusé.

— Lequel ?

— J'écris tellement mal que je voulais te demander de remplir ce formulaire pour moi. Je suis vraiment navré de t'embêter quand tu es si occupée.

— Bon, je te propose un marché. (Elle désigna une pile de cartons soigneusement étiquetés posée contre la cloison.) Je t'aide pour ce foutu formulaire si tu me charges tous ces dossiers dans la fourgonnette verte.

Priest accepta avec gratitude et lui tendit le formulaire.

— Marché conclu.

Diana regarda la feuille.

— Tu vas conduire le vibrateur sismique ?

— Eh oui, Mario a le mal du pays : il est parti pour El Paso.

— Ça ne lui ressemble pas, s'étonna-t-elle.

— C'est vrai. J'espère qu'il va bien.

Elle haussa les épaules et prit son stylo.

— Voyons... ton nom et ton prénom, ta date et ton lieu de naissance.

Priest lui donna les renseignements et elle remplit les blancs sur le formulaire. Pas de problème : pourquoi s'était-il affolé ? C'était simplement qu'il ne s'y attendait pas. Lenny l'avait surpris et, un moment, il avait cédé à la panique.

Il avait l'habitude de dissimuler son handicap. Il fréquentait même les bibliothèques. C'était ainsi qu'il avait découvert l'existence du vibrateur sismique. Il était allé à la bibliothèque municipale de Sacramento — un grand établissement, plein de monde, où on ne se souviendrait probablement pas de son visage. Au bureau d'accueil, il avait appris que les ouvrages scientifiques étaient au premier étage. Là, il avait connu un moment d'angoisse devant les rayonnages. Il avait alors avisé le regard d'une bibliothécaire à l'air aimable qui avait à peu près son âge.

— Je cherche des renseignements sur la prospection sismique, avait-il déclaré avec un sourire chaleureux. Pourriez-vous m'aider ?

Elle l'avait guidé vers le bon rayonnage, avait pris un ouvrage et, stimulée par le charme de Priest, l'avait ouvert au chapitre concerné.

— Ce qui m'intéresse, avait-il avancé, c'est la façon dont ils produisent les ondes de choc. Je me demande si je trouverai cette information dans ce livre.

Elle avait feuilleté les pages avec lui.

— Il semble y avoir trois méthodes, avait-elle expliqué. Une explosion souterraine, le lâcher d'un poids ou un vibrateur sismique.

L'œil de Priest s'était allumé.

— Un vibrateur sismique ? Qu'est-ce que c'est ?

Elle lui avait montré une photo. Priest l'avait contemplée, fasciné. La bibliothécaire avait constaté :

— Ça ressemble beaucoup à un camion.

Pour Priest, ça ressemblait beaucoup à un miracle.

— Je peux photocopier certaines de ces pages ?

— Bien sûr.

Si on était assez malin, il y avait toujours moyen de trouver quelqu'un pour lire et écrire à votre place.

Diana finit de remplir le formulaire, traça un grand X près d'une ligne de pointillés, lui tendit la feuille et déclara :

— Tu signes là.

Il lui prit son stylo et écrivit laborieusement. Le R de Richard ressemblait à une girl de music-hall avec une grosse poitrine qui levait une jambe. Le G de Granger avait tout d'une serpe, avec sa grande lame arrondie et son manche court. Après RG, Priest traça une ligne ondulée comme un serpent. Ce n'était pas bien beau, mais acceptable. Un tas de gens signaient d'un gribouillis, avait-il appris. Dieu merci, les signatures n'avaient pas besoin d'être écrites de façon lisible. C'était pour ça que son faux permis de conduire avait dû être établi à son vrai nom : c'était le seul qu'il était capable d'écrire.

Il leva les yeux. Diana l'observait avec curiosité, étonnée de la lenteur avec laquelle il traçait les lettres. Surprenant son regard, elle rougit et détourna les yeux.

Il lui rendit le formulaire.

— Merci de ton aide, Diana, merci beaucoup.

— Je t'en prie. Je te donnerai les clés du camion dès que Lenny aura fini de téléphoner.

Les clés étaient rangées dans le bureau du patron. Priest se rappela qu'il lui avait promis de charger les cartons. Il en prit un et l'emporta dehors. La camionnette verte était garée dans la cour, son hayon ouvert. Il chargea le carton et alla en chercher un autre.

Chaque fois qu'il revenait, il jetait un coup d'œil au bureau de la secrétaire ; le formulaire était toujours là, et pas de clés.

Quand il eut chargé tous les cartons, il se rassit devant elle. Elle était au téléphone, en train de parler à quelqu'un à propos de réservations de motel à Clovis.

Priest grinçait des dents. Il touchait au but, il avait presque les clés en main et il était là à écouter des foutaises à propos de chambres de motel ! Il s'obligea à rester tranquille.

Elle finit par raccrocher.

— Je vais aller demander les clés à Lenny, dit-elle en emportant le formulaire dans le bureau de son patron.

Un gros conducteur de bulldozer du nom de Chew entra. La caravane trembla sous le choc de ses bottes de travail sur le plancher.

— Dis donc, Ricky, je ne savais pas que tu étais marié.

Il se mit à rire. Les autres hommes du bureau levèrent le nez, l'air intéressé.

Merde, qu'est-ce que c'est que cette histoire ?

— Où as-tu entendu une chose pareille ?

— Je t'ai vu descendre d'une voiture devant Chez Susan. Et puis j'ai pris mon petit déjeuner avec le représentant qui t'avait emmené en stop.

Bon Dieu, qu'est-ce qu'il t'a raconté ?

Diana sortit du bureau de Lenny, un trousseau de clés à la main. Priest aurait voulu le lui arracher, mais il feignit d'être absorbé par sa conversation avec Chew.

— Tu sais, ajouta celui-ci, l'omelette du cow-boy de Chez Susan, c'est vraiment quelque chose ! (Il leva une jambe et péta, puis il croisa le regard de la secrétaire plantée sur le pas de la porte.) Pardon, Diana. Bref, ce gars m'expliquait comment il t'avait pris dans sa voiture près de la décharge.

Et merde !

— T'étais là à marcher tout seul dans le désert à six heures et demie du matin, parce que tu t'étais engueulé avec ta bonne femme, que tu avais arrêté la voiture et que tu étais descendu. (Chew regarda autour de lui pour s'assurer que les autres écoutaient attentivement.) Là-dessus, elle a démarré et t'a plaqué là ! conclut-il avec un grand sourire, et les autres éclatèrent de rire.

Priest se leva. Il ne voulait pas qu'on se souvienne de sa présence près de la décharge le jour où Mario avait disparu. Il fallait étouffer cette rumeur dans l'œuf. Il prit un air vexé.

— Tu sais, Chew, je vais te dire une bonne chose : s'il m'arrive d'apprendre quelque chose sur ta vie privée, surtout quelque chose de gênant, je te promets que je ne le raconterai pas à tout le bureau. Compris ?

— Oh, il n'y a pas de quoi en faire un plat !

Les autres arborèrent un air penaud. Il y eut un silence gêné. Priest ne voulait pas faire sa sortie dans une mauvaise ambiance, alors il ajouta :

— Allons, Chew, sans rancune.

— Je ne voulais pas t'offenser, Ricky, déclara Chew en haussant les épaules.

La tension se dissipa.

Diana tendit à Priest les clés du vibrateur sismique. Il referma son poing sur le trousseau.

— Merci, dit-il en essayant de ne pas trahir sa jubilation. Salut, tout le monde. À bientôt au Nouveau-Mexique.

— Conduis prudemment, tu entends ? lui lança Diana comme il ouvrait la porte.

— Oh, sûr ! Tu peux compter là-dessus.

Il descendit les marches. Le soleil était levé, il commençait à faire plus chaud. Il résista à la tentation d'esquisser une danse de victoire autour du camion. Il monta dans la cabine et mit le moteur en marche. Il vérifia les cadrans. Mario avait dû faire le plein la veille au soir. Le camion était prêt à prendre la route.

Un grand sourire aux lèvres il prit la direction du nord, suivant l'itinéraire que Star devait emprunter avec la Honda.

En approchant de l'embranchement qui menait à la décharge, il éprouva une étrange sensation. Il imaginait Mario l'attendant au bord de la route, la cervelle suintant de son crâne. C'était une idée stupide, mais il n'arrivait pas à la chasser. Il avait l'estomac noué. Un moment, il se crut trop faible pour conduire. Puis il se reprit.

Mario n'était pas le seul homme qu'il avait tué. Le premier avait été un flic, Jack Kassner, qui rackettait sa mère.

La mère de Priest était une prostituée. Elle n'avait que treize ans lorsqu'elle le mit au monde. Ricky avait quinze ans quand elle travaillait avec trois autres femmes dans un appartement au-dessus d'une librairie minable de la 7e Rue. Jack Kassner était un inspecteur de la Brigade des Mœurs qui venait une fois par mois empocher son pognon. En général, il en profitait pour exiger une petite faveur. Un jour, il vit la mère de Priest prendre l'argent de son pot-de-vin dans une boîte cachée dans la pièce du fond. Le soir même, la Brigade des Mœurs fit une descente dans l'appartement et Kassner lui vola quinze cents dollars, ce qui représentait une somme. La mère de Priest ne voyait pas d'inconvénient à passer quelques jours au trou, mais elle était navrée de perdre toutes ses économies. Kassner expliqua aux femmes que si elles portaient plainte, il leur collerait sur le dos une inculpation pour trafic de drogue et qu'elles écoperaient toutes de deux ou trois ans de taule.

Kassner s'imaginait qu'il n'avait rien à craindre de trois putes et d'un gamin. Mais le lendemain soir, comme il se trouvait aux toilettes du bar de l'Ange bleu à Broadway, à pisser quelques bières, le petit Ricky Granger lui plongea dans le dos un couteau de quinze centimètres. Aiguisée comme un rasoir, l'arme traversa sans mal la veste en mohair noir et la chemise de Nylon blanc pour s'enfoncer dans les reins de Kassner. Celui-ci n'arriva jamais à lever la main jusqu'à son revolver. Ricky lui donna rapidement quelques autres coups de couteau, tandis que le flic vomissait du sang sur le carrelage humide des toilettes. Puis il rinça sa lame au robinet et sortit.

Avec le recul, Priest s'émerveillait de la froide assurance qu'il avait à quinze ans. Il lui avait fallu une vingtaine de secondes durant lesquelles n'importe qui aurait pu entrer dans les toilettes. Il n'avait éprouvé ni crainte ni honte ni remords, mais, par la suite, il avait toujours eu peur du noir.

En ce temps-là, il n'était pas souvent dans le noir. Les lumières restaient en général allumées toute la nuit dans l'appartement de sa mère. Mais parfois, les nuits calmes, comme celle du lundi, il s'éveillait peu avant l'aube pour constater que chacun dormait et que tout était éteint. Il se trouvait alors en proie à une terreur aveugle, irrationnelle. Il errait à tâtons dans la pièce, heurtant des créatures velues et touchant d'étranges surfaces froides et humides jusqu'au moment où il trouvait le commutateur. Assis au bord de son lit, haletant et en sueur, il retrouvait lentement ses esprits et constatait que la surface froide et humide était le miroir et que la créature velue était son blouson doublé de fourrure.

Il avait eu peur du noir jusqu'au jour où il avait rencontré Star.

Lui revint à l'esprit un grand succès de l'année où il avait fait sa connaissance et il se mit à chanter : « Smoke on the water... » Le groupe s'appelait Deep Purple. Cet été-là, tout le monde écoutait leur album.

C'était une bonne chanson apocalyptique parfaitement adaptée à un parcours au volant d'un vibrateur sismique.

Smoke on the water
A fire in the sky

Il passa le chemin de la décharge et continua à rouler, en direction du nord.

— On va le faire ce soir, avait annoncé Priest. On va prévenir le gouverneur que, dans quatre semaines à compter d'aujourd'hui, il va y avoir un tremblement de terre.

Star était dubitative.

— On n'est même pas sûrs que ce soit possible. Peut-être qu'on devrait d'abord être bien prêts et lancer l'ultimatum ensuite.

— Certainement pas !

Cette proposition le mettait en colère. Le groupe avait besoin d'être guidé, et lui avait besoin qu'ils se sentent engagés. Il fallait qu'ils s'aventurent, qu'ils prennent des risques et qu'ils aient l'impression que tout retour en arrière était impossible. Sinon, le lendemain, ils trouveraient des raisons de s'affoler et de reculer.

Ils étaient chauffés à blanc. Star était farouchement déterminée. Mélanie était en rage. Chêne était prêt à partir en guerre. Paul Beale retrouvait ses instincts de voyou des rues. Song avait à peine ouvert la bouche mais elle était l'enfant désemparée du groupe et elle suivrait les autres. Seule Aneth était hostile, mais son opposition ne compterait guère car elle était de nature faible. Toujours prête à soulever des objections, elle revenait sur ses propos au premier obstacle.

Quant à Priest, il savait avec une froide certitude que, si cet endroit cessait d'exister, sa vie serait finie.

— Mais, objecta Aneth, un tremblement de terre pourrait tuer des gens.

— Je vais te dire ce qu'il faut faire, à mon avis. On déclenche une petite secousse inoffensive, quelque part dans le désert, juste pour prouver que nous en sommes capables. Ensuite, quand on les menacera d'un second séisme, le gouverneur sera prêt à négocier.

Aneth reporta son attention sur son enfant.

— Je suis d'accord avec Priest, dit Chêne. Il faut se lancer ce soir.

Star céda.

— Comment va-t-on formuler la menace ?

— Un coup de fil ou une lettre anonyme, proposa Priest. Mais il faut absolument qu'on ne puisse pas remonter jusqu'à nous.

— Et Internet ? suggéra Mélanie. Si on utilise mon ordinateur et mon portable, personne ne pourra retrouver la piste.

Priest n'avait jamais vu d'ordinateur avant l'arrivée de Mélanie. Il lança un coup d'œil interrogateur à Paul Beale qui connaissait à fond ces choses-là. Paul acquiesça.

— Bonne idée.

— Très bien. Va chercher ton matériel.

Mélanie s'éloigna.

— Comment allons-nous signer le message ? demanda Star. Il nous faut un nom.

— Quelque chose qui symbolise un groupe de gens pacifistes poussés à prendre des mesures extrêmes, précisa Song.

— Je sais, dit Priest. Nous allons nous appeler les Soldats du Paradis.

C'était le 1er mai, juste avant minuit.

Les sens aux aguets, Priest aborda les faubourgs de San Antonio. Suivant le plan initial, Mario devait conduire le camion jusqu'à l'aéroport. Quand il s'engagea dans le labyrinthe d'autoroutes qui encerclait la ville, Priest se mit à transpirer à grosses gouttes : impossible pour lui de lire une carte. Quand il devait emprunter une nouvelle route, il emmenait toujours Star avec lui pour lui servir de navigateur. Elle et les autres Mangeurs de riz savaient qu'il était incapable de lire. La dernière fois qu'il s'était aventuré seul sur des routes inconnues, c'était à la fin de l'automne 1972, quand il avait fui Los Angeles, pour se retrouver, par un pur hasard, à Silver River Valley. Peu lui importait alors où il allait. À vrai dire, il aurait accueilli la mort avec joie. Mais aujourd'hui, il voulait vivre.

Même les panneaux routiers présentaient des difficultés. S'il s'arrêtait et se concentrait un moment, il pouvait faire la différence entre « Est » et « Ouest » ou bien entre « Nord » et « Sud ». Malgré ses remarquables dons pour le calcul mental, il ne pouvait pas lire les nombres sans les examiner attentivement et réfléchir longuement. Au prix d'un effort, il parvint à reconnaître les indications pour l'autoroute A10 : un bâton avec un cercle. Mais les panneaux étaient couverts d'autres inscriptions qui n'avaient aucun sens et lui brouillaient l'image.

Il s'efforça de garder son calme. Difficile, pour quelqu'un qui aimait contrôler la situation. Il était exaspéré par le sentiment de désarroi et de perplexité qui l'envahissait quand il s'égarait. Il se référa au soleil pour suivre la direction du nord. S'il avait l'impression de s'être trompé de direction, il s'arrêtait à la première station d'essence ou au premier centre commercial et demandait son chemin. C'était risqué : le vibrateur sismique, cet énorme engin intrigant, attirait l'attention, et lui-même pouvait, plus tard, être reconnu. Mais avait-il le choix ?

Les indications ne l'aidaient d'ailleurs pas toujours. Les pompistes disaient des trucs comme : « Oui, pas de problème, vous suivez l'autoroute de Corpus Christi jusqu'au moment où vous voyez un panneau indiquant la base aérienne de Brooks. »

Priest se forçait à rester calme et à dissimuler sa frustration. Il jouait le rôle d'un camionneur gentil mais stupide, le genre d'individu aussitôt vu aussitôt oublié.

Finalement, il parvint à San Antonio et réussit à filer sur la bonne route. Il adressa des prières de remerciement à tous les dieux qui pourraient l'écouter. Quelques minutes plus tard, il fut soulagé de voir une Honda bleue garée devant un McDonald's.

Il étreignit Star avec gratitude.

— Bon sang, que s'est-il passé ? Ça fait deux heures que je t'attends !

Il décida de ne pas lui révéler l'assassinat de Mario.

— Je me suis perdu dans San Antonio.

— C'est bien ce que je craignais. Quand je suis passée, j'ai été étonnée par la complexité du système d'autoroutes.

— Oh, à côté de San Francisco, c'est du gâteau, mais San Francisco, je connais.

— Enfin, tu es là, maintenant. Buvons un café et calme-toi.

Priest commanda un hamburger et eut droit en prime à un clown en plastique qu'il mit soigneusement dans sa poche pour Sourire, son fils de six ans.

Quand ils repartirent, Star prit le volant du camion. Ils comptaient rouler sans étape jusqu'en Californie. Ça leur prendrait au moins deux jours et deux nuits, peut-être plus. L'un dormirait pendant que l'autre conduirait. Ils avaient des amphétamines pour lutter contre le sommeil.

Ils laissèrent la Honda au parking du McDonald's. Comme ils démarraient, Star tendit à Priest un sac en papier en disant :

— Je t'ai acheté un cadeau.

À l'intérieur, il y avait une paire de ciseaux et un rasoir électrique à piles.

— Maintenant, tu peux te débarrasser de cette foutue barbe.

Il eut un grand sourire. Il tourna le rétroviseur vers lui et commença à se raser. Sa barbe poussait vite et drue ; avec la moustache, ça lui faisait un visage tout rond. Il coupa ce qu'il put avec les ciseaux, puis utilisa le rasoir pour terminer. Son vrai visage réapparut peu à peu. Pour finir, il ôta son chapeau de cow-boy et libéra sa tresse.

Il lança le chapeau par la fenêtre et s'examina dans le miroir. Ses cheveux, coiffés en arrière au-dessus d'un front dégagé, tombaient en vagues autour d'un visage décharné. Il avait un nez en lame de couteau, des joues creuses, mais une bouche sensuelle — bien des femmes le lui avaient dit. Pourtant, en général on lui parlait de ses yeux : d'un brun foncé, presque noir, ils brillaient d'un éclat quasi hypnotique. Priest savait que ce n'étaient pas ses yeux, mais l'intensité de son regard qui captivait les femmes. Il leur donnait le sentiment de s'intéresser à elles totalement et exclusivement. Il pouvait produire le même effet sur les hommes.

Il essaya le Regard dans le rétroviseur.

— Oh le beau diable ! s'exclama Star d'un ton moqueur mais teinté d'affection.

— Beau et intelligent.

— Pas de doute : tu nous as procuré cet engin.

Priest hocha la tête.

— Et tu n'as encore rien vu.

2

Dans le Federal Building, au 450 Golden Gate Avenue, à San Francisco, de bonne heure le lundi matin, Judy Maddox, agent du FBI, était assise dans une salle d'audience du quinzième étage. Elle attendait.

La salle était meublée de bois clair, comme toutes les nouvelles salles d'audience. Elles étaient en général dépourvues de fenêtres, aussi les architectes s'efforçaient-ils de les rendre moins sinistres en utilisant des couleurs claires. Tout au moins, c'était la théorie de Judy. Elle passait beaucoup de temps à attendre dans les salles d'audience. L'attente : le lot d'une bonne partie du personnel du maintien de l'ordre.

L'inquiétude la rongeait. Elle passait des mois, parfois des années à préparer un dossier, mais impossible de prévoir la tournure que prendraient les événements au tribunal. La défense pourrait être inspirée ou incompétente, le juge être un sage au regard perçant ou un vieux crétin sénile, le jury, un groupe de citoyens intelligents et responsables ou bien une bande d'abrutis peu recommandables qui auraient été plus à leur place derrière des barreaux.

On jugeait aujourd'hui quatre hommes : John Parton ; Ernest Dias, alias le Financier ; Foong Lee, et Foong Ho. Les frères Foong étaient des escrocs de haut vol, les deux autres, leurs exécutants. En collaboration avec une triade de Hong Kong, ils avaient monté un réseau de blanchiment d'argent provenant de l'industrie de la drogue en Californie du Nord. Il avait fallu un an à Judy pour comprendre comment ils s'y prenaient et une autre année pour le prouver.

Pour s'attaquer à des malfrats asiatiques, elle possédait un gros atout : elle avait l'air d'une Orientale. Son père était un Irlandais aux yeux verts, mais elle tenait davantage de sa défunte mère, vietnamienne. Judy était mince et brune avec les yeux un peu bridés. Les gangsters chinois d'un certain âge sur lesquels elle enquêtait ne s'étaient jamais doutés que cette ravissante petite Eurasienne était un brillant agent du FBI.

Elle travaillait main dans la main avec un procureur adjoint qu'elle connaissait particulièrement bien, Don Riley. Jusqu'à l'année précédente, ils vivaient ensemble. Il avait son âge — trente-six ans —, était expérimenté, bourré de talent, avec une intelligence affûtée comme une lame. Leur dossier était en béton, mais les accusés avaient engagé les services du meilleur cabinet d'avocats criminalistes de la ville et mis sur pied une défense habile et solide. Leurs avocats avaient sapé la crédibilité des témoins qui — c'était inévitable — venaient eux-mêmes du milieu, ils avaient exploité les documents compromettants recueillis par Judy pour troubler et embrouiller le jury. Aujourd'hui, ni Judy ni Don ne pouvaient deviner de quel côté allait pencher la balance.

L'anxiété de Judy tenait également au fait que son supérieur immédiat, le directeur de la Brigade du crime organisé asiatique, allait prendre sa retraite. Elle espérait lui succéder. Le directeur régional, responsable du bureau de San Francisco, appuierait sa candidature, elle le savait. Mais son rival, Marvin Hayes, un ambitieux agent de son âge, possédait, lui aussi, un sérieux atout : son meilleur ami était le directeur régional adjoint, responsable de toutes les brigades luttant contre le crime organisé et les délits financiers.

Les promotions étaient décidées par un comité professionnel, mais les avis du directeur régional et de leurs adjoints pesaient lourd. Pour l'instant, Judy et Marvin Hayes étaient au coude à coude.

Elle voulait ce poste. Elle n'avait qu'un désir : gravir vite les échelons du FBI et aller loin, toujours plus loin. Elle était un excellent agent ; elle serait un directeur régional remarquable ; un de ces jours, elle serait le meilleur. Elle était fière du FBI, mais elle pouvait l'améliorer en introduisant de nouvelles techniques, comme le profilage, en utilisant des systèmes de gestion plus performants et, surtout, en se débarrassant d'agents comme Marvin Hayes.

Hayes était paresseux, brutal et sans scrupules. Il n'avait pas envoyé en prison autant de criminels que Judy, mais il avait à son actif des arrestations plus spectaculaires. Et il était tout aussi prompt à se glisser dans une enquête à sensation qu'à prendre ses distances avec une affaire malheureuse.

Le directeur général avait laissé entendre à Judy que, si elle gagnait son procès aujourd'hui, elle obtiendrait le poste, de préférence à Marvin.

Au tribunal, Judy était accompagnée de presque toute l'équipe qui s'occupait de l'affaire Foong : son directeur, ses collaborateurs, un linguiste, le secrétaire de la brigade et deux inspecteurs de la police de San Francisco. À sa grande surprise, ni le directeur régional ni son adjoint n'étaient présents. Pourtant l'affaire était d'importance et le jugement essentiel pour l'un comme pour l'autre. Elle en éprouva un vague malaise. Se passait-il quelque chose qu'elle ignorait ? Elle décida de sortir téléphoner. Le greffier annonça alors l'arrivée du jury.

Quelques instants plus tard, Don revint, empestant la cigarette — il s'était remis à fumer depuis leur séparation. Il lui étreignit l'épaule dans un geste d'encouragement ; elle lui sourit. Il était beau, avec sa coiffure bien nette, son costume bleu marine, sa chemise blanche à col boutonné et sa cravate rouge sombre de chez Armani. Mais le courant ne passait plus entre eux, l'étincelle s'était éteinte. Elle n'avait plus envie de le décoiffer, de défaire son nœud de cravate et de glisser sa main à l'intérieur de sa chemise blanche.

Avocats de la défense et accusés reprirent leurs places respectives ; le jury fit son entrée, enfin le juge sortit de son cabinet et regagna son estrade.

Judy croisa les doigts sous la table.

Le greffier se leva.

— Membres du jury, êtes-vous parvenus à un verdict ?

Un silence total se répandit dans la salle. Judy se rendit compte qu'elle tapait du pied. Elle s'arrêta.

Le président du jury, un boutiquier chinois, se leva. Sa sympathie irait-elle aux accusés, puisque deux d'entre eux étaient chinois, ou bien leur en voudrait-il de déshonorer leur peuple ? D'une voix calme, il répondit :

— Oui, nous y sommes parvenus.

— Déclarez-vous les accusés coupables ou non coupables ?

— Coupables des faits qui leur sont reprochés.

Le silence se poursuivit, le temps que la nouvelle soit assimilée. Judy entendit un grognement venant du banc des accusés. Elle refréna son envie de pousser un cri de joie. Elle se tourna vers Don qui lui adressa un sourire radieux. Les dispendieux avocats de la défense rangeaient leurs dossiers en évitant de se regarder. Deux journalistes se levèrent et sortirent précipitamment, fonçant vers les téléphones.

Le juge, un homme maigre au visage sévère, remercia le jury et annonça qu'il rendrait sa sentence la semaine suivante.

Ça y est! songea Judy. *J'ai gagné le procès, j'ai envoyé les coupables en prison! Ma promotion est dans le sac. Judy Maddox, directeur régional, à seulement trente-six ans. Une étoile montante!*

— Veuillez vous lever, annonça le greffier.

Le juge sortit.

Don serra Judy dans ses bras.

— Tu as fait un boulot formidable, dit-elle. Merci.

— Tu m'as confié un dossier formidable, répondit-il en écho.

Sentant qu'il avait envie de l'embrasser, elle recula d'un pas et se tourna vers ses collègues, auxquels elle alla tour à tour serrer la main. Les avocats de la défense s'approchèrent ensuite. L'aîné des deux était David Fielding, un partenaire associé du cabinet Brooks Fielding, un homme distingué d'une soixantaine d'années.

— Mrs. Maddox, félicitations, pour une victoire bien méritée.

— Merci. C'était plus serré que je ne m'y attendais. Je croyais que tout était bouclé jusqu'au moment où vous avez commencé.

Il accueillit le compliment d'une petite inclination de sa tête à la coiffure soignée.

— Votre préparation était impeccable. Vous avez une formation d'avocate ?

— Je suis passée par la faculté de droit de Stanford.

— Je le pensais bien. Si jamais vous en avez assez du FBI, je vous en prie, venez me voir. Dans mon cabinet, vous pourriez gagner trois fois votre salaire actuel.

Elle était flattée, mais croyant déceler une certaine condescendance chez son interlocuteur, elle rétorqua un peu sèchement :

— C'est très aimable à vous. Mais ce que je veux, c'est mettre les coupables en prison, pas les empêcher d'y aller.

— J'admire votre idéalisme, répliqua-t-il d'un ton doucereux avant de se tourner vers Don.

Elle avait été acerbe ; c'était un de ses défauts, elle le savait. Peu importe, de toute façon elle n'avait pas la moindre envie d'intégrer Brooks Fielding.

Elle prit son porte-documents, pressée de partager sa victoire avec le directeur régional. Les bureaux du FBI à San Francisco étaient dans le même bâtiment que le tribunal, deux étages plus bas. Comme elle s'apprêtait à partir, Don lui saisit le bras.

— Tu dînes avec moi ? Il faut qu'on fête ça.

Elle n'avait pas de rendez-vous pour le soir.

— Bien sûr.

— Je réserve une table et je t'appelle.

Un petit pincement au cœur, elle se rappela qu'un instant plus tôt il avait eu, de toute évidence, envie de l'embrasser. Peut-être aurait-elle dû refuser son invitation ?

Comme elle entrait dans le hall du bureau du FBI, elle s'interrogea une nouvelle fois sur l'absence du directeur régional et de son adjoint au moment du verdict.

Le silence régnait dans les couloirs à l'épaisse moquette. Le robot préposé au courrier, un chariot motorisé, passait en bourdonnant d'une porte à l'autre suivant un itinéraire prédéterminé. Les locaux étaient somptueux ; la différence entre le FBI et un commissariat de police était celle qui séparait l'étage directorial d'une grosse entreprise de celui de l'atelier.

Elle se dirigea vers le bureau du directeur régional. Milton Lestrange avait un faible pour elle. Il avait toujours milité pour l'embauche de femmes agents au FBI ; celles-ci représentaient désormais dix pour cent des effectifs. Certains directeurs aboyaient leurs ordres comme des généraux, mais Milt ne se départait jamais de son calme et de sa courtoisie.

Sitôt qu'elle eut mis les pieds dans l'antichambre de son bureau, elle devina que quelque chose n'allait pas. De toute évidence, sa secrétaire avait pleuré.

— Linda ! s'écria-t-elle. Que vous arrive-t-il ?

La secrétaire, une femme entre deux âges qui était d'ordinaire d'une froide efficacité, éclata en sanglots. Judy s'approcha pour la consoler, mais Linda l'éloigna d'un geste en désignant la porte du bureau.

Judy entra. La pièce était vaste, luxueusement meublée, avec un grand bureau et une table de conférence bien astiquée. À la place de Lestrange se tenait un grand gaillard au torse puissant, à l'épaisse crinière blanche, en manches de chemise et la cravate desserrée : Brian Kincaid, directeur régional adjoint. Il leva les yeux.

— Entrez, Judy.

— Que se passe-t-il ? Où est Milt ?

— J'ai de mauvaises nouvelles, annonça-t-il, sans avoir l'air affecté pour autant. Milt est à l'hôpital. On a diagnostiqué un cancer du pancréas.

— Oh, mon Dieu ! s'exclama Judy en s'asseyant.

Lestrange était allé à l'hôpital la veille ; pour une visite de routine, avait-il précisé, mais il devait se douter des problèmes qui le guettaient.

— On va l'opérer. Une sorte de pontage intestinal. Au mieux, il ne sera pas de retour avant quelques semaines.

— Pauvre Milt ! (Judy était bouleversée. Milt lui avait paru en parfaite santé, et voilà qu'on venait de lui découvrir une terrible maladie ! Elle aurait voulu le réconforter et elle se sentait désemparée.) J'imagine que Jessica est avec lui, ajouta-t-elle.

Jessica était la seconde femme de Milt.

— Oui. Son frère arrive de Los Angeles aujourd'hui. Ici, au bureau…

— Et sa première femme ?

— Je ne sais rien d'elle, objecta Kincaid d'un air agacé. J'ai parlé à Jessica.

— Il faudrait la prévenir. Je vais essayer de trouver son numéro.

— Comme vous voudrez. (Kincaid était impatient d'en finir avec les questions personnelles et de parler travail.) Ici, nous avons procédé à certains changements. C'était inévitable. En l'absence de Milt, on m'a nommé directeur intérimaire.

— Félicitations, prononça Judy d'un ton neutre, le cœur serré.

— Je vous affecte au Bureau du terrorisme intérieur.

Tout d'abord, Judy n'éprouva que de la surprise.

— Pourquoi donc ?

— Vous vous en tirerez bien là-bas. (Il décrocha son téléphone.) Linda, demandez à Matt Peters de venir me voir tout de suite.

Peters était le chef de la brigade du terrorisme intérieur.

Puis l'indignation la gagna.

— Mais je viens de gagner mon procès ! Aujourd'hui même, j'ai envoyé les frères Foong en prison !

— Bravo. Mais ça ne change pas ma décision.

— Attendez une minute ! Vous savez que j'ai posé ma candidature au poste de directeur de la Brigade du crime organisé asiatique. Si on me déplace maintenant, ça va donner l'impression que j'ai eu des problèmes.

— Je crois que vous avez besoin d'élargir votre expérience.

— Et moi, je crois que vous, vous voulez placer Marvin à la tête du Bureau asiatique.

— Vous avez raison. À mon avis, Marvin est le meilleur candidat pour ce poste.

Quel connard ! On le nomme patron, et la première chose qu'il fait, c'est d'utiliser son pouvoir tout neuf pour pistonner un copain.

— Vous ne pouvez pas faire ça, insista-t-elle. Il existe des lois sur l'égalité en matière de promotion.

— Allez-y, faites une réclamation ! Marvin est plus qualifié que vous.

— J'ai envoyé beaucoup plus de criminels en taule.

Kincaid lui lança un sourire satisfait avant d'abattre sa carte maîtresse.

— Mais il a passé deux ans à la direction générale à Washington.

Il a raison, pensa Judy, consternée. Elle n'avait jamais travaillé à la direction générale du FBI. Et, même si ce n'était pas une condition absolue, on estimait souhaitable qu'un directeur régional en ait l'expérience. Inutile, donc, de poser une réclamation. Tous savaient qu'elle était le meilleur agent mais, sur le papier, Marvin la devançait.

Judy refoula ses larmes. Elle avait trimé dur pendant deux ans, elle avait remporté une victoire capitale contre le crime organisé et ce salopard lui piquait sa récompense sous le nez !

Matt Peters entra. C'était un type râblé d'environ quarante-cinq ans, chauve, portant une chemise à manches courtes et une cravate. Comme Marvin Hayes, c'était un ami de Kincaid. Judy commençait à se sentir cernée.

— Félicitations, pour avoir gagné votre procès, déclara Peters à Judy. Je suis ravi de vous avoir dans ma brigade.

— Merci.

— Matt a une nouvelle mission pour vous, annonça Kincaid.

Peters tendit à Judy le dossier qu'il tenait sous le bras.

— Le gouverneur a reçu une menace terroriste d'un groupe qui s'appelle les Soldats du Paradis.

Judy ouvrit le dossier, mais c'était à peine si elle comprenait les mots qu'elle lisait. Tremblante de colère, elle avait l'accablante impression que tous ses efforts avaient été vains. Pour masquer ses émotions, elle essaya de parler de l'affaire.

— Que réclament-ils ?

— Qu'on bloque la construction de nouvelles centrales en Californie.

— Des centrales nucléaires ?

— N'importe lesquelles. Ils nous ont donné quatre semaines pour satisfaire leurs exigences. Ils affirment être la branche extrémiste du Mouvement pour la Californie verte.

Judy essaya de se concentrer. Le Mouvement pour la Californie verte était un groupe de pression écologiste parfaitement autorisé basé à San Francisco. Il était difficile de les croire à l'origine d'une telle proposition. Cependant, toutes les organisations de ce genre étaient susceptibles d'attirer des dingues.

— Et de quoi nous menacent-ils ?

— D'un tremblement de terre.

— Vous vous payez ma tête ! s'exclama-t-elle.

Comme elle était furieuse et énervée, elle ne mâcha pas ses mots.

— C'est stupide. Personne ne peut provoquer un tremblement de terre. Pourquoi pas une chute de neige, tant qu'ils y sont ?

— Vérifiez, insista Matt en haussant les épaules.

Les politiciens en vue recevaient chaque jour des menaces, toutefois le FBI n'enquêtait pas sur les messages émanant de gens de toute évidence dérangés. Sauf indice sérieux.

— Comment ont-ils fait connaître cette menace ?

— Elle a été publiée sur un bulletin d'Internet le 1er mai. Tout est dans le dossier.

Elle le regarda dans les yeux. Elle n'était pas d'humeur à avaler des couleuvres.

— Vous me cachez quelque chose. Cette menace n'a pas la moindre crédibilité. (Elle regarda sa montre.) Nous sommes aujourd'hui le 25. Ce message date de plus de trois semaines et demie, et tout d'un coup, à quatre jours de la date limite, on s'en préoccupe ?

— John Truth a découvert l'annonce, en surfant sur le Net, j'imagine. Peut-être cherchait-il désespérément un sujet brûlant. Bref, il a évoqué la menace dans son émission de vendredi soir et il a reçu un tas d'appels.

— Je vois. (John Truth était un chroniqueur de radio très controversé. Son émission était diffusée de San Francisco, mais elle était retransmise dans toute la Californie. Judy était plus qu'agacée.) John Truth a fait pression sur le gouverneur pour qu'il agisse. Le gouverneur a fait appel au FBI pour enquêter. Il faut donc que nous fassions semblant de mener une enquête à laquelle personne ne croit !

— On peut le voir comme ça.

Judy prit une profonde inspiration. Elle s'adressa à Kincaid et non pas à Peters, parce qu'elle savait qu'il avait tout manigancé.

— Voilà vingt ans que ce bureau essaie de coincer les frères Foong. Aujourd'hui, je les ai envoyés en taule, et vous me confiez une foutaise de ce genre !

Kincaid avait l'air très content de lui.

— Si vous voulez faire partie du FBI, il va falloir prendre le bon avec le mauvais.

— Je l'ai pris, Brian !

— Ne criez pas.

— Je l'ai pris, répéta-t-elle. Il y a dix ans, quand j'étais nouvelle et sans expérience et que mon directeur ne savait pas jusqu'à quel point on pouvait compter sur moi, on me confiait ce genre de missions. Je les acceptais avec entrain, je m'en acquittais consciencieusement et je prouvais que je méritais qu'on me confie un vrai travail !

— Dix ans, ce n'est rien. Moi, ça fait vingt-cinq ans que je suis ici.

Elle essaya de le raisonner.

— Écoutez, on vient de vous confier ce service. Votre premier geste est de charger un de vos meilleurs agents d'un dossier qui aurait dû échoir à un bleu. Tout le monde pensera que vous assouvissez une sorte de rancœur.

— Vous avez raison. On vient de me confier ce poste. Et vous voulez m'apprendre mon métier! Maddox, retournez travailler.

Elle le dévisagea. Il n'oserait tout de même pas la congédier de cette façon!

— Cette réunion est terminée, insista-t-il.

La rage de Judy déborda.

— Ça n'est pas seulement cette réunion qui est terminée. Kincaid, allez vous faire foutre.

Il prit un air stupéfait.

— Je démissionne.

Là-dessus, elle sortit.

— Tu as dit ça! s'écria le père de Judy.

— Oui. Je savais que tu ne serais pas d'accord.

— Sur ce point-là, en tout cas, tu ne t'es pas trompée.

Ils étaient assis dans la cuisine à boire du thé vert.

Le père de Judy était inspecteur de la police de San Francisco. Il assurait de nombreuses missions clandestines. C'était un homme d'une forte carrure, très en forme pour son âge, avec des yeux vert clair et des cheveux gris coiffés en queue-de-cheval.

Il approchait de la retraite et la redoutait comme la peste. La police était sa vie. Il aurait voulu y rester jusqu'à l'âge de soixante-dix ans. Il était donc horrifié à l'idée de voir sa fille prête à la quitter sans y être obligée.

Les parents de Judy s'étaient rencontrés à Saigon. Son père était dans l'armée à une époque où les soldats américains s'appelaient encore «conseillers». Sa mère venait d'une famille de la bourgeoisie vietnamienne — le grand-père de Judy avait été comptable au ministère des Finances. Le père de Judy avait ramené sa fiancée au pays et Judy était née à San Francisco. Quand elle était bébé, elle appelait ses parents Bo et Me, l'équivalent vietnamien de papa et maman. Les policiers adoptèrent ce sobriquet, et son père fut bientôt connu sous le nom de Bo Maddox.

Judy l'adorait. Elle avait treize ans quand sa mère mourut dans un accident de voiture. Depuis, Judy était très proche de Bo. Après avoir rompu voilà un an avec Don Riley, elle était venue s'installer chez son père et n'avait depuis lors trouvé aucune raison d'en partir.

— Je ne perds pas souvent mon sang-froid, soupira-t-elle, tu dois bien le reconnaître.

— Seulement quand c'est vraiment important.

— Mais maintenant que j'ai donné ma démission à Kincaid, je pense que je vais le faire.

— Maintenant que tu l'as insulté de cette façon, je pense que tu y es obligée.

Judy leur resservit du thé à tous les deux. Elle bouillait encore d'une fureur intérieure.

— C'est vraiment un sale con.

— Il doit l'être parce qu'il vient de perdre un bon agent. (Bo but une gorgée de thé.) Et toi, tu es encore plus bête. Tu as perdu une situation formidable.

— On m'en a offert une meilleure aujourd'hui.

— Où ça ?

— Chez Brooks Fielding, le cabinet d'avocats. Je pourrais gagner trois fois mon salaire.

— En empêchant des gangsters d'aller en prison !

— Chacun a droit à une bonne défense.

— Pourquoi ne pas épouser Don Riley et avoir des bébés ? Des petits-enfants m'occuperaient quand j'aurai pris ma retraite.

Judy tressaillit. Elle n'avait jamais raconté à Bo la véritable histoire de sa rupture avec Don. La vérité était qu'il avait eu une aventure. Se sentant coupable, il l'avait avoué à Judy. Ce n'était qu'une passade avec une collègue et Judy avait essayé de lui pardonner, mais ses sentiments pour Don s'en étaient ressentis. Elle n'éprouvait plus l'envie de faire l'amour avec lui.

D'ailleurs, plus personne ne l'attirait ; c'était comme si on avait tourné un commutateur et qu'on eût coupé son instinct sexuel.

Bo ignorait cette histoire. Il considérait Don Riley comme le mari parfait : beau, intelligent, brillant et travaillant dans la police.

— Don m'a invitée pour fêter ça, mais je crois que je vais annuler.

Bo eut un petit sourire désabusé.

— Oh, ce n'est pas moi qui vais te dire qui épouser... Je ferais mieux d'y aller. Nous avons une descente de police ce soir.

Judy n'aimait pas quand il travaillait de nuit.

— Tu as mangé ? demanda-t-elle avec sollicitude. Tu veux que je te fasse des œufs avant que tu partes ?

— Non, merci, ma chérie. J'avalerai un sandwich plus tard. (Il passa un blouson de cuir et l'embrassa sur la joue.) Je t'aime.

— Salut !

Au moment où la porte claquait, le téléphone sonna. C'était Don.

— Je nous ai retenu une table Chez Masa.

Judy soupira. Chez Masa, c'était hyper-chic.

— Don, je suis navrée de te laisser tomber, mais je préférerais ne pas sortir.

— Tu plaisantes ! J'ai pratiquement dû offrir au maître d'hôtel le corps de ma sœur pour avoir une table !

— Je n'ai pas envie de faire la fête. Ça a été une mauvaise journée au bureau. (Elle lui parla du cancer de Lestrange et de la mission stupide que Kincaid lui avait collée sur les bras.) Alors je démissionne.

— Je ne peux pas le croire ! Tu *adores* le FBI.

— C'était vrai autrefois.

— Mais c'est terrible !

— Pas tant que ça. D'ailleurs, il est temps que je gagne un peu d'argent. J'étais une vedette à la fac, tu sais. J'avais de meilleures notes que deux ou trois personnes qui gagnent aujourd'hui des fortunes.

— Bien sûr, en aidant un meurtrier à s'en tirer, en écrivant un livre là-dessus et en ramassant un million de dollars... C'est toi, ça ? C'est bien à Judy Maddox que je parle ? Allô ?

— Je ne sais pas, Don, mais avec tout ce qui me trotte dans la tête, je ne suis pas d'humeur à dîner en ville.

Il y eut un silence. Judy savait que Don était en train de se résigner à l'inévitable. Au bout d'un moment, il dit :

— Bon, mais il va falloir te faire pardonner. Demain ?

Judy n'avait pas le courage de refuser.

— D'accord.

— Merci.

Elle raccrocha.

Elle alluma la télé et farfouilla dans le frigo, bien qu'elle n'ait pas faim. Elle prit une canette de bière, l'ouvrit, et se planta devant la télé pendant trois ou quatre minutes avant de se rendre compte que l'émission était en espagnol. Elle décida qu'elle n'avait pas envie de bière. Elle éteignit le téléviseur et vida la bière dans l'évier.

Et si elle allait Chez Everton, le bar favori des agents du FBI ? Elle aimait bien y traîner, à boire de la bière en mangeant des hamburgers et en échangeant des histoires de guerre. Mais elle n'était pas sûre d'y être bien accueillie, surtout si Kincaid y était. Elle commençait déjà à se sentir une étrangère.

Elle décida de rédiger son CV. Elle allait passer à son bureau et le faire sur son ordinateur. Mieux valait être dehors à s'occuper que chez elle à ronger son frein.

Elle prit son pistolet, hésita... Les agents du FBI étaient de service vingt-quatre heures sur vingt-quatre et obligés d'être armés, sauf au tribunal, à l'intérieur d'une prison ou au bureau.

Mais, si je ne suis plus agent, je n'ai pas besoin de sortir armée.

Puis elle changea d'avis.

Merde! si je tombe sur un cambriolage et que je sois obligée de continuer sans m'arrêter parce que j'ai laissé mon arme à la maison, je vais me sentir drôlement stupide.

C'était l'arme réglementaire du FBI, un P228 SIG-Sauer. Il contenait normalement treize balles de neuf millimètres, mais Judy actionnait toujours la glissière pour introduire la première balle dans le canon, ensuite elle ôtait le chargeur et ajoutait une balle supplémentaire, ce qui lui en faisait quatorze. Elle avait aussi un fusil Remington modèle 870. Comme tous les agents, elle s'entraînait une fois par mois au tir, généralement au stand de la police à Santa Rita. Quatre fois par an, on vérifiait ses qualités de tireuse. Elle passait l'examen haut la main elle avait une bonne vue, le geste ferme et les réflexes rapides.

Comme la plupart des agents, elle n'avait jamais tiré, sauf à l'entraînement. Les agents du FBI étaient des enquêteurs. Ils avaient une solide instruction et étaient bien payés. Ils n'étaient jamais en tenue de combat et pouvaient passer leurs vingt-cinq ans de carrière derrière un bureau sans jamais être impliqués dans une fusillade ou même une bagarre. Mais ils devaient parer à toute éventualité.

Judy rangea son arme dans un sac à bandoulière. Elle était vêtue d'un *ao dai*, le traditionnel vêtement vietnamien au col officier et fendu sur les côtés qu'on portait toujours par-dessus un pantalon très large. C'était la tenue décontractée qu'elle préférait, parce qu'elle était confortable et seyante. Le tissu blanc faisait ressortir ses cheveux noirs qui tombaient sur ses épaules, sa peau couleur de miel, et le corsage ajusté mettait en valeur sa silhouette menue. Normalement, elle ne le portait pas au bureau, mais c'était tard le soir; d'ailleurs, elle avait démissionné.

Sa Chevrolet Monte Carlo était garée devant la maison. C'était une voiture de fonction, et elle ne la regretterait pas. Quand elle serait avocate, elle pourrait s'offrir un bolide autrement plus excitant : une petite voiture de sport européenne, peut-être une Porsche ou une MG.

La maison de son père était dans le quartier de Richmond ; pas très élégant, mais un policier honnête ne devenait jamais riche. Judy emprunta la voie expresse pour descendre en ville. L'heure de pointe était passée et la circulation était fluide. Elle ne mit que quelques minutes pour gagner le Federal Building. Elle se gara dans le parking en sous-sol et prit l'ascenseur jusqu'au onzième étage.

Maintenant qu'elle quittait le FBI, elle trouvait au bureau des airs douillets et familiers qui lui inspiraient une certaine nostalgie. La moquette grise, les pièces soigneusement numérotées, les tables de travail, les classeurs et les ordinateurs évoquaient une organisation puissante, riche, sûre d'elle et dévouée à sa mission. Quantité de gens travaillaient tard. Elle entra dans le bureau de la Brigade du crime organisé asiatique. La pièce était déserte. Elle alluma, s'assit à son bureau et chargea son ordinateur.

Quand elle songea à rédiger son CV, elle se retrouva soudain l'esprit vide. Que dire de sa vie avant le FBI ? Le lycée et deux années assommantes au service juridique de la Mutual American Insurance. Il fallait qu'elle donne un aperçu précis de ses dix ans au Bureau, montrant comment elle avait réussi et progressé dans la hiérarchie. Mais, au lieu d'un récit ordonné, sa mémoire lui fournissait une série chaotique de flash-back : le violeur en série qui, du banc des accusés, l'avait remerciée de l'envoyer en prison où il ne pourrait plus nuire à quiconque ; une compagnie intitulée Les Investissements de la Sainte Bible, qui avait dépouillé de leurs économies des douzaines de veuves âgées ; le jour où elle s'était retrouvée seule dans une pièce avec un homme armé qui avait enlevé deux jeunes enfants et où elle l'avait persuadé de lui remettre son arme... Des événements sans aucune valeur pour Brooks Fielding.

Elle décida d'écrire d'abord sa lettre officielle de démission.

« À l'attention du directeur régional.

« Cher Brian, je vous confirme par la présente ma démission. »

Ça faisait mal.

Elle avait donné dix ans de sa vie au FBI. D'autres femmes s'étaient mariées, avaient mis des enfants au monde, avaient monté leur propre affaire, écrit un roman ou fait le tour du monde en bateau. Elle s'était consacrée à sa mission. Et elle jetait tout ça à la poubelle ! Cette idée lui fit monter les larmes aux yeux.

Quelle idiote je fais, assise toute seule dans mon bureau à pleurer sur mon ordinateur !

Là-dessus, Simon Sparrow entra.

De deux ans plus âgé que Judy, c'était un solide gaillard moustachu aux cheveux coupés court. Il était lui aussi en tenue décontractée : pantalon de toile beige, chemise de sport à manches courtes. Docteur ès langues, spécialiste de l'analyse des menaces, il avait passé cinq ans à l'Unité de sciences du comportement à l'Académie du FBI à Quantico, en Virginie.

Il aimait bien Judy, et c'était réciproque. Avec les hommes du Bureau, il avait des conversations sur le football, les armes et les voitures mais, quand il était seul avec elle, il faisait des commentaires sur ses tenues et ses bijoux, comme une copine.

Il tenait un dossier à la main.

— La menace de tremblement de terre est *fascinante* ! déclara-t-il, les yeux brillants d'enthousiasme.

Judy se moucha. Il avait bien dû voir qu'elle était bouleversée, mais il eut le tact de feindre le contraire.

— J'allais laisser le dossier sur ton bureau, mais je suis content de t'avoir trouvée.

De toute évidence, il avait travaillé tard pour terminer son rapport et Judy ne voulait pas le décevoir en lui révélant qu'elle démissionnait.

— Assieds-toi, proposa-t-elle en se reprenant.

— Félicitations pour avoir gagné ton procès aujourd'hui !

— Merci.

— Tu dois être contente.

— Je devrais l'être. Mais, juste après, je me suis engueulée avec Brian Kincaid.

— Oh, lui ! lança Simon en écartant leur patron d'un geste. Si tu t'excuses gentiment, il te pardonnera. Il ne peut pas se permettre de te perdre, tu es trop bonne.

Voilà qui était inattendu. En général Simon était plus compatissant. Était-il déjà au courant ? Dans ce cas, il savait qu'elle avait donné sa démission. Alors, pourquoi lui avait-il apporté le rapport ?

— Explique-moi ton analyse de la menace, demanda-t-elle, intriguée.

— Ça m'a déconcerté un moment. (Il lui tendit une sortie imprimante du message tel qu'il avait été diffusé à l'origine sur le bulletin d'Internet.) À Quantico, ils étaient aussi étonnés, ajouta-t-il.

Elle avait déjà vu le message : il était dans le dossier que Matt Peters lui avait remis quelques heures auparavant. Elle l'examina une nouvelle fois.

1er MAI
À l'attention du gouverneur de l'État

Salut !

Vous dites que vous vous préoccupez de la pollution et de l'environnement, mais vous ne faites jamais rien du tout ; alors, on va vous y obliger.

La société de consommation est en train d'empoisonner la planète parce que vous êtes trop cupide : il va falloir que ça cesse maintenant !

Nous sommes les Soldats du Paradis, la branche extrémiste du Mouvement pour la Californie verte.

Nous vous disons d'annoncer un gel immédiat de la construction de centrales. Pas de nouvelles centrales. Sinon

Sinon quoi, direz-vous ?

Sinon, nous déclencherons un tremblement de terre exactement dans quatre semaines à dater d'aujourd'hui.

Soyez prévenu ! Nous parlons sérieusement !

Les Soldats du Paradis

Ce texte ne lui évoquait rien de particulier mais Simon en avait étudié chaque mot, chaque virgule, pour lui trouver une signification.

— Qu'est-ce que tu en penses ?

Elle réfléchit une minute.

— Je vois un jeune étudiant plutôt cossard, aux cheveux gras, portant un T-shirt délavé avec *Faites l'amour, pas la guerre*, assis devant son ordinateur et rêvant d'obliger le monde à lui obéir au lieu de l'ignorer comme ça a toujours été le cas.

— Eh bien, déclara Simon avec un sourire, on ne pourrait pas se tromper davantage ! C'est un homme sans éducation, à faibles revenus, d'une quarantaine d'années.

Judy hocha la tête, stupéfaite. Elle était toujours abasourdie par la façon dont Simon tirait des conclusions à partir d'indices qu'elle était incapable de distinguer.

— Comment le sais-tu ?

— Le vocabulaire et la structure des phrases. Regarde la façon de commencer. Les gens éduqués ne commencent pas une lettre par « Salut » mais par « Cher Monsieur ». Les diplômés évitent en général les doubles négations comme « vous ne faites jamais rien du tout ».

— Tu cherches donc Joe Smith, ouvrier, quarante-cinq ans. Ça me semble assez clair. Qu'est-ce qui t'a intrigué ?

— Des indices contradictoires. D'autres éléments du message font penser à une jeune femme de la bourgeoisie. L'orthographe est parfaite. Il y a un point-virgule dans la première phrase, ce qui indique une certaine éducation. Et le nombre de points d'exclamation fait songer à une femme. Pardon, Judy, mais c'est la vérité.

— Comment sais-tu qu'elle est jeune ?

— Quelqu'un de plus âgé aurait tendance à utiliser des majuscules pour une formule comme « Gouverneur de l'État ». En outre, l'utilisation d'un ordinateur et de l'Internet indique quelqu'un d'à la fois jeune et ayant une certaine instruction.

Elle observa Simon. Cherchait-il délibérément à l'intéresser à l'affaire pour l'empêcher de quitter le FBI ? Mission impossible : quand elle avait pris une décision, elle s'y tenait. Pourtant, l'énigme évoquée par Simon la fascinait.

— À ton avis, ce message a été rédigé par quelqu'un qui souffre d'un dédoublement de la personnalité ?

— Pas du tout. Il a été écrit par deux personnes : l'homme a dicté, la femme a tapé.

— Futé !

Judy commençait à discerner derrière cette menace l'image de deux individus. Comme un chien de chasse flaire le gibier, elle était tendue, en alerte, la perspective de la poursuite faisant déjà palpiter ses veines.

Je sens ces gens, je veux savoir où ils sont, je suis certaine de pouvoir les attraper.

Mais j'ai démissionné.

— Je me demande pourquoi il dicte, poursuivit Simon. S'il s'agissait d'un patron ayant l'habitude d'avoir une secrétaire je comprendrais, mais notre type est banal.

Simon parlait d'un ton rêveur, comme s'il esquissait une vague hypothèse, mais Judy savait que ses intuitions se révélaient souvent pertinentes.

— Tu as une théorie ?

— Et s'il était illettré ?

— Il pourrait simplement être paresseux.

— Exact. (Simon haussa les épaules.) C'est juste une idée en l'air.

— Bref, tu as une charmante étudiante sous la coupe d'un voyou des rues. Le Petit Chaperon rouge et le Grand Méchant Loup. Elle est sans doute en danger, mais est-elle la seule ? La menace d'un tremblement de terre ne me semble pas réelle.

— Je crois qu'il faut la prendre au sérieux.

Judy était incapable de maîtriser plus longtemps sa curiosité.

— Pourquoi ?

— Comme tu le sais, nous analysons les menaces suivant *la motivation, l'intention et le choix de la cible*.

Judy acquiesça. C'était élémentaire.

— *La motivation* est soit d'ordre émotionnel, soit d'ordre pratique. En d'autres termes, l'auteur du message agit-il par plaisir, ou bien veut-il quelque chose ?

Pour Judy, la réponse était assez évidente.

— Apparemment, ces gens ont un objectif précis. Ils veulent que l'État cesse de bâtir des centrales.

— Bien. Ça signifie qu'ils ne veulent vraiment pas faire du mal à qui que ce soit. Ils espèrent atteindre leur but grâce à une simple menace.

— Alors que les sujets émotifs préféreraient tuer.

— Exactement. Ensuite, *l'intention* est d'ordre soit politique, soit criminel, soit relevant d'un esprit perturbé.

— Dans ce cas, je dirais politique, du moins en apparence.

— Les idées politiques peuvent servir de prétexte à un acte essentiellement insensé, mais, en l'occurrence, je n'ai pas cette impression. Et toi ?

Judy voyait où il voulait en venir.

— Tu essaies de m'expliquer que ces gens sont rationnels. Mais c'est de la démence que de menacer d'un tremblement de terre !

— J'y reviendrai, d'accord ? Enfin, le *choix de la*

cible est ou bien précis ou bien hasardeux. Tenter de tuer le Président est précis ; se déchaîner avec une mitrailleuse dans Disneyland relève du hasard. Un séisme tuerait manifestement une foule de personnes, sans distinction ; c'est donc un acte commis au hasard.

— Très bien, récapitula Judy. Tu as l'intention pratique, la motivation politique et la cible choisie au hasard. Conclusion ?

— Ces gens veulent soit négocier, soit attirer l'attention. Je dirais qu'ils veulent négocier. S'ils recherchaient la publicité, ils n'auraient pas choisi de faire passer leur message sur un obscur bulletin d'Internet, ils se seraient adressés à la télé ou aux journaux. Je crois donc qu'ils voulaient vraiment communiquer avec le gouverneur.

— Ils sont bien naïfs s'ils s'imaginent que le gouverneur lit les messages qui lui sont adressés.

— Je suis d'accord. Ces gens présentent un étrange mélange de sophistication et d'ignorance.

— Mais ils sont sérieux.

— Oui. Et j'ai une autre raison de le croire. Leur exigence — un gel de la construction de nouvelles centrales — n'est pas un simple prétexte. C'est trop terre à terre. Si tu inventais quelque chose, tu chercherais une idée plus sensationnelle, comme interdire la climatisation à Beverly Hills.

— Qui diable sont ces gens ?

— Nous l'ignorons. Le terroriste type pratique l'escalade. Il commence par des coups de fil menaçants et des lettres anonymes. Puis il écrit aux journaux et aux stations de télé. Ensuite, il se met à harceler les bâtiments officiels et à fantasmer. Lorsqu'il se présente pour une visite guidée de la Maison-Blanche avec un revolver de pacotille dans un sac à provisions en plastique, nous possédons déjà pas mal de précisions à son sujet. Mais pas celui-ci. J'ai fait comparer les empreintes linguistiques à celles de toutes les menaces terroristes enregistrées à Quantico : rien. Ces gens-là sont nouveaux.

— Donc nous ignorons tout d'eux ?

— Au contraire, nous en savons beaucoup ! Manifestement, ils vivent en Californie.

— Comment le sais-tu ?

— Le message est adressé « à l'attention du gouverneur de l'État ». S'ils étaient dans un autre État, ils l'adresseraient « à l'attention du gouverneur de Californie ».

— Quoi d'autre ?

— Ils sont Américains. Rien ne signale un groupe ethnique particulier : leur vocabulaire ne présente aucune caractéristique indiquant un Noir, un Asiatique ou un Hispanique.

— Tu as omis un détail, l'avertit Judy.

— Quoi donc ?

— Ils sont dingues.

Il la contredit d'un signe de tête.

— Simon, allons ! Ils s'imaginent pouvoir déclencher un tremblement de terre. Il faut qu'ils soient fous !

— Je ne connais rien à la sismologie, objecta Simon avec entêtement, mais je connais la psychologie, et je ne pense pas que ces gens aient perdu la tête. Ils sont sains d'esprit, sérieux et concentrés sur un but. Ce qui signifie qu'ils sont dangereux.

— Je ne marche pas.

— Je suis vanné, dit-il en se levant. Tu veux aller prendre une bière ?

— Pas ce soir, Simon, merci. Et merci pour le rapport. Tu es le meilleur.

— Je pense bien. Salut.

Judy posa les pieds sur son bureau et inspecta ses chaussures. Elle était convaincue que Simon avait tenté de la persuader de ne pas donner sa démission. Kincaid pouvait penser que cette affaire-là était de la foutaise, mais le message de Simon, c'était que les Soldats du Paradis pourraient présenter une vraie menace, qu'il s'agissait d'un groupe qu'il fallait vraiment débusquer et mettre hors d'état de nuire.

Auquel cas, sa carrière au FBI n'était pas nécessairement terminée. Elle pouvait sortir triomphante d'une affaire qu'on lui avait confiée comme une insulte délibérée. Cela la ferait paraître aussi brillante que Kincaid aurait l'air stupide. Séduisante perspective !

Elle reposa les pieds sur le sol et regarda son écran. Comme elle n'avait pas touché le clavier depuis un moment, son image de sauvegarde était apparue : une photographie d'elle à l'âge de sept ans, avec des brèches entre les dents et une pince en plastique retenant ses cheveux au-dessus de son front. Elle était assise sur les genoux de son père. Il était encore simple agent de police, en ce temps-là, et portait l'uniforme d'un flic de San Francisco. Elle avait pris sa casquette qu'elle essayait de mettre sur sa tête. C'était sa mère qui avait pris la photo.

Elle s'imagina travaillant pour Brooks Fielding, pilotant une Porsche et allant au tribunal défendre des gens comme les frères Foong.

Elle toucha la barre d'espacement et l'image de sauvegarde disparut. S'inscrivirent à la place les premiers mots de la lettre qu'elle avait commencée : « Cher Brian, je vous confirme par la présente ma démission. » Ses mains hésitèrent au-dessus du clavier. Au bout d'un long moment, elle s'exclama tout haut :

— Oh, la barbe !

Elle effaça la phrase et écrivit :

« Je voudrais vous présenter mes excuses pour ma grossièreté. »

3

Ce mardi matin, le soleil se levait sur la nationale 80. La Plymouth 1971 de Priest fonçait vers San Francisco, le rugissement du pot d'échappement trafiqué donnant l'impression que, à quatre-vingt-dix à l'heure, elle roulait à cent cinquante. Il l'avait achetée neuve, alors que ses affaires étaient florissantes. Puis son commerce de boissons en gros s'était effondré, le fisc était sur le point de l'arrêter, et il s'était enfui, sans rien d'autre que les vêtements qu'il avait sur le dos — en l'occurrence, un costume croisé bleu marine avec une veste à revers larges et des pantalons pattes d'éléphant — et sa voiture. Il avait encore les deux.

À l'époque hippie, la seule automobile qu'on pouvait afficher était la Volkswagen Coccinelle. Au volant de sa Barracuda jaune vif, Priest avait l'air d'un maquereau, lui disait toujours Star. Ils lui avaient donc donné un coup de peinture psychédélique : une planète ornait le toit, des fleurs couronnaient le coffre et, sur le capot, dansait une déesse indienne à huit bras, le tout dans des tons violet, rose et turquoise. En vingt-cinq ans, les couleurs s'étaient fanées en un brun marbré, mais, de près, on distinguait encore les motifs. Aujourd'hui, la voiture était une pièce de collection.

Il était parti à trois heures du matin. Mélanie avait dormi pendant tout le trajet. Elle était allongée, la tête sur les cuisses de Priest, ses jambes d'une longueur fabuleuse repliées sur le capitonnage noir usé. Tout en conduisant, il jouait avec ses cheveux. Ils étaient coiffés dans le style des années soixante, longs et raides avec une raie au milieu, pourtant elle était née à peu près à l'époque où les Beatles s'étaient séparés. Le gosse dormait aussi, étendu de tout son long sur la banquette arrière, la bouche ouverte. Esprit, le berger allemand de Priest, était couché auprès de lui. Le chien ne bougeait pas mais, chaque fois que Priest le regardait, il ouvrait un œil.

Priest était soucieux. Pourtant, il aurait dû être aux anges. C'était comme au bon vieux temps. Dans sa jeunesse, il avait toujours quelque chose en train, une arnaque, un projet, un plan pour gagner de l'argent ou en voler, pour organiser une soirée ou une émeute. Puis il avait découvert la paix. Parfois, il avait le sentiment que la vie était trop paisible. Voler le vibrateur sismique lui avait fait retrouver son âme d'autrefois. Avec une jolie fille auprès de lui et la perspective d'une partie où il allait falloir jouer serrer, il se sentait plus vivant aujourd'hui que depuis des années.

Malgré tout, il était inquiet.

Cette fois, il s'était vraiment mouillé. Il s'était vanté de pouvoir faire plier le gouverneur de Californie et il avait promis un tremblement de terre. S'il échouait, il perdrait tout ce qui comptait pour lui. S'il se faisait prendre, il se retrouverait en prison jusqu'à la fin de ses jours.

Cependant il était extraordinaire, différent des autres. Les règles ne s'appliquaient pas à lui. Il réalisait des choses auxquelles personne ne pensait.

Et il avait déjà parcouru la moitié du chemin. Il avait volé un vibrateur sismique. Il avait tué un homme. Et il s'en était tiré. Il n'y avait pas eu de représailles en retour, sauf, de temps en temps, des cauchemars dans lesquels Mario jaillissait de sa camionnette embrasée, les vêtements en feu, le sang ruisselant de son crâne fracassé, pour se précipiter d'un pas chancelant vers lui.

Le camion était dissimulé dans une vallée perdue des premiers contreforts de la Sierra Nevada. Il ne restait plus à Priest qu'à découvrir l'endroit précis où le placer de façon à provoquer un séisme.

Le mari de Mélanie allait lui donner ce renseignement.

À en croire Mélanie, Michael Quercus était le spécialiste mondial de la faille de San Andreas. Les informations qu'il avait accumulées étaient stockées dans son ordinateur. Priest voulait lui voler sa disquette de sauvegarde.

Pour cela, il avait besoin de Mélanie. C'était la raison pour laquelle il était inquiet. Il ne la connaissait que depuis quelques semaines. Certes, il avait pris une place considérable dans son existence, mais jamais il ne l'avait mise à pareille épreuve. Elle était mariée depuis six ans avec Michael. Elle pourrait soudain regretter d'avoir quitté son mari ; elle pourrait se rendre compte à quel point lui manquaient le lave-vaisselle et la télé ; elle pourrait être atterrée par ce qu'il y avait de dangereux et d'illégal dans l'entreprise dans laquelle il l'entraînait... Comment prévoir ce qui pourrait venir à l'esprit d'une personne aussi amère, désemparée et paumée que Mélanie ?

Sur la banquette arrière, son fils de cinq ans s'éveilla.

Esprit, le chien, fut le premier à bouger. Priest entendit le crissement de ses griffes sur le plastique de la banquette, puis il y eut un bâillement d'enfant.

Dustin, surnommé Dusty, n'avait pas de chance. Il souffrait de multiples allergies. Priest n'avait encore été témoin d'aucune de ses crises, mais Mélanie les lui avait décrites. Dusty était pris d'éternuements incontrôlables, les yeux lui sortaient des orbites et sa peau se couvrait d'éruptions qui le démangeaient horriblement. Elle avait toujours avec elle de puissants antiallergiques mais, prétendait-elle, ils n'atténuaient que partiellement les symptômes.

— Maman, j'ai soif.

Mélanie se réveilla. Elle se redressa en s'étirant ; Priest jeta un coup d'œil sur le contour de ses seins sous le léger T-shirt qu'elle portait. Elle se retourna.

— Bois un peu d'eau, Dusty, tu as une bouteille juste à côté de toi.

— Je ne veux pas d'eau, gémit-il. Je veux du jus d'orange.

— On n'en a pas, lança-t-elle.

Dusty éclata en sanglots.

Mélanie était une mère nerveuse qui craignait sans cesse de mal agir. La santé de son fils l'obsédait. Elle se montrait à la fois outrageusement protectrice et exagérément irritable. Convaincue que son mari essaierait de lui reprendre l'enfant à la moindre erreur, elle était terrifiée à l'idée de passer pour une mauvaise mère.

Priest intervint.

— Hé ! wouah ! Nom de Dieu ! Qu'est-ce qui arrive derrière nous ? s'écria-t-il comme s'il était vraiment effrayé.

— Un camion, répondit Mélanie en se retournant.

— C'est ce que tu crois, cette chose est *déguisée* en camion, mais en réalité c'est un engin spatial avec des torpilles au photon. Dusty, j'ai besoin de toi ! Frappe trois fois la lunette arrière pour déployer notre blindage magnétique invisible. Vite !

Dusty tapa sur la vitre.

— Maintenant, si tu vois une lumière orange clignoter sur son aile bâbord, c'est qu'il tire ses torpilles. Tu ferais mieux de guetter, Dusty.

Le camion approchait rapidement. Une minute plus tard, son clignotant gauche s'alluma et l'engin déboîta pour les doubler.

— Il tire sur nous ! Il tire ! cria Dusty.

— Je vais tâcher de maintenir le blindage magnétique pendant que tu ripostes ! Cette bouteille d'eau est un canon à laser !

Dusty braqua la bouteille sur le camion et émit une série de crépitements. Esprit fit chorus, aboyant furieusement contre le camion qui passait. Mélanie éclata de rire.

Quand le camion se rabattit devant eux, Priest s'écria :

— Ouf ! On a eu de la chance de s'en tirer sans dégâts. Je crois qu'ils ont renoncé pour l'instant.

— Est-ce qu'il va y avoir d'autres engins spatiaux ?

— Esprit et toi, continuez à surveiller l'arrière et avertissez-moi s'il y a quelque chose de bizarre, d'accord ?

— D'accord.

Mélanie sourit.

— Merci. Tu as le chic avec lui.

J'ai le chic avec tout le monde : hommes, femmes, enfants, chiens. J'ai du charisme. Ça n'est pas inné : j'ai appris. C'est simplement une méthode pour pousser les autres à faire ce qu'on veut : n'importe quoi, qu'il s'agisse de persuader une épouse fidèle de commettre l'adultère jusqu'à faire cesser de pleurnicher un gosse qui a des démangeaisons. Il suffit d'un peu de charme.

— Dis-moi quelle sortie prendre, demanda-t-il.

— Tu n'as qu'à guetter les panneaux pour Berkeley.

Elle ignorait qu'il ne savait pas lire.

— Il y en a probablement plus d'un. Indique-moi simplement où tourner.

Quelques minutes plus tard, ils quittaient l'autoroute pour entrer dans la ville universitaire. Priest sentit la tension de Mélanie monter. Toute sa rage contre la société, toutes les déceptions que la vie lui avait apportées se concentraient sur cet homme qu'elle avait quitté six mois plus tôt. Elle guida Priest jusqu'à Euclid Avenue, une rue aux maisons et aux immeubles modestes loués sans doute par des étudiants et de jeunes professeurs.

— Je crois quand même que je devrais y aller seule.

Hors de question ! Mélanie n'était pas assez solide. Priest ne pouvait déjà pas compter sur elle lorsqu'il était près d'elle, alors seule…

— Non.

— Peut-être que je…

Il eut un mouvement de colère.

— Non !

— Bon, bon ! s'empressa-t-elle de dire, se mordant la lèvre.

— Tiens, s'exclama Dusty, tout excité, c'est ici qu'habite papa !

Mélanie désigna un petit immeuble en stuc devant lequel Priest se gara. Puis elle se tourna vers Dusty, mais Priest la devança.

— Il reste dans la voiture.

— Je ne sais pas si c'est prudent…

— Il y a le chien.

— Il pourrait avoir peur.

Priest s'adressa à Dusty.

— Dites-moi, lieutenant, j'ai besoin de vous et de l'enseigne Esprit pour monter la garde à bord de notre engin spatial pendant que le commandant Maman et moi nous rentrons à la base.

— Est-ce que je vais voir papa ?

— Bien sûr. Mais j'aimerais lui parler d'abord quelques minutes. Je peux compter sur toi pour la garde ?

— Et comment !

— Dans la marine spatiale, on dit « À vos ordres ! » et pas « Et comment ! ».

— À vos ordres !

— Très bien. Exécution ! ordonna Priest en descendant de voiture.

Mélanie sortit à son tour, l'air anxieux.

— Pourvu que Michael ne sache jamais que nous avons laissé son gosse dans la voiture !

Priest ne répondit pas.

Tu as peut-être peur de vexer Michael, mon petit, mais moi, je m'en fous pas mal.

Mélanie prit son sac sur la banquette et le passa en bandoulière. Ils remontèrent l'allée jusqu'à la porte de l'immeuble. Mélanie pressa la sonnette de l'entrée et attendit.

Son mari était un oiseau de nuit, avait-elle prévenu. Il aimait travailler le soir et dormir tard. C'était la raison pour laquelle ils avaient choisi de lui rendre visite avant sept heures du matin. Priest espérait que Michael serait trop mal réveillé pour imaginer le moindre motif caché à leur venue. S'il se méfiait, il serait probablement impossible de lui voler sa disquette.

Mélanie affirmait que c'était un bourreau de travail. Il passait ses journées à sillonner la Californie, en contrôlant les instruments qui mesuraient les infimes mouvements géologiques de la faille de San Andreas et des autres cassures, et ses nuits à entrer les données dans son ordinateur.

Mais ce qui avait fini par la pousser à le quitter, c'était un incident à propos de Dusty. Elle et l'enfant étaient végétariens depuis deux ans ; ils ne mangeaient que des aliments biologiques et des produits provenant de magasins diététiques. Elle était persuadée que ce régime sévère diminuait les crises d'allergie de Dusty, même si Michael était sceptique. Un jour, elle avait découvert que Michael avait acheté un hamburger à Dusty. Pour elle, c'était comme empoisonner son fils. Elle tremblait encore de fureur en racontant l'histoire. Elle était partie le soir même, emmenant Dusty avec elle.

Peut-être avait-elle raison. Dans la communauté, ils étaient végétariens depuis le début des années soixante-dix, à une époque où c'était une excentricité. Au début Priest doutait du bien-fondé de ce régime, mais il était favorable à une discipline qui les singularisait. Ils cultivaient leurs vignes sans produit chimique, tout simplement parce qu'ils n'avaient pas les moyens d'en acheter ; ils avaient donc fait de nécessité vertu et qualifiaient leur vin de biologique, ce qui se révéla être un excellent argument de vente. Cependant, Priest devait reconnaître que, après un quart de siècle de cette existence, les membres de la communauté constituaient un groupe d'une santé remarquable. Mais s'il était désormais convaincu des qualités du régime végétarien, il n'en faisait pas une affaire de principe. Il continuait à aimer le poisson et si, de temps en temps, il lui arrivait de manger de la viande dans un bouillon ou un sandwich, il se contentait de hausser les épaules. Au contraire, quand Mélanie découvrait que son omelette aux champignons, par exemple, avait été cuite dans la graisse du bacon, elle vomissait sur-le-champ.

Une voix ronchonne résonna dans l'Interphone.

— Qui est-ce ?

— Mélanie.

Il y eut un déclic et la porte de l'immeuble s'ouvrit. Priest suivit Mélanie dans l'escalier. Au premier étage, Michael Quercus était planté sur le seuil de son appartement.

Priest fut surpris par son physique. Il s'attendait à un universitaire malingre, chauve, terne. Quercus était âgé de trente-cinq ans environ. Grand et costaud, il avait des cheveux noirs courts et bouclés et l'ombre d'une barbe drue sur les joues. Il n'était vêtu que d'une serviette nouée autour des reins, Priest pouvait donc constater qu'il avait les épaules larges et musclées et le ventre plat.

Ils devaient faire un beau couple.

En voyant Mélanie arriver en haut de l'escalier, Michael s'exclama :

— J'étais très inquiet ! Où étais-tu passée ?

— Tu ne peux pas t'habiller un peu ?

— Tu ne m'avais pas prévenu que tu serais accompagnée, répliqua-t-il d'un ton froid. (Il resta sur le pas de la porte.) Vas-tu répondre à ma question ?

De toute évidence, il avait un mal fou à maîtriser la rage qui bouillait en lui.

— Je suis venue t'expliquer, rétorqua Mélanie, ravie de voir Michael furieux. (*Quel mariage raté.*) Voici mon ami Priest. Nous pouvons entrer ?

Michael lui lança un regard noir, leur tourna le dos et s'engouffra dans l'appartement.

— J'espère que tu as de sacrément bonnes raisons, Mélanie.

Mélanie et Priest le suivirent dans un petit vestibule. Il ouvrit la porte de la salle de bains, décrocha d'une patère un peignoir de coton bleu foncé et l'enfila en prenant son temps. Puis il les précéda dans la salle de séjour.

Elle lui servait manifestement de bureau. La pièce était meublée d'un canapé, d'un téléviseur, d'une table supportant un ordinateur et d'une grande étagère sur laquelle s'alignait une rangée d'appareils électroniques dont les lumières clignotaient. Quelque part dans ces boîtes gris pâle étaient emmagasinés les renseignements dont Priest avait besoin. C'était un supplice de Tantale : pas moyen de les obtenir sans aide. Il devait compter sur Mélanie.

Une immense carte occupait tout un panneau.

— Qu'est-ce que c'est ? demanda Priest.

Michael se contenta de lui jeter un regard du genre « Qu'est-ce que vous en avez à foutre ? », mais Mélanie répondit à sa question.

— La faille de San Andreas. Elle commence au phare de Point Arena, à cent cinquante kilomètres au nord d'ici, dans le comté de Mendocino, puis elle descend vers le sud et l'est, passe devant Los Angeles et s'enfonce dans les terres jusqu'à San Bernardino. C'est une fente de l'écorce terrestre longue de onze cents kilomètres.

Mélanie avait expliqué à Priest le travail de Michael. Il évaluait les pressions exercées à différents endroits sur les failles sismiques. Il s'agissait à la fois de mesurer avec précision les infimes mouvements de l'écorce terrestre et d'estimer l'énergie accumulée d'après le temps qui s'était écoulé depuis le dernier séisme. Ses travaux lui avaient valu de nombreuses récompenses scientifiques. Un an auparavant, il avait démissionné de l'université pour ouvrir un bureau de consultant sur les risques de séismes auprès des entreprises de construction et des compagnies d'assurances.

Mélanie, brillante informaticienne, avait aidé Michael à concevoir son organisation. Elle avait programmé un logiciel afin que soient sauvegardées quotidiennement les données enregistrées entre quatre heures et six heures du matin. Toutes les informations contenues dans l'ordinateur étaient copiées sur une disquette, avait-elle expliqué à Priest. Quand Michael allumait son écran le matin, il la retirait de l'appareil pour la ranger dans un coffre à l'épreuve du feu. De cette façon, si son ordinateur était détruit ou si la maison brûlait, ces précieuses données ne seraient pas perdues. Priest trouvait stupéfiant qu'on puisse conserver sur une petite disquette des informations sur la faille de San Andreas. Il est vrai que pour lui les livres présentaient un aussi grand mystère... L'important, c'était qu'avec la disquette de Michael Mélanie pourrait indiquer à Priest où installer le vibrateur sismique.

Mais voilà : il leur fallait éloigner Michael de la pièce assez longtemps pour que Mélanie puisse retirer la disquette du lecteur optique.

— Dites-moi, Michael, tout ce matériel, commença Priest en désignant la carte et les ordinateurs, et en fixant sur Michael son fameux regard, quel effet ça vous fait ?

La plupart des individus se troublaient lorsque Priest leur lançait le Regard en leur posant une question personnelle. Ils fournissaient parfois une réponse révélatrice tant ils étaient déconcertés. Mais Michael semblait insensible. Il se contenta de répondre calmement :

— Ça ne me fait aucun effet. Je l'utilise. (Puis, se tournant vers Mélanie, il ajouta :) Maintenant, peux-tu m'expliquer pourquoi tu as disparu ?

C'est qu'il est arrogant, ce connard !

— C'est très simple : une amie m'a proposé son chalet dans les montagnes. (Priest lui avait recommandé de ne pas préciser où.) Une location annulée à la dernière minute. (Son ton laissait entendre qu'elle ne voyait pas pourquoi elle avait à expliquer quelque chose d'aussi simple.) Nous ne pouvons pas nous offrir de vacances, alors j'ai sauté sur l'occasion.

Quand Priest les avait rencontrés, Dusty et elle erraient dans la forêt, complètement perdus — Mélanie était une citadine, incapable de se guider au soleil. Ce jour-là, Priest était parti seul pêcher le saumon. C'était un parfait après-midi de printemps, doux et ensoleillé. Assis sur la rive d'un torrent, il fumait un joint quand il avait entendu un enfant pleurer.

Ce n'était pas un des enfants de la communauté ; il aurait reconnu la voix. À l'oreille, il avait trouvé Dusty et Mélanie. Elle était au bord des larmes. En voyant Priest, elle s'était exclamée :

— Dieu soit loué, je croyais que nous allions mourir ici !

Il l'avait longuement contemplée. Ses longs cheveux roux et ses yeux verts lui conféraient un air étrange, mais avec son short en jeans et son corsage bain de soleil, elle était mignonne à croquer. Tomber sur une belle éplorée alors qu'il était seul dans la forêt avait quelque chose de magique. S'il n'y avait pas eu le gosse, Priest aurait essayé de la culbuter sur le matelas d'aiguilles de pin, près du torrent écumant.

Il lui avait demandé si elle était tombée de Mars. « Non, avait-elle répondu, d'Oakland. »

Priest savait où se trouvaient les chalets de vacanciers. Il avait ramassé sa canne à pêche et l'avait guidée le long des sentiers et des crêtes qu'il connaissait si bien. En chemin, il avait bavardé avec elle, lui posant des questions, la gratifiant de temps en temps de son irrésistible sourire, et il avait tout appris sur elle.

Elle était vraiment dans le pétrin.

Elle avait quitté son mari pour suivre le guitariste

d'un groupe de rock, mais, au bout de quelques semaines, il l'avait jetée. Elle n'avait personne vers qui se tourner : son père était mort et sa mère habitait New York avec un type qui avait essayé de se glisser dans son lit le seul soir où elle avait dormi dans leur appartement. Elle avait épuisé le sens de l'hospitalité de ses amis et leur avait emprunté tout l'argent possible. Sa carrière était un fiasco : elle travaillait dans un supermarché à réapprovisionner les rayons en laissant toute la journée Dusty chez une voisine. Elle vivait dans un tel taudis que le petit enchaînait les crises d'allergie. Il aurait fallu qu'elle s'installe à l'air pur, mais elle ne pouvait pas trouver de travail en dehors de la ville. Elle était dans une impasse, désespérée. Elle essayait de calculer la dose de somnifères qui les tuerait, elle et Dusty, quand une copine lui avait proposé ce chalet.

Priest appréciait les gens à problème. Il suffisait de leur offrir ce dont ils avaient besoin, pour qu'ils deviennent vos esclaves. Il n'était pas à l'aise avec les gens assurés, indépendants, trop durs à contrôler.

Ils arrivèrent au chalet à l'heure du dîner. Mélanie prépara des pâtes et une salade, puis elle alla coucher Dusty. Une fois l'enfant endormi, Priest lui fit l'amour sur le tapis. Elle tremblait de désir. Le sexe lui permettait de se libérer de toute la charge affective qui s'était amassée en elle et ils firent l'amour comme si c'était la dernière fois. Elle lui griffa le dos, lui mordit les épaules et l'attira au plus profond d'elle-même. Priest ne se rappelait pas avoir connu rencontre plus excitante.

Et voilà que son poseur de mari-professeur se plaignait !

— Ça fait *cinq semaines* ! Tu ne peux quand même pas emmener mon fils et disparaître plus d'un mois sans téléphoner !

— Tu aurais pu m'appeler.

— Je ne savais pas où tu étais !

— J'ai un portable.

— J'ai essayé. Ça ne répondait jamais.
— On avait coupé la ligne parce que tu n'as pas payé la facture. C'est toi qui es censé la régler : on s'est mis d'accord là-dessus.
— J'avais deux jours de retard, voilà tout ! Ils ont dû la rétablir.
— Eh bien, tu as dû appeler quand j'étais coupée.
Cette scène de ménage ne rapprochait pas Priest de la disquette et il commençait à s'énerver.
Il faut d'une façon ou d'une autre que Michael sorte de la pièce.
Il les interrompit pour proposer :
— Si on prenait tous un café ?
Il voulait que Michael aille le préparer dans la cuisine.
Michael leva un pouce par-dessus son épaule.
— Servez-vous.
Merde.
Michael se retourna vers Mélanie.
— Peu importe *pourquoi* je n'ai pas réussi à te joindre. Je n'y suis pas arrivé. C'est pour ça qu'il faut que tu m'appelles avant d'emmener Dusty en vacances.
— Écoute, Michael, il y a encore une chose dont je ne t'ai pas parlé.
L'air exaspéré, Michael poussa un soupir.
— Assieds-toi.
Il s'installa derrière son bureau. Mélanie s'affala dans un coin du divan, repliant ses jambes sous elle d'une façon qui fit penser à Priest qu'il s'agissait de sa place habituelle. Priest se jucha sur le bras du canapé, ne voulant pas s'asseoir plus bas que Michael.
Je n'arrive même pas à deviner laquelle de ces machines est le lecteur optique. Allons, Mélanie, débarrasse-toi de ce mec !
Au ton de Michael, on devinait qu'il n'en était pas à sa première scène avec Mélanie.
— Bon, je t'écoute, dit-il avec lassitude. De quoi s'agit-il, cette fois ?

— Je vais m'installer dans les montagnes, de façon permanente. Avec Priest et un groupe de gens.

— Où ça ?

Ne voulant pas que Michael sache où ils vivaient, Priest répondit à la question.

— Dans le comté de Del Norte.

C'était dans la région des forêts de séquoias, tout au nord de la Californie. En réalité, la communauté vivait dans le comté de la Sierra, sur les premiers contreforts de la Sierra Nevada, non loin de la frontière orientale de l'État. L'un comme l'autre étaient loin de Berkeley.

Michael était scandalisé.

— Tu ne peux pas emmener Dusty vivre à des centaines de kilomètres de son père !

— J'ai une bonne raison pour cela. Depuis cinq semaines, Dusty n'a pas eu une seule crise d'allergie. Il se porte bien dans les montagnes, Michael.

— C'est sans doute l'air pur et l'eau, ajouta Priest. Là-bas, il n'y a pas de pollution.

Michael était sceptique.

— C'est le désert, pas la montagne, qui convient normalement aux gens qui ont des allergies.

— Ne me parle pas de ce qui est *normal* ! s'emporta Mélanie. Je ne peux pas aller dans le désert ; je n'ai pas d'argent. Là-bas, c'est le seul endroit dans mes moyens où Dusty puisse être en bonne santé !

— C'est Priest qui paie ton loyer ?

Vas-y, trou-du-cul, insulte-moi, parle de moi comme si je n'étais pas là, ça ne m'empêchera pas de continuer à baiser tranquillement ta nana.

— C'est une communauté, précisa Mélanie.

— Seigneur, Mélanie ! Avec quel genre de personnes t'es-tu acoquinée ? D'abord un guitariste camé...

— Attends un peu. Blade n'était pas camé...

— ... et maintenant une communauté hippie !

Mélanie était si passionnée par cette dispute qu'elle avait oublié la raison de leur présence.

La disquette, Mélanie, la disquette, bordel !

Priest l'interrompit une nouvelle fois.

— Pourquoi ne demandez-vous pas à Dusty ce qu'il en pense, Michael ?

— J'y compte bien.

Mélanie lança à Priest un regard désespéré. Il l'ignora.

— Dusty est juste en bas, dans ma voiture.

— Vous avez laissé mon fils dehors dans la voiture ? s'écria Michael, rougissant de colère.

— Ça ne risque rien, mon chien est avec lui.

— Nom de Dieu ! hurla Michael en lançant à Mélanie un regard furieux, qu'est-ce qui te prend ?

— Pourquoi n'allez-vous pas le chercher ? suggéra Priest.

— Je n'ai pas besoin de votre autorisation de merde pour aller chercher mon fils ! Passez-moi les clés de la voiture.

— Elle n'est pas fermée.

Michael sortit en trombe.

— Je t'avais prévenu de ne pas lui dire que Dusty était dehors ! gémit Mélanie. Pourquoi as-tu fait ça ?

— Pour qu'il sorte de cette foutue pièce. Maintenant, prends-moi cette disquette.

— Mais tu l'as mis dans une telle colère !

— Il l'était déjà ! (Ça n'était pas la bonne méthode, Priest s'en rendit compte. Elle risquait d'être trop affolée pour agir comme il fallait. Il se leva, lui prit les mains et lui lança le Regard.) Tu n'as pas à avoir peur de lui. Tu es avec moi. Je m'occupe de toi. Sois calme. Récite ton mantra.

— Mais…

— Récite-le.

— Lat hoo, dat soo.

— Continue.

— Lat hoo, dat soo, lat hoo, dat soo.

Elle commença à se calmer.

— Maintenant, prends la disquette.

Elle acquiesça, murmurant toujours son mantra. Se penchant sur les machines alignées le long de l'étagère, elle pressa un bouton ; une disquette jaillit d'un des ordinateurs. Elle ouvrit son sac et en prit une autre.

— Merde !

— Quoi ? demanda Priest, inquiet. Que se passe-t-il ?

— Il a changé de marque !

Priest examina les deux disquettes ; elles lui paraissaient identiques.

— Quelle est la différence ?

— Regarde : la mienne est une Sony, et celle de Michael est une Philips.

— Il s'en apercevra ?

— Il pourrait.

— Bon Dieu !

Michael devait à tout prix ignorer qui avait volé ces données.

— Il se mettra probablement au travail dès que nous serons partis. Il éjectera la disquette, l'échangera avec celle qui est dans le coffre, et s'il les regarde, il verra bien qu'elles sont différentes.

— Et, bien sûr, il fera le rapprochement avec nous.

Priest sentit la panique l'envahir.

— Je pourrais acheter une disquette Philips et revenir un autre jour.

— Pas question de revenir ! Nous pourrions merder de nouveau. Et nous n'avons pas le temps. La date limite est dans trois jours. Il a des disquettes de rechange ?

— Il devrait. Je me demande où elles sont, dit-elle, plantée au milieu de la pièce, désemparée.

Priest en aurait crié de déception. Il avait toujours redouté quelque chose de ce genre. Mélanie était complètement effondrée et ils n'avaient qu'une minute ou deux. Il fallait la calmer rapidement.

— Mélanie, murmura-t-il en faisant un effort pour garder un ton doux et rassurant, tu as deux disquettes dans la main. Range-les toutes les deux dans ton sac.

Elle obéit machinalement.

— Maintenant, referme ton sac.

Elle le fit.

Priest entendit claquer la porte de l'immeuble. Michael revenait. La sueur perla au creux de ses reins.

— Réfléchis ! Quand tu habitais ici, où est-ce que Michael stockait ses fournitures ?

— Dans un tiroir.

— Alors ? (*Réveille-toi, ma petite !*) Lequel ?

Elle désigna une pauvre commode blanche contre le mur.

Priest ouvrit violemment le tiroir du haut. Il aperçut un paquet de blocs jaunes, une boîte de stylos à bille, deux ou trois rames de papier blanc, des enveloppes — et une boîte ouverte contenant des disquettes.

Il entendit la voix de Dusty ; elle semblait venir du vestibule, à l'entrée de l'appartement. Les doigts tremblants, il tira une disquette du paquet et la tendit à Mélanie.

— Ça fera l'affaire ?

— Oui, c'est une Philips.

Priest referma le tiroir.

Michael entra, Dusty dans les bras.

Mélanie restait pétrifiée, la disquette à la main.

Bon sang, Mélanie, fais quelque chose !

— Et tu sais, papa ? Je n'ai pas éternué, dans les montagnes.

L'attention de Michael était concentrée sur Dusty.

— Comment ça se fait ?

Mélanie retrouva ses esprits. Comme Michael se penchait pour déposer Dusty sur le canapé, elle s'approcha du lecteur et remit la disquette dans la fente. La machine eut un doux ronronnement et l'absorba comme un serpent gobe un rat.

— Tu n'as pas éternué ? répéta Michael. Pas une fois ?

— Mais non !

Mélanie se redressa. Michael n'avait pas vu son geste.

Priest ferma les yeux, soulagé. Ils s'en étaient tirés. Ils avaient les données de Michael — et il ne le saurait jamais.

— Ce chien, il ne te fait pas éternuer ?

— Non, Esprit est un chien très propre. Priest le lave dans le torrent et ensuite il sort de là et se secoue. C'est comme si on recevait une averse !

Dusty rit de plaisir à ce souvenir.

— C'est vrai ? demanda son père.

— Je te l'ai dit, Michael, renchérit Mélanie.

Sa voix tremblait, mais Michael ne parut pas s'en apercevoir.

— Bon, bon, reprit-il d'un ton conciliant. Si ça fait une telle différence pour la santé de Dusty, il va falloir qu'on trouve une solution.

— Merci.

Priest esquissa un sourire. Ils avaient franchi une étape cruciale. Maintenant, ils n'avaient plus qu'à espérer que l'ordinateur de Michael ne tomberait pas en panne. Sinon, il essaierait de récupérer les données de sa disquette et découvrirait qu'elle était vierge. Mais, d'après Mélanie, les pannes étaient rares. Selon toute probabilité, il n'y en aurait pas aujourd'hui.

— Eh bien, déclara Michael, au moins tu es venue m'en parler. Je t'en remercie.

Mélanie aurait de beaucoup préféré discuter avec son mari au téléphone, Priest le savait, mais son installation dans la communauté était un parfait prétexte pour rendre visite à Michael. De cette façon, Michael ne douterait pas des raisons de leur venue. Michael, d'ailleurs, n'était de toute évidence pas du genre soupçonneux. Il était intelligent, mais candide. Il ne lui venait pas à l'esprit d'imaginer que l'habit ne faisait pas le moine et qu'un visage aimable pouvait dissimuler de noirs desseins.

Dans ce domaine-là, Priest, lui, était surdoué.

— Je t'amènerai Dusty aussi souvent que tu voudras. Je viendrai en voiture.

Priest lisait dans le cœur de Mélanie. Maintenant qu'elle avait obtenu ce qu'elle voulait, elle se montrait gentille avec Michael. Elle penchait la tête et lui adressait son plus joli sourire, mais elle ne l'aimait pas, elle ne l'aimait plus.

Michael, quant à lui, lui en voulait clairement de le quitter, mais il tenait à elle. Il n'avait pas renoncé à elle ; pas tout à fait. Une partie de lui désirait qu'elle revienne. Il le lui aurait bien demandé, mais il était trop fier.

Priest se sentit jaloux.

Michael, je te déteste.

4

Judy s'éveilla de bonne heure le mardi en se demandant si elle avait encore du travail. La veille, furieuse et déçue, elle avait jeté sa démission à la tête de son supérieur. Mais elle n'avait aucune envie de quitter le FBI, et la perspective de passer sa vie à défendre des criminels au lieu de les arrêter la déprimait. Avait-elle changé d'avis trop tard ? Dans la soirée, elle avait laissé une lettre sur le bureau de Brian Kincaid. Accepterait-il ses excuses, ou insisterait-il pour qu'elle démissionne ?

Bo arriva à six heures. Elle fit réchauffer du *pho,* la soupe aux nouilles que les Vietnamiens prennent au petit déjeuner. Ensuite, elle enfila sa tenue la plus élégante, un tailleur Armani bleu marine avec une jupe courte. Il lui donnait un air à la fois raffiné, sûre d'elle et sexy.

Si je dois me faire virer, autant qu'ils me regrettent.

Tendue comme un arc, elle partit pour son travail. Elle laissa sa voiture dans le garage en sous-sol du Federal Building et, empruntant l'ascenseur jusqu'à l'étage du FBI, alla droit au bureau du directeur régional.

Brian Kincaid était installé derrière sa grande table, en chemise blanche avec des bretelles rouges. Il leva les yeux en la voyant.

— Bonjour, dit-il d'un ton froid.

— Bonj... (Elle avait la bouche sèche. Elle avala sa salive et recommença.) Bonjour, Brian. Vous avez trouvé ma lettre ?

— Oui, je l'ai trouvée.

De toute évidence, il n'allait pas lui faciliter la tâche.

Comme elle ne trouvait rien à ajouter, elle se contenta de le regarder et d'attendre.

— J'accepte vos excuses, finit-il par déclarer.

Elle se sentit les jambes molles de soulagement.

— Je vous remercie.

— Vous pouvez installer vos affaires personnelles à la permanence du Terrorisme intérieur.

— Entendu.

J'aurais pu hériter de pire. Après tout, certains m'aiment bien, à la Brigade du terrorisme intérieur.

Elle commença à se détendre.

— Mettez-vous tout de suite au travail sur les Soldats du Paradis. Il faut qu'on ait quelque chose à mettre sous la dent du gouverneur.

— Vous voyez le gouverneur ? demanda Judy, étonnée.

— Son chef de cabinet. (Il consulta une note sur son bureau.) Un certain Albert Honeymoon.

— J'ai entendu parler de lui.

Honeymoon était le bras droit du gouverneur.

L'affaire prend de l'ampleur.

— Faites-moi un rapport pour demain soir.

Étant donné le peu d'éléments dont elle disposait, le délai était ridicule. Le lendemain, c'était mercredi.

— Mais la date limite est vendredi !

— Le rendez-vous avec Honeymoon est jeudi.

— Je vous trouverai quelque chose de concret à lui montrer.

— Vous pourrez le lui remettre vous-même. Mr. Honeymoon insiste pour rencontrer ce qu'il appelle la personne en première ligne. Nous devons être au bureau du gouverneur à Sacramento à midi pile.

— Oh là ! Entendu.

— Pas de questions ?

— Je m'y mets tout de suite.

En sortant, elle était enchantée à l'idée d'avoir réintégré le Bureau, mais consternée à l'idée de devoir rédiger un rapport pour l'adjoint du gouverneur. Il était peu probable qu'en deux jours elle attrape ceux qui se profilaient derrière cette menace ; elle était donc presque à coup sûr condamnée à un aveu d'échec.

Elle vida son bureau à la Brigade du crime organisé asiatique et emporta ses affaires jusqu'au Terrorisme intérieur, au bout du couloir. Son nouveau chef, Matt Peters, lui attribua une pièce. Elle connaissait les agents, qui, tous, la félicitèrent pour l'affaire des frères Foong, même à mi-voix — personne n'ignorait qu'elle s'était disputée la veille avec Kincaid.

Peters lui assigna un jeune agent, Raja Khan, pour l'assister dans l'affaire des Soldats du Paradis. C'était un Indien volubile âgé de vingt-six ans, et doté d'un doctorat en sciences politiques. Judy était ravie. Même s'il manquait d'expérience, il était intelligent et plein d'ardeur.

Elle lui expliqua brièvement l'affaire et l'envoya se renseigner sur le Mouvement pour la Californie verte.

— Soyez aimable : précisez-leur que nous ne les croyons pas impliqués, mais que nous devons procéder par élimination.

— Qu'est-ce que je recherche ?

— Un couple : un travailleur manuel d'environ

quarante-cinq ans, peut-être illettré, et une femme instruite d'une trentaine d'années qui est probablement sous la domination de cet homme. Mais je ne crois pas que vous les trouverez là-bas. Ça serait trop facile.

— Et à défaut ?

— Ce que vous pouvez faire de plus utile, c'est de vous procurer les noms de tous les cadres de cette organisation, salariés ou bénévoles, et de les passer à l'ordinateur pour voir si aucun d'eux n'a un dossier d'activités criminelles ou subversives.

— Entendu. Et vous, qu'est-ce que vous allez faire ?

— Me documenter sur les tremblements de terre.

Judy avait connu un important séisme.

Le montant des dégâts provoqués par le tremblement de terre de Santa Rosa s'était élevé à six millions de dollars — une somme ridicule pour ce genre de phénomène. On avait ressenti ses effets sur un secteur relativement limité de vingt-cinq mille kilomètres carrés. La famille Maddox vivait alors dans le comté de Marin, au nord de San Francisco. Judy avait six ans. La secousse avait été de faible amplitude, elle le savait maintenant, mais, à l'époque, elle avait cru que la fin du monde arrivait.

D'abord, le bruit : comme celui d'un train, mais vraiment proche. Elle s'était réveillée et avait examiné sa chambre à la lueur de l'aube, cherchant d'où venait ce fracas et morte de peur.

Puis la maison s'était mise à trembler. Le plafonnier, avec son abat-jour à franges roses, tanguait au bout de sa chaîne. Sur sa table de chevet, le *Trésor des contes de fées* bondit en l'air comme un livre magique et retomba ouvert à « Tom Pouce », l'histoire que Bo lui avait lue la veille au soir. Sa brosse à cheveux et sa petite trousse de maquillage dansaient sur le plateau en Formica de la commode. Son cheval à bascule se balançait furieusement. Une rangée de poupées plongea de son étagère sur le tapis et Judy crut qu'elles s'étaient animées comme les jouets dans une fable. Elle finit par retrouver sa voix et hurla : « PAPA ! »

Dans la chambre voisine, elle entendit son père jurer, puis il y eut un choc sourd au moment où ses pieds heurtaient le sol. Le grondement et le tremblement devinrent plus violents. Elle entendit sa mère crier. Bo se précipita sur la porte de Judy et tourna la poignée, mais le battant refusa de s'ouvrir. Elle entendit un autre choc sourd : il donnait un coup d'épaule sur le montant, mais la porte était coincée.

Sa fenêtre vola en éclats, des morceaux de verre atterrissant sur la chaise sur laquelle était soigneusement pliée sa tenue d'écolière. Jupe grise, corsage blanc, chandail vert à col en V, culotte bleu marine et chaussettes blanches. Le cheval de bois dégringola sur la maison de poupée, en démolissant le toit miniature. Judy comprit que le toit de sa vraie maison risquait de subir le même sort. Le portrait encadré d'un jeune Mexicain aux joues roses se décrocha du mur, partit en vol plané et la frappa à la tête. Elle poussa un cri de douleur.

Là-dessus, sa commode se mit à marcher.

C'était une vieille commode ventrue en pin que sa mère avait achetée chez un brocanteur et qu'elle avait peinte en blanc. Elle avait trois tiroirs et reposait sur des pieds courts qui se terminaient en pattes de lion. Elle parut d'abord danser sur place, en s'agitant sur ses quatre pieds, puis elle se traîna d'un côté à l'autre comme quelqu'un qui hésite sur le pas d'une porte. Enfin, elle se dirigea vers elle.

Judy poussa un nouveau cri.

La porte de sa chambre trembla ; Bo essayait de l'enfoncer.

La commode glissa vers elle sur le plancher. Judy espérait que le tapis arrêterait sa progression, mais la commode se contenta de le repousser de ses pattes de lion.

Son lit fut ébranlé si violemment qu'elle tomba par terre.

Arrivée à quelques centimètres d'elle, la commode s'arrêta. Le tiroir du milieu s'ouvrit comme une grande gueule prête à l'engloutir. Judy poussa un hurlement.

Bo jaillit dans la pièce.

Là-dessus, la secousse s'arrêta.

Trente ans plus tard, elle ressentait encore la terreur qui l'avait possédée au moment où le monde s'écroulait autour d'elle. Pendant des années, elle avait eu peur de fermer la porte de sa chambre. Et elle redoutait encore les séismes. En Californie, une petite secousse sismique était monnaie courante, mais elle ne s'y était jamais habituée. Lorsqu'elle sentait la terre trembler et qu'elle voyait à la télévision des images d'immeubles effondrés, la crainte qui courait dans ses veines comme une drogue n'était pas celle d'être ensevelie ou brûlée, mais l'affolement aveugle d'une petite fille dont le monde était brusquement en train de s'écrouler.

Elle était encore sur les nerfs, ce soir-là, lorsqu'elle pénétra dans l'ambiance raffinée de Chez Masa, arborant un fourreau de soie noire et la rangée de perles que Don Riley lui avait offerte pour Noël quand ils vivaient ensemble.

Don commanda une bouteille de Corton Charlemagne dont il but la plus grande partie. Judy appréciait son arrière-goût de noisette, mais elle n'aimait pas boire de l'alcool quand elle transportait un pistolet semi-automatique chargé de balles de neuf millimètres dans son sac du soir en vernis noir.

Elle raconta à Don que Brian Kincaid avait accepté ses excuses et l'avait autorisée à reprendre sa démission.

— Il y était bien obligé, répondit Don. Ça aurait fait vraiment mauvais effet s'il avait perdu un de ses meilleurs éléments le jour de sa prise de fonction comme directeur régional intérimaire.

— Tu as peut-être raison, acquiesça Judy, songeant qu'il était facile d'avoir raison après coup.

— Bien sûr.
— N'oublie pas que Brian s'en fout. De toute façon, il aura droit à une pension généreuse et pourra s'offrir une retraite confortable quand ça lui chantera.
— Oui, mais il a son orgueil. Imagine-le expliquer à la direction générale pourquoi il t'a laissée partir. « Elle m'a dit d'aller me faire foutre. » Washington répond : « Alors, vous êtes quoi, un curé ? Vous n'avez jamais entendu un agent envoyer balader quelqu'un ? » Vraiment, Kincaid aurait bonne mine de refuser tes excuses !
— Sans doute.
— En tout cas, je suis vraiment content qu'on ait peut-être l'occasion de travailler de nouveau ensemble. (Il leva son verre.) Je bois à de nouveaux et brillants exploits de la grande équipe Riley-Maddox.
Ils trinquèrent.
Tout en dînant, ils discutèrent de l'affaire, évoquant les erreurs qu'ils avaient commises, les surprises qu'ils avaient réservées à la défense, les moments de tension et de triomphe.
Ils en étaient au café quand Don demanda :
— Est-ce que je te manque ?
Judy se rembrunit. Il serait cruel de dire non, ce qui, d'ailleurs, n'était pas vrai. Mais elle ne voulait pas lui donner de faux encouragements.
— Je regrette certaines choses. Je t'aime bien quand tu es drôle, par exemple.
Cela lui manquait aussi de ne plus avoir, la nuit, un corps chaud auprès d'elle, mais elle n'allait pas le lui avouer.
— Ça me manque de ne plus te parler de mon travail ni de t'entendre discuter du tien, dit-il.
— C'est à Bo que j'en parle, maintenant.
— Lui aussi me manque.
— Il t'aime bien. Il trouve que tu es le mari idéal…
— Mais oui, mais oui !
— … pour quelqu'un qui est dans la police.

Don haussa les épaules.
— Je me contenterai de ce compliment.
— Peut-être que Bo et toi devriez vous marier.
— Ha Ha. (Il régla l'addition.) Judy, je voulais te dire quelque chose...
— J'écoute.
— Je crois que je suis prêt à être père.
Cet aveu la mit en colère.
— Alors, qu'est-ce que je suis censée faire ? Crier hourra et écarter les jambes ?
Il parut pris au dépourvu.
— Je pensais... eh bien, je croyais que tu voulais que je m'engage.
— Que tu t'engages ! Don, tu n'es même pas arrivé à ne pas te taper ta secrétaire !
— D'accord, murmura-t-il, l'air mortifié, ne t'emballe pas. J'essaie simplement de t'expliquer que j'ai changé.
— Et je suis censée te tomber dans les bras comme si de rien n'était ?
— Je ne te comprends pas.
— Tu ne me comprendras sans doute jamais. (Le désarroi évident dans lequel elle l'avait plongé la calma un peu.) Allons, je vais te raccompagner.
Quand ils vivaient ensemble, c'était toujours elle qui conduisait après le dîner. Ils quittèrent le restaurant dans un silence embarrassé. Une fois dans la voiture il ajouta :
— Je pensais que nous pourrions au moins en discuter.
Don l'avocat, toujours prêt à négocier.
— Nous pouvons en discuter.
Mais comment est-ce que je peux te faire comprendre que je n'éprouve plus rien pour toi ?
— Ce qui s'est passé avec Paula... a été la pire erreur de toute mon existence.
Elle le croyait. Il n'était pas ivre, juste assez gris pour avouer ce qu'il ressentait. Elle soupira. Elle aurait voulu le voir heureux. Elle éprouvait de la ten-

dresse pour lui et détestait le voir souffrir. Une partie d'elle-même regrettait de ne pas pouvoir lui offrir ce qu'il désirait.

— On a passé de bons moments ensemble, murmura-t-il en lui caressant la cuisse à travers la soie de sa robe.

— Si tu me pelotes pendant que je conduis, je te jette hors de la voiture.

Il savait qu'elle en était capable.

Quelques instants plus tard, elle regrettait d'avoir été si dure. Ce n'était pas désagréable d'avoir la main d'un homme sur votre cuisse. Don n'était pas le meilleur amant du monde ; il était enthousiaste, mais totalement dépourvu d'imagination. Cependant, peut-être cela valait-il mieux que le grand désert affectif qu'elle traversait depuis leur séparation.

Pourquoi n'ai-je pas d'homme dans ma vie ? Je n'ai pas envie de vieillir toute seule. Qu'est-ce qui cloche chez moi ?

Une minute plus tard, elle se gara devant l'immeuble où il habitait.

— Merci, Don. Merci pour un merveilleux procès et un merveilleux dîner.

Il se pencha vers elle. Elle lui tendit la joue mais ce furent ses lèvres qu'il embrassa. Elle ne voulait pas en faire un plat et le laissa faire. Son baiser se prolongea jusqu'au moment où elle s'écarta. Il proposa alors :

— Entre un moment. Je te ferai un cappuccino.

La nostalgie qu'elle lisait dans son regard faillit la faire craquer.

Jusqu'à quel point est-ce dur ?

Elle pourrait ranger son pistolet dans le coffre de Don, boire un grand cognac qui lui réchaufferait le cœur, et passer la nuit dans les bras d'un homme convenable qui l'adorait.

— Non, prononça-t-elle d'un ton ferme. Bonne nuit.

Il la dévisagea un long moment, l'air navré. Elle le regarda, gênée et désolée, mais résolue.

— Bonne nuit, dit-il enfin.

Judy démarra. En jetant un coup d'œil dans le rétroviseur, elle le vit planté sur le trottoir, la main à demi levée dans un geste d'adieu.

Quand elle rentra, Bo gloussait devant la télévision.

— Ce type me fait marrer !

Pendant quelques minutes, ils suivirent tous deux le monologue du comique, puis Bo annonça :

— J'ai trouvé la solution d'un meurtre, aujourd'hui.

Judy savait qu'il suivait plusieurs affaires non résolues.

— De quel meurtre ?

— Celui avec viol de Telegraph Hill.

— Qui a fait le coup ?

— Un type qui est déjà en taule. Il a été arrêté il y a quelque temps pour avoir harcelé des jeunes filles dans le parc. Je flairais quelque chose et j'ai perquisitionné son appartement. J'y ai trouvé une paire de menottes de la police comme celles qu'on a découvertes sur le corps, mais il a nié le meurtre et je n'ai pas pu le faire avouer. Aujourd'hui, j'ai reçu du labo son analyse d'ADN. Il correspond au sperme prélevé sur le corps de la victime. Je le lui ai annoncé et il a avoué. Pan ! dans le mille.

— Bien joué ! dit-elle en l'embrassant sur le crâne.

— Et toi ?

— Eh bien, j'ai toujours du travail, mais va savoir si j'ai une carrière.

— Allons donc, bien sûr que tu as une carrière !

— Je me le demande. Si on me rétrograde pour avoir envoyé les frères Foong en prison, imagine ce qui pourrait m'arriver si je me trompe !

— C'est un accident de parcours. Tu t'en remettras, je te le promets.

Elle sourit, se rappelant l'époque où elle croyait son père tout-puissant.

— Ma foi, je n'ai pas fait beaucoup de progrès dans l'affaire dont je m'occupe.

— Hier soir, tu pensais que c'était une foutaise.

— Aujourd'hui, je n'en suis plus si sûre. L'analyse linguistique a montré que, même si on ne sait pas qui ils sont, ces gens-là sont dangereux.

— Mais ils ne peuvent pas déclencher un tremblement de terre.

— Je n'en sais rien.

— Tu crois que c'est possible ? demanda Bo en haussant les sourcils.

— J'ai passé le plus clair de la journée à essayer de le savoir. J'ai parlé à trois sismologues et j'ai eu trois réponses différentes.

— C'est ça, les savants.

— Je voulais qu'ils m'affirment catégoriquement que c'était irréalisable. Mais l'un a dit que c'était « improbable », un autre que la possibilité était « extrêmement faible », et le troisième m'a soutenu qu'il suffisait d'une bombe atomique...

— Est-ce que ces gens... comment s'appellent-ils déjà ?

— Les Soldats du Paradis.

— Ils pourraient avoir un engin nucléaire ?

— C'est possible. Ils sont astucieux, concentrés, sérieux. Mais alors pourquoi parleraient-ils de tremblement de terre ? Pourquoi ne pas simplement nous menacer de leur bombe ?

— En effet, concéda Bo d'un ton songeur. Ce serait tout aussi terrifiant et bien plus crédible.

— Mais qui peut prévoir ce qu'ils ont dans la tête...

— Que comptes-tu faire maintenant ?

— J'ai encore un sismologue à voir, un certain Michael Quercus. Les autres le traitent tous de franc-tireur, mais on le considère comme le grand spécialiste de la question.

Elle avait déjà tenté d'avoir une entrevue avec Quercus. En fin d'après-midi, elle avait sonné à sa porte. Il lui avait signifié par l'Interphone d'appeler pour prendre un rendez-vous.

— Vous ne m'avez peut-être pas bien entendue, avait-elle déclaré. C'est le FBI.

— Cela vous autorise-t-il à ne pas prendre rendez-vous ?

Elle avait juré sous cape. Elle travaillait pour la police, nom de Dieu, et n'était pas une représentante en aspirateurs !

— En général oui, avait-elle rétorqué dans l'Interphone. La plupart des gens estiment que notre travail est trop important pour attendre.

— Pas du tout, avait-il répondu. La plupart d'entre eux ont peur de vous, c'est pour cette raison qu'ils vous laissent entrer sans rendez-vous. Appelez-moi. Je suis dans l'annuaire.

— Professeur, je suis ici pour une question de sécurité publique. On m'a affirmé que vous étiez un expert susceptible de me fournir des informations cruciales qui nous aideront à protéger des vies humaines. Je regrette de ne pas avoir eu l'occasion d'appeler pour prendre un rendez-vous, mais maintenant que je suis ici, je vous serais vraiment reconnaissante si vous acceptiez de me voir quelques minutes.

Pas de réponse ; il avait raccroché.

Elle était retournée à son bureau furieuse. Généralement elle ne prenait pas de rendez-vous ; les agents n'en avaient guère l'habitude. Elle préférait passer chez les gens à l'improviste. Presque tous ceux auxquels elle rendait visite avaient quelque chose à cacher, et moins ils avaient de temps pour se préparer, plus il y avait de chances pour qu'ils commettent une erreur révélatrice. Cependant, Quercus s'était montré d'une correction exaspérante ; elle n'avait en effet aucun droit de faire irruption chez lui.

Ravalant son orgueil, elle s'était pliée à ses exigences. Elle devait se rendre chez lui le lendemain. Mais elle décida de n'en rien révéler à Bo.

— Ce qu'il me faut vraiment, c'est quelqu'un pour m'expliquer les données scientifiques de façon que je puisse juger moi-même si un terroriste pourrait provoquer un séisme.

— Il faut que tu trouves ces Soldats du Paradis et que tu les coffres. Des progrès de ce côté-là ?

— J'ai envoyé Raja interroger tout le monde au Mouvement pour la Californie verte. Personne ne correspond au profil, personne n'a le moindre antécédent criminel ou subversif. En fait, il n'y a absolument rien de douteux chez eux.

Bo hocha la tête.

— Que les criminels disent la vérité sur leur identité m'a toujours paru improbable. Ne te décourage pas. Tu n'es sur l'affaire que depuis un jour et demi.

— Exact — mais ça ne me laisse pas deux jours pleins jusqu'à leur date limite. Je dois remettre mon rapport au cabinet du gouverneur à Sacramento, jeudi.

— Tu ferais mieux de commencer de bonne heure demain.

Ils montèrent tous les deux. Judy s'arrêta devant la porte de sa chambre.

— Tu te souviens de ce tremblement de terre, quand j'avais six ans ?

— Pour la Californie, c'était une bagatelle, mais tu étais morte de peur.

— Je croyais que c'était la fin du monde.

— Les secousses avaient dû déplacer un peu la maison parce que la porte de ta chambre était coincée et j'ai failli me déboîter l'épaule en l'enfonçant.

— J'étais persuadée que c'était toi qui avais fait arrêter les secousses. Je l'ai cru pendant des années.

— Après ça, tu avais peur de cette fichue commode que ta mère aimait tant. Tu ne voulais plus la voir dans la maison.

— Je croyais qu'elle voulait me dévorer.

— J'ai fini par en faire du petit bois pour le feu.

(Bo soudain prit un air triste.) J'aimerais bien retrouver ces années-là, revivre tout ça.

Elle savait qu'il pensait à sa mère.

— Oui, murmura-t-elle.

— Bonne nuit, mon petit.

— Bonne nuit, Bo.

Le mercredi matin, comme elle traversait le Bay Bridge pour se rendre à Berkeley, Judy se demanda à quoi ressemblait Michael Quercus. Ses manières irritables évoquaient un professeur grognon, voûté et fagoté comme l'as de pique, contemplant le monde d'un air agacé derrière des lunettes qui ne cessaient de glisser sur son nez. À moins que ce ne soit un universitaire tout en rondeurs, charmant avec les personnalités susceptibles de faire des dons à l'Université et d'une indifférence méprisante envers ceux qui ne pouvaient lui être d'aucune utilité.

Elle se gara à l'ombre d'un magnolia sur Euclid Avenue. En pressant le bouton de l'Interphone, elle eut l'horrible sentiment qu'il allait peut-être trouver une autre excuse pour la renvoyer, mais lorsqu'elle donna son nom, il y eut un déclic et la porte s'ouvrit. Elle grimpa jusqu'à son appartement.

Celui-ci était exigu, sans luxe ; son affaire ne devait pas lui rapporter beaucoup. Elle traversa un vestibule et se retrouva dans le salon-bureau.

Il était assis à sa table en pantalon kaki, chaussures de marche marron et polo bleu marine. Michael Quercus n'était ni un professeur grognon ni un universitaire obséquieux. C'était un bel homme, grand, en pleine forme, avec des cheveux bruns et bouclés. Elle le classa aussitôt dans la catégorie de ces types si grands, si beaux et si sûrs d'eux qu'ils s'imaginent que tout leur est permis.

Lui aussi parut surpris. Il ouvrit de grands yeux.

— C'est vous, l'agent du FBI ?

— Vous vous attendiez à quelqu'un d'autre ?

demanda-t-elle en le saluant d'une poignée de main énergique.

Il haussa les épaules.

— Je ne m'attendais pas à ce physique-là.

— Je suis agent du FBI depuis dix ans. Vous pouvez vous imaginer combien de gens m'ont déjà fait cette réflexion...

À sa grande surprise, il eut un large sourire.

— Vous avez raison. Un point pour vous.

Voilà qui est mieux.

Elle remarqua sur son bureau une photo d'une jolie rousse avec un enfant dans les bras. Les gens aimaient toujours parler de leurs enfants.

— Qui est-ce ? demanda-t-elle.

— Personne d'important. Vous voulez en venir au fait ?

Au temps pour l'approche amicale.

Elle le prit au mot.

— J'ai besoin de savoir si un groupe terroriste pourrait déclencher un tremblement de terre.

— Avez-vous reçu une menace ?

C'est moi qui suis censée poser les questions.

— Vous n'êtes pas au courant ? On en a parlé à la radio. Vous n'écoutez pas John Truth ?

Il répondit d'un hochement de tête négatif.

— C'est sérieux ?

— C'est ce que j'ai besoin d'établir.

— Alors, pour répondre brièvement : oui.

Judy sentit un frisson d'appréhension la parcourir. Quercus avait l'air si maître de lui. Elle avait espéré une autre réponse.

— Comment pourraient-ils faire ?

— Prenez une bombe atomique, mettez-la tout au fond d'un puits de mine et faites-la exploser. Ça fera l'affaire. Mais vous voulez probablement un scénario plus réaliste.

— En effet. Imaginez que vous, vous vouliez déclencher un séisme.

— Oh, je pourrais le faire.

Était-ce de la pure vantardise ?

— Expliquez-moi comment.

— D'accord.

Il se pencha derrière son bureau, ramassa une petite planche et une brique ordinaire. Il les gardait manifestement là dans ce but. Il posa la planche sur son bureau et la brique sur la planche. Puis il souleva lentement une extrémité de la planche jusqu'au moment où la brique glissa vers le bureau.

— La brique glisse quand la force de gravité qui s'exerce sur elle l'emporte sur la friction qui la maintient en place. Vous êtes d'accord ?

— Bien sûr.

— Une faille comme celle de San Andreas est un endroit où deux plaques adjacentes de l'écorce terrestre se déplacent dans des directions différentes. Imaginez deux icebergs qui frottent l'un contre l'autre. Leur mouvement n'est pas régulier : ils se coincent. Quand ils sont ainsi bloqués, la pression s'accumule, lentement mais sûrement, au long des décennies.

— Comment se produisent les tremblements de terre ?

— Quelque chose libère cette énergie emmagasinée. (Il souleva de nouveau la planche, s'arrêtant cette fois juste avant que la brique commence à glisser.) Plusieurs sections de la faille de San Andreas sont ainsi, prêtes à glisser à tout moment. Prenez ceci.

Il tendit à Judy une règle en plastique transparent d'une trentaine de centimètres.

— Maintenant, donnez un coup sec sur la planche juste devant la brique.

Elle obéit. La brique se mit à glisser. Quercus l'arrêta.

— Quand la planche est inclinée, il suffit d'une petite tape pour faire bouger la brique. Là où la faille de San Andreas est soumise à une pression très importante, une légère poussée peut décoincer les plaques. Alors elles glissent — et l'énergie accumulée fait trembler la terre.

Quercus avait peut-être des manières un peu brusques mais, une fois qu'il était lancé sur son sujet, c'était un plaisir que de l'écouter. Ses idées étaient claires et il s'exprimait facilement, sans condescendance. Malgré l'image menaçante qu'il lui dépeignait, Judy se rendit compte qu'elle aimait discuter avec lui, et pas seulement parce qu'il était beau garçon.

— C'est ce qui arrive dans la plupart des tremblements de terre ?

— Je le crois, même si d'autres sismologues pourraient ne pas être d'accord. Des vibrations naturelles résonnent de temps en temps à travers l'écorce terrestre. La plupart des séismes sont sans doute déclenchés par la bonne vibration survenue au bon endroit au bon moment.

Comment vais-je l'expliquer à Mr. Honeymoon ? Il va vouloir des réponses simples, un oui ou un non à chacune de ses questions.

— De quoi ont besoin nos terroristes ?

— D'une règle et de savoir où taper.

— Quel est, dans la vie réelle, l'équivalent de la règle ? Une bombe atomique ?

— Rien d'aussi puissant. Il leur suffit d'envoyer une onde de choc dans l'écorce terrestre, pas plus. S'ils savent exactement à quel endroit la faille est vulnérable, une charge de dynamite placée à l'endroit précis serait parfaitement efficace.

— Quand on le veut vraiment, n'importe qui peut se procurer de la dynamite.

— L'explosion devrait être souterraine. Je pense que creuser un puits poserait un problème à un groupe terroriste.

Le travailleur manuel imaginé par Simon Sparrow travaillait-il dans une entreprise de forage ? Les foreurs avaient sûrement besoin d'un permis spécial... Une rapide vérification auprès du service des Mines de Californie pourrait lui fournir une liste de toutes les personnes ou entreprises concernées. Il ne devait pas y en avoir des quantités.

— Si je récapitule, reprit Quercus, ces terroristes auraient donc besoin de matériel de forage, de bonnes connaissances techniques et d'un prétexte quelconque pour obtenir l'autorisation.

Au fond, rien d'insurmontable.

— C'est vraiment aussi simple ?

— Je ne prétends pas que ça marcherait, je dis que ça pourrait marcher. Personne ne le saura avec certitude avant qu'ils essaient. Je peux tenter de vous donner un aperçu de la façon dont se produisent les séismes, mais c'est à vous d'estimer les risques.

Judy acquiesça. Elle avait employé presque les mêmes termes la veille au soir dans sa discussion avec Bo. Quercus se conduisait par moments comme un connard mais, comme dirait Bo, tout le monde a de temps en temps besoin d'un connard.

— Le tout, c'est donc de savoir où placer la charge ?

— Oui.

— Et qui détient cette information ?

— Les universités, les géologues de l'État... moi. Nous partageons tous nos informations.

— N'importe qui peut se les procurer ?

— Ça n'a rien de secret, mais quelques connaissances scientifiques sont tout de même nécessaires pour interpréter les données.

— Le groupe terroriste aurait donc besoin d'un sismologue.

— Oui. Mais ça pourrait être un simple étudiant.

Judy songeait à la femme de trente ans cultivée qui, d'après la théorie de Simon, avait dactylographié le texte. Et si elle était une étudiante diplômée ? Combien y avait-il d'étudiants en géologie en Californie ?

Combien faudrait-il de temps pour les trouver et les interroger tous ?

— Il existe un autre facteur, poursuivit Quercus.

Les marées terrestres. L'océan bouge dans un sens ou dans l'autre sous l'attraction de la lune, et la croûte terrestre est soumise aux mêmes forces. Deux fois par jour, il existe une fenêtre sismique où la ligne de faille est soumise à une tension supplémentaire à cause des marées. C'est à ces moments-là qu'il est le plus vraisemblable — ou le plus facile — de déclencher un tremblement de terre. C'est précisément ma spécialité. Je suis la seule personne à avoir effectué des calculs poussés sur les fenêtres sismiques des failles de Californie.

— Quelqu'un aurait-il pu obtenir de vous ces données ?

— Ma foi, c'est mon métier de les vendre. (Il eut un sourire désabusé.) Mais, comme vous pouvez le constater, mon entreprise ne m'enrichit pas. J'ai un contrat avec une grosse compagnie d'assurances qui paye le loyer, mais c'est malheureusement tout. Mes théories sur les fenêtres sismiques font de moi une sorte de franc-tireur et les entreprises américaines ont horreur des francs-tireurs.

Cette note d'autodénigrement un peu amère était surprenante ; Judy commença à le trouver plus sympathique.

— Quelqu'un aurait pu mettre la main sur ces informations à votre insu. Avez-vous été cambriolé récemment ?

— Jamais.

— Est-ce qu'un ami ou un parent aurait pu copier vos données ?

— Je ne pense pas. Personne ne passe de temps dans cette pièce sans que j'y sois.

Elle prit la photo sur son bureau.

— Votre femme ou votre petite amie ?

L'air agacé, il lui reprit la photo.

— Je suis séparé de ma femme et je n'ai pas de petite amie.

Judy se leva.

— Je vous remercie de m'avoir consacré un peu de votre temps, professeur.

— Je vous en prie, appelez-moi Michael. Ça a été un plaisir de bavarder avec vous.

Elle en resta étonnée.

— Vous pigez vite. C'est plus amusant.

— Eh bien… tant mieux.

Il la raccompagna jusqu'à la porte de l'appartement et lui serra la main. Il avait de grandes mains, mais une poigne étonnamment douce.

— Si vous avez besoin d'autres informations, je suis à votre disposition.

Elle se risqua à une moquerie.

— Dès l'instant que j'appelle pour prendre rendez-vous, exact ?

— Exact, répondit-il sans sourire.

En retraversant la baie, elle songea que le danger se précisait. Un groupe terroriste pouvait fort bien provoquer un tremblement de terre. Il leur faudrait des données précises sur les points de la ligne de faille soumis à une tension critique et peut-être aussi sur les fenêtres sismiques, mais c'étaient des renseignements qu'on pouvait obtenir. Il leur faudrait quelqu'un pour interpréter les données, et un moyen pour envoyer des ondes de choc dans le sol. Tâche difficile, mais pas impossible.

Il lui restait à annoncer à l'adjoint du gouverneur que la menace était abominable, mais réalisable.

5

Ce jeudi-là, Priest s'éveilla aux premières lueurs du jour. Il se réveillait en général de bonne heure. Il n'avait pas besoin de beaucoup de sommeil à moins d'avoir trop fait la fête, et ça lui arrivait rarement maintenant.

Encore un jour.

Aucune réaction du bureau du gouverneur. Un silence exaspérant. Ces gens-là agissaient comme si aucune menace n'avait été formulée. Dans l'ensemble, il en allait de même du reste du monde. On mentionnait rarement les Soldats du Paradis dans les bulletins d'informations que Priest écoutait sur son autoradio.

John Truth était le seul à les prendre au sérieux. Dans son émission de radio quotidienne, il ne cessait de harceler le gouverneur, Mike Robson. Jusqu'à la veille, le gouverneur s'était contenté d'annoncer que le FBI enquêtait. Puis, au cours de la soirée, Truth avait prévenu que le gouverneur avait promis une déclaration pour le jour même.

Cette déclaration déciderait de tout. Si le ton en était conciliant et si elle laissait au moins entendre que le gouverneur allait considérer leurs exigences, Priest se réjouirait. Mais si le gouverneur se montrait intransigeant, Priest devrait déclencher un tremblement de terre.

Et s'il n'en était pas capable ?

Mélanie semblait convaincante quand elle parlait de la ligne de faille et du glissement des plaques. Mais personne n'avait jamais essayé. Même elle le reconnaissait : elle ne pouvait pas être assurée à cent pour cent du succès. Et si ça échouait ? S'ils étaient pris au piège, tués dans le séisme, qui se soucierait des membres de la communauté et des enfants ?

Il se retourna. La tête de Mélanie reposait sur l'oreiller près de lui. Il examina son visage au repos. Elle avait la peau très blanche et les cils presque transparents. Une mèche de cheveux roux tombait en travers de sa joue. Il abaissa un peu le drap pour admirer ses seins lourds et doux. Il songea à la réveiller. Il plongea le bras sous la couverture et la caressa, passant une main sur son ventre et sur la toison rousse. Elle remua, puis se retourna et s'écarta.

Il se redressa. Cette maison d'une seule pièce était son domicile depuis vingt-cinq ans. En plus du lit elle contenait un vieux canapé devant la cheminée et une table dans le coin avec une grosse chandelle jaune dans un bougeoir — il n'y avait pas l'électricité.

Dans les premiers temps de la communauté, la plupart des membres vivaient dans des cabanes comme celle-ci tandis que les enfants dormaient tous dans un baraquement avec des couchettes. Puis, au fil des années, des couples s'étaient formés et ils avaient bâti des logements plus vastes avec des chambres séparées pour leur progéniture. Priest et Star avaient gardé leurs maisons individuelles, contrairement aux autres. La Communauté comptait désormais six maisons familiales, outre les quinze cabanes du début, habitées par vingt-cinq adultes et dix enfants, plus Mélanie et Dusty. Une seule cabane était vide.

Il connaissait cette pièce comme sa poche. Cependant, depuis quelque temps, les objets familiers avaient pris un nouvel éclat. Durant des années son regard les avait effleurés sans en enregistrer la présence : le portrait de Priest que Star avait peint pour son trentième anniversaire ; le narguilé aux décorations surchargées abandonné là par une Française qui se prénommait Marie-Louise ; l'étagère de fortune que Fleur avait confectionnée pendant ses cours de menuiserie ; la caisse de fruits où il rangeait ses vêtements. Maintenant qu'il craignait de devoir les quitter, chacun de ces simples objets revêtait un caractère spécial et merveilleux. Sa chambre était comme un album de photos où chaque cliché éveillait un cortège de souvenirs : la naissance de Ringo ; le jour où Sourire avait failli se noyer dans la rivière ; le temps où il faisait l'amour avec deux sœurs jumelles, Jane et Eliza ; l'automne chaud et sec de leur première vendange ; le goût du cru 89. Quand il regardait alentour en pensant à ceux qui voulaient lui enlever tout ça, il était empli d'une rage qui brûlait en lui comme du vitriol.

Il prit une serviette, enfila ses sandales et sortit tout nu. Esprit l'accueillit en le flairant sans bruit. Le matin était clair et frais, avec des petits nuages très hauts dans le ciel bleu. Le soleil ne s'était pas encore levé au-dessus des montagnes et la vallée était dans l'ombre. Il était le seul à être debout.

Il descendit la pente jusqu'au petit village, Esprit sur ses talons. Même si la fibre communautaire était encore présente, les gens avaient personnalisé leurs maisons. Une femme avait planté autour de la sienne des fleurs et de petits buissons ; aussi Priest l'avait-il surnommée Jardin. Le couple que formaient Dale et Poème avait laissé ses enfants peindre les murs extérieurs, ce qui avait donné un pittoresque barbouillage. Un homme un peu retardé surnommé Simple avait construit une véranda de guingois sur laquelle trônait un fauteuil à bascule de sa fabrication.

L'endroit pourrait paraître sans beauté à d'autres. Les chemins étaient boueux, les bâtiments délabrés et érigés à la diable : le dortoir des gosses jouxtait la cave à vin et l'atelier de menuiserie trônait au milieu des cabanes ; chaque année on déplaçait les toilettes, mais en vain : quel que fût leur emplacement, on en sentait toujours l'odeur par forte chaleur. Pourtant, tout dans cet endroit réchauffait le cœur de Priest. Et, lorsqu'il contemplait, au loin, les pentes boisées qui partaient à l'assaut des pics bleutés de la Sierra Nevada, les larmes lui montaient aux yeux devant tant de beauté. L'idée qu'il pourrait le perdre était comme un coup de poignard.

Au bord de la rivière, une caisse en bois posée sur un rocher contenait du savon, des rasoirs de pacotille et un miroir. Il se savonna le visage et se rasa, puis entra dans l'eau froide et se lava complètement. Il se sécha énergiquement avec la serviette rugueuse.

Pas de canalisation d'eau, ici. En hiver, quand il faisait trop froid pour se laver dans la rivière, ils prenaient un bain en commun deux fois par semaine et chauffaient de grands barils d'eau dans la cuisine pour se laver mutuellement. C'était très sexy. En été, seuls les bébés avaient de l'eau chaude.

Il remonta la colline, enfila rapidement ses jeans et sa chemise de laine, se dirigea vers la cuisine et entra. La porte n'était pas fermée à clé — ici, on ignorait les serrures. Il alluma un feu, mit à chauffer de l'eau pour le café et sortit.

Il aimait se promener quand les autres étaient encore au lit. Il murmurait leurs noms en passant devant les maisons : « Lune. Chocolat. Rigolo. » Il imaginait chacun allongé là, en train de dormir : Pomme, une grosse fille, couchée sur le dos, la bouche ouverte et ronflant ; Orange et Alaska, deux femmes entre deux âges dans les bras l'une de l'autre ; les gosses dans le dortoir : sa petite Fleur, Ringo et Sourire ; le Dusty de Mélanie, les jumeaux, Bulle et Puce, toutes ces joues roses et ces cheveux ébouriffés...

Mon peuple.

Puisse-t-il vivre ici à jamais.

Il passa devant l'atelier où l'on rangeait pelles, pioches et sécateurs ; le rond de ciment où l'on foulait les grappes en octobre, et la cave où l'on entreposait le vin de la vendange précédente dans de grands tonneaux où, lentement, il reposait, se clarifiait, pour être prêt à être coupé et mis en bouteilles.

Il s'arrêta devant le temple.

Il en était très fier. Dès le début, ils avaient discuté de la construction d'un temple. Pendant des années, cela avait paru un rêve impossible. Il y avait mieux à faire : la terre à défricher et les vignes à planter, les granges à construire, le potager, le magasin communal et l'éducation des enfants. Mais, cinq ans auparavant, la communauté avait paru se stabiliser. Pour la première fois, Priest n'avait plus à s'inquiéter des réserves alimentaires pour l'hiver à venir. Il n'avait plus l'impression qu'une seule mauvaise vendange pouvait les mettre sur la paille. Toutes les tâches urgentes étaient accomplies. Il avait donc annoncé que le moment était venu de construire le temple.

Et maintenant il se dressait là.

Il comptait beaucoup pour Priest. Il prouvait que la communauté était mûre. Ils ne vivaient plus au jour le jour. Ils pouvaient se nourrir tout en ayant le temps et les ressources nécessaires pour édifier un lieu de culte. Ils n'étaient plus une bande de hippies essayant de concrétiser un rêve. Le rêve s'était réalisé : ils en avaient donné la preuve. Le temple était l'emblème de leur triomphe.

Il entra. C'était une simple construction de bois avec une unique verrière et pas de mobilier. Chacun s'asseyait en tailleur et formait un cercle sur le plancher pour célébrer le culte. L'endroit servait aussi d'école et de salle de réunion. Pour toute décoration, une bannière fabriquée par Star.

La méditation est la vie : tout le reste est distraction
L'argent vous appauvrit
Le mariage est la plus grande infidélité
Quand personne ne possède rien, tous nous possédons tout
Faire ce qu'on aime est la seule loi

C'étaient là les cinq paradoxes de Baghram. Priest prétendait les avoir appris d'un gourou indien avec lequel il avait étudié à Los Angeles, mais, en réalité, il les avait inventés.

Pas mal pour un type qui ne sait pas lire.

Il resta quelques minutes au milieu de la pièce, les yeux fermés, les bras ballants, à concentrer son énergie. Il n'y avait rien de surfait là-dedans : il avait appris de Star les techniques de méditation, et ça marchait vraiment. Il sentit son esprit se clarifier comme le vin dans les tonneaux. Il pria pour que le cœur du gouverneur Mike Robson s'adoucisse et qu'on annonce un gel de la construction de nouvelles centrales en Californie. Il imagina le superbe gouverneur, en complet sombre et chemise blanche, assis dans un fauteuil de cuir derrière un bureau bien astiqué. Dans sa vision le gouverneur déclarait : « J'ai décidé d'accorder à ces gens ce qu'ils veulent : pas seulement pour éviter un tremblement de terre, mais parce que leurs exigences me paraissent raisonnables. »

Au bout de quelques minutes, Priest avait retrouvé toute son énergie spirituelle. Il se sentait alerte, plein d'assurance, concentré.

Quand il ressortit, il décida d'aller inspecter les plants.

À l'origine, la vigne ne poussait pas dans la vallée. Ne s'y trouvait qu'un pavillon de chasse en ruine. Trois années durant, la communauté avait trébuché de crise en crise, déchirée par des querelles, essuyant une tempête après l'autre, ne subsistant qu'en allant de temps en temps mendier dans les bourgades. Puis Priest était arrivé.

Il lui avait fallu moins d'un an pour devenir l'égal reconnu de Star et assurer avec elle la direction de la communauté. Il avait commencé par réorganiser rationnellement les expéditions de mendicité. Ils s'abattaient dans une ville comme Sacramento ou Stockton un samedi matin, lorsque les rues étaient encombrées de passants faisant leurs courses. Chacun occupait un coin de rue précis, et devait faire son numéro : Aneth prétendait qu'elle essayait de rassembler de quoi prendre son billet de car pour aller retrouver ses parents à New York, Song pinçait sa guitare en chantant « There but for Fortune », Simple racontait qu'il n'avait pas mangé depuis trois jours, Bones faisait sourire les gens avec une pancarte proclamant : « Pourquoi mentir ? C'est pour me payer une bière. »

Mais mendier n'était qu'un pis-aller. Sous la direction de Priest, les hippies avaient terrassé le flanc de la colline, détourné un torrent pour assurer l'irrigation et planté des pieds de vigne. Ce formidable effort collectif avait fait d'eux un groupe solidement soudé et le vin leur avait permis de vivre sans mendier. Leur chardonnay était désormais recherché par les connaisseurs.

Priest s'avança le long des rangées bien alignées. On avait planté des herbes et des fleurs entre les vignes, en partie parce que c'était utile et décoratif, mais surtout pour attirer les coccinelles et les guêpes qui détruiraient les pucerons et autres insectes nuisibles. On n'utilisait pas de produits chimiques ici : on comptait sur les méthodes naturelles. On avait également semé du trèfle parce qu'il fixait l'azote de l'atmosphère et, quand on labourait, il fournissait un engrais naturel.

Les vignes bourgeonnaient déjà. On était fin mai : le péril annuel du gel qui risquait de tuer les nouvelles pousses était passé. À ce stade, le plus gros du travail consistait à attacher les sarments aux piquets pour guider leur croissance et prévenir les ravages du vent.

Priest avait tout appris sur la vigne durant les années où il était grossiste en alcool et Star avait étudié le sujet dans des livres, mais il n'aurait jamais réussi sans le vieux Raymond Dellavalle, un vigneron jovial qui les avait aidés parce que, soupçonnait Priest, il regrettait de ne pas avoir été lui-même plus audacieux dans sa jeunesse.

Le vignoble de Priest avait sauvé la communauté, et la communauté avait sauvé la vie de Priest. Il était arrivé ici en fugitif : il avait à ses trousses tout à la fois la mafia, la police de Los Angeles et le fisc. Il était alcoolique et cocaïnomane, esseulé, fauché et suicidaire. Il avait emprunté le chemin de terre jusqu'à la communauté, en suivant les vagues indications d'un auto-stoppeur, et s'était aventuré parmi les arbres jusqu'au moment où il s'était trouvé nez à nez avec un groupe de hippies nus qui chantaient assis par terre. Il les avait contemplés un long moment, fasciné par le mantra et par l'impression de calme profond qui émanait d'eux. Un ou deux d'entre eux lui avaient souri sans interrompre leur rituel. Il avait fini par se déshabiller, lentement, comme un homme en transe, se dépouillant de son costume croisé, de sa chemise rose, de ses chaussures à semelles de cuir et de son caleçon à rayures rouge et blanc. Puis, nu, il s'était assis à leur côté.

Il avait trouvé là la paix, une nouvelle religion, du travail, des amis et des amantes. À une époque où il était prêt à plonger au volant de sa Plymouth jaune du haut d'une falaise, la communauté avait donné un sens à son existence.

Et il n'imaginait pas de vivre loin d'elle. Cet endroit était tout ce qu'il possédait. Il était prêt à mourir pour le défendre.

J'y serai peut-être obligé.

Ce soir, il écouterait l'émission de John Truth à la radio. Si le gouverneur comptait s'ouvrir à la négociation, ou faire une concession quelconque, on l'annoncerait certainement avant la fin du programme.

Arrivé tout au bout du vignoble, il décida d'aller examiner le vibrateur sismique.

Il remonta la colline. Il n'y avait pas de route, juste un chemin de terre à travers la forêt. Les véhicules ne pouvaient pas aller jusqu'au village. À quatre cents mètres des cabanes, il arriva à une clairière boueuse. Sa vieille Barracuda, un minibus Volkswagen encore plus vieux, la Subaru orange de Mélanie et la camionnette de la communauté, une Ford Ranger vert foncé, y étaient garés. De là, un sentier serpentait pendant trois kilomètres à travers bois, montant et descendant, disparaissant ici dans une coulée de boue et franchissant là un torrent, jusqu'au moment où il rejoignait la départementale, à quinze kilomètres de l'agglomération la plus proche, Silver City.

Une fois par an, toute la communauté passait une journée à rouler des tonneaux jusqu'à cette clairière. Là, on les chargeait dans le camion de Paul Beale, qui les transportait à son atelier de mise en bouteilles à Napa. C'était le grand jour de leur calendrier. Ils faisaient toujours une fête ce soir-là, puis ils prenaient un jour de vacances le lendemain pour célébrer une année réussie. La cérémonie avait lieu huit mois après les vendanges ; donc dans quelques jours. Cette année, décida Priest, on organisera la fête le lendemain du jour où le gouverneur accordera un sursis à la vallée.

En échange du vin, Paul Beale apportait du ravitaillement pour la cuisine communautaire et approvisionnait le magasin en vêtements, sucreries, cigarettes, papier, livres, tampons périodiques, pâte dentifrice... Le système s'opérait sans échange d'argent. Paul, toutefois, tenait une comptabilité précise. À la fin de l'année, il déposait l'éventuel surplus d'espèces sur un compte en banque dont seuls Priest et Star connaissaient l'existence.

Partant de la clairière, Priest marcha pendant un kilomètre et demi, contournant des flaques de pluie, enjambant des arbres morts, puis il suivit une piste invisible parmi les arbres. Pas de trace de pneus, car il avait soigneusement balayé le tapis d'aiguilles de pin qui formait le sol de la forêt. Arrivé dans un creux, il s'arrêta. Il ne distinguait qu'un amas de branches brisées et de jeunes arbres déracinés qui s'entassaient sur près de quatre mètres, comme pour un feu de joie. Il dut grimper tout en haut et écarter une partie des broussailles pour s'assurer que le camion était toujours là, sous son camouflage. Certes, il ne croyait pas que quiconque allait venir le chercher ici. Le Ricky Granger qui avait été engagé comme manœuvre par Ritkin Seismex dans le champ de pétrole du Sud-Texas n'avait aucun lien apparent avec ce vignoble perdu dans le comté de Sierra, Californie. Toutefois, si un couple de campeurs perdu s'aventurait sur le territoire de la communauté — comme ç'avait été le cas pour Mélanie — et découvrait ce coûteux engin, il ne manquerait pas de s'étonner. Priest et les Mangeurs de riz avaient trimé pendant deux heures pour dissimuler le véhicule. Priest était absolument certain que même du ciel on ne pouvait pas le voir.

Il découvrit une roue et donna un coup de pied dans le pneu, comme l'acheteur hésitant d'une voiture d'occasion. Il avait tué un homme pour ce camion. Il pensa un instant à la ravissante épouse et aux gosses de Mario, se demandant s'ils avaient déjà compris que Mario ne rentrerait jamais. Puis il chassa cette pensée.

Il voulait être certain que le camion serait prêt à partir le lendemain. Le seul fait de regarder l'engin le rendait nerveux. Il éprouvait une immense envie de le mettre en route tout de suite, aujourd'hui, maintenant, simplement pour apaiser sa tension. Mais il s'était fixé un délai et voulait le respecter.

Cette attente était insupportable. Et s'il lançait le moteur juste pour s'assurer que tout allait bien ? Ce serait stupide. Il s'agaçait inutilement. L'engin fonctionnerait parfaitement. Mieux valait s'en aller et le laisser là jusqu'au lendemain.

Il écarta une autre partie des branchages pour observer la plaque d'acier destinée à marteler le sol. Si le plan de Mélanie marchait, la vibration déclencherait un tremblement de terre. Ce projet contenait une forme raffinée de justice : ils allaient utiliser l'énergie emmagasinée dans la terre pour contraindre le gouverneur à s'occuper de l'environnement. La Terre sauvait la Terre. Il y avait là une vertu qui confinait au sacré.

Esprit lança un aboiement sourd. Sans doute un lapin ; cependant Priest remit nerveusement en place les branches qu'il avait déplacées.

Il se fraya un chemin jusqu'au sentier et prit la direction du village. Il s'arrêta net, fronçant les sourcils, intrigué. En venant ici, il avait enjambé une branche morte. On l'avait poussée sur le côté. Ce n'était pas contre des lapins qu'Esprit avait aboyé. Il y avait quelqu'un dans les parages. Priest n'avait entendu personne, mais l'épaisse végétation étouffait tous les bruits. Qui était-ce ? L'avait-on suivi ? L'avait-on vu inspecter le vibrateur sismique ?

Sur ses talons, Esprit commença à s'agiter. Comme ils arrivaient auprès du rond-point où étaient rangées les voitures, Priest comprit pourquoi.

Là, dans la clairière boueuse, garée auprès de sa Plymouth, une voiture de police.

Si vite ! Comment a-t-on si vite retrouvé ma trace ?

Il contempla la voiture.

C'était une Ford blanche avec une bande verte sur le côté, une étoile de shérif argentée à six pointes sur la portière, quatre antennes et une rangée de lumières bleues, rouges et orange sur le toit.

Calme-toi. Tout va s'arranger.

La police n'était peut-être pas ici pour le vibrateur. Peut-être un flic s'était-il aventuré par simple curiosité sur le chemin ; ce n'était encore jamais arrivé, mais ce n'était pas impossible. Il pouvait y avoir des tas d'autres raisons. Peut-être recherchait-on un touriste dont on avait signalé la disparition. Un adjoint du shérif était peut-être en quête d'un endroit discret pour retrouver l'épouse de son voisin...

Les gens ne se rendaient sans doute même pas compte qu'une communauté était installée dans le coin. Peut-être ne s'en apercevraient-ils jamais. Si Priest s'esquivait dans les bois...

Trop tard. Au moment où l'idée lui traversait l'esprit, un policier apparut derrière le tronc d'un arbre.

Esprit se mit à aboyer férocement.

— Tais-toi ! lança Priest.

Le policier portait l'uniforme gris-vert d'un shérif adjoint, avec une étoile sur le sein gauche de son blouson, un chapeau de cow-boy et un revolver à son ceinturon.

Il aperçut Priest et le salua d'un geste.

Priest hésita, leva lentement la main, lui rendit son salut, puis, sans entrain, il se dirigea vers la voiture.

Il avait horreur des flics. La plupart étaient des voleurs, des brutes et des psychopathes. Ils se servaient de leur uniforme et de leur position pour dissimuler le fait qu'ils étaient des criminels pires que les voyous qu'ils arrêtaient. Mais il allait se forcer à être poli, tout comme s'il était un abruti de banlieusard s'imaginant que la mission des flics était de le protéger.

Il reprit son souffle, se détendit, sourit.

— Salut.

Le policier était seul. Il était jeune, vingt-cinq ou trente ans, avec de courts cheveux châtains. Sous l'uniforme, on le devinait déjà bien en chair ; dans dix ans, il aurait de la brioche.

— Il y a des habitations par ici ? demanda-t-il.

Priest fut tenté de mentir, mais un instant de réflexion lui fit comprendre que c'était trop risqué. Le flic n'avait qu'à marcher quatre cents mètres dans la bonne direction pour tomber sur les maisons ; ses soupçons seraient d'autant plus vifs s'il découvrait qu'on lui avait menti. Priest lui dit donc la vérité.

— Vous n'êtes pas loin du vignoble de Silver River.

— Jamais entendu parler.

C'était bien normal. Dans l'annuaire, l'adresse et le numéro de téléphone étaient ceux de Paul Beale à Napa. Aucun des membres de la communauté n'était inscrit sur les listes électorales. Aucun ne payait d'impôts car personne n'avait de revenus. Ils avaient toujours vécu dans la clandestinité. Star avait une horreur de la publicité qui datait de l'époque où le mouvement hippie avait été détruit par la surmédiatisation. En outre, nombre d'entre eux avaient une bonne raison de se cacher. Les uns avaient des dettes, d'autres étaient recherchés par la police. Chêne avait déserté, Song avait fui un oncle qui abusait d'elle et le mari d'Aneth l'avait rossée en jurant que, si elle le quittait, il la ferait rechercher aux quatre coins du monde.

La communauté continuait à jouer un rôle de sanctuaire. Les seules personnes susceptibles d'y mener étaient celles qui, comme Paul Beale, y avaient vécu un moment avant de regagner le monde extérieur. Mais, en général, elles taisaient leur secret.

Jamais un flic n'était arrivé jusqu'ici.

— Comment se fait-il que je n'aie jamais entendu parler de cet endroit ? Ça fait dix ans que je suis adjoint dans le coin.

— C'est assez petit, répondit Priest.

— C'est vous, le propriétaire ?

— Non, j'y travaille, pas plus.

— Qu'est-ce que vous faites, du vin ?

Oh, Seigneur, un penseur.

— Oui, ça se résume à peu près à ça. (Le flic ne releva pas l'ironie de sa réponse et Priest poursuivit :) Qu'est-ce qui vous amène dans ce coin de si bonne heure ? Nous n'avons pas eu de crime ici depuis que Charlie s'est enivré et a voté pour Jimmy Carter.

Il eut un grand sourire. Charlie n'existait pas : il essayait simplement de faire le genre de plaisanterie qui pourrait plaire à un flic. Celui-ci demeura impassible.

— Je recherche les parents d'une fillette qui prétend s'appeler Fleur.

Une peur épouvantable s'empara de Priest. Il se sentit soudain glacé comme la tombe.

— Oh, mon Dieu ! il lui est arrivé quelque chose ?

— Elle est en état d'arrestation.

— Elle va bien ?

— Elle ne souffre d'aucune blessure, si c'est ce que vous voulez dire.

— Dieu soit loué ! Je croyais que vous alliez m'annoncer qu'elle avait eu un accident. (Le cerveau de Priest commençait à se remettre du choc.) Comment peut-elle être en prison ? Je croyais qu'elle était ici, à dormir dans son lit !

— Manifestement non. Quel rapport avez-vous avec elle ?

— Je suis son père.

— Alors, il va falloir que vous m'accompagniez à Silver City.

— Silver City ? Depuis combien de temps est-elle là-bas ?

— Hier soir. On ne voulait pas la garder si longtemps, mais pendant un moment elle a refusé de nous révéler son adresse. Elle a fini par craquer il y a à peu près une heure.

Priest sentit son cœur battre la chamade à l'idée de sa petite fille emprisonnée, s'efforçant de garder le secret sur la communauté jusqu'au moment où elle n'avait plus pu tenir. Les larmes lui vinrent aux yeux.

— Quand même, reprit le policier, vous êtes fichtrement difficile à trouver. J'ai fini par tomber sur une bande de sacrés dingues brandissant des fusils à environ, huit kilomètres plus bas dans la vallée. Ils m'ont indiqué le chemin.

— Los Alamos, confirma Priest.

— Ouais. Ils avaient un grand panneau annonçant : « Nous ne reconnaissons pas la juridiction du gouvernement des États-Unis. » Connards !

Il s'agissait des membres d'une milice privée d'extrême droite qui s'étaient emparés d'une grande vieille ferme dans un coin perdu et qui montaient la garde armés de puissants fusils, en rêvant de repousser une invasion chinoise. Ils étaient malheureusement les plus proches voisins de la communauté.

— Pourquoi est-ce que Fleur est en prison ? Elle a fait quelque chose de mal ?

— C'est généralement la raison, répondit le flic d'un ton sarcastique.

— Qu'est-ce qu'elle a fait ?

— On l'a surprise en train de voler dans une boutique.

— Dans une boutique ! (Pourquoi une enfant qui avait accès à un magasin gratuit volerait-elle ?) Qu'est-ce qu'elle a volé ?

— Une grande photo en couleurs de Leonardo DiCaprio.

Priest aurait voulu envoyer son poing dans la figure du flic, mais ça n'aurait pas aidé Fleur. Il se contenta donc de remercier l'homme de s'être déplacé et il promit que la mère de Fleur et lui se présenteraient dans l'heure au bureau du shérif pour récupérer leur fille. Satisfait, le policier s'en alla.

Priest se rendit à la cabane de Star. Elle faisait également office de clinique pour la communauté. Star n'avait aucune formation particulière mais elle avait acquis pas mal de connaissances médicales auprès de son père médecin et de sa mère infirmière. Dans sa jeunesse, elle s'était accoutumée aux urgences médicales et avait même participé à des accouchements. Sa chambre était pleine de boîtes de bandages, de flacons d'onguent, de tubes d'aspirine, de sirops contre la toux et de contraceptifs.

Lorsque Priest la réveilla pour lui annoncer la mauvaise nouvelle, elle sortit de ses gonds. Elle détestait la police presque autant que lui. Dans les années soixante, elle avait été matraquée par des flics dans des manifestations, des agents clandestins des stups lui avaient vendu de la came trafiquée et, une fois, elle avait été violée par des inspecteurs dans un commissariat. Elle se leva d'un bond en hurlant et se mit à le frapper. Il la prit par les poignets et s'efforça de la calmer.

— Il faut aller tout de suite là-bas la chercher ! cria-t-elle.

— Entendu. Mais habille-toi d'abord, d'accord ? Ça n'avancera pas Fleur si tu arrives hors de toi et que tu te fasses arrêter aussi.

Elle se maîtrisa.

— Tu as raison, Priest. Dans son intérêt, il faut qu'on se gagne les bonnes grâces de ces enfants de salauds. (Elle se donna un coup de peigne et se regarda dans un petit miroir.) Bon. Je suis prête à leur lécher les bottes.

Priest avait toujours estimé que mieux valait être habillé de façon conventionnelle quand on avait affaire à la police. Il réveilla Dale et lui emprunta le vieux costume bleu marine. Il appartenait désormais à la communauté et Dale l'avait porté récemment pour aller au tribunal quand l'épouse qu'il avait quittée vingt ans plus tôt avait fini par se décider à demander le divorce. Priest passa le costume par-dessus sa chemise à carreaux et noua sa vieille cravate à rayures rose et verte. Ses chaussures avaient rendu l'âme depuis une éternité ; il remit donc ses sandales. Puis Star et lui partirent dans la Plymouth.

Quand ils débouchèrent sur la départementale, Priest demanda :

— Comment se fait-il que nous n'ayons ni l'un ni l'autre remarqué qu'elle n'était pas à la maison hier soir ?

— Je suis allée lui dire bonsoir, mais Perle m'a affirmé qu'elle était allée aux toilettes.

— J'ai eu droit à cette histoire-là aussi ! Perle devait savoir ce qui s'était passé et elle a essayé de la couvrir !

Perle, la fille de Dale et de Poème, avait douze ans et était la meilleure amie de Fleur.

— J'y suis retournée plus tard, mais toutes les bougies étaient éteintes, le dortoir était dans le noir, alors je n'ai pas voulu les réveiller. Je n'aurais jamais imaginé...

— Pourquoi l'aurais-tu fait ? Cette foutue gosse a passé toutes les nuits de sa vie au même endroit, aucune raison de penser qu'elle était ailleurs.

Ils entrèrent dans Silver City. Le bureau du shérif était à côté du tribunal. Ils pénétrèrent dans un hall lugubre décoré de coupures de presse jaunissantes concernant de vieux meurtres. Il y avait un bureau de réception derrière un guichet avec un téléphone intérieur et une sonnette. Un adjoint en chemise kaki et cravate verte dit :

— Je peux vous aider ?

— Je m'appelle Stella Higgins, déclara Star. Ma fille est chez vous.

L'adjoint lui lança un regard sévère. Priest pensa qu'il devait s'interroger sur le genre de parents qu'ils étaient.

— Un moment, je vous prie.

Il disparut.

— Je crois que nous devrions jouer les citoyens honorables et respectueux de la loi horrifiés de voir leur enfant aux prises avec la police, chuchota Priest à l'oreille de Star. Nous éprouvons le plus profond respect pour les forces du maintien de l'ordre. Nous sommes navrés d'avoir causé des ennuis à des gens qui travaillent si dur.

— Pigé, murmura Star d'un ton crispé.

Une porte s'ouvrit, l'adjoint les fit entrer.

— Mr. et Mrs. Higgins (Priest ne le reprit pas), voulez-vous me suivre ?

Il les entraîna dans une salle de réunion avec une moquette grise et du mobilier moderne des plus neutres.

Fleur les attendait.

Elle promettait d'être un jour aussi grande et voluptueuse que sa mère mais, à treize ans, elle était encore maigrichonne et gauche. En outre, elle était renfrognée et larmoyante. Mais indemne. Star la serra dans ses bras en silence. Priest l'imita.

— Ma chérie, tu as passé la nuit en prison ? demanda Star.

— Non, dans une maison.

— La loi de Californie est très stricte, expliqua l'adjoint. On ne peut pas emprisonner les mineurs sous le même toit que des criminels adultes. Nous avons donc dans le bourg deux ou trois personnes disposées à accueillir pour la nuit les délinquants juvéniles. Fleur est descendue au domicile de Miss Waterlow, une institutrice qui se trouve être aussi la sœur du shérif.

— Ça allait ? interrogea Priest.

L'adolescente acquiesça d'un hochement de tête.

Priest commençait à se sentir mieux ; après tout, il n'était rien arrivé de grave à sa fille.

— Asseyez-vous, je vous prie, Mr. et Mrs. Higgins, dit l'adjoint. Je suis chargé des cas de liberté surveillée, mais une partie de mon travail consiste également à m'occuper des délinquants juvéniles.

Ils s'assirent.

— Fleur est accusée d'avoir volé un poster qui vaut neuf dollars quatre-vingt-dix-neuf à la boutique du Disque d'argent.

— Je n'arrive pas à le comprendre, déclara Star en se tournant vers sa fille. Pourquoi voler un poster d'une vedette de cinéma ?

Fleur retrouva soudain sa voix.

— J'en avais juste envie, d'accord ? cria-t-elle. J'en avais envie !

Là-dessus, elle éclata en sanglots.

— Nous aimerions ramener notre fille à la maison le plus tôt possible, dit Priest en s'adressant à l'adjoint. Que devons-nous faire ?

— Mr. Higgins, je dois vous informer que Fleur risque une peine d'emprisonnement jusqu'à l'âge de vingt et un ans.

— Mon Dieu ! s'exclama Priest.

— Toutefois, je n'imagine pas qu'on lui infligera un châtiment aussi sévère pour un premier délit. Fleur a-t-elle eu des problèmes auparavant ?

— Jamais.

— Êtes-vous surpris de ce qu'elle a fait ?

— Oui.

— Nous sommes abasourdis, renchérit Star.

L'adjoint les interrogea sur leur vie familiale, pour essayer de savoir si on s'occupait bien de Fleur. Priest répondit à la plupart des questions de manière à donner l'impression qu'ils étaient de simples ouvriers agricoles. Il ne souffla mot de leur vie communautaire ni de leurs opinions. L'adjoint demanda où Fleur allait à l'école et Priest expliqua qu'il y en avait une au vignoble pour les enfants du personnel.

L'adjoint parut satisfait de ces réponses. Fleur dut signer une promesse de se présenter au tribunal quatre semaines plus tard à dix heures du matin. L'adjoint demanda à l'un des parents de contresigner le formulaire et Star accomplit cette formalité. Pas de caution à payer. En moins d'une heure, ils en avaient terminé.

Une fois sortis du bureau du shérif, Priest déclara :

— Tu sais, Fleur, ça ne fait pas de toi un être mauvais. Tu as fait une bêtise, mais nous t'aimons toujours autant. Ne l'oublie jamais. Nous en discuterons quand nous serons rentrés.

Ils regagnèrent le vignoble. Pendant un moment, Priest avait été incapable de penser à quoi que ce soit d'autre qu'à la situation où se trouvait sa fille, mais maintenant qu'il l'avait récupérée saine et sauve, il se mit à réfléchir aux conséquences plus lointaines de son arrestation. Jamais auparavant la communauté n'avait attiré l'attention de la police. Pas de vols, puisqu'ils ne reconnaissaient pas la propriété privée. Parfois des bagarres, mais les membres de la communauté réglaient eux-mêmes les conflits. Jamais de mort. Pas de téléphone pour appeler la police. Pas d'infraction à la loi, sauf en ce qui concernait la drogue et, à ce sujet, ils se montraient discrets.

Mais maintenant, on allait parler d'eux.

Ça ne pouvait pas tomber à un plus mauvais moment. Sauf à redoubler de prudence, ils étaient impuissants. Il résolut de ne faire aucun reproche à Fleur. À son âge, il était voleur professionnel à plein temps avec un casier judiciaire vieux de trois ans. Si un parent pouvait la comprendre, c'était bien lui.

Il alluma l'autoradio. Toutes les heures, il diffusait un bulletin d'informations. On y faisait allusion à leur menace. « Le gouverneur Mike Robson rencontre ce matin les agents du FBI afin de discuter du groupe terroriste des Soldats du Paradis qui a menacé de provoquer un tremblement de terre. Un porte-parole du Bureau a déclaré que toutes les menaces étaient prises au sérieux, mais il s'est refusé à tout commentaire avant la réunion. »

Le gouverneur ferait sa déclaration après avoir rencontré le FBI, estima Priest. Il regrettait que la station de radio n'ait pas précisé l'heure de la réunion.

On était en milieu de matinée quand ils arrivèrent chez eux. La voiture de Mélanie n'était plus sur le parking ; elle avait emmené Dusty à San Francisco afin de le laisser avec son père pour le week-end.

À la cave, tout était calme. La plupart des membres du groupe étaient en train de tailler la vigne, en chantant et riant. Devant la cuisine, Holly, la mère de Ringo et de Sourire, les fils que Priest avait eus avec elle, faisait frire des oignons tandis que Simple, toujours sensible à l'atmosphère, grattait d'un air effrayé les premières pommes de terre du potager. Même Chêne semblait abattu, penché sur son établi à scier une planche.

En voyant revenir Priest et Star avec Fleur, ils se hâtèrent tous de terminer leurs travaux pour se diriger vers le temple. Quand il y avait une crise, ils s'y retrouvaient toujours pour en discuter. Une affaire mineure pouvait attendre la fin de la journée, mais, cette fois, c'était trop important.

Comme ils se rendaient au temple, Priest et sa famille furent arrêtés par Dale et Poème accompagnés de leur fille, Perle.

Dale, un petit homme aux cheveux courts et bien peignés, était le plus conventionnel du groupe. Il jouait un rôle capital car il était un vigneron expert et contrôlait le coupage du cru. Cependant, Priest avait parfois l'impression qu'il traitait la communauté comme s'il s'agissait d'un village ordinaire. Dale et Poème avaient été le premier couple à bâtir une cabane familiale. Poème était une métis à l'accent français. Elle avait une nature sauvage — Priest était bien placé pour le savoir : il avait couché bien des fois avec elle — mais, en compagnie de Dale, elle avait fini par s'apprivoiser un peu. Dale était l'un des rares à pouvoir envisager de se réadapter à une vie normale ; la plupart d'entre eux en étaient incapables. Ils finiraient en prison, dans un asile ou au cimetière.

— Viens voir, lui lança Dale.

Priest remarqua un bref échange de coups d'œil entre les filles. Fleur lança un regard accusateur à Perle, qui arborait un air effrayé et coupable.

— Quoi donc ? demanda Star.

Dale les emmena jusqu'à la cabane vide qui servait de salle d'étude aux enfants plus âgés. Il y avait une table en bois, des chaises et un placard contenant des livres et des crayons. Dans le plafond, une trappe menait à un espace exigu sous le toit en pente. Sous la trappe ouverte était dressée une échelle. Priest pressentit ce qu'il allait découvrir.

Dale alluma une bougie et grimpa à l'échelle. Priest et Star le suivirent. Dans les combles, à la lueur vacillante de la bougie, ils aperçurent la cachette secrète des filles : un carton plein de bijoux de pacotille, de produits de maquillage, de vêtements à la mode et de magazines d'adolescentes.

— Tout ce que nous leur avons appris à mépriser, murmura Priest.

— Elles sont allées en stop à Silver City à trois reprises au cours des quatre dernières semaines, expliqua Dale. Elles emportent ces vêtements et se changent une fois arrivées là-bas.

— Qu'est-ce qu'elles font, en ville ? demanda Star.

— Elles traînent dans la rue, elles parlent aux garçons et elles chapardent dans les magasins.

Priest plongea la main dans le carton et en tira un T-shirt moulant bleu avec une bande orange. Le tissu, en Nylon, semblait mince et de mauvaise qualité. Le genre de tenue qu'il détestait : ni chaude ni protectrice, laide, elle servait surtout à déguiser la beauté du corps humain.

Le T-shirt à la main, il redescendit l'échelle. Star et Dale lui emboîtèrent le pas.

Les deux filles avaient l'air mortifiées.

— Allons au temple, proposa Priest, et discutons-en avec le groupe.

Le temps d'y arriver, les autres s'étaient rassemblés, enfants compris. Assis en tailleur sur le sol, ils attendaient.

Priest s'installa au milieu, comme toujours. En théorie, la discussion était démocratique et la communauté n'avait pas de chef mais, dans la pratique, Star et lui dominaient les réunions. Priest aiguillait le dialogue vers l'issue qu'il souhaitait, d'ordinaire en posant des questions plutôt qu'en exposant un point de vue. Si une idée lui plaisait, il encourageait une discussion sur ses effets positifs ; s'il voulait étouffer dans l'œuf une proposition, il poussait ses opposants dans leurs retranchements. Et s'il sentait que l'ambiance lui était hostile, il feignait d'être convaincu, puis renversait plus tard la décision.

— Qui veut commencer ? demanda-t-il.

Aneth prit la parole. C'était une matrone d'une quarantaine d'années et elle préférait comprendre plutôt que condamner.

— Et si Fleur et Perle commençaient par nous expliquer pourquoi elles veulent aller à Silver City ?

— Pour rencontrer des gens, lança Fleur d'un ton de défi.

Aneth lui sourit gentiment.

— Tu veux dire des garçons ?

Fleur haussa les épaules.

— Bah, ça me paraît compréhensible. Mais pourquoi volez-vous ?

— Pour être belles !

Star poussa un soupir exaspéré.

— Qu'est-ce que vous reprochez à vos tenues habituelles ? Elles sont très bien !

— Maman, ne dis pas n'importe quoi ! s'écria Fleur d'un ton cinglant.

Star se pencha et la gifla.

Fleur sursauta. Une marque rouge apparut sur sa joue.

— Ne t'avise pas de me parler sur ce ton ! On vient de te prendre en train de voler, il a fallu que je vienne te sortir de prison, alors ne me parle pas comme si c'était moi l'idiote.

Perle se mit à pleurer.

Priest soupira. Il aurait dû s'en douter. On ne pouvait rien reprocher aux vêtements de leur magasin — on y trouvait des jeans bleus, noirs ou beiges ; des chemises en grosse toile ; des T-shirts blancs, gris, rouges ou jaunes ; des sandales et des bottes ; de gros chandails de laine pour l'hiver ; des cirés pour travailler sous la pluie —, mais ils portaient tous les mêmes, et ce depuis des années. Évidemment, les adolescents avaient envie d'autre chose. Trente-cinq ans plus tôt, Priest avait volé un blouson des Beatles dans une boutique de San Pedro Street.

— Perle, ma chérie, dit Poème à sa fille, tu n'aimes pas tes vêtements ?

— On voulait s'habiller comme Mélanie, souffla l'adolescente entre deux sanglots.

Priest comprit tout.

Mélanie continuait de mettre les toilettes qu'elle avait apportées : des corsages minuscules qui lui découvraient le nombril, des minijupes et des shorts extracourts, des chaussures branchées et des bonnets rigolos. Des habits chics et sexy. Pas étonnant que les filles l'aient adoptée comme modèle.

— Il faut qu'on parle de Mélanie, déclara Dale d'un ton inquiet.

La plupart d'entre eux étaient nerveux à l'idée de dire quoi que ce soit susceptible d'être considéré comme une critique de Priest.

Ce dernier se sentait sur la défensive. C'était lui qui avait amené Mélanie ici, et il était son amant. En outre, elle jouait un rôle crucial dans le plan. Priest ne pouvait pas les laisser s'en prendre à elle.

— Nous n'avons jamais obligé qui que ce soit à

changer de tenue. Ils commencent par porter leurs vieilles affaires, ça a toujours été la règle.

Alaska prit la parole. Ancienne institutrice, elle les avait rejoints avec Orange, son amante, dix ans plus tôt, après qu'elles eurent été bannies de la petite ville où elles vivaient pour avoir proclamé leur homosexualité.

— Ça n'est pas seulement ses toilettes, dit Alaska. Elle ne travaille pas beaucoup.

Orange acquiesça.

— Je l'ai vue dans la cuisine, protesta Priest, en train de laver la vaisselle et de faire cuire des gâteaux.

L'air effrayée, Alaska insista.

— Des petits travaux domestiques. Elle ne travaille pas dans le vignoble. Elle n'est que de passage, Priest.

Star vit qu'on attaquait Priest et elle vola à son secours.

— Elle n'est pas la première à se comporter ainsi. Tu te souviens de Holly à son arrivée ?

Holly était un peu comme Mélanie : une jolie fille, d'abord attirée par Priest, puis par la communauté.

— Je le reconnais, confirma Holly avec un petit sourire. J'étais flemmarde. Mais j'ai fini par avoir des remords. Personne ne m'a fait de réflexion, j'ai simplement compris que je serais plus heureuse si j'accomplissais ma part du travail.

Jardin s'exprima à son tour. Ancienne droguée, elle avait vingt-cinq ans et en paraissait quarante.

— Mélanie a une mauvaise influence. Elle parle aux gosses de disques pop, d'émissions de télé et de conneries de ce genre.

— Manifestement, il faut qu'on ait une discussion avec Mélanie à ce propos quand elle reviendra de San Francisco, concéda Priest. Je sais qu'elle va être dans tous ses états quand elle apprendra ce qu'ont fait Fleur et Perle.

Dale n'était pas satisfait.

— Ce qui tracasse pas mal d'entre nous…

Priest fronça les sourcils. Il semblait bien qu'un petit groupe ait discuté derrière son dos.

Seigneur, me voilà avec une vraie révolte sur les bras ?

Il laissa le mécontentement percer dans sa voix.

— Eh bien ? Qu'est-ce qui tracasse un certain nombre d'entre vous ?

— Son téléphone portable et son ordinateur.

Aucune ligne électrique ne traversait la vallée. Ils possédaient donc peu d'appareils ménagers et adoptaient une attitude puritaine, voire dégoûtée, envers la télé et les cassettes. Priest devait écouter les informations à son autoradio. L'équipement de Mélanie, qu'elle rechargeait à la bibliothèque municipale de Silver City en se branchant dans une prise normalement utilisée pour l'aspirateur, lui avait valu des regards désapprobateurs. Ils étaient quelques-uns à renchérir du geste aux doléances de Dale.

Mélanie avait une bonne raison de garder son portable et son ordinateur, mais Priest pouvait-il l'expliquer à Dale ? Il n'appartenait pas au groupe des Mangeurs de riz, et même s'il était depuis des années membre de la Communauté, Priest n'était pas certain qu'il approuverait le projet du tremblement de terre. Il risquerait de s'affoler.

Il fallait mettre un terme aux contestations, ou le contrôle de la situation lui échapperait. Priest allait s'occuper des mécontents un par un, et non pas dans le cadre d'une discussion générale où ils faisaient bloc. Sans lui laisser le temps de réagir, Poème intervint.

— Priest, se passe-t-il quelque chose ? Quelque chose dont tu ne nous parles pas ? Je n'ai pas vraiment compris pourquoi Star et toi aviez dû partir pendant deux semaines et demie.

Song vola au secours de Priest.

— Oh, tu n'as pas confiance ?

À la perspective imminente d'avoir à quitter la vallée le groupe se disloquait. Ils voyaient leur monde prêt de s'écrouler, et n'apparaissait aucun signe du miracle qu'ils espéraient.

— Je croyais l'avoir expliqué à tous, dit Star. Mon oncle est mort en laissant ses affaires en pleine pagaille et comme je suis sa seule parente, il a fallu que j'aide les avocats à les régler.

Ça suffit.

Priest intervint d'un ton résolu.

— Je trouve que nous discutons de tout cela dans une mauvaise atmosphère. Vous êtes d'accord avec moi ?

Évidemment, la plupart d'entre eux acquiescèrent.

— Qu'est-ce qu'on peut faire pour arranger ça ? demanda Priest à son fils de dix ans, un enfant sérieux au regard sombre. Qu'en penses-tu, Ringo ?

— On va méditer ensemble.

C'était la réponse qu'aurait faite n'importe lequel d'entre eux. Priest regarda autour de lui.

— Tout le monde approuve l'idée de Ringo ?

Ils approuvaient.

— Alors, préparons-nous.

Chacun adopta sa position préférée. Les uns s'allongèrent sur le dos, d'autres se recroquevillèrent dans la position fœtale, un ou deux se couchèrent comme pour dormir. Priest et quelques autres s'assirent en tailleur, les mains posées sur les genoux, les yeux fermés, le visage levé vers le ciel.

— Détendez le petit doigt de votre pied gauche, commença Priest d'une voix douce et insistante. Puis le quatrième doigt, puis le troisième, puis le second, puis le pouce. Détendez votre pied tout entier... et votre cheville... et votre mollet.

Il énumérait lentement les différentes parties du corps tandis qu'une ambiance méditative descendait sur la pièce. Les respirations ralentissaient, devenaient plus régulières, les corps étaient de plus en plus immobiles et les visages prenaient peu à peu l'expression tranquille de la méditation.

Priest enfin prononça lentement une syllabe d'un ton grave :

— Om.

D'une seule voix, la congrégation reprit :

— Omm...

Mon peuple.

Puisse-t-il vivre ici à jamais.

6

La réunion au bureau du gouverneur était prévue pour midi. Sacramento, la capitale de l'État, était à deux heures de voiture de San Francisco. Judy partit de chez elle à dix heures moins le quart.

L'adjoint qu'elle devait rencontrer, Al Honeymoon, était une personnalité connue de la politique californienne. Officiellement chef de cabinet, il était en fait un homme de main. Chaque fois que le gouverneur Robson avait besoin de faire passer une nouvelle autoroute par un site touristique, de bâtir une nouvelle centrale nucléaire, de licencier mille fonctionnaires ou de trahir un ami fidèle, il chargeait Honeymoon du sale boulot.

Les deux hommes travaillaient ensemble depuis vingt ans. Quand ils s'étaient rencontrés, Mike Robson n'était encore que représentant de l'État, et Honeymoon venait tout juste de terminer son droit. À l'époque, Honeymoon avait été choisi pour le rôle de méchant parce qu'il était noir. Le gouverneur avait astucieusement calculé que la presse hésiterait à vilipender un Noir. Les temps avaient changé, mais Honeymoon était devenu en mûrissant un opérateur politique extrêmement habile et totalement impitoyable. Personne ne l'aimait mais beaucoup avaient peur de lui.

Pour le Bureau, Judy se devait de produire une bonne impression. Ce n'était pas souvent que des politiciens s'intéressaient personnellement à une affaire du FBI. Judy savait que la façon dont elle accomplirait cette mission aurait une influence définitive sur l'attitude de Honeymoon envers le Bureau et les organismes de maintien de l'ordre en général. L'expérience personnelle avait toujours plus d'impact que les rapports et les statistiques.

Le FBI aimait bien paraître tout-puissant et infaillible. Mais Judy avait si peu progressé dans son enquête qu'elle aurait du mal à tenir ce rôle, surtout en face d'un dur à cuire comme Honeymoon. D'ailleurs, ce n'était pas le style de Judy : son plan était simplement d'avoir l'air efficace et d'inspirer confiance.

S'ajoutait à cela une raison personnelle : elle voulait que la déclaration du gouverneur Robson ouvre la porte à un dialogue avec les Soldats du Paradis. Une allusion au fait que le gouverneur serait disposé à négocier pourrait les persuader de patienter. S'ils essayaient de communiquer, Judy entrerait en possession de nouveaux indices sur leur identité. Pour le moment, elle n'imaginait pas comment les coincer autrement. Toutes les autres méthodes auraient conduit à des impasses.

Ce sera probablement difficile de persuader le gouverneur de faire un geste.

Par crainte d'en encourager d'autres, il ne voudra pas produire l'impression d'être prêt à écouter les exigences des terroristes. Mais il devrait exister un moyen de formuler la déclaration de sorte que le message ne soit clair que pour les Soldats du Paradis.

Elle ne portait pas son tailleur Armani de femme d'affaires. Son instinct lui avait soufflé que Honeymoon accueillerait plus chaleureusement un travailleur conventionnel. Elle avait donc revêtu un costume pantalon gris acier, noué ses cheveux en chignon et glissé son pistolet à la ceinture. Pour atténuer son air sévère, elle avait mis de petites boucles d'oreilles en perles qui attiraient l'attention sur son long cou.

Autant jouer de mon charme…

Elle se demanda vaguement si Michael Quercus la trouvait séduisante. Quel bel homme ! Dommage qu'il soit si agaçant.

Il aurait sûrement plu à maman.

Elle se rappelait que celle-ci répétait souvent : « J'aime les hommes responsables. » Quercus s'habillait bien, dans un style discret. Quel corps avait-il sans ses vêtements ? Peut-être était-il velu comme un singe — elle n'aimait pas les hommes poilus. Peut-être était-il pâle et un peu mou… Non, il avait l'air sportif. Elle s'aperçut qu'elle fantasmait à propos de Quercus nu, et cela l'irrita.

Elle décida de téléphoner pour s'assurer une place de parking. Elle appela le bureau du gouverneur sur son portable et tomba sur le secrétaire de Honeymoon.

— J'ai rendez-vous à midi avec Mr. Honeymoon, et je me demande si je pourrai me garer dans l'immeuble du Capitole. C'est la première fois que je viens à Sacramento.

Le secrétaire était un jeune homme.

— Nous n'avons pas de parking pour les visiteurs dans le bâtiment, mais il y en a un dans le bloc voisin.

— Où exactement ?

— L'entrée est sur la 10e Rue, entre K Street et L Street. L'immeuble du Capitole est sur la 10e entre L et M. C'est littéralement à une minute. Mais notre rendez-vous n'est pas à midi. Il est à onze heures trente.

— Comment ?

— Votre réunion est prévue pour onze heures trente.

— On a changé l'heure ?

— Non, madame, ça a toujours été onze heures trente.

Judy était furieuse. Arriver en retard ferait mauvaise impression avant même qu'elle ait ouvert la bouche.

Ça commence bien !

Elle réprima sa colère.

— Quelqu'un a dû faire une erreur. (Elle regarda sa montre. En roulant à tombeau ouvert, elle pourrait y arriver en quatre-vingt-dix minutes.) Pas de problème, je suis en avance, dit-elle sans se démonter. Je serai à l'heure.

— Très bien.

Elle appuya sur l'accélérateur. Le compteur grimpa à cent cinquante. Heureusement, il n'y avait pas beaucoup de circulation. La plupart des voitures allaient dans l'autre sens, vers San Francisco.

C'était Brian Kincaid qui l'avait informée de l'heure du rendez-vous ; il serait donc en retard aussi. Ils voyageaient séparément car il avait un autre rendez-vous à Sacramento, au bureau de l'antenne du FBI. Judy appela le bureau de San Francisco et demanda la secrétaire du directeur régional.

— Linda, c'est Judy. Pourriez-vous appeler Brian pour le prévenir que le chef de cabinet du gouverneur nous attend à onze heures trente et non pas à midi ?

— Je crois qu'il le sait.

— Sûrement pas. Il m'a dit midi. Voyez si vous pouvez le joindre.

— Je vais le faire.

— Merci.

Judy raccrocha et se concentra sur sa conduite.

Quelques minutes plus tard, elle entendit la sirène d'une voiture de police. Dans son rétroviseur, elle aperçut le beige familier d'une voiture de la police routière de Californie.

— Merde, ça n'est pas croyable !

Elle se rabattit et serra son frein. La voiture de patrouille s'arrêta derrière elle. Elle ouvrit sa portière.

Dans un haut-parleur, une voix ordonna : « RESTEZ DANS LE VÉHICULE. »

Elle prit son insigne du FBI, le tendit à bout de bras pour que le policier puisse le voir, puis sortit.

« RESTEZ DANS LE VÉHICULE ! »

Elle perçut un accent de frayeur dans la voix et constata que le policier était seul. Elle poussa un soupir. Il ne manquait plus qu'un policier débutant lui tire dessus par nervosité !

Elle brandit son insigne.

— FBI ! cria-t-elle. Regardez, bon sang !

« REMONTEZ DANS LE VÉHICULE ! »

Elle regarda sa montre : dix heures et demie. Tremblant d'exaspération, elle s'assit dans sa voiture, laissant la portière ouverte.

Il y eut une attente interminable. Enfin, le policier s'approcha.

— Si je vous ai arrêtée, c'est que vous rouliez à cent soixante-trois kilomètres à l'heure...

— Regardez ça !

— Qu'est-ce que c'est ?

— Nom de Dieu, c'est un insigne du FBI ! Je suis un agent en mission urgente et vous me retardez !

— Eh bien, on ne peut pas dire que vous ayez l'air...

Elle bondit hors de la voiture, ce qui le fit sursauter, et lui agita un doigt sous le menton.

— Ne me dites pas que je n'ai pas l'air d'un agent, merde ! Vous êtes incapable de reconnaître l'insigne du FBI, alors comment pourriez-vous savoir à quoi ressemble un agent ?

Les mains sur les hanches, elle repoussa son blouson pour qu'il puisse voir son baudrier.

— Est-ce que je peux voir votre permis, s'il vous plaît ?

— Certainement pas ! Je repars maintenant et je vais rouler jusqu'à Sacramento à cent soixante-trois kilomètres à l'heure, vous comprenez ? cria-t-elle en remontant dans sa voiture.

— Vous ne pouvez pas faire ça ! protesta-t-il.

— Écrivez à votre député !

Et, claquant la portière, elle démarra.

Elle passa sur la voie rapide, accéléra jusqu'à cent soixante-cinq, puis consulta sa montre. Cinq minutes de passées, mais elle pouvait encore y arriver.

Elle avait perdu patience avec le policier. Il en informerait son supérieur, qui se plaindrait au FBI. Judy aurait une réprimande. Mais si elle avait été polie avec ce garçon, elle serait encore là-bas.

— Merde, marmonna-t-elle.

À onze heures vingt, elle arriva à la sortie pour le centre de Sacramento. À onze heures vingt-cinq, elle entrait dans le parking de la 10e Rue. Il lui fallut deux minutes pour trouver une place. Elle descendit en trombe l'escalier et traversa la rue en courant.

Le Capitole était un palais de pierre blanche ressemblant à un gâteau de mariage, planté dans des jardins impeccables bordés de palmiers géants. Elle traversa en hâte un hall de marbre jusqu'à une grande porte au-dessus de laquelle était gravée l'inscription « GOUVERNEUR ». Elle s'arrêta, respira un bon coup et jeta un coup d'œil à sa montre.

Exactement onze heures trente. Elle était arrivée à l'heure. Le Bureau n'aurait pas l'air incompétent.

Elle poussa la double porte et se trouva dans un grand vestibule où trônait une secrétaire derrière un énorme bureau. Sur un côté, une rangée de chaises où, à sa grande surprise, attendait Brian Kincaid, l'air calme et détendu dans un costume gris foncé impeccable, ses cheveux blancs soigneusement peignés. Pas du tout l'air de s'être pressé pour arriver à temps.

Elle se rendit soudain compte qu'elle était en nage.

Lorsque Kincaid surprit son regard, elle lut sur son visage une fugitive expression de surprise.

— Euh… bonjour, Brian.

— Bonjour.

Il détourna les yeux, sans la remercier de l'avoir prévenu que le rendez-vous était avancé.

— À quelle heure êtes-vous arrivé ici ? demanda-t-elle.

— Il y a quelques minutes.

Il connaissait donc l'heure précise du rendez-vous ? Il ne l'aurait tout de même pas volontairement induite en erreur ? Ce serait puéril.

Un jeune Noir apparut par une porte de côté. Il s'adressa à Brian.

— Agent Kincaid ?

Celui-ci se leva.

— C'est moi.

— Et vous devez être l'agent Maddox. Mr. Honeymoon va vous recevoir.

Ils le suivirent dans le couloir en courbe. Tout en marchant, il expliqua :

— On appelle cet endroit le Fer à cheval, car les bureaux du gouverneur sont groupés autour des trois côtés.

Au milieu du second côté, ils passèrent devant une autre antichambre, occupée par deux secrétaires. Un jeune homme, un dossier à la main, les attendait sur un canapé de cuir.

L'antichambre du bureau personnel du gouverneur.

Quelques pas encore, et on les introduisait chez Honeymoon.

C'était un grand gaillard aux cheveux grisonnants coupés ras. Il avait ôté la veste de son costume à fines rayures grises, ce qui révélait des bretelles noires. Les manches de sa chemise blanche étaient retroussées, mais son nœud de cravate était bien serré dans un col fermé par une épingle. Il ôta ses lunettes demi-lunes à monture dorée et se leva. Son visage sombre aux traits fins arborait une expression « on ne me la fait pas ». Ç'aurait pu être un lieutenant de police, sauf qu'il était trop bien habillé.

Malgré son aspect intimidant, il avait des manières courtoises. Il leur serra la main.

— Je vous remercie d'avoir fait tout le chemin depuis San Francisco.

— Pas de problème, répliqua Kincaid.

Ils s'assirent.

— Que pensez-vous de la situation ? interrogea Honeymoon sans préambule.

— Monsieur, comme vous avez insisté pour rencontrer l'agent de première ligne, je vais laisser Judy, ici présente, vous l'expliquer.

— Malheureusement, commença Judy, nous n'avons pas encore procédé à l'arrestation de ces provocateurs. (Là-dessus, elle se maudit de commencer par des excuses. *Sois positive!*) Nous sommes pratiquement sûrs qu'ils n'ont aucun rapport avec le Mouvement des Verts de Californie ; il s'agissait d'une tentative peu convaincante pour nous entraîner sur une fausse piste. Nous ignorons qui ils sont, cependant, je suis en mesure de révéler certains détails importants les concernant.

— Allez-y, je vous en prie.

— Tout d'abord, l'analyse linguistique du message de menace nous indique que nous n'avons pas affaire à un individu isolé, mais à un groupe.

— Enfin, à deux personnes au moins, précisa Kincaid.

Judy lui lança un coup d'œil mauvais, mais il évita son regard.

Honeymoon prit un ton agacé.

— Alors, s'agit-il de deux personnes ou d'un groupe ?

Judy s'empourpra mais poursuivit fermement :

— Le message a été composé par un homme et dactylographié par une femme ; ils sont donc au moins deux. Sont-ils davantage ? Il est encore trop tôt pour le savoir.

— Bien. Je vous en prie, soyez précise.

Ressaisis-toi, ou c'est la catastrophe.

— Deuxième point, continua-t-elle. Ces gens ne sont pas fous.

— Enfin, intervint Kincaid, pas cliniquement. Mais

on peut quand même supposer qu'ils ne sont pas normaux.

Il rit comme s'il avait émis la plaisanterie du siècle. Judy le maudit sous cape de lui saper ainsi ses effets.

— Ceux qui commettent des actes de violence peuvent être divisés en deux catégories : les organisés et les désorganisés. Les désorganisés agissent sous l'inspiration du moment, utilisent les armes qui leur tombent sous la main et choisissent leurs victimes au hasard. Ce sont les vrais déments.

Honeymoon avait l'air intéressé.

— Et l'autre catégorie ?

— Les organisés préparent leurs crimes, ont leurs armes avec eux et attaquent des victimes sélectionnées depuis longtemps suivant certains critères logiques.

Kincaid l'interrompit.

— Ils souffrent simplement d'une autre forme de folie.

Judy essaya de l'ignorer.

— Ces gens-là sont peut-être malades, mais pas déments. Ils suivent un processus rationnel et tentent d'anticiper les événements.

— Très bien. Ces Soldats du Paradis sont donc organisés…

— À en juger par leur message de menace, oui.

— Vous vous appuyez beaucoup sur cette analyse linguistique, observa Honeymoon d'un ton sceptique.

— C'est un instrument précieux.

Kincaid intervint de nouveau.

— Cela ne remplace pas une enquête minutieuse. Mais pour l'instant, c'est tout ce que nous avons.

Il semblait ainsi sous-entendre qu'ils avaient dû se rabattre sur l'analyse linguistique parce que Judy n'était arrivée à rien dans son enquête. Désespérée, elle s'acharna.

— Nous avons affaire à des gens sérieux. Ce qui signifie que s'ils ne parviennent pas à provoquer un tremblement de terre, ils tenteront autre chose.

— Par exemple ?

— Un acte de terrorisme plus habituel : faire sauter une bombe, prendre un otage, assassiner un personnage en vue.

— À supposer, bien sûr, glissa Kincaid, qu'ils en soient capables. Pour l'instant, rien ne nous permet de le penser.

Judy prit une profonde inspiration. Il lui restait à expliquer le plus dur ; elle ne pouvait pas l'éviter.

— Toutefois, je ne suis pas disposée à exclure la possibilité qu'ils puissent vraiment déclencher un séisme.

— *Quoi !* s'exclama Honeymoon.

Kincaid eut un rire méprisant.

— C'est peu probable, insista Judy, mais c'est concevable. L'un de nos meilleurs experts de Californie, le professeur Quercus, me l'a affirmé. Je faillirais à mon devoir si je ne vous le révélais pas.

Kincaid se renversa dans son fauteuil et croisa les jambes. D'un ton très « maintenant, parlons sérieusement, entre hommes », il s'adressa à Honeymoon.

— Judy vous a consciencieusement fourni les réponses convenues. Maintenant je vais vous expliquer comment se présente la situation avec tout le recul qu'imposent l'âge et une certaine expérience.

Judy le dévisagea horrifiée.

Kincaid, je te revaudrai ça, tu peux y compter. Imagine qu'il y ait vraiment un tremblement de terre, connard ! Qu'est-ce que tu raconteras aux familles des victimes ?

— Continuez, je vous en prie, dit Honeymoon à Kincaid.

— Ces soi-disant terroristes sont incapables de provoquer un tremblement de terre et ils se foutent éperdument des centrales. Mon instinct me souffle qu'il s'agit d'un type qui essaie d'impressionner sa petite amie. Il a affolé le gouverneur, il a mis le FBI en effervescence, et ça continue tous les soirs à l'émission de radio de John Truth... Le voilà tout d'un coup devenu quelqu'un et elle en est... baba!

Judy se sentit totalement humiliée. Kincaid l'avait laissée exposer ses découvertes, pour les traiter avec le plus profond mépris. Son comportement était manifestement volontaire et elle ne pouvait plus douter de son désir de la voir arriver en retard au rendez-vous. Il avait sciemment établi une stratégie pour la discréditer tout en redorant son blason. Elle était écœurée.

Honeymoon se leva brusquement.

— Je conseillerai au gouverneur de ne pas donner suite à cette menace. Je vous remercie tous les deux, conclut-il d'un ton signifiant que l'entretien était terminé.

Judy comprit qu'il était trop tard pour lui demander d'ouvrir la porte au dialogue avec les terroristes. De toute façon, toute suggestion de sa part serait rejetée par Kincaid. Le désespoir la gagna.

Et si c'est réel? S'ils peuvent vraiment le faire?

— Si jamais nous pouvons vous aider en quoi que ce soit, dit Kincaid, n'hésitez pas.

Honeymoon prit un air vaguement méprisant. Il n'avait guère besoin d'une invitation à utiliser les services du FBI. Mais il leur tendit poliment la main.

Quelques instants plus tard, Judy et Kincaid étaient dehors.

Judy garda le silence pendant tout le trajet le long du Fer à cheval et la traversée du vestibule jusqu'au hall de marbre.

Là, Kincaid s'arrêta et déclara d'un ton supérieur:

— Judy, vous vous en êtes très bien tirée. Ne vous inquiétez de rien.

Elle était bien décidée à ne pas lui montrer à quel point elle était ébranlée. Elle aurait voulu l'accabler d'injures, mais elle s'efforça de parler d'un ton détaché.

— Je crois que nous avons fait notre travail.

— Je pense bien! Où êtes-vous garée?

— Dans le garage en face.

— Je suis de l'autre côté. À plus tard.

— Entendu.

Judy le regarda s'éloigner, puis tourna les talons et partit dans la direction opposée.

En traversant la rue, elle aperçut une confiserie. Elle entra pour acheter des chocolats.

Pendant le trajet de retour jusqu'à San Francisco, elle engloutit toute la boîte.

7

Priest avait besoin d'activité physique pour ne pas laisser la tension le rendre fou. Après la réunion au temple, il alla désherber les vignes. La journée était chaude ; il fut bientôt en nage et ôta sa chemise.

Star travaillait auprès de lui. Au bout d'une heure, elle regarda sa montre.

— Il est temps de faire une pause. Allons écouter les infos.

Les nouvelles n'annonçaient rien de neuf. Priest grinça des dents d'exaspération.

— Mon Dieu, il faut quand même que le gouverneur se prononce !

— On ne s'attend pas à le voir céder tout de suite, non ?

— Bien sûr, mais je pensais qu'il y aurait un message, ne serait-ce qu'une allusion à une concession. Bon sang, l'idée d'arrêter la construction de nouvelles centrales n'est quand même pas tout à fait dingue ! Des millions de Californiens sont probablement d'accord.

Star acquiesça.

— Merde, à Los Angeles, l'air est tellement pollué que c'est dangereux de respirer ! Je n'arrive pas à imaginer que des gens souhaitent vraiment vivre comme ça.

— Écoute, Priest, on pensait bien qu'ils attendraient une démonstration de notre part avant de se décider à bouger, non ?

— Oui. (Priest hésita, puis balbutia :) J'ai juste peur que ça ne marche pas.

— Le vibrateur sismique ?

Il eut une nouvelle hésitation. Il n'aurait poussé la franchise aussi loin avec personne d'autre que Star, et il regrettait déjà à moitié d'avoir avoué ses doutes. Mais autant aller jusqu'au bout.

— L'ensemble. J'ai peur qu'il n'y ait pas de tremblement de terre. Alors, on sera foutus.

Elle était choquée, il le savait, tant elle avait l'habitude de le voir suprêmement confiant.

Revenant vers le vignoble, elle dit :

— Passe un moment avec Fleur ce soir.

— Comment ça ?

— Occupe-toi d'elle, tu joues toujours avec Dusty.

Dusty avait cinq ans. C'était facile de s'amuser avec lui. Tout le fascinait. Fleur avait treize ans, l'âge où tout ce que faisaient les adultes semblait stupide. Priest s'apprêtait à protester lorsqu'il se rendit compte qu'il y avait une autre raison derrière les propos de Star.

Elle pense que je pourrais mourir demain.

Cette idée le frappa comme un coup de poing. Le projet de tremblement de terre était dangereux, évidemment, mais il avait surtout envisagé le danger pour lui-même et le risque de laisser la communauté sans chef. Il n'avait pas imaginé Fleur seule au monde à treize ans.

— Qu'est-ce que je peux faire avec elle ? demanda-t-il.

— Elle veut apprendre la guitare.

Pour Priest, c'était une nouvelle. Il n'était pas lui-même un grand guitariste, mais il pouvait gratter des airs populaires, des blues, assez en tout cas pour l'aider à débuter. Il haussa les épaules.

— O.K., on va commencer ce soir.

Quelques minutes plus tard, Simple les interrompit en criant avec un grand sourire :

— Hé, regardez qui arrive !

Priest leva les yeux. La personne qu'il attendait, c'était Mélanie, la seule qui pouvait indiquer à Priest à quel endroit exactement utiliser le vibrateur sismique. Il ne se sentirait pas à l'aise avant son retour. Mais il était encore trop tôt, d'ailleurs Simple ne se serait pas mis dans un tel état d'excitation à propos de Mélanie.

Il aperçut un homme qui descendait la colline, suivi d'une femme portant un enfant dans les bras. Priest se rembrunit. Une année s'écoulait souvent sans qu'un seul visiteur vienne jusqu'à la vallée. Ce matin-là, ils avaient eu le flic ; maintenant ces gens. Mais étaient-ce des étrangers ? Il plissa les yeux. La démarche chaloupée de l'homme lui était familière. Les silhouettes approchèrent. Priest s'exclama :

— Mon Dieu, ce n'est pas Bones ?

— Mais si !

Star, ravie, se précipita au-devant des nouveaux venus, Esprit aboyant sur ses talons.

Priest les suivit plus lentement. Bones, de son vrai nom Billy Owens, était un Mangeur de riz. Il avait aimé leur façon de vivre avant l'arrivée de Priest ; il appréciait l'existence au jour le jour de la communauté à ses débuts, les crises constantes le réjouissaient et être ivre, camé, ou les deux, moins de deux heures après s'être éveillé, l'enchantait. Il jouait de l'harmonica avec un talent extraordinaire et il était leur plus brillant mendiant. Il n'avait pas rallié les rangs d'une communauté pour trouver du travail, de la discipline et un culte quotidien. Aussi, au bout de deux ans, quand il devint évident que le régime Priest-Star était durable, Bones était parti. On ne l'avait pas vu depuis. Vingt ans plus tard, il était de retour.

Star lui sauta au cou, le serra contre elle et l'embrassa sur les lèvres. Ils avaient eu une relation sérieuse pendant quelque temps. À cette époque, tous les hommes de la communauté avaient couché avec Star, mais elle avait toujours eu un faible pour Bones. Priest sentit un pincement de jalousie en voyant Bones enlacer le corps de Star.

Quand ils se lâchèrent, Priest constata que Bones avait une mine épouvantable. Il avait toujours été maigre, mais il semblait maintenant mourir de faim. Il était ébouriffé, la barbe en broussaille et on avait l'impression qu'il perdait ses cheveux par poignées. Ses jeans et son T-shirt étaient sales, il manquait le talon à l'une de ses bottes de cow-boy.

Il est venu parce qu'il a des ennuis.

Bones présenta la femme, Debbie. Elle était plus jeune que lui, pas plus de vingt-cinq ans, et jolie dans un genre un peu famélique. Son enfant était un petit garçon d'environ dix-huit mois. Elle et le petit étaient presque aussi maigres et sales que Bones.

C'était l'heure du déjeuner, un ragoût d'orge perlé parfumé aux herbes que faisait pousser Jardin. Debbie engloutit son assiette tout en nourrissant l'enfant, mais Bones se contenta de deux cuillerées, puis alluma une cigarette.

On évoqua longuement le bon vieux temps.

— Je vais vous raconter mon souvenir préféré. Un après-midi, là-bas, au flanc de cette colline, Star m'a expliqué comment la lécher. (Les rires fusèrent autour de la table. Des rires un peu gênés, mais Bones, sans le remarquer, poursuivit :) J'avais vingt ans et je ne savais pas qu'on pouvait faire ça. J'étais très choqué ! Star m'a appris. C'était super !

— Tu étais un complet ignorant, renchérit Star. Tu te souviens, tu m'expliquais que tu ne comprenais pas pourquoi tu avais parfois mal à la tête le matin, et il a fallu que je t'explique que ça arrivait chaque fois que tu te saoulais la gueule la veille au soir. Tu ne connaissais pas le sens du mot « gueule de bois ».

Elle avait habilement détourné la conversation. Autrefois, on abordait sans complexe ce genre de sujet, mais à mesure que les enfants grandissaient, on avait évité les conversations choquantes.

Bones était nerveux, riait beaucoup, se donnait trop de mal pour être aimable, s'agitait, fumait à la chaîne.

Il veut quelque chose.

Comme on débarrassait les écuelles, Bones prit Priest à part.

— J'ai quelque chose à te montrer. Viens.

Comme ils marchaient, Priest sortit de sa poche un petit sac de marijuana et du papier à cigarettes. Les membres de la communauté ne fumaient généralement pas d'herbe dans la journée, parce que ça ralentissait le travail dans les vignes, mais Priest éprouvait le besoin de se calmer les nerfs. Tout en remontant la colline et en s'engageant sous les arbres, il se roula un joint avec l'aisance que donne une longue habitude.

Bones s'humecta les lèvres.

— Tu n'as rien d'un peu plus excitant, non ?

— Qu'est-ce que tu prends ces jours-ci, Bones ?

— Un petit peu de cassonade de temps en temps, tu sais, pour garder les idées claires.

De l'héroïne.

C'était donc ça. Bones se camait.

— On n'a pas de came ici. Personne n'en prend.

Et je me débarrasserais de quiconque le ferait, vite fait, bien fait.

Priest alluma son joint.

Quand ils débouchèrent sur la clairière où étaient garées les voitures, Bones annonça :

— Voilà.

Tout d'abord, Priest ne comprit pas à quel genre de véhicule il avait affaire. Un camion ! Peint en rouge vif et jaune avec, sur le côté, un monstre crachant du feu et des inscriptions dans les mêmes tons criards.

Bones, qui se rappelait que Priest ne savait pas lire, énonça :

— La Gueule du dragon. C'est un manège de fête foraine.

Priest alors comprit. Un tas de petits manèges forains étaient montés sur des camions, dont le moteur actionnait le manège. On pouvait démonter l'installation et conduire le véhicule jusqu'à la localité suivante.

Priest lui passa le joint et demanda :

— C'est à toi ?

Bones aspira une longue bouffée, observa un moment la fumée, puis l'exhala avant de répondre.

— Ça fait dix ans que je gagne ma vie avec. Mais il a besoin de réparations et je n'ai pas les moyens. Il faut que je le vende.

Priest se doutait de ce qui allait venir. Bones tira encore une bouffée du joint.

— Ça vaut probablement cinquante mille dollars, mais je le céderai pour dix.

— Belle occasion... pour quelqu'un que ça intéresse.

— Peut-être que vous pourriez l'acheter.

— Bones, qu'est-ce qu'on ferait d'un manège ?

— C'est un bon investissement. Si la récolte est mauvaise, tu pars en tournée et tu ramènes un peu de fric.

Il arrivait que le temps leur gâche leur année, mais Paul Beale était toujours prêt à leur faire crédit : il respectait les idéaux de la communauté, même s'il ne les suivait pas lui-même. Et il comptait sur les vendanges suivantes.

Priest hocha la tête.

— Pas question. Mais je te souhaite bonne chance, mon vieux. Essaye encore, tu trouveras bien un acheteur.

Bones prit un air affolé.

— Priest, tu veux que je te dise la vérité. Je traverse une mauvaise passe. Tu pourrais me prêter mille dollars ? Ça me remettrait à flot.

Ça te permettrait de te camer jusqu'aux trous de nez, oui. Et au bout de quelques jours, tu en serais exactement au même point.

— Nous n'avons pas d'argent. On ne s'en sert pas ici, tu te rappelles ?

— Allons ! objecta Bones d'un air roublard, tu en as bien de planqué quelque part !

Et tu crois que c'est à toi que je vais le révéler ?

— Désolé, je ne peux pas t'aider.

— C'est emmerdant, mon vieux. Tu comprends, je suis dans la merde.

— N'essaie pas de demander à Star derrière mon dos, parce qu'elle te fera la même réponse, reprit Priest. (Il durcit un peu le ton.) Tu m'écoutes ?

— Bien sûr, bien sûr. Du calme, Priest, mon vieux, du calme.

— Je suis calme.

Tout l'après-midi, Priest s'inquiéta de Mélanie. Avait-elle changé d'avis et décidé de retourner auprès de son mari ? S'était-elle dégonflée et avait-elle filé ? Ce serait la fin de leur plan... À son grand soulagement, elle réapparut en fin d'après-midi. Il lui raconta l'arrestation de Fleur et l'avertit qu'une ou deux personnes l'en rendaient responsable à cause de ses toilettes. Elle promit de se fournir en vêtements de travail au magasin.

Après le dîner, Priest se rendit à la cabane de Song pour emprunter sa guitare.

— Tu t'en sers ? demanda-t-il poliment.

En théorie tout appartenait à la communauté, par conséquent la guitare lui appartenait autant qu'à Song, même si c'était elle qui l'avait fabriquée, cependant, en pratique, on demandait toujours.

Il s'assit devant sa cabane avec Fleur et accorda la

guitare. Esprit les surveillait comme si lui aussi allait apprendre à jouer.

— La plupart des chansons sont construites sur trois accords, commença Priest. Si tu les connais, tu peux jouer neuf sur dix des chansons du monde entier.

Il lui montra l'accord de *do*. Comme elle s'efforçait de pincer les cordes de ses doigts fragiles, il étudia son visage à la lumière du soir : sa peau parfaite, ses cheveux sombres, ses yeux verts comme ceux de Star, un petit froncement de sourcils quand elle se concentrait.

Il faut que je reste en vie, pour m'occuper de toi.

Il songea à ce qu'il était à cet âge, déjà un criminel expérimenté, habitué à la violence, haïssant les flics et méprisant les citoyens ordinaires assez bêtes pour se laisser voler.

À treize ans, j'avais déjà mal tourné.

Il était décidé à ce que Fleur ne lui ressemble pas. Elle avait été élevée dans une communauté d'amour et de paix, laissée intacte par le monde qui avait corrompu le petit Ricky Granger pour en faire une canaille avant qu'il ait du poil au menton.

Tu t'en tireras, j'y veillerai.

Elle joua l'accord. Priest se rendit compte qu'une chanson lui courait dans la tête depuis l'arrivée de Bones, un air folk du début des années soixante que Star avait toujours bien aimé.

Montre-moi la prison,
Montre-moi le cachot
Montre-moi le prisonnier
Qui a gâché sa vie

— Je vais t'apprendre une chanson que ta maman te chantait quand tu étais bébé. (Il prit la guitare.) Tu t'en souviens ?

Je te montrerai un jeune homme
Qui a tant de raisons, tant de raisons

Dans sa tête, il entendait la voix sans pareille de Star, rauque et sexy.

Pour que la fortune
Te fasse toi ou moi
Toi ou moi.

Priest avait à peu près le même âge que Bones, et Bones était mourant. Priest n'avait aucun doute là-dessus. La fille et le bébé n'allaient pas tarder à l'abandonner. Il se laisserait mourir de faim pour satisfaire sa dépendance. Il mourrait d'une overdose, s'empoisonnerait avec des drogues trafiquées, userait son organisme jusqu'au point où son corps céderait, ou attraperait une pneumonie. D'une façon ou d'une autre, c'était un homme mort.

Si je perds cet endroit, je connaîtrai le même sort que Bones.

Tandis que Fleur s'efforçait de jouer l'accord de *la* mineur, Priest tentait d'imaginer son retour à la société normale. Aller chaque jour au travail, acheter des chaussettes et des Richelieu, posséder un téléviseur et un grille-pain… lui qui avait grandi dans un bordel, avait fait ses études dans la rue, avait été brièvement le patron d'une affaire semi-légale et, pour le plus clair de sa vie, chef d'une communauté hippie coupée du monde.

Il se rappela le seul emploi régulier qu'il ait jamais occupé. À dix-huit ans, il avait travaillé pour les Jenkinson, le couple qui tenait la boutique d'alcools au bas de la rue. À l'époque, il les avait trouvés vieux, mais il estimait aujourd'hui qu'ils devaient avoir dans les cinquante ans. Il avait eu l'intention de travailler là juste le temps d'apprendre où ils rangeaient leur argent et le voler, mais il avait alors découvert son étrange talent pour l'arithmétique.

Chaque matin, Mr. Jenkinson mettait dix dollars de monnaie dans le tiroir-caisse. À mesure des ventes, il entendait Mr. Jenkinson chantonner le total : « Un dollar vingt-neuf, je vous prie, Mrs. Roberto » ou bien « Trois dollars onze, monsieur », et les chiffres semblaient s'ajouter tout seuls dans sa tête. Quel que soit le moment de la journée, Priest savait exactement combien d'argent contenait la caisse ; à l'heure de la fermeture, il pouvait annoncer le total à Mr. Jenkinson avant que celui-ci l'ait compté. Très rapidement, en écoutant Mr. Jenkinson discuter avec les représentants, il avait fini par connaître les prix de gros et de détail de chaque article du magasin. La caisse enregistreuse qu'il avait dans le cerveau calculait le bénéfice de chaque transaction ; il fut abasourdi de constater combien les Jenkinson gagnaient *sans voler personne*.

Il arrangea quatre cambriolages en un mois, puis il leur fit une offre pour le magasin. Quand ils l'eurent refusée, il organisa un cinquième cambriolage et s'assura que, cette fois, Mrs. Jenkinson se faisait brutaliser. Mr. Jenkinson accepta sa proposition.

Priest emprunta le premier acompte à l'usurier du quartier et puis régla à Mr. Jenkinson les versements suivants grâce aux bénéfices du magasin. Même s'il ne savait ni lire ni écrire, il connaissait toujours exactement sa situation financière. Personne ne pouvait le tromper. Il employa une fois une respectable femme d'un certain âge qui, chaque jour, volait un dollar dans la caisse. Au bout de la semaine, il déduisit cinq dollars de sa paye, lui passa un savon et la renvoya.

Au bout d'un an, il possédait quatre magasins ; deux ans plus tard, un entrepôt de liqueurs en gros. Au bout de trois ans, il était millionnaire. Et à la fin de la quatrième année, il était en fuite.

Il se demandait parfois ce qui serait arrivé s'il avait payé en totalité ses dettes à l'usurier, s'il avait fourni à son comptable des chiffres exacts à déclarer au fisc et s'il avait conclu un marché avec la police de Los Angeles sur les accusations de fraudes. Peut-être posséderait-il aujourd'hui une entreprise de l'importance de Coca-Cola et habiterait-il une de ces propriétés de Beverly Hills avec un jardinier, un garçon pour s'occuper de la piscine et un garage pour cinq voitures.

Mais, tout en essayant de l'imaginer, il savait que cette histoire n'aurait jamais été la sienne. Elle ne lui ressemblait pas. Le type qui descendait l'escalier de sa propriété en peignoir de bain blanc et demandait tranquillement à la femme de chambre de lui préparer un jus d'orange avait le visage d'un autre. Jamais Priest ne pourrait vivre dans un monde de ringards. En outre, il était incapable de se plier aux règles des autres. Voilà pourquoi il devait vivre ici.

À Silver River Valley, c'est moi qui édicte les règles, c'est moi qui les change. Les règles, c'est moi.

Fleur se plaignit d'avoir mal aux doigts.

— Il est temps d'arrêter, dit Priest. Si tu veux, je t'apprendrai une autre chanson demain.

Si je suis encore en vie.

— Ça ne te fait pas mal, à toi ?

— Non, parce que j'ai l'habitude. Quand tu te seras un peu exercée à la guitare, le bout de tes doigts aura des cals, comme ton talon.

— Est-ce que Noel Callagher a des cals ?

— Si Noel Callagher est un guitariste...

— Évidemment ! Il est du groupe Oasis !

— Alors, il a sûrement des cals. Tu crois que ça te plairait d'être musicienne ?

— Non.

— On ne peut pas dire que tu as hésité. Tu as d'autres idées ?

Elle prit un air coupable, comme si elle craignait qu'il la désapprouve, puis elle rassembla son courage et annonça :

— Je veux être écrivain.

Il ne savait pas trop si ça lui plaisait.

Ton papa ne pourra jamais lire tes œuvres.

Mais il feignit l'enthousiasme.

— C'est bien ! Quel genre ?

— Pour un magazine. Comme *Ados*, peut-être.

— Pourquoi ?

— On rencontre des vedettes pour les interviewer, on écrit sur la mode et le maquillage.

Priest grinça des dents en s'efforçant de ne pas laisser transparaître sa répulsion.

— Eh bien, j'aime assez l'idée que tu sois écrivain. Si tu écrivais de la poésie et des nouvelles, plutôt que des articles pour les magazines, tu pourrais continuer à vivre ici, à Silver River Valley.

— Oui, peut-être, acquiesça-t-elle sans conviction.

Priest comprit que sa fille ne comptait pas passer sa vie ici.

Peut-être est-elle trop jeune pour se rendre compte. Plus tard, elle aura un avis différent. Enfin j'espère.

Star arriva sur ces entrefaites.

— C'est l'heure de Truth, dit-elle.

Priest reprit la guitare à Fleur.

— Va te préparer pour te coucher maintenant.

Star et lui se dirigèrent vers la clairière, déposant au passage la guitare dans la cabane de Song. Mélanie était déjà assise sur la banquette arrière de la Plymouth, à écouter la radio. Elle portait un T-shirt jaune vif et des jeans du magasin, mais comme ils étaient trop grands, elle avait rentré le T-shirt et serré les jeans avec une ceinture, ce qui mettait en valeur sa taille fine. Elle était encore fichtrement sexy.

L'accent nasillard de John Truth pouvait finir par produire un effet hypnotique. Sa spécialité, c'était d'énoncer tout haut ce que ses auditeurs pensaient tout bas sans oser l'avouer. Pour l'essentiel, des propos classiques de fasciste : le sida était un châtiment du péché ; l'intelligence était un héritage racial ; ce dont avait besoin le monde, c'était d'une discipline plus stricte ; tous les politiciens étaient stupides et corrompus… Priest imaginait que son public était composé en majorité de gros Blancs qui apprenaient tout ce qu'ils savaient dans les bars.

— Ce type est tout ce que je déteste en Amérique ! s'exclama Star. Il est bourré de préjugés, moralisateur, hypocrite, content de lui et profondément stupide.

— Ça, c'est vrai ! Écoute un peu.

Truth annonçait : « Je vais vous lire une fois de plus le communiqué publié par le chef de cabinet du gouverneur, Mr. Honeymoon. »

Priest sentit son poil se hérisser. Star s'écria :

— Ce fils de pute !

Honeymoon était le responsable du projet d'inondation de Silver River Valley et ils le haïssaient.

John Truth poursuivit, d'un ton lent et pompeux, comme si chaque syllabe était importante. « "Le FBI a enquêté sur la menace publiée sur un bulletin d'Internet le 1er mai. Cette enquête a permis d'établir que celle-ci n'a aucun fondement." »

Même s'il s'y attendait, Priest était consterné. Il avait espéré au moins un vague signe d'apaisement.

« "Le gouverneur, Mike Robson, suivant la recommandation du FBI, a décidé de ne prendre aucune mesure particulière." Voilà, mes amis, le communiqué dans son intégralité. » Truth le trouvait manifestement scandaleusement court. « Êtes-vous satisfaits ? Le délai fixé par les terroristes expire demain. Vous sentez-vous rassurés ? Appelez John Truth à ce numéro pour dire au monde ce que vous, vous pensez. »

— Ça signifie qu'il va falloir le faire, déclara Priest.

Mélanie acquiesça.

— De toute façon, je ne m'attendais pas à ce que le gouverneur cède sans une démonstration.

— Moi non plus. (Il fronça les sourcils.) Le communiqué mentionnait deux fois le FBI. J'ai l'impression que Mike Robson est prêt à rejeter la faute sur les Fédéraux si ça tourne mal. Ça m'amène à me demander si, au fond de lui, il ne doute pas.

— Si nous lui prouvons que nous pouvons vraiment provoquer un tremblement de terre...

— Peut-être qu'il y réfléchira à deux fois.

— Merde ! murmura Star d'un ton abattu. En fait, j'espérais qu'on n'aurait pas à le faire.

Priest était inquiet. Il n'était pas possible que Star se dégonfle maintenant ! Son soutien était vital pour emporter l'adhésion des autres Mangeurs de riz.

— Nous pouvons le faire sans blesser personne. Mélanie a repéré l'endroit parfait. (Il se tourna vers la banquette arrière.) Explique à Star ce dont nous avons parlé.

Mélanie se pencha en avant et prit une carte.

— Voici la faille d'Owens Valley, commença-t-elle en désignant un trait rouge. Il y a eu là de grands tremblements de terre en 1790 et 1872. On peut donc s'attendre à ce que le phénomène se répète.

— Tout de même, s'étonna Star, les tremblements de terre ne suivent pas un horaire régulier ?

— Non. Mais l'histoire de la faille montre qu'il faut à peu près un siècle pour que s'amasse une pression suffisante. Ce qui signifie que nous pouvons en déclencher un maintenant en donnant un petit coup au bon endroit.

— Et où est-ce ? demanda Star.

Mélanie désigna un point sur la carte.

— À peu près ici.

— Tu ne peux pas être précise ?

— Pas avant d'y être allée. Les données de Michael nous indiquent l'emplacement à quinze cents mètres près. En observant le paysage, je devrais pouvoir désigner l'endroit.

— Comment ?

— D'après les traces des précédents séismes.

— D'accord.

— Le meilleur moment, d'après la fenêtre sismique de Michael, se situera entre une heure trente et deux heures vingt.

— Comment peux-tu être certaine que personne ne sera blessé ?

— Regarde la carte. La population d'Owens Valley est clairsemée : quelques bourgades échelonnées le long du lit d'une rivière à sec. Le point que j'ai choisi est à des kilomètres de toute habitation humaine.

— Nous pouvons être sûrs que le tremblement de terre sera de faible intensité, ajouta Priest. C'est à peine si on en sentira les effets dans la ville la plus proche.

Il savait, tout comme Mélanie, que ce n'était pas certain, mais il lui lança un regard appuyé et elle ne le contredit pas.

— Si on en ressent à peine les effets, objecta Star, tout le monde s'en foutra. Alors, pourquoi le faire ?

Elle apportait la contradiction, ce qui montrait à quel point elle était tendue.

— On a prévenu qu'on provoquerait un tremblement de terre demain. Dès qu'on aura réussi, on appellera John Truth sur le portable de Mélanie pour lui dire que nous avons tenu notre promesse.

Quel moment ça va être ! quelle impression extraordinaire !

— Est-ce qu'il nous croira ?

— Il sera bien forcé, quand il verra le sismographe. Imagine la tête du gouverneur Robson et celle de ses gens. (Il percevait l'exultation de sa propre voix.) Surtout de ce connard de Honeymoon. Je l'entends déjà : « Merde alors ! Ils peuvent vraiment provoquer des séismes, mon vieux ! Putain, qu'est-ce qu'on va faire ? »

— Et ensuite ? demanda Star.

— Ensuite, on menace de recommencer. Mais cette fois, on ne leur donne pas un mois. On leur donne une semaine.

— Comment formulerons-nous la menace ? Comme la dernière fois ?

— Je ne pense pas, répondit Mélanie. Je suis sûre qu'ils ont un moyen de surveiller les serveurs sur

Internet et de découvrir d'où vient l'appel. Et si nous en utilisons un autre, on court le risque de passer inaperçus. Rappelez-vous : il a fallu trois semaines avant que John Truth tombe sur le nôtre.

— Alors, téléphonons-lui pour prévenir que nous allons provoquer un deuxième tremblement de terre.

— Mais la prochaine fois, précisa Priest, ce ne sera pas dans un endroit désertique. On agira là où ça fera de vrais dégâts. (Il surprit le regard lourd d'appréhension de Star.) Pas besoin de mettre notre menace à exécution, précisa-t-il. Dès l'instant qu'on aura montré notre puissance, la simple menace devrait suffire.

— *Inch Allah !* dit Star. (Elle avait appris l'expression de Poème, algérienne.) Si Dieu le veut.

Il faisait nuit noire lorsqu'ils partirent le lendemain matin.

On n'avait pas vu le vibrateur sismique de jour dans un rayon de cent cinquante kilomètres autour de la vallée ; Priest y tenait beaucoup. Il comptait quitter la clairière et y revenir la nuit. Le trajet aller et retour serait de huit cents kilomètres ; onze heures à conduire un camion à une vitesse maximale de soixante-quinze à l'heure. Ils emmèneraient la Plymouth en secours, avait décidé Priest. Chêne les accompagnerait pour les relayer au volant.

S'aidant d'une torche électrique, Priest éclaira leur chemin à travers les arbres jusqu'à l'endroit où le camion était dissimulé. Tous quatre étaient silencieux, tendus. Il leur fallut une demi-heure pour ôter les branchages entassés sur le véhicule.

Crispé, Priest s'assit enfin derrière le volant, introduisit la clé de contact et la tourna. Le moteur démarra du premier coup avec un rugissement satisfaisant. Priest exultait.

Les maisons de la communauté étaient à plus de quinze cents mètres de là ; à une telle distance personne n'entendrait le moteur. L'épaisse forêt étouffait les sons. Plus tard, évidemment, tout le monde remarquerait que quatre membres de leur groupe s'étaient absentés. Aneth avait reçu pour mission de dire qu'ils étaient allés jusqu'à un vignoble de Napa où l'on avait planté une nouvelle vigne hybride. Les voyages hors de la communauté n'étaient pas habituels, mais on ne poserait guère de questions car personne ne voudrait affronter Priest.

Il alluma les phares. Mélanie monta dans la cabine à côté de lui. Il passa une vitesse et pilota le lourd engin au milieu des arbres jusqu'au chemin de terre, puis il s'engagea sur la pente en direction de la route. Les pneus tout terrain franchissaient sans mal les lits des ruisseaux et les fondrières.

Seigneur, est-ce que ça va marcher ?

Un tremblement de terre ? Tu rêves !

Il faut que ça marche !

Vingt minutes plus tard, ils sortaient de Silver River Valley et s'engageaient sur la nationale 89. Priest prit la direction du sud. Regardant dans ses rétroviseurs, il constata que Star et Chêne le suivaient bien dans la Plymouth.

Mélanie était très calme. Doucement il demanda :

— Comment allait Dusty, hier soir ?

— Parfaitement : il aime bien voir son père. Michael trouvait toujours du temps pour lui, jamais pour moi.

Le calme de Mélanie surprenait Priest. Contrairement à lui, elle n'était pas folle d'angoisse à l'idée de ce qui arriverait à son enfant si elle mourait aujourd'hui. Elle semblait absolument certaine que rien ne tournerait mal, que le tremblement de terre la laisserait indemne. Était-ce parce qu'elle en savait plus que Priest ? Ou bien était-elle le genre de femme à délibérément ignorer les faits embarrassants ?

Quand le jour se leva, ils contournaient l'extrémité nord du lac Tahoe. L'eau semblait un disque d'acier poli tombé au milieu des montagnes. Le vibrateur sismique était un engin bien voyant sur la route qui serpentait le long de la rive bordée de pins, mais les vacanciers dormaient encore et quelques travailleurs mal réveillés qui se rendaient à leur travail dans les hôtels et dans les restaurants furent les seuls à l'apercevoir.

Le soleil était levé quand ils abordèrent la nationale 395 et franchirent la frontière du Nevada, fonçant vers le sud à travers un paysage plat et désertique. Ils firent une halte dans un café de routiers, garant le vibrateur sismique à un endroit où l'on ne pouvait pas le remarquer de la route, et avalèrent un rapide petit déjeuner : omelette huileuse et café insipide.

La route revint en Californie pour escalader les montagnes majestueuses. Deux heures durant, ils gravirent des pentes abruptes et boisées, comme une version plus grandiose de Silver River Valley. Puis ils redescendirent le long d'une étendue d'eau argentée : le lac Mono, d'après Mélanie.

Peu après, ils se retrouvèrent sur une route à deux voies qui traversait en ligne droite une longue vallée poussiéreuse. La vallée s'élargit jusqu'au moment où les montagnes sur les côtés ne furent plus qu'une brume bleutée, puis elle se rétrécit de nouveau. De chaque côté de la route, le sol était pierreux et parsemé de petits buissons.

— Nous sommes dans Owens Valley, annonça Mélanie.

Devant le paysage désolé, Priest avait l'impression qu'une catastrophe avait tout anéanti.

— Qu'est-il arrivé ici ? demanda-t-il.

— La rivière est à sec parce que, voilà des années, on a détourné l'eau vers Los Angeles.

Tous les trente kilomètres environ, ils traversaient une bourgade endormie. Plus moyen maintenant de passer inaperçus. Il y avait peu de circulation mais chaque fois qu'ils s'arrêtaient à un feu rouge, les passants regardaient le vibrateur sismique avec des yeux ronds. Beaucoup s'en souviendraient. *Ah oui, j'ai vu cet engin-là. Ça avait l'air d'être pour goudronner ou quelque chose comme ça. C'était quoi, au fait ?*

Mélanie alluma son ordinateur et déploya sa carte de la région. Elle murmura d'une voix songeuse :

— Quelque part sous nos pieds, deux grandes plaques de la croûte terrestre sont soudées, coincées, et font un effort pour se libérer.

Priest en eut froid dans le dos. Comment admettre que son objectif était de libérer cette force destructrice contenue ?

Je dois être dingue.

— Quelque part, à douze ou quinze kilomètres d'ici, précisa-t-elle.

— Quelle heure est-il ?

— Un peu plus d'une heure.

Ils avaient bien calculé. La fenêtre sismique allait s'ouvrir une demi-heure plus tard pour se refermer cinquante minutes après.

Mélanie indiqua un embranchement à Priest. Pas vraiment une route, juste une piste dégagée entre les rochers et les broussailles. Même si le sol semblait presque plat, la grand-route disparut derrière eux et ils ne voyaient plus que le haut des grands camions qui passaient.

— Arrête-toi ici, ordonna enfin Mélanie.

Priest stoppa l'engin et tous deux descendirent. Le soleil cognait. La Plymouth s'arrêta derrière eux, Star et Chêne en sortirent, s'étirant après ce long trajet.

— Regarde, dit Mélanie. Tu vois ce ravin desséché ?

Un ruisseau, depuis longtemps asséché, avait creusé un lit profond dans le sol rocailleux. Mais, à l'endroit que désignait Mélanie, le ravin s'arrêtait brusquement, comme s'il avait été muré.

— C'est bizarre, s'étonna Priest.

— Maintenant, regarde à quelques mètres sur la droite.

Priest suivit la direction de son doigt. Le lit du

ruisseau réapparaissait tout aussi brusquement pour continuer vers la vallée. Priest comprit.

— C'est la ligne de faille, déclara-t-il. La dernière fois qu'il y a eu un tremblement de terre, tout un pan de cette vallée s'est déplacé de cinq mètres, puis est retombé.

— Exactement !

— Et on va recommencer, c'est ça ? demanda Chêne impressionné.

— On va essayer, répliqua sèchement Priest. On n'a pas beaucoup de temps. (Il se tourna vers Mélanie.) Le camion est exactement au bon endroit ?

— Je pense, oui. Un écart de quelques mètres dans un sens ou dans l'autre ne devrait pas changer grand-chose à huit kilomètres de profondeur.

— Bon. Il hésita. Il avait l'impression qu'il devrait faire un discours. Eh bien, annonça-t-il, j'y vais.

Il remonta dans la cabine et mit en marche le moteur qui actionnait le vibrateur. Il poussa la manette, abaissant la plaque d'acier jusqu'au sol. Le vibrateur trembla pendant une trentaine de secondes. Il inspecta les cadrans par la lunette arrière ; les chiffres étaient normaux. Il prit la télécommande radio et descendit de la cabine.

— Tout est paré.

Ils s'entassèrent tous les quatre dans la Plymouth, Chêne au volant. Ils retournèrent jusqu'à la route et s'enfoncèrent dans les broussailles de l'autre côté. Ils commençaient à gravir la pente lorsque Mélanie déclara :

— Ça va.

Chêne arrêta la voiture.

Priest espérait qu'on ne les voyait pas trop de la route. Et si ce n'était pas le cas, qu'y pouvait-il ? Dieu merci, la carrosserie beige de la Plymouth se fondait dans le paysage.

— Tu es sûre qu'on est assez loin, Mélanie ? demanda Chêne avec inquiétude.

— Je pense.

Elle n'éprouvait pas la moindre peur. Priest, qui l'observait, décela dans ses yeux une lueur de folle excitation. Presque sexuelle. Était-ce une revanche contre les sismologues qui l'avaient rejetée, contre son mari ou contre le monde entier ?

Ils inspectèrent l'autre versant de la vallée ; on apercevait tout juste le haut du camion.

— On a eu tort de venir tous les deux, déclara soudain Star. Si nous mourons, Fleur n'aura plus personne.

— Elle a toute la communauté, rétorqua Priest. Toi et moi ne sommes pas les seuls adultes qu'elle aime et en qui elle ait confiance. On ne constitue pas un noyau familial, c'est ce que nous avons voulu, non ?

Mélanie prit un air agacé.

— Nous sommes à quatre cents mètres de la faille, à supposer qu'elle coure le long du fond de la vallée. Nous sentirons la terre bouger, mais nous ne courrons aucun danger. Dans les tremblements de terre, ce sont les toits qui s'effondrent, les ponts qui s'écroulent, les éclats de verre, les objets qui provoquent des blessures. Ici, il n'y a rien. Nous sommes en sûreté.

— La montagne ne va pas nous tomber dessus ? demanda Star en regardant par-dessus son épaule.

— C'est possible. Mais nous pourrions aussi nous tuer dans un accident de voiture en revenant à Silver River Valley... Alors à quoi bon perdre son temps à s'inquiéter ?

— C'est facile à dire pour toi. Le père de ton enfant est à cinq cents kilomètres d'ici, à San Francisco.

— Ça m'est égal de mourir ici, déclara Priest. Je refuse d'élever mes enfants dans l'Amérique des banlieues.

— Il faut que ça marche ! marmonna Chêne. Il faut que ça marche !

— Bon sang, Priest ! cria Mélanie, on n'a pas toute la journée. Alors, appuie sur ce bouton, merde !

Priest attendit qu'une Jeep vert foncé soit passée.

— O.K., dit-il, une fois la route dégagée. On y va.

Il pressa le bouton de la télécommande.

Un grondement s'éleva, assourdi par la distance. Il sentit la vibration dans la semelle de ses chaussures. Un tremblement faible mais perceptible.

— Mon Dieu ! murmura Star.

Un nuage de poussière monta autour du camion. Tous les quatre étaient tendus comme des cordes de guitare, leur corps guettant les frémissements de la terre.

Quelques secondes s'écoulèrent.

Priest balaya le paysage du regard, à l'affût du moindre mouvement.

Allez, allez !

Les équipes d'exploration sismique réglaient généralement le vibrateur pour un « balayage » de sept secondes. Priest avait réglé l'engin sur trente secondes, qui lui parurent une heure.

Le bruit s'arrêta enfin.

— Merde ! s'exclama Mélanie.

Priest sentit son cœur se serrer. Pas de tremblement de terre. L'expérience avait échoué.

Peut-être était-ce une idée folle, un délire de hippie, irréalisable...

— Essaie encore ! ordonna Mélanie.

Pourquoi pas ?

Un poids lourd approchait sur la nationale 395, mais cette fois Priest n'attendit pas. Si Mélanie avait raison, la secousse n'atteindrait pas le camion. Si elle se trompait, ils seraient tous morts.

Il pressa le bouton.

Le grondement lointain reprit.

Les secondes défilèrent.

Rien.

Le désespoir l'envahit. Peut-être la communauté de Silver River Valley allait-elle devoir se disperser. Elle avait été un beau rêve et, comme les rêves, elle s'évanouirait face à la réalité.

Qu'est-ce que je vais faire ? Où vais-je vivre ? Comment puis-je éviter de finir comme Bones ?

Mais Mélanie n'était pas prête à renoncer.

— Déplaçons un peu le vibrateur et essayons encore une fois.

— Tu disais que la position exacte n'avait pas d'importance, fit remarquer Chêne. Un écart de « quelques mètres à la surface ne devrait pas changer grand-chose à huit kilomètres de profondeur », voilà ce que tu as dit.

— Alors, déplaçons-le encore de quelques mètres, lança Mélanie, furieuse. Le temps presse, vite !

Priest ne discuta pas. Mélanie était transformée. En temps normal, elle était sous sa coupe. Elle était la belle en détresse sauvée par le preux chevalier, et elle lui en était si reconnaissante qu'elle se soumettait à sa volonté. Mais maintenant c'était elle qui commandait, impatiente et dominatrice. Priest pouvait le supporter dès l'instant qu'elle était capable de faire ce qu'elle avait promis. Il la remettrait au pas plus tard.

Ils roulèrent à tombeau ouvert sur la terre desséchée jusqu'au vibrateur sismique. Priest et Mélanie grimpèrent dans la cabine du camion, Star et Chêne restèrent dans la voiture. Au lieu d'emprunter la piste, ils coupèrent droit à travers les broussailles. Les énormes roues du camion écrasaient les maigres buissons et passaient sans mal sur les pierres, mais Priest craignait que la Plymouth, avec sa garde au sol si basse, soit endommagée.

Mélanie scruta le paysage, cherchant des indices du passage de la ligne de faille. Priest ne distinguait rien de semblable au lit du ruisseau déplacé, mais, au bout d'environ huit cents mètres, Mélanie désigna ce qui ressemblait à une falaise miniature haute de plus d'un mètre.

— Un escarpement de la faille. Vieux d'une centaine d'années.

— Je le vois, dit Priest.

Le sol présentait un creux comme une cuvette et une brèche montrait l'endroit où la terre avait été déplacée, comme si la cuvette s'était fêlée et qu'on en eût maladroitement recollé les bords.

— Essayons ici, proposa Mélanie.

Priest arrêta le camion et abaissa la plaque. Il revérifia rapidement les cadrans et enclencha le vibrateur. Cette fois, il programma un balayage de soixante secondes. Quand tout fut réglé, ils sautèrent à bas de la cabine.

Il jeta un coup d'œil inquiet à sa montre : deux heures. Il ne leur restait que vingt minutes.

Ils retraversèrent la nationale 395 et remontèrent le versant de l'autre côté. Les rares conducteurs des véhicules qui passaient continuaient à les ignorer. Cependant, tôt ou tard quelqu'un finirait par s'interroger. Et Priest n'avait aucune envie de s'expliquer devant un flic curieux ou un cantonnier intrigué. Il avait une version plausible toute prête : un projet de recherche pour l'université sur la géologie du lit de la rivière asséchée, mais il ne tenait pas à ce que quiconque se rappelle son visage.

Observant l'endroit où était arrêté le vibrateur sismique, Priest souhaitait de tout son cœur voir la terre bouger et s'entrouvrir.

Mon Dieu, exauce-moi cette fois-ci, d'accord ?

Il pressa le bouton.

Le camion se mit à rugir, le sol à trembler faiblement et un nuage de poussière monta vers le ciel. La vibration se poursuivit une minute entière. Sans résultat.

Quand le bruit se tut, Star murmura :

— Ça ne va pas marcher, n'est-ce pas ?

Mélanie lui jeta un regard furieux. Se tournant vers Priest, elle demanda :

— Tu peux modifier la fréquence des vibrations ?

— Oui. Pour l'instant, c'est réglé à peu près au milieu, alors je peux les augmenter ou les diminuer. Pourquoi ?

— D'après une théorie la fréquence peut être un facteur crucial. Tu comprends, la terre est constamment parcourue de faibles vibrations. Alors, pourquoi n'y a-t-il pas tout le temps des séismes ? Peut-être parce qu'il faut qu'une vibration ait juste la bonne fréquence pour faire bouger la faille. Tu sais, comme une note de musique qui peut briser un verre.

— Je n'ai jamais vu ça, sauf dans un dessin animé, mais je comprends. Oui, je peux modifier la fréquence. Quand on utilise le vibrateur pour l'exploration sismique, on varie la fréquence de sept secondes.

— Sept ? s'étonna Mélanie. Pourquoi ?

— Je ne sais pas. Peut-être que ça leur donne une meilleure lecture sur les géophones. En tout cas, ça ne m'a pas paru utile pour nous, alors je n'ai pas choisi cette méthode-là, mais je peux.

— Essayons.

— D'accord... Mais, vite : il est déjà deux heures cinq.

Priest régla les commandes du vibrateur pour un balayage dont la fréquence augmentait progressivement sur une période de soixante secondes. Comme ils regagnaient à fond de train leur poste d'observation, il consulta de nouveau sa montre.

— Deux heures et quart. C'est notre dernière chance.

— Je suis à court d'idées, dit Mélanie. Si ça ne marche pas, je renonce.

La perspective de refaire tout le trajet jusqu'à Silver River après un échec plongeait Priest dans un profond état de dépression.

Peut-être, alors, vaudrait-il mieux en finir en provoquant un accident sur l'autoroute.

Star aurait-elle envie de mourir avec lui ?

Je vois ça d'ici. On prend tous les deux une overdose d'analgésiques, une bouteille de vin pour faire passer les comprimés...

— Qu'est-ce que tu attends ? cria Mélanie. Il est

deux heures vingt. Appuie sur cette saloperie de bouton !

Priest obéit.

Comme précédemment, le camion rugit, le sol frémit et la poussière s'éleva autour de la plaque d'acier du vibrateur qui martelait le sol. Cependant le grondement ne suivit pas la même fréquence modérée ; il fut d'abord sourd et grave puis monta peu à peu dans les aigus.

Tout à coup, la terre sous les pieds de Priest parut onduler comme une mer agitée. Il eut soudain l'impression qu'on l'attrapait par la jambe et se retrouva violemment projeté au sol, le souffle coupé.

Star et Mélanie se mirent à hurler en même temps. Mélanie lança un cri perçant et Star une exclamation de surprise affolée. Priest les vit tomber toutes les deux. Mélanie tout à côté de lui et Star à quelques pas. Chêne vacilla, resta un instant bien planté sur ses pieds, puis s'écroula à son tour.

Cette fois, ça y est, je vais mourir.

Il y eut un bruit comparable au grondement d'un train à grande vitesse. Des petites pierres jaillirent dans les airs et des rochers dévalèrent la pente. Le sol continuait à bouger comme s'il s'agissait d'un vulgaire tapis secoué par une ménagère prise de folie. Le monde avait perdu ses repères. C'était terrifiant.

Je ne suis pas prêt à mourir.

Priest reprit son souffle et se remit à genoux. Mélanie lui attrapa le bras, le faisant de nouveau tomber. Il hurla :

— Lâche-moi, connasse !

Mais il n'entendait même pas ses propres paroles.

Le sol se souleva. Il fut projeté sur la pente. Mélanie s'écroula sur lui. En un éclair, il songea que la voiture risquait de se retourner sur eux et essaya de rouler sur le côté. Il ne voyait plus Star ni Chêne. Un buisson d'épines volant lui écorcha le visage. Aveuglé par la poussière, il ne savait plus du tout où il était.

Recroquevillé sur lui-même, se protégeant le visage de ses bras, il attendait la mort.

Bon sang, si je dois mourir, je voudrais que ce soit avec Star.

Les secousses cessèrent aussi brusquement qu'elles avaient commencé. Avaient-elles duré dix secondes ou dix minutes ? Il aurait été incapable de le préciser.

Enfin, le bruit s'arrêta.

Priest se frotta les yeux, recouvrant peu à peu sa vision. Il aperçut Mélanie à ses pieds, lui tendit une main et l'aida à se relever.

— Ça va ?

— Je crois, répondit-elle d'une voix tremblante.

La poussière retombait. Il découvrit Chêne qui se remettait tant bien que mal sur ses pieds. Où était Star ? Il la vit à quelques pas, allongée sur le dos, les paupières closes.

Elle n'est pas morte, je t'en prie, mon Dieu, fais qu'elle ne soit pas morte.

Il s'agenouilla près d'elle.

— Star ! dit-il d'un ton pressant. Ça va ?

— Bon sang, murmura-t-elle en ouvrant les yeux. Quel choc !

Priest eut un grand sourire, tout en retenant des larmes de soulagement.

— Nous sommes tous vivants.

La poussière retombait rapidement. Observant les alentours, il constata que le camion était apparemment intact. Non loin, une longue fente serpentait du nord au sud, au milieu de la vallée, aussi loin que portait le regard.

— Merde alors ! Regarde !

— Ça a marché ! s'écria Mélanie.

— On l'a fait ! s'exclama Chêne. Bon Dieu, on a déclenché un tremblement de terre !

Priest les regarda tous avec un sourire béat.

— On a réussi !

Il embrassa Star, puis Mélanie. Puis Chêne les embrassa tous les deux. Puis Star embrassa Mélanie.

Ils riaient tous. Priest exécuta une danse indienne, là, au milieu de la vallée, ses bottes frappant la poussière. Star se joignit à lui, suivie de Mélanie et de Chêne. Tous les quatre se mirent à tourner en rond en poussant des cris, des hurlements, secoués de grands rires jusqu'au moment où les larmes leur montèrent aux yeux.

DEUXIÈME PARTIE

Sept jours

8

Judy Maddox rentrait chez elle en voiture ce vendredi-là. Se terminait la pire semaine qu'elle eut connue dans sa carrière au FBI.

Qu'avait-elle fait pour mériter ça ? D'accord, elle avait engueulé son patron, mais il s'était déjà montré désagréable avant qu'elle perde son sang-froid ; ce n'était donc pas une raison suffisante. La veille elle s'était rendue à Sacramento bien décidée à imposer l'image d'un Bureau efficace et compétent. Dieu sait comment, elle avait fini par donner une impression de pagaille et d'incapacité. Elle se sentait frustrée, déprimée.

Il ne lui était rien arrivé de bon depuis son rendez-vous avec Al Honeymoon. Elle avait interrogé par téléphone des professeurs de sismologie, leur demandant s'ils travaillaient sur des sites de tension critique sur les lignes de faille. Si oui, qui avait accès à leurs données ? Soupçonnaient-ils certaines de ces personnes d'avoir quelque accointance avec des groupes terroristes ?

Les sismologues ne l'avaient guère aidée. La plupart de ces universitaires avaient été étudiants dans les années soixante ou soixante-dix, quand le FBI payait des abrutis pour espionner le mouvement contestataire. Il y avait longtemps de cela, mais ils n'avaient pas oublié. Pour eux, le Bureau, c'était l'ennemi. Judy comprenait leur point de vue, mais elle regrettait qu'ils manifestent une pareille agressivité envers des agents au service de l'intérêt public.

Le délai fixé par les Soldats du Paradis expirait le jour même et le séisme n'avait pas eu lieu. Judy en était profondément soulagée, même si cela laissait à penser qu'elle avait eu tort de prendre la menace au sérieux. Peut-être que toute l'affaire s'arrêterait là. Elle songea au week-end de détente qu'elle pourrait s'offrir. Le temps était superbe : chaud et ensoleillé. Pour le dîner, elle allait cuisiner un poulet frit à Bo et ouvrir une bouteille de vin. Le lendemain, il lui faudrait aller au supermarché, mais le dimanche, elle pourrait remonter la côte jusqu'à Bodega Bay et s'installer sur la plage à lire un bon roman, comme une personne normale. Le lundi, on lui confierait sans doute une nouvelle mission. Peut-être alors pourrait-elle prendre un nouveau départ.

Et si elle téléphonait à sa copine Virginia pour aller à la plage avec elle ? Ginny était sa plus vieille amie. Fille d'un policier et du même âge que Judy, elle était directrice commerciale d'une agence de sécurité. Non, tout bien réfléchi, ce n'était pas de compagnie féminine que Judy avait besoin. Ce qui lui aurait plu, c'est d'être allongée à côté d'une créature aux jambes poilues et à la voix grave. Sa rupture avec Don datait d'un an ; jamais elle n'était restée aussi longtemps sans amant depuis son adolescence. Au collège, elle était déchaînée et couchait avec le premier venu qui lui plaisait. Quand elle travaillait à la Mutual American Insurance, elle avait eu une aventure avec son patron. Ensuite, elle avait vécu avec Steve Dolen pendant sept ans et avait failli l'épouser. Elle pensait souvent à Steve. Il était séduisant, intelligent et gentil ; trop gentil, peut-être, car elle avait fini par le trouver mou. Peut-être demandait-elle l'impossible... Peut-être, tout bien considéré, les hommes pleins d'attention étaient-ils faibles et les forts, comme Don Riley, finissaient-ils par s'envoyer leurs secrétaires.

Son téléphone de voiture sonna. Elle n'avait pas besoin de décrocher : au bout de deux sonneries, il se branchait automatiquement en mode mains libres.

— Allô, ici Judy Maddox.

— C'est ton père.

— Salut, Bo. Tu seras à la maison pour dîner ? On pourrait...

Il l'interrompit.

— Allume ton autoradio, vite ! Branche-toi sur John Truth.

Allons bon, qu'est-ce qu'il y a ?

Elle enfonça un bouton de présélection et accrocha la station de San Francisco qui émettait *John Truth en direct*. Son accent nasillard emplit la voiture.

Il s'exprimait d'un ton pesamment théâtral qui laissait entendre que ce qu'il avait à dire était d'une importance à ébranler le monde. « Le service de sismologie de l'État de Californie vient de confirmer qu'il y a bien eu un tremblement de terre aujourd'hui, comme nous en avaient avertis les Soldats du Paradis. Il s'est produit à quatorze heures vingt dans Owens Valley, tout comme l'avaient annoncé les Soldats du Paradis quand ils ont appelé cette émission il y a quelques minutes. »

Mon Dieu... ils l'ont fait.

Pour Judy, ce fut comme une décharge électrique. Elle oublia ses frustrations et sa dépression se dissipa. Elle se sentait revivre.

« Cependant, le même bureau sismologique de l'État a nié que ce tremblement de terre ait pu être causé par un groupe terroriste. »

Était-ce vrai ? Judy avait besoin de le savoir. Qu'en pensaient d'autres sismologues ? Il fallait qu'elle passe quelques coups de fil. John Truth continua :

« Dans un instant, nous allons vous passer un enregistrement du message laissé par les Soldats du Paradis. »

Ils ont un enregistrement !

Voilà qui pourrait être une erreur cruciale de la

part des terroristes. Peut-être l'ignoraient-ils, mais l'enregistrement d'une voix fournirait une masse d'informations lorsqu'il aurait été analysé par Simon Sparrow.

« En attendant, vous, qu'en pensez-vous ? Croyez-vous le service de sismologie de l'État ? Ou bien estimez-vous qu'il raconte n'importe quoi ? Si vous êtes vous-même sismologue, vous avez probablement quelque idée sur la possibilité — ou l'impossibilité — de produire un tremblement de terre. Si vous êtes un simple citoyen concerné par la question, peut-être que les autorités devraient être aussi inquiètes que vous. Appelez *John Truth en direct* à ce numéro pour expliquer au monde ce que vous, vous pensez. »

Suivit un spot publicitaire pour un entrepôt de meubles. Judy baissa le volume.

— Bo, tu es toujours là ?

— Bien sûr.

— Alors, ils l'ont fait ?

— Ça m'en a tout l'air.

Se posait-il sincèrement des questions ou était-il juste prudent.

— Que te souffle ton instinct ?

— Que ces gens-là sont très dangereux.

Encore une réponse ambiguë.

Judy essaya de calmer les battements de son cœur et de réfléchir à la conduite qu'elle devait adopter.

— Je ferais mieux d'appeler Brian Kincaid…

— Qu'est-ce que tu vas lui dire ?

— Lui annoncer la nouvelle. Attends une minute. (*Bo a une idée derrière la tête.*) Tu ne penses pas que je devrais l'appeler ?

— Je crois que tu devrais appeler ton patron quand tu pourras lui donner une information qu'il ne peut pas entendre à la radio.

— Tu as raison. (À mesure qu'elle examinait la situation, Judy se sentait plus calme.) Le mieux, c'est que je me remette au travail.

Elle tourna à droite.

— Bien. Je serai à la maison d'ici une heure. Appelle-moi si tu veux dîner.

— Merci, Bo, dit-elle dans un brusque élan d'affection. Tu es un père formidable.

— Et toi, tu es une gosse formidable, répondit-il en riant. À plus tard.

— À plus tard.

Elle appuya sur le bouton qui interrompit la communication puis remonta le volume de la radio.

Une voix basse et sexy déclarait : « Ici les Soldats du Paradis, porteurs d'un message pour le gouverneur Mike Robson. »

Elle se représenta une femme mûre avec de gros seins et un grand sourire, plutôt sympathique, un peu dingue.

C'est ça, mon ennemi ?

Le ton changea et la femme murmura :

« Merde, je ne pensais pas que je parlais à un magnétophone. »

Ce n'est pas elle le cerveau de l'organisation. Elle est trop tête en l'air. Elle prend ses consignes de quelqu'un d'autre.

La femme reprit son ton officiel et poursuivit : « Comme nous l'avions promis, nous avons provoqué aujourd'hui un tremblement de terre, quatre semaines après notre dernier message. Il s'est produit à Owens Valley peu après quatorze heures. Vous pouvez vérifier. »

Un léger bruit de fond la fit hésiter.

Qu'est-ce que c'était ?

Simon le trouvera.

Une seconde plus tard, la voix continua. « Nous ne reconnaissons pas l'autorité du gouvernement des États-Unis. Maintenant que vous savez ce dont nous sommes capables, vous feriez mieux de repenser à notre demande. Annoncez l'interruption de la construction de nouvelles centrales en Californie. Vous avez sept jours pour vous décider. »

Sept jours! La dernière fois, ils nous ont donné quatre semaines.

« Passé cette date, nous déclencherons un nouveau séisme. Mais celui-ci n'aura pas lieu au milieu de nulle part. Si vous nous y contraignez, nous causerons de vrais dégâts. »

Une escalade soigneusement calculée de la menace. Seigneur, ces gens-là me font peur.

« Ça ne nous amuse pas, mais vous ne nous avez pas laissé le choix. Je vous en prie, obéissez-nous, pour que ce cauchemar cesse. »

John Truth reprit la parole. « C'était la voix des Soldats du Paradis, ce groupe qui prétend avoir déclenché le séisme qui a ébranlé Owens Valley aujourd'hui. »

Il fallait à Judy cet enregistrement. Elle baissa de nouveau le volume et appela Raja chez lui. Il était célibataire : il pouvait donc sacrifier son vendredi soir.

— Salut, c'est Judy.

— Je ne peux pas, dit-il aussitôt. J'ai des billets pour l'opéra !

Elle hésita, puis décida de jouer le jeu.

— Qu'est-ce qu'on donne ?

— Euh... *Le Mariage de Macbeth*.

— De Ludwig Sébastien Wagner ? demanda-t-elle en retenant son rire.

— Exact.

— Cet opéra-là n'existe pas, le compositeur non plus. Ce soir, tu travailles.

— Merde !

— Pourquoi est-ce que tu n'as pas inventé un groupe de rock ? Je t'aurais cru.

— J'oublie toujours combien tu es vieille.

Elle se mit à rire. Raja avait vingt-six ans, Judy trente-six.

— Je le prends comme un compliment.

— De quoi s'agit-il ?

Il n'avait pas l'air trop réticent. Judy redevint sérieuse.

— Il y a eu cet après-midi un tremblement de terre dans la région orientale de l'État et les Soldats du Paradis prétendent l'avoir déclenché.

— Nom de Dieu ! Ils étaient sérieux, alors !

Il avait l'air plus satisfait qu'effrayé. Il était jeune et plein d'ardeur et n'avait pas encore réfléchi aux conséquences du succès des terroristes.

— John Truth vient de diffuser un message enregistré des auteurs. J'ai besoin que tu ailles à la station de radio te procurer la cassette.

— J'y file.

— Assure-toi d'avoir l'original, pas une copie. S'ils te font des difficultés, avertis-les que nous pouvons obtenir une ordonnance de la Cour d'ici une heure.

— Personne ne fera de difficultés. C'est moi, Raja, tu te souviens ?

Il avait raison : ce garçon était un vrai charmeur.

— Apporte l'enregistrement à Simon Sparrow et explique-lui que j'ai besoin d'informations pour demain matin.

— Entendu.

Elle interrompit la communication et revint à John Truth.

— « ... un séisme mineur, d'ailleurs, d'amplitude cinq à six. »

Comment s'y sont-ils pris ?

« Pas de blessés, ni de dégâts matériels, mais une secousse qui a été parfaitement ressentie par les résidents de Bishop, Bigpine, Indépendance et Lone Pine. »

Certains des habitants du coin avaient dû voir les criminels au cours des dernières heures, songea Judy. Il fallait qu'elle aille là-bas et qu'elle commence à les interroger le plus tôt possible.

Où exactement le séisme avait-il eu lieu ? Elle avait besoin de parler à un expert.

Le choix évident, c'était le Service de sismologie de l'État. Toutefois, ces gens-là semblaient avoir l'esprit obtus. Le responsable avait déjà éliminé la possibilité d'un séisme provoqué par l'homme. Cela la gênait. Elle voulait quelqu'un prêt à envisager toutes les possibilités.

Michael Quercus !

C'était peut-être un emmerdeur, mais il n'avait pas peur de hasarder des hypothèses. En outre, il vivait à Berkeley, juste de l'autre côté de la Baie, alors que le sismologue de l'État résidait à Sacramento.

Si elle se présentait sans rendez-vous, il refuserait de la recevoir. Elle soupira et composa son numéro.

Tout d'abord, pas de réponse. Il devait être sorti. Il décrocha au bout de six sonneries.

— Quercus.

Il avait le ton agacé de quelqu'un qu'on dérange.

— Ici Judy Maddox, du FBI. Il faut que je vous parle. C'est urgent et j'aimerais venir vous voir tout de suite.

— Hors de question. Je suis avec quelqu'un.

J'aurais dû m'en douter.

— Peut-être une fois votre rendez-vous terminé ?

— Ça n'est pas un rendez-vous et ça me prendra jusqu'à dimanche.

Bon, d'accord.

Il était avec une femme. Pourtant, il lui avait raconté qu'il ne fréquentait personne. Dieu sait pourquoi, elle se rappelait exactement ses paroles : « Je suis séparé de ma femme et je n'ai pas de petite amie. » Peut-être avait-il menti. Ou peut-être était-ce quelqu'un de nouveau. Pourtant, ça n'avait pas l'air d'une relation nouvelle puisqu'il s'attendait à la voir rester le week-end. D'un autre côté, il était assez arrogant pour supposer qu'une fille coucherait avec lui au premier rendez-vous et assez séduisant pour que le cas se présente souvent.

Qu'est-ce qui te prend de t'intéresser ainsi à sa vie amoureuse ?

— Avez-vous écouté la radio ? lui demanda-t-elle. Il y a eu un tremblement de terre et le groupe terroriste dont nous avons parlé prétend l'avoir déclenché.

Malgré lui, il avait l'air intrigué.

— Disent-ils la vérité ?

— C'est ce dont j'aimerais discuter avec vous.

— Je vois.

Allez, espèce de tête de mule... cède donc, une fois dans ta vie.

— Professeur, c'est vraiment important.

— J'aimerais vous aider... mais ça n'est vraiment pas possible ce soir... Non, attendez. (Sa voix s'assourdit tandis qu'il couvrait le micro de sa main, cependant elle parvenait encore à distinguer ses paroles.) Dis donc, tu as déjà rencontré un agent du FBI pour de vrai ?

Elle n'entendit pas la réponse, mais au bout d'un moment, Michael reprit la parole.

— La personne qui est avec moi aimerait vous rencontrer. Passez donc.

Elle n'aimait guère l'idée d'être exhibée comme un animal de cirque néanmoins, au point où elle en était, elle n'allait pas la ramener.

— Merci, je serai chez vous dans vingt minutes.

Tout en franchissant le pont, elle s'étonna de ce que ni Raja ni Michael n'avait paru effrayé. Raja était excité, Michael intrigué. Bien sûr, elle-même était fascinée par la tournure que prenait l'affaire, pourtant elle se remémorait le séisme de 1989, elle revoyait les images télévisées des sauveteurs remontant des cadavres écrasés par un pont qui s'était effondré ici, à Oakland, et son cœur se glaçait d'appréhension à la pensée qu'un groupe terroriste ait un tel pouvoir.

Pour se changer les idées, elle essaya de deviner à quoi ressemblerait la petite amie de Michael Quercus. D'après la photo, sa femme était une superbe rousse à la silhouette de mannequin et à la moue boudeuse. Mais ils avaient rompu ; peut-être n'était-elle pas vraiment son type. Judy le voyait très bien avec une universitaire, portant des lunettes à fine monture, des cheveux courts et bien coupés, sans maquillage. D'un autre côté, ce genre de femme ne traverserait pas la rue pour rencontrer un agent du FBI. Selon toute probabilité, il avait levé une tête de linotte sexy, facile à impressionner. Une fille en robe moulante, fumant tout en mâchant du chewing-gum et inspectant l'appartement en disant : « Dis donc, tu as vraiment lu tous ces livres ? »

Je ne sais pas pourquoi je fantasme à propos de sa petite amie. J'ai vraiment d'autres chats à fouetter !

Michael Quercus vint lui ouvrir pieds nus, en tenue très week-end, blue-jeans et T-shirt blanc.

Ça pourrait ne pas être désagréable, de passer le week-end avec lui.

Elle le suivit dans son bureau-salle de séjour.

À son grand étonnement, elle y découvrit un petit garçon d'environ cinq ans avec des taches de rousseur et des cheveux blonds, vêtu d'un pyjama couvert de dinosaures. Elle reconnut l'enfant de la photo posée sur son bureau ; le fils de Michael. C'était lui, son invité du week-end. Elle se sentit gênée à l'idée de la blonde idiote qu'elle avait imaginée.

J'ai été un peu injuste avec vous, professeur.

— Dusty, dit Michael, je te présente l'agent spécial Judy Maddox.

Le petit garçon lui serra poliment la main et demanda :

— Vous êtes vraiment du FBI ?

— Mais oui.

— Super !

— Tu veux voir mon insigne ?

Elle le tira de son sac à main et le lui tendit. Il le prit avec respect.

— Dusty aime bien regarder *X-Files*, expliqua Michael.

— Je peux voir votre revolver ?

Judy hésita. Elle savait que les garçons étaient fascinés par les armes, mais elle n'aimait pas encourager ce genre d'intérêt. Elle jeta un coup d'œil à

Michael qui se contenta de hausser les épaules. Elle déboutonna sa veste et sortit le pistolet de son étui.

Ce faisant, elle surprit le regard de Michael sur ses seins et éprouva un brusque frisson de désir. Il était plus séduisant que jamais, pieds nus avec son T-shirt qui pendait par-dessus son pantalon.

— Dusty, le prévint-elle, les armes, c'est dangereux, alors je vais te le tenir, mais tu peux regarder.

Elle retrouva sur le visage de Dusty contemplant le pistolet la même expression que sur celui de Michael quand elle avait entrouvert sa veste. Cette idée la fit sourire.

Au bout d'une minute, elle remit l'arme dans son étui.

— On allait manger des céréales, vous en voulez ? proposa Dusty très poliment.

Judy avait hâte de questionner Michael, mais elle devina qu'il serait plus ouvert si elle se montrait patiente et jouait le jeu.

— C'est très gentil de ta part. J'ai vraiment faim. J'adorerais un peu de céréales.

— Venez dans la cuisine.

Ils s'assirent tous trois dans la petite cuisine et prirent une collation de lait et de céréales dans des bols en faïence bleu clair. Judy se rendit compte qu'elle mourait de faim — l'heure du dîner était largement passée.

— Mon Dieu ! s'exclama-t-elle, j'avais oublié comme c'est bon.

Michael se mit à rire. Judy était stupéfaite de sa transformation. Il était détendu et charmant. On aurait dit que c'était un autre homme que le bougon qui l'avait forcée à retourner au bureau pour lui demander un rendez-vous. Elle commençait à le trouver sympathique.

Une fois le dîner terminé, Michael prépara Dusty pour qu'il aille se coucher. Dusty demanda à son père :

— Est-ce que l'agent Judy peut me raconter une histoire ?

Judy réprima son impatience.

J'ai sept jours, je peux encore attendre cinq minutes.

— Je crois que c'est ton papa qui a envie de te raconter une histoire parce qu'il n'a pas l'occasion de le faire aussi souvent qu'il le voudrait.

Michael la détrompa avec un sourire.

— Non, j'écouterai aussi.

Ils passèrent dans la chambre.

— Je ne connais pas beaucoup d'histoires, mais je m'en souviens d'une que ma maman me racontait. La légende du gentil dragon. Tu veux que je te la raconte ?

— Oui, s'il vous plaît.

— Moi aussi, renchérit Michael.

— Il était une fois, il y a bien bien longtemps, un gentil dragon qui vivait en Chine, d'où viennent tous les dragons. Un jour, le gentil dragon partit à l'aventure. Il s'aventura si loin qu'il quitta la Chine et se perdit dans le désert.

« Après bien des jours, il arriva dans un autre pays, très au sud. C'était le plus beau pays qu'il eût jamais vu, avec des forêts, des montagnes, des vallées fertiles et des rivières où il pouvait se baigner. Il y avait des bananiers et des mûriers chargés de fruits. Le temps était toujours doux avec une agréable brise.

« Il y avait pourtant un inconvénient : c'était une terre déserte. Personne n'y habitait, il n'y avait ni gens ni dragons. Alors, même si le gentil dragon adorait cette terre nouvelle il était terriblement seul.

« Comme il ne savait pas comment rentrer chez lui, il traînait partout à la recherche de quelqu'un pour lui tenir compagnie. Enfin, un beau jour, la chance lui sourit. Il découvrit la seule personne qui habitait là : une princesse de conte de fées. Elle était si belle qu'il tomba aussitôt amoureux d'elle. Or, la princesse se sentait seule aussi et, même si le dragon avait l'air redoutable, il avait bon cœur. La princesse l'épousa donc.

« Le gentil dragon et la belle princesse s'aimèrent

et ils eurent une centaine d'enfants. Tous étaient braves et gentils comme leur père et beaux comme leur mère.

« Le gentil dragon et la jolie princesse s'occupèrent de tous leurs enfants jusqu'à ce qu'ils soient devenus grands. Alors, brusquement les deux parents disparurent. Ils s'en allèrent vivre pour l'éternité dans l'amour et l'harmonie au milieu du monde des esprits. Leurs enfants devinrent les braves, gentils et beaux habitants du Vietnam. Et c'est de là que venait ma maman.

— C'est vrai ? demanda Dusty en ouvrant de grands yeux.

— Je ne sais pas, dit Judy en souriant. Peut-être.

— En tout cas, c'est une bien belle histoire, affirma Michael en embrassant Dusty pour lui souhaiter bonne nuit.

Comme Judy sortait de la chambre, elle entendit Dusty chuchoter :

— Elle est vraiment gentille, hein ?

— Oui, répondit Michael.

De retour dans la salle de séjour, Michael déclara :

— Merci. Vous avez été formidable avec lui.

— Ça n'était pas difficile. C'est un charmeur.

— Il tient de sa mère.

Judy sourit.

— Je remarque que vous ne me contredisez pas, dit Michael avec un petit sourire.

— Je n'ai jamais rencontré votre femme, mais d'après la photo, elle a l'air très belle.

— Elle l'est. Et infidèle aussi.

C'était là une confidence inattendue de la part d'un homme apparemment très fier. Cela l'attendrit. Mais elle ne savait pas quoi dire en réponse. Ils restèrent un moment tous deux silencieux. Puis Michael reprit :

— Assez avec la famille Quercus. Parlez-moi du tremblement de terre.

Enfin.

— Il s'est produit cet après-midi, à deux heures vingt à Owens Valley.

— Voyons le sismographe.

Michael s'assit à son bureau et pianota sur le clavier de son ordinateur. Elle se surprit à observer ses pieds nus. Certains hommes avaient de vilains pieds, mais les siens étaient bien formés et robustes, avec des ongles soigneusement taillés. La peau était blanche et il y avait une petite touffe de poils bruns sur chaque gros orteil. Il ne remarqua pas qu'elle l'examinait.

— Quand vos terroristes ont formulé leur menace, il y a quatre semaines, ont-ils précisé le site ?

— Non.

— Hmmm. Dans la communauté scientifique, nous disons qu'une prévision de séisme réussie devrait comporter la date, le site et l'amplitude. Vos terroristes se sont contentés d'indiquer la date. Ce n'est pas très convaincant. Il y a à peu près tous les jours un tremblement de terre quelque part en Californie. Ils ont peut-être simplement revendiqué la responsabilité d'un phénomène qui s'est produit naturellement.

— Pouvez-vous me dire exactement où a eu lieu la secousse aujourd'hui ?

— Oui. Je peux calculer l'épicentre par triangulation. L'ordinateur le fait automatiquement. Je vais simplement faire une sortie imprimante des coordonnées.

— Y a-t-il un moyen de savoir comment le séisme a été déclenché ?

— Vous voulez dire : est-ce que, d'après le graphique, je peux savoir s'il a été causé par un agent humain ? Oui. Je devrais pouvoir.

— Comment ?

Il cliqua sur la souris et se détourna pour lui faire face.

— Un tremblement de terre normal est précédé d'une accumulation graduelle de secousses préliminaires de moindre amplitude, qu'on peut voir sur le sismographe. Au contraire, quand le séisme est déclenché par une explosion, il n'y a pas d'accumulation préalable : le tracé commence par un pic caractéristique.

Il se retourna vers son écran.

C'est sans doute un bon professeur, pensa Judy. Il expliquait les choses clairement. Mais il devait être impitoyable envers ses étudiants, du genre à faire passer des examens surprises et à refuser l'accès de la salle de cours aux retardataires.

— C'est bizarre, murmura-t-il.

— Qu'est-ce qui est bizarre ? demanda Judy en regardant par-dessus son épaule.

— Le sismographe.

— Je ne vois pas de pic.

— Non. Il n'y a pas eu d'explosion.

Judy ne savait pas si elle devait se sentir soulagée ou déçue.

— Le séisme s'est donc produit naturellement ?

— Je n'en suis pas sûr. Il y a des secousses préliminaires. Mais je n'en ai jamais vu de pareilles.

Judy se sentait frustrée. Lui qui avait promis de lui dire si les prétentions des Soldats du Paradis étaient plausibles se montrait d'une exaspérante incertitude.

— Qu'ont-elles de particulier ?

— Elles sont trop régulières. On dirait qu'elles sont artificielles.

— Artificielles ?

Il acquiesça.

— Je ne sais pas ce qui a causé ces vibrations, mais elles n'ont pas l'air naturelles. Je suis persuadé que les terroristes ont fait *quelque chose*. Mais j'ignore quoi.

— Pouvez-vous le trouver ?

— J'espère. Je vais appeler quelques personnes. Un grand nombre de sismologues doivent déjà être en train d'étudier ces enregistrements. À nous tous, nous devrions pouvoir deviner ce qu'ils signifient.

Judy devrait se contenter de ça pour l'instant. Elle avait tiré tout ce qu'elle pouvait de Michael ; il lui fallait maintenant aller sur les lieux du crime. Elle prit la feuille sortie de l'imprimante ; elle était couverte de références cartographiques.

— Merci de m'avoir reçue. Merci beaucoup.

Il lui décocha un grand sourire découvrant deux rangées de dents éblouissantes.

— J'en ai été ravi.

— Passez un bon week-end avec Dusty.

— Merci.

Elle décida de retourner au bureau consulter les horaires d'avion sur Internet pour voir s'il y avait un vol tôt le lendemain matin pour un endroit proche d'Owens Valley. Elle devrait également vérifier quelle antenne régionale du FBI avait juridiction sur Owens Valley et leur expliquer son rôle. Ensuite, elle appellerait le shérif local pour le mettre au courant.

Elle arriva au 450 Golden Gate Avenue, laissa sa voiture dans le parking en sous-sol et prit l'ascenseur. En passant devant le bureau de Brian Kincaid, elle entendit des bruits de voix. Il devait travailler tard. Pourquoi ne pas en profiter pour le mettre au parfum ? Elle entra dans l'antichambre et frappa à la porte ouverte de son bureau.

— Entrez, lança-t-il.

Elle s'avança. Son cœur se serra quand elle constata que Kincaid était avec Marvin Hayes. Il était assis devant le bureau, vêtu d'un costume d'été beige avec une chemise à col boutonné et une cravate à rayures noir et or. C'était un bel homme, avec des cheveux bruns coupés court et une moustache soigneusement taillée. L'image même de la compétence. En fait, il était tout ce qu'un policier ne devrait pas être : paresseux, brutal, sans conscience professionnelle et sans scrupules. Pour sa part, il trouvait Judy collet monté.

Malheureusement, Brian Kincaid l'aimait bien. Et maintenant, Brian était le patron.

Les deux hommes prirent un air surpris et coupable quand Judy entra. Elle se rendit compte qu'ils devaient parler d'elle. Pour augmenter leur gêne, elle demanda :

— Je vous dérange ?

— Nous parlions du tremblement de terre, dit Brian. Vous avez entendu la nouvelle ?

— Bien sûr. Je viens d'interroger un sismologue. D'après lui, les secousses préliminaires ne ressemblent à rien de ce qu'il connaît. Il est certain qu'elles sont artificielles. Il m'a donné les coordonnées montrant l'emplacement exact de la secousse. Je compte aller à Owens Valley demain matin pour chercher des témoins.

Les deux hommes échangèrent un regard lourd de signification.

— Judy, objecta Brian, personne ne peut provoquer un tremblement de terre.

— Nous n'en savons rien.

— Ce soir, insista Marvin, j'ai parlé moi-même à deux sismologues. Ils m'ont affirmé tous les deux que c'était impossible.

— Des savants peuvent ne pas être d'accord...

— Nous pensons que ce groupe n'a jamais mis les pieds à Owens Valley, poursuivit Brian. Ils ont découvert qu'il y avait eu un tremblement de terre là-bas, et s'en sont attribué le mérite.

— C'est à moi qu'on a confié cette mission, dit Judy en fronçant les sourcils. Comment se fait-il que Marvin ait appelé des sismologues ?

— Cette affaire prend beaucoup d'importance, déclara Brian. (Tout d'un coup Judy comprit ce qui se tramait et une fureur impuissante l'envahit.) Même si nous estimons ces Soldats du Paradis incapables de réaliser ce qu'ils prétendent, ils peuvent provoquer un sacré tapage. Je ne suis pas certain que vous puissiez y faire face.

Judy tenta de maîtriser sa rage.

— Vous ne pouvez pas me retirer une mission sans raison.

— Oh, j'en ai une, assena-t-il. (Il prit un fax sur son bureau.) Hier, vous avez eu une altercation avec un motard de la police de la route californienne. Il vous a arrêtée pour excès de vitesse. D'après ce rapport, vous vous êtes montrée peu coopérative, vous l'avez injurié, et vous avez refusé de lui montrer votre permis.

— Je lui ai montré mon insigne !

Brian ignora sa réponse. Judy comprit que les détails ne l'intéressaient pas. L'incident avec le motard n'était qu'un prétexte.

— Je monte une équipe spéciale pour s'occuper des Soldats du Paradis. (Il déglutit nerveusement, puis releva le menton d'un air agressif et lança :) J'ai demandé à Marvin d'en prendre la tête. Il n'aura pas besoin de votre aide. Vous n'êtes plus sur l'affaire.

9

Priest avait du mal à croire qu'il y était arrivé.

J'ai provoqué un tremblement de terre ! Je l'ai vraiment fait ! Moi !

Au volant de son camion qui le ramenait vers le nord par la nationale 395, Mélanie auprès de lui, Star et Chêne les suivant dans la Plymouth, il laissait son imagination vagabonder. Il imaginait un reporter télé blême déclarant que les Soldats du Paradis avaient tenu leurs promesses, des émeutes dans les rues tandis que les gens s'affolaient devant la menace d'un nouveau séisme, un gouverneur Robson éperdu, annonçant, sur les marches du Capitole, un gel de la construction de nouvelles centrales en Californie.

Peut-être était-ce une vue trop optimiste. Peut-être les gens n'étaient-ils pas encore prêts à s'affoler. Le gouverneur n'allait pas céder tout de suite. Mais du moins serait-il contraint d'entamer des négociations avec Priest.

Que ferait la police ? Le public s'attendrait à la voir arrêter des criminels. Le gouvernement avait fait appel au FBI. Mais personne n'avait la moindre idée de l'identité des Soldats du Paradis. Pas le moindre indice. Pour les autorités, c'était quasiment mission impossible.

Un seul détail pourtant avait cloché. Priest ne pouvait s'empêcher de s'en inquiéter. Quand Star avait appelé John Truth, elle n'avait pas parlé à un individu précis : elle avait laissé un message sur un répondeur. Priest l'en aurait bien empêchée, mais il avait compris trop tard.

Une voix inconnue sur une bande, ça n'était pas d'une grande utilité pour les flics, songea-t-il. Mais tout de même, il aurait préféré qu'ils n'aient même pas une piste aussi fragile à se mettre sous la dent.

Il trouvait surprenant que la vie continue comme s'il ne s'était rien passé. Des voitures et des camions circulaient sur l'autoroute, des gens faisant halte à un Burger King, la police de la route arrêtait un jeune homme au volant d'une Porsche rouge, des cantonniers taillaient les buissons des bas-côtés. Ils auraient tous dû être en état de choc.

Et si le tremblement de terre ne s'était pas vraiment produit ? L'avait-il imaginé dans un rêve de drogué ? Il avait vu de ses propres yeux la fente qui s'était ouverte à Owens Valley. Pourtant, le séisme semblait plus invraisemblable aujourd'hui que lorsque c'était juste une idée. Il avait hâte d'avoir une confirmation officielle. Un reportage à la télé, une photo en couverture d'un magazine, des conversations dans un bar ou dans la file d'attente devant les caisses d'un supermarché.

En fin d'après-midi, alors qu'ils se trouvaient encore au Nevada, Priest s'arrêta dans une station-service. La Plymouth le suivit. Priest et Chêne firent le plein, debout dans la lumière déclinante du soir, pendant que Mélanie et Star allaient aux toilettes.

— J'espère qu'on passe aux infos, déclara Chêne d'un ton nerveux.

— Comment est-ce qu'on pourrait ne pas y être ? répliqua Priest. On a provoqué un tremblement de terre !

— Les autorités peuvent décider de garder le silence.

Comme quantité d'anciens hippies, Chêne était persuadé que le gouvernement contrôlait l'information. Priest, quant à lui, estimait que c'était le public qui exerçait sa propre censure. Il refusait d'acheter les journaux ou de regarder les émissions de télé qui allaient à l'encontre de ses préjugés et préférait ingérer la bouillie stupide qu'on lui distribuait.

Toutefois, la réflexion de Chêne l'inquiétait. En effet, il ne devait pas être trop difficile de dissimuler un petit séisme dans un coin perdu.

Il entra pour payer. La climatisation le fit frissonner. L'employé avait une radio allumée derrière le comptoir. L'idée vint à Priest qu'il allait peut-être entendre la nouvelle. Il demanda l'heure ; il était six heures moins cinq. Après avoir réglé, Priest s'attarda en feignant d'examiner une rangée de magazines tout en écoutant Billy Jo Spears chanter « Chevrolet 57 ». Mélanie et Star sortirent des toilettes ensemble.

Enfin, vinrent les informations.

Pour leur donner une raison de traîner là, Priest choisit lentement quelques barres de chocolat et les apporta à la caisse tout en tendant l'oreille.

On annonça tout d'abord le mariage de deux acteurs qui jouaient des voisins dans un feuilleton télé.

Qu'est-ce qu'on en a à foutre ?

Puis vint un reportage sur la visite du Président en Inde.

Au moins, qu'il apprenne un mantra là-bas.

L'employé calcula le montant de l'addition. Priest

paya. On allait sûrement parler maintenant du tremblement de terre ? Mais la troisième information concernait une fusillade dans une école de Chicago.

Priest se dirigea lentement vers la porte, suivi de Mélanie et de Star.

Enfin, le présentateur annonça : « Le groupe de terroristes écologiques des Soldats du Paradis a revendiqué la responsabilité d'une légère secousse sismique qui s'est produite aujourd'hui à Owens Valley, dans l'est de la Californie. »

Priest murmura : « Ouais ! » et se frappa la paume gauche de son poing droit dans un geste de triomphe.

— Mais, souffla Star, on n'est pas des terroristes !

Le présentateur continuait : « Le séisme a eu lieu le jour prévu par le groupe, mais le sismologue du bureau de l'État, Matthew Bird, a nié formellement que cette secousse ait pu être provoquée par une intervention humaine. »

— Menteur ! murmura Mélanie.

« La revendication a été faite par un coup de téléphone adressé à la célèbre émission de notre station, *John Truth en direct*. »

Au moment où Priest sortait, la voix de Star l'atteignit de plein fouet. Il s'arrêta net : « Nous ne reconnaissons pas l'autorité du gouvernement des États-Unis. Maintenant que vous savez ce dont nous sommes capables, vous feriez mieux de repenser à notre demande. Annoncez l'interruption de la construction de nouvelles centrales en Californie. Vous avez sept jours pour vous décider. »

— Bon Dieu, s'affola Star, c'est moi !

— Chut ! grommela Priest.

Il jeta un coup d'œil par-dessus son épaule. L'employé discutait avec un client. Ni l'un ni l'autre ne semblaient avoir remarqué la sortie de Star.

« Le gouverneur Mike Robson n'a pas réagi à cette dernière menace. En sports aujourd'hui... »

Ils sortirent.

— Mon Dieu ! gémit Star. Ils ont diffusé ma voix ! Qu'est-ce que je vais faire ?

— Reste calme, lui ordonna Priest. (Lui-même ne se sentait pas particulièrement calme, mais il tenait le coup. Comme ils regagnaient les véhicules, il adopta un ton raisonnable.) Personne en dehors de notre communauté ne connaît ta voix. Ça fait vingt-cinq ans que tu n'as pas prononcé plus de quelques mots devant un étranger. Et ceux qui pourraient se souvenir de toi à l'époque de Haight-Ashburry ne savent pas où tu vis maintenant.

— Tu as sans doute raison, concéda Star d'un ton incertain.

— La seule exception, c'est Bones. Il pourrait entendre l'enregistrement et reconnaître ta voix.

— Jamais il ne nous trahirait. Bones est un Mangeur de riz.

— Je ne sais pas. Les camés sont capables de tout.

— Et les autres... comme Dale et Poème.

— Oui, ça pose un problème, reconnut Priest. Si ça arrive, il faudra simplement leur parler franchement.

Ou bien recommencer comme avec Mario.

Non, je ne pourrais pas faire ça... pas à Dale ni à Poème.

Tu en es sûr ?

Chêne attendait au volant de la Plymouth.

— Alors, les enfants, qu'est-ce qui vous a retardé comme ça ?

Star expliqua brièvement ce qu'ils avaient entendu.

— Par chance, personne en dehors de la communauté ne connaît ma voix... Oh, Seigneur, je viens de penser à quelque chose ! murmura-t-elle en se tournant vers Priest. Le policier du bureau du shérif.

Priest poussa un juron. La rencontre avec le policier ne datait que de la veille. S'il avait entendu le message à la radio et s'était rappelé la voix de Star, alors, en ce moment même, la communauté devait être envahie de flics.

Mais peut-être n'avait-il pas entendu la nouvelle. Il fallait s'en assurer. Mais comment ?

— Je vais appeler le bureau du shérif.

— Qu'est-ce que tu vas dire ? demanda Star.

— Je ne sais pas, je trouverai bien quelque chose. Attendez ici.

Il entra dans la station et se dirigea vers la cabine téléphonique. Aux renseignements de Californie, il obtint le numéro du shérif de Silver City. Le nom du policier auquel ils avaient eu affaire lui revint.

— J'aimerais parler à Mr. Wicks, annonça-t-il.

— Billy n'est pas ici, répliqua une voix aimable.

— Je l'ai vu hier.

— Il a pris l'avion pour Nassau hier soir. À l'heure actuelle, il est allongé bien tranquille sur une plage à siroter une bière en regardant passer les bikinis. Il sera de retour d'ici deux semaines. Quelqu'un d'autre peut-il vous aider ?

Priest raccrocha.

Bon sang, quel coup de chance.

— Dieu est de notre côté, déclara-t-il aux autres.

— Comment ? fit Star d'un ton pressant. Que s'est-il passé ?

— Le flic est parti en vacances hier soir. Il est à Nassau pour deux semaines. Je ne pense pas que des stations de radio étrangères diffuseront la voix de Star. Nous ne risquons rien.

— Dieu soit loué, s'exclama Star, soulagée.

Priest ouvrit la portière du camion.

— Reprenons la route.

La nuit approchait quand Priest engagea le vibrateur sismique sur la piste cahotante qui, à travers la forêt, conduisait à la communauté. Il gara le camion dans sa cachette. Il faisait nuit, ils étaient tous épuisés, mais Priest s'assura que chaque centimètre carré du véhicule était couvert de végétation afin qu'il soit invisible de tous les côtés comme d'en haut. Ils s'entassèrent ensuite tous les quatre dans la Plymouth pour parcourir le dernier kilomètre.

Priest écouta les informations de minuit. Cette fois, le tremblement de terre avait la vedette. « Notre émission *John Truth en direct* d'aujourd'hui a joué un rôle essentiel dans le drame qui se poursuit avec les Soldats du Paradis, ce groupe de terroristes écologiques qui prétend pouvoir provoquer des séismes, débita une voix excitée. Après qu'une secousse de faible amplitude a ébranlé la région d'Owens Valley, dans l'est de la Californie, une femme prétendant représenter le groupe a appelé John Truth en affirmant qu'ils avaient eux-mêmes déclenché le séisme. »

La station diffusa ensuite dans son intégralité le message de Star.

— Merde ! marmonna Star en écoutant sa propre voix.

Priest était consterné. Même s'il était certain que ça n'aiderait en rien la police, il avait horreur d'entendre Star exposée de cette façon. Ça la rendait terriblement vulnérable. Il avait hâte de détruire ses ennemis pour qu'elle soit en sûreté.

Après avoir passé le message, le présentateur ajouta : « L'agent spécial Raja Khan a emporté ce soir l'enregistrement pour le faire analyser par les experts en psycholinguistique du FBI. »

Cela frappa Priest comme un coup de poing à l'estomac.

— Putain, qu'est-ce que c'est que la psycholinguistique ?

— Je n'ai jamais entendu ce mot, répondit Mélanie, mais ils doivent étudier le langage qu'on utilise pour en tirer des conclusions sur ta psychologie.

— Je ne savais pas qu'ils étaient aussi futés, grommela Priest d'un ton soucieux.

— Ne t'en fais pas, mon vieux, dit Chêne. Ils peuvent analyser la mentalité de Star autant qu'ils veulent. Ça n'est pas ça qui va leur donner son adresse.

— Sans doute que non.

Le présentateur poursuivait. « Aucun commentaire encore du gouverneur Mike Robson, mais le directeur régional du FBI à San Francisco a promis une conférence de presse pour demain matin. Les autres nouvelles maintenant... »

Priest éteignit le poste. Chêne gara la Plymouth près du manège de Bones. Celui-ci l'avait recouvert d'une grande bâche pour protéger la peinture, ce qui laissait supposer qu'il comptait rester quelque temps.

À leur arrivée au village, la cuisine et le dortoir des enfants étaient plongés dans l'obscurité. La lueur d'une bougie vacillait derrière la fenêtre de Pomme — insomniaque, elle aimait lire jusqu'à des heures avancées — et de doux accents de guitare provenaient de chez Song, mais les autres cabanes étaient noires et silencieuses. Seul Esprit les accueillit en remuant joyeusement la queue au clair de lune. Ils échangèrent des bonsoirs discrets et regagnèrent chacun leur cabane, trop épuisés pour fêter leur triomphe.

La nuit était tiède. Priest s'allongea sur son lit, nu, à réfléchir. Pas de commentaire du gouverneur, mais une conférence de presse du FBI dans la matinée. Voilà qui le préoccupait. À ce stade de la partie, le gouverneur devrait s'affoler et proclamer : « Le FBI a échoué, nous ne pouvons pas nous permettre un autre tremblement de terre. Il faut que je parle à ces gens. » Cela mettait Priest mal à l'aise de tout ignorer de son ennemi. En général, il se débrouillait pour deviner ce que les autres avaient dans la tête à la façon dont ils regardaient, souriaient, croisaient les bras, ou bougeaient. Il essayait bien de manipuler le gouverneur Robson, mais c'était un pari difficile sans un face à face. Et que mijotait le FBI ? Que fallait-il comprendre de cette histoire d'analyse psycholinguistique ?

Il avait besoin d'en apprendre davantage. Il était incapable de rester là, impuissant, à attendre que l'adversaire agisse.

Et s'il appelait le bureau du gouverneur pour essayer de lui parler ? Parviendrait-il jusqu'à lui ? Et si oui, apprendrait-il quelque chose ? Ça valait peut-être la peine d'essayer. Seulement il n'aimait pas la position dans laquelle ça le mettait. Il se poserait en suppliant, quémandant le privilège d'avoir une conversation avec le grand homme. Sa stratégie était d'imposer sa volonté au gouverneur, pas de mendier une faveur.

Et si je me rendais à la conférence de presse ?

Ce serait dangereux. Qu'on le découvre, et tout serait perdu.

Pourtant l'idée le séduisait. Autrefois, il avait plus d'une fois joué au journaliste. Quels que soient les coups audacieux qu'il avait fomentés — voler la Lincoln blanche et en faire cadeau à Riley Tête de Porc ; poignarder l'inspecteur Jack Kassner dans les toilettes de l'Ange bleu ; proposer aux Jenkinson de leur acheter leur débit de boissons —, il avait toujours réussi à s'en tirer.

Il pourrait se faire passer pour un photographe. Il suffirait d'emprunter un bel appareil à Paul Beale. Mélanie pourrait être la journaliste. Elle était assez jolie pour détourner l'attention de n'importe quel agent du FBI. À quelle heure était donc la conférence de presse ?

Il se laissa rouler à bas du lit, enfila ses sandales et sortit. À la lueur du clair de lune, il se dirigea jusqu'à la cabane de Mélanie. Elle était assise nue au bord de son lit, à brosser ses longs cheveux. En le voyant entrer, elle leva les yeux et sourit. La lumière de la bougie soulignait les contours de son corps, baignant d'une auréole la ligne de ses épaules, ses seins, l'ossature de ses hanches et sa toison rousse entre ses cuisses. Il en eut le souffle coupé.

— Bonjour, murmura-t-elle.

Il fallut à Priest un moment pour se rappeler la raison de sa venue.

— J'ai besoin d'utiliser ton portable.

Elle fit la moue ; ce n'était pas la réaction qu'elle attendait d'un homme qui débarquait chez elle tout nu.

Il la gratifia de son sourire de mauvais garçon.

— Mais il va peut-être falloir que je te jette sur le sol et que je te viole pour pouvoir m'en servir...

— Ça va. Tu peux téléphoner d'abord.

Il prit le portable, puis suspendit son geste. Toute la journée Mélanie s'était montrée autoritaire et il l'avait supportée par nécessité. Mais maintenant, c'était fini. Il n'aimait pas l'entendre lui donner la permission de faire quoi que ce soit. Ce n'était pas le genre de rapports qu'ils étaient censés entretenir.

Il s'allongea sur le lit, sans lâcher le téléphone et poussa la tête de Mélanie entre ses jambes. Elle hésita, puis accéda à son désir.

Il resta quelques instants immobile, à savourer la sensation. Puis il appela les renseignements. Mélanie s'arrêta. Il l'empoigna par une mèche de cheveux pour lui maintenir la tête en place. Elle parut sur le point de protester, avant de se remettre à l'ouvrage.

Voilà qui est mieux.

Priest obtint le numéro du FBI à San Francisco.

— FBI, annonça une voix d'homme.

Comme toujours, Priest eut une inspiration.

— Ici la station de radio KCAR, Carson City. Dave Horlock à l'appareil. Nous voudrions envoyer un reporter à votre conférence de presse demain. Pourriez-vous me donner l'heure et l'adresse ?

— On l'a annoncé à la radio.

Espèce de flemmard.

— Je ne suis pas au bureau. Et notre reporter devra peut-être partir de bonne heure demain.

— C'est à midi, ici, au Federal Building, 450 Golden Gate Avenue.

— A-t-on besoin d'une invitation ?

— Il n'y a pas d'invitation. La carte de presse suffira.

— Merci de votre aide.

— De quelle station avez-vous dit que vous étiez ?

Priest raccrocha.

Une carte de presse. Comment est-ce que je vais me débrouiller ?

Mélanie s'interrompit.

— J'espère qu'ils n'ont pas localisé cet appel.

— Pourquoi le feraient-ils ? demanda Priest, étonné.

— Je ne sais pas. Peut-être que le FBI localise systématiquement tous les appels qui arrivent.

— Ils peuvent le faire ?

— Avec des ordinateurs, bien sûr.

— Bah, je ne suis pas resté en ligne assez longtemps.

— Priest, ça n'est plus les années soixante. Ça ne prend pas de temps, l'ordinateur repère un numéro en quelques nanosecondes. Il suffit de vérifier les factures de téléphone pour découvrir de quel numéro on a appelé à neuf heures moins trois.

Priest n'avait jamais entendu le mot « nanoseconde », mais il se doutait de sa signification. Maintenant, il était sérieusement inquiet.

— Merde ! Est-ce qu'ils peuvent trouver où on est ?

— Seulement quand le téléphone est branché.

Priest s'empressa de l'éteindre.

Il commençait à s'énerver. Il avait trop de mauvaises surprises aujourd'hui : d'abord l'enregistrement de la voix de Star, l'idée de l'analyse psycholinguistique et, maintenant, la découverte qu'un ordinateur pouvait localiser les appels téléphoniques. Risquait-il d'autres imprévus de ce genre ?

Il secoua la tête. Tout ça, c'étaient des pensées négatives. La prudence et l'inquiétude ne vous menaient jamais à rien. Ses points forts étaient l'imagination et le culot. Il se présenterait demain à la conférence de presse, baratinerait les gens à l'entrée et se ferait une idée de ce que préparait l'adversaire.

Mélanie s'allongea sur le lit et ferma les yeux.

— Ça a été une longue journée.

Priest contempla le corps de la jeune femme. Il aimait regarder ses seins. Il aimait la façon dont ils bougeaient quand elle marchait. Il adorait la voir enfiler un chandail, cet allongement des bras qui libérait les pointes, dardées sur lui comme des armes. Il aimait la voir passer un soutien-gorge et ajuster ses seins à l'intérieur des bonnets.

Il avait besoin de chasser ses soucis de son esprit. Il pourrait toujours recourir à la méditation, mais la meilleure solution était devant lui.

Il s'agenouilla au-dessus d'elle. Quand il lui embrassa les seins, elle poussa un soupir de satisfaction et lui caressa les cheveux sans ouvrir les yeux.

Du coin de l'œil, Priest aperçut un mouvement. Il jeta un regard vers la porte ; Star s'y tenait, vêtue d'un peignoir de soie violette. Il sourit. Il savait ce qu'elle avait en tête — ce ne serait pas la première fois. Elle haussa les sourcils d'un air interrogateur. Priest acquiesça. Elle entra et referma la porte sans bruit.

Priest suça le bouton du sein rose de Mélanie, le tirant lentement dans la bouche avec ses lèvres, puis le caressant du bout de sa langue, recommençant encore et encore, suivant un rythme régulier. Elle se mit à gémir de plaisir.

Star dénoua la ceinture de son peignoir et le laissa tomber par terre, puis elle se planta là à regarder, en s'effleurant les seins. Son corps était très différent de celui de Mélanie : la peau légèrement hâlée alors que celle de Mélanie était blanche, les hanches et les épaules plus larges, les cheveux bruns et drus alors que ceux de Mélanie étaient roux doré et très fins. Au bout de quelques instants, elle se pencha pour poser un baiser sur l'oreille de Priest, puis elle laissa sa main courir le long de son dos, de son épine dorsale et entre ses jambes.

Priest sentit son souffle s'accélérer.

Doucement, doucement. Savoure l'instant.

Star s'agenouilla auprès du lit et se mit à caresser le sein de Mélanie pendant que Priest le suçait.

Mélanie cessa de gémir. Son corps se crispa, puis elle ouvrit les yeux. En voyant Star, elle poussa un cri étouffé.

Star sourit et continua à la caresser.

— Ton corps est très beau, murmura-t-elle.

Priest, en transe, la regarda se pencher et prendre dans sa bouche l'autre sein de Mélanie.

Celle-ci les repoussa tous les deux et se redressa.

— Non !

— Détends-toi, lui dit Priest. C'est bien, vraiment, ajouta-t-il en lui passant la main sur les cheveux.

Star caressait l'intérieur de la cuisse de Mélanie.

— Tu vas aimer ça. Il y a certaines choses qu'une femme sait bien mieux faire qu'un homme. Tu vas voir.

— Non, répéta Mélanie en serrant fort ses jambes l'une contre l'autre.

Priest comprit qu'ils couraient à l'échec. Il était déçu. Il adorait voir Star sucer une autre femme et la rendre folle de plaisir. Mais Mélanie était trop coincée.

Star insista. Sa main remonta le long de la cuisse de Mélanie et le bout de ses doigts vint effleurer la toison de poils roux.

— Non ! cria Mélanie en donnant une tape sur la main de Star.

La tape était brutale et Star demanda :

— Ouille ! Pourquoi tu as fait ça ?

Mélanie repoussa Star et sauta à bas du lit.

— Parce que tu es grosse et vieille et que je n'ai pas envie de faire l'amour avec toi !

Star resta bouche bée et Priest sursauta.

Mélanie s'avança à grands pas jusqu'à la porte et l'ouvrit.

— S'il vous plaît ! Laissez-moi tranquille !

Au grand étonnement de Priest, Star se mit à pleurer. Indigné, il dit :

— Mélanie !

Sans lui laisser le temps de répondre, Star sortit. Mélanie claqua la porte derrière elle.

— Oh la la, bébé, ça n'est pas gentil, déclara Priest.

— Si c'est ce que tu penses, tu peux t'en aller aussi. Fiche-moi la paix !

Priest était scandalisé. En vingt-cinq ans, ici, dans la communauté, personne ne l'avait jamais mis à la porte. Et voilà qu'il en recevait l'ordre de la part d'une superbe fille nue, toute rouge de colère ou d'excitation, ou des deux. Pour ajouter à son humiliation, il bandait comme un cerf.

Est-ce que je vieillis ?

Cette idée le troubla. Il arrivait toujours à manipuler les autres, surtout ici, à la communauté. Il était à ce point abasourdi qu'il faillit obéir et s'approcha de la porte sans un mot.

Puis il se rendit compte qu'il ne pouvait pas céder. S'il la laissait le vaincre maintenant, il ne retrouverait jamais son autorité. Et il avait besoin de contrôler Mélanie. Elle jouait un rôle capital dans le projet. Sans son aide, il serait incapable de déclencher un nouveau tremblement de terre. Il ne pouvait pas la laisser affirmer son indépendance.

Sur le seuil, il se retourna et l'observa, plantée là, nue, les mains sur les hanches. Que voulait-elle ? Aujourd'hui, à Owens Valley, elle était aux commandes à cause de son savoir-faire, et cela lui avait donné le courage de manifester de la mauvaise humeur. Mais, au fond de son cœur, elle ne souhaitait pas l'indépendance. Sinon, elle ne serait pas ici. Elle préférait que quelqu'un la guide. C'était pour cette raison qu'elle avait épousé son professeur. Après l'avoir plaqué, elle s'était attachée à une autre figure d'autorité, le chef d'une communauté. Ce soir, elle s'était révoltée parce qu'elle ne voulait pas partager Priest avec une autre femme. Elle craignait probablement que Star le lui prenne.

Il referma la porte.

En trois enjambées, il traversa la petite chambre et s'arrêta devant elle. Encore rouge de colère elle avait le souffle rauque.

— Allonge-toi, ordonna-t-il.

L'air troublée, elle se coucha sur le lit.

— Écarte les jambes.

Au bout d'un moment, elle obéit.

Il s'allongea sur elle. Comme il la pénétrait, elle noua soudain les bras autour de lui et le serra fort. Il bougeait en elle avec une brutalité délibérée. Elle passa les jambes autour de sa taille et lui mordit l'épaule. Ça faisait mal, mais il aimait ça.

— Ah, putain ! souffla-t-elle d'une voix gutturale. Priest, espèce d'enfant de salaud, je t'aime.

Quand Priest s'éveilla, il alla jusqu'à la cabane de Star.

Allongée sur le côté, les yeux grands ouverts, elle fixait le mur. Lorsqu'il s'assit sur le lit à côté d'elle, elle se mit à pleurer.

Il embrassa ses larmes. Il commençait à avoir une érection.

— Parle-moi, murmura-t-il.

— Tu sais que c'est Fleur maintenant qui couche Dusty ?

Il ne s'attendait pas à ça. Quel intérêt ?

— Je ne savais pas.

— Je n'aime pas ça.

— Pourquoi donc ? Il essaya de ne pas prendre un ton agacé. (*Hier, nous avons déclenché un tremblement de terre et aujourd'hui tu pleures à propos des enfants ?*) Ça vaut fichtrement mieux que de voler des affiches de cinéma à Silver City.

— Ainsi, tu as une nouvelle famille.

— Merde, qu'est-ce que tu racontes ?

— Toi et Mélanie, et Fleur et Dusty. Vous êtes comme une famille. Et il n'y a pas de place pour moi.

— Bien sûr que si. Tu es la mère de mon enfant et la femme que j'aime. Comment pourrais-tu ne pas avoir ta place ?

— Je me suis sentie si humiliée hier soir.

À travers le coton de sa chemise de nuit, il lui caressa la poitrine. Elle posa une main sur la sienne.

— Notre famille, c'est le groupe. Ça a toujours été ainsi. Nous ne souffrons pas des complexes de ces unités de banlieusards du style papa-maman-et-deux-gosses. (Il répétait ce qu'elle lui avait enseigné voilà des années.) Nous ne formons qu'une seule grande famille. Nous aimons le groupe dans son ensemble et chacun s'occupe de tous les autres. Nous n'avons pas à nous mentir en ce qui concerne le sexe. Tu peux faire l'amour avec Chêne ou Song, mais je sais que tu tiens à moi et à notre enfant.

— Priest, personne ne nous a jamais rejetés, ni toi ni moi, avant ce soir.

Aucune loi ne réglementait les relations amoureuses des uns et des autres et personne, évidemment, n'était obligé de faire l'amour s'il n'en avait pas envie. Toutefois, maintenant qu'il réfléchissait, Priest ne se rappelait pas une seule occasion où une femme l'avait repoussé. De toute évidence, il en était de même pour Star — jusqu'à l'incident avec Mélanie.

Un sentiment de panique, familier depuis quelques semaines, déferla en lui. Il vieillissait, et tout ce qu'il aimait était en danger. C'était comme perdre son équilibre, comme si le sol se mettait à bouger de façon imprévisible et qu'on ne puisse plus se fier à la terre, comme à Owens Valley la veille. Il s'efforça de réprimer son angoisse.

Surtout, garder son calme.

Lui seul pouvait compter sur la loyauté de tous et maintenir l'unité du groupe. Il devait absolument garder son calme.

Il s'allongea près de Star et lui caressa les cheveux.

— Ça va aller. Hier on a foutu une trouille terrible au gouverneur Robson. Tu verras : il finira par nous manger dans la main.

— Tu en es sûr ?

Il lui caressa les seins, soudain excité.

— Fais-moi confiance, murmura-t-il en la serrant contre lui.
— Priest, fais-moi l'amour.
— Comment ? demanda-t-il en lui adressant son sourire le plus coquin.
— Je m'en fous, comme tu voudras, dit-elle en souriant à travers ses larmes.

Après, elle s'endormit. Allongé, Priest réfléchissait au problème de la carte de presse jusqu'au moment où il trouva la solution. Alors, il se leva.

Il alla jusqu'au dortoir des enfants et réveilla Fleur.
— Habille-toi. Je veux que tu m'accompagnes à San Francisco.
Il lui prépara des toasts et un jus d'orange dans la cuisine déserte. Pendant qu'elle mangeait, il annonça :
— Tu te souviens, on a discuté un jour de l'idée que tu deviennes écrivain ? Tu m'as dit que tu aimerais travailler pour un magazine.
— Oui, *Ados*. Mais toi, tu veux que j'écrive de la poésie pour que je puisse vivre ici.
— Je le veux toujours, mais aujourd'hui, tu vas découvrir ce que c'est que d'être journaliste.
— Génial ! s'exclama-t-elle, ravie.
— Je t'emmène à une conférence de presse du FBI.
— Du FBI !
— Tous les journalistes en passent par là...
Elle plissa le nez d'un air dégoûté — elle tenait de sa mère son antipathie pour la police.
— Il n'est jamais question du FBI dans *Ados*.
— Figure-toi que Leonardo DiCaprio ne donne pas de conférence de presse aujourd'hui ; j'ai vérifié.
— Dommage.
— Si tu poses simplement le genre de questions auxquelles penserait un reporter d'*Ados*, tu t'en tireras comme un chef.
Elle acquiesça d'un air songeur.
— C'est une conférence de presse à propos de quoi ?

— D'un groupe qui prétend avoir provoqué un tremblement de terre. Seulement, je veux que tu n'en parles à personne. C'est un secret, d'accord ?

— D'accord.

Il décida qu'il s'en expliquerait avec les Mangeurs de riz à leur retour.

— Tu peux en toucher deux mots à maman, à Mélanie, à Chêne, à Song, à Aneth et à Paul Beale, mais à personne d'autre. C'est vraiment important.

— Pigé.

Il prenait là un risque insensé. Si les événements tournaient mal, il pouvait tout perdre. On pourrait même l'arrêter devant sa fille. Mais les risques fous avaient toujours été son style.

Quand il avait proposé de planter les vignes, Star avait fait remarquer que leur bail ne courait que sur un an. Ils pourraient s'échiner à creuser et à planter sans jamais récolter le fruit de leurs efforts. Elle avait suggéré de négocier un bail de dix ans avant de se lancer dans un tel chantier. C'était la voix de la raison, mais Priest avait objecté que l'attente leur serait fatale ; s'ils remettaient les travaux à plus tard, ils ne les entreprendraient jamais. Il les avait persuadés de prendre le risque. À la fin de cette année-là, le groupe était devenu une communauté. Et le gouvernement avait renouvelé le bail de Star, année après année.

Il songea à mettre le costume bleu marine. Mais il était si démodé qu'à San Francisco il se ferait remarquer. Il décida donc de porter ses jeans habituels. Malgré la chaleur, il enfila un T-shirt et une chemise de flanelle écossaise à longs pans qu'il portait flottante. Dans la cabane à outils, il prit un gros couteau avec une lame de dix centimètres dans un étui en cuir. Il le glissa dans la ceinture de ses jeans, derrière, là où le pan de sa chemise le dissimulait.

Durant les quatre heures de trajet jusqu'à San Francisco, il fut assailli par des visions de cauchemar : on les arrêtait tous les deux, on le jetait dans une cellule et Fleur restait assise dans une salle d'interrogatoire où le FBI l'accablait de questions sur ses parents. En même temps, la peur lui donnait des ailes. Ils arrivèrent en ville à onze heures du matin. Ils laissèrent la voiture dans un parking près du Golden Gate. Dans un drugstore, Priest acheta à Fleur un carnet à spirale et deux crayons. Puis il l'emmena dans une cafétéria. Pendant qu'elle buvait son soda, il annonça : « Je reviens tout de suite », et sortit.

Il se dirigea vers Union Square, scrutant les visages alentour, en quête d'un homme qui lui ressemble. Les rues grouillaient de passants qui faisaient leurs courses et il devait choisir parmi des centaines de visages. Il aperçut un homme, maigre avec des cheveux bruns, en train d'examiner le menu affiché à la porte d'un restaurant. Il crut avoir trouvé sa victime. Tendu comme un arc, il l'observa quelques secondes. Puis le type se retourna et Priest s'aperçut qu'il avait l'œil droit fermé en permanence à la suite d'une blessure. Déçu, Priest reprit sa marche. Ce n'était pas facile. Les hommes bruns d'une quarantaine d'années ne manquaient pas, mais la plupart faisaient dix ou quinze kilos de plus que Priest. Il aperçut un autre candidat prometteur, mais le type avait une caméra en bandoulière. Un touriste ne ferait pas l'affaire. Priest avait besoin de quelqu'un qui ait des papiers du coin.

C'est un des plus grands centres commerciaux du monde et on est samedi matin ; il doit bien y avoir ici un homme qui me ressemble.

Il consulta sa montre : onze heures et demie. Il n'avait pas beaucoup de temps.

Enfin, la chance lui sourit en la personne d'un type d'une cinquantaine d'années, au visage maigre, portant des lunettes à grosses montures et marchant d'un pas vif. Il était vêtu d'un pantalon de flanelle bleu marine et d'un polo vert, mais il tenait à la main un porte-documents en cuir fauve éraillé. Il avait un air pitoyable. Sans doute se rendait-il au bureau afin de profiter du samedi matin pour finir son travail en retard.

Il me faut son portefeuille.

Priest le suivit au coin d'une rue, se préparant à l'agresser, attendant l'occasion.

Je suis furieux, je suis désespéré, je suis un fou échappé de l'asile, il me faut vingt dollars pour une dose, je déteste tout le monde, j'ai envie de frapper et de tuer, je suis fou, fou, fou…

L'homme passa devant le parking où était garée la Plymouth et s'engagea dans une rue de vieux immeubles de bureaux. Bientôt, ils s'y retrouvèrent seuls. Priest dégaina son couteau et se précipita sur l'homme en criant :

— Hé !

Machinalement l'homme s'arrêta et se retourna.

Priest l'empoigna par sa chemise, puis lui brandit le couteau sous le nez en hurlant :

— DONNE-MOI TON PUTAIN DE PORTEFEUILLE OU JE TE TRANCHE LA GORGE, BORDEL !

Le type aurait dû s'effondrer, horrifié, mais il n'en fit rien.

Merde, c'est un dur !

Son visage exprimait la colère, pas la peur. En le regardant droit dans les yeux, Priest lut ce qu'il pensait : *Ce type est tout seul et il n'a pas de pistolet.*

Priest hésita, soudain apeuré.

Merde, je ne peux pas me permettre que ça tourne mal.

Pendant une fraction de seconde, ce fut l'impasse.

Un homme bien habillé avec un porte-documents qui va à son travail le samedi matin… si c'était un inspecteur de police ?

Mais il était trop tard pour faire machine arrière. Il lui frôla la joue de sa lame, traçant une estafilade juste sous le verre droit de ses lunettes.

Le courage de l'homme se dissipa d'un coup. Toute idée de résistance l'abandonna. Il ouvrit de grands yeux affolés et son corps parut s'affaler.

— O.K. ! O.K. ! dit-il d'une voix tremblante et haut perchée.

Ça n'est pas un flic.

— MAINTENANT ! MAINTENANT ! PASSE-LE-MOI MAINTENANT ! hurla Priest.

— Il est dans ma serviette…

Priest arracha à l'homme son porte-documents. À la dernière minute, il décida de lui prendre aussi ses lunettes. Il les lui arracha, tourna les talons et s'enfuit en courant.

Arrivé au coin de la rue, il se retourna ; le type vomissait sur le trottoir.

Priest prit à droite. Il jeta son couteau dans une poubelle et poursuivit son chemin. Au coin de la rue suivante, il s'arrêta près d'un chantier de construction et ouvrit la serviette. À l'intérieur, un classeur, un carnet, quelques stylos, un paquet qui avait l'air de contenir un sandwich, un portefeuille en cuir. Priest s'en empara et jeta la serviette par-dessus la clôture dans une benne de chantier.

Il revint à la cafétéria et s'assit en face de Fleur. Son café était encore chaud.

En trente ans, je n'ai pas perdu la main. Je peux encore foutre la trouille aux gens. Allons, Ricky, on y va.

Il ouvrit le portefeuille. Il contenait de l'argent, des cartes de crédit, des cartes de visite et une sorte de carte d'identité avec une photo. Priest tendit à Fleur une des cartes de visite.

— Madame, si vous voulez bien.

— Tu es Peter Shoebury, dit-elle en riant, du cabinet Watkins, Colefax et Brown.

— Je suis avocat.

— On dirait.

Il regarda la photo de la pièce d'identité — deux centimètres sur deux et prise dans un Photomaton. Elle devait dater d'environ dix ans, estima-t-il. Ça ne ressemblait pas tout à fait à Priest, mais ça ne ressemblait pas beaucoup non plus à Peter Shoebury.

Priest pouvait améliorer la ressemblance. Shoebury avait les cheveux raides et bruns, coupés court.

— Je peux t'emprunter ton bandeau ? demanda-t-il.

— Bien sûr.

Fleur ôta l'élastique qu'elle avait dans les cheveux et secoua ses boucles. Priest fit l'inverse : il tira ses cheveux en une queue-de-cheval qu'il attacha avec l'élastique. Puis il chaussa les lunettes. Il montra la photo à Fleur.

— Ça te plaît, ma nouvelle identité ?

— Hmm, acquiesça-t-elle, pas mal. Où tu as trouvé le portefeuille ?

Il haussa les sourcils.

— Je l'ai emprunté.

— Tu l'as piqué.

— Plus ou moins.

De toute évidence, elle trouvait ça plus marrant que répréhensible. Il la laissa imaginer ce qu'elle voulait. Il regarda la pendule au mur : midi moins le quart.

— Tu es prête ?

— Bien sûr.

Ils suivirent la rue et entrèrent dans le Federal Building, un imposant monolithe de granit gris occupant tout le pâté de maisons. Dans le hall, ils passèrent devant un détecteur de métaux et Priest se félicita d'avoir eu la bonne idée de se débarrasser de son couteau. Il demanda au gardien à quel étage se trouvaient les bureaux du FBI.

Ils empruntèrent l'ascenseur. Priest avait l'impression d'être dopé à la coke. Le danger lui aiguisait l'esprit.

Si cet ascenseur tombe en panne, je pourrais le remettre en marche grâce à ma seule énergie psychique.

Il songea que ce n'était pas si mal d'avoir l'air sûr de lui, peut-être même un peu arrogant, puisqu'il jouait le rôle d'un avocat.

Il entraîna Fleur dans les bureaux du FBI et suivit

des flèches jusqu'à une salle de conférences. Tout au fond, était dressée une table avec des micros. Près de la porte se tenaient quatre hommes, tous grands et costauds, en costume croisé bien repassé, chemise blanche et cravate discrète. Probablement des agents.

S'ils savaient qui je suis, ils m'arrêteraient sans y réfléchir à deux fois. Du calme, Priest. Ce ne sont pas des devins, ils ne savent rien de toi.

Priest mesurait un mètre quatre-vingts, mais ils étaient tous plus grands que lui. Il devina tout de suite que le chef était l'homme le plus âgé à l'épaisse chevelure blanche soigneusement partagée par une raie. Il s'adressait à un homme arborant une moustache noire. Deux types plus jeunes écoutaient, d'un air déférent.

Une jeune femme tenant un bloc à la main s'approcha de Priest.

— Bonjour, puis-je vous aider ?

— Ma foi, j'espère bien.

Les agents le remarquèrent quand il parla. Il déchiffra leurs réactions quand ils l'observèrent. En apercevant sa queue-de-cheval et ses blue-jeans, ils parurent sur leurs gardes, puis ils virent Fleur et se radoucirent.

— Tout va bien ? demanda l'un des plus jeunes.

— Je m'appelle Peter Shoebury. Je suis avocat chez Watkins, Colefax et Brown, dans cette ville. Ma fille Florence est rédactrice au journal de son école. Elle a entendu à la radio l'annonce de votre conférence de presse et elle a voulu en faire un compte rendu pour le journal. Alors, je me suis dit : au fond, c'est de l'information, allons-y. J'espère que ça ne vous dérange pas.

Ils se tournèrent tous vers le type aux cheveux blancs, ce qui confirma Priest dans son intuition qu'il était bel et bien le patron.

Il y eut un affreux moment d'hésitation.

Mon vieux, tu n'es pas plus avocat que moi ! Tu t'appelles Ricky Granger et tu vendais des amphéta-

mines en gros grâce à ton réseau de débits de boissons à Los Angeles, dans les années soixante... Dis-donc, tu ne tremperais pas dans cette histoire de tremblement de terre? Fouillez-le, les gars, et cravatez-moi cette petite fille aussi. Embarquez-les et tâchez de leur faire cracher ce qu'ils savent.

L'homme aux cheveux blancs tendit la main.

— Je suis le directeur régional intérimaire Brian Kincaid, responsable de l'antenne du FBI à San Francisco.

— Enchanté de vous rencontrer, Brian, dit Priest en lui serrant la main.

— De quelle agence faites-vous partie, monsieur?

— Watkins, Colefax et Brown.

— Je croyais que c'étaient des agents immobiliers, pas des avocats, s'étonna Kincaid en fronçant les sourcils.

Oh, merde!

Priest acquiesça en esquissant un sourire rassurant.

— C'est exact, mais j'ai pour mission de leur éviter les ennuis. (Il existait un mot pour désigner un avocat employé par une société. Priest fouilla dans sa mémoire et finit par le trouver.) Je suis leur avocat-conseil.

— Auriez-vous une pièce d'identité?

— Oh, bien sûr.

Il ouvrit le portefeuille volé et en tira la carte avec la photo de Peter Shoebury. Il retint son souffle tandis que Kincaid la regardait, puis vérifiait la ressemblance avec Priest. Celui-ci devina ses pensées: *Ma foi, ça pourrait être lui.* Il lui rendit le document. Priest respira de nouveau.

— À quelle école es-tu, Florence? demanda Kincaid en se tournant vers Fleur.

Le cœur de Priest battit la chamade.

Invente quelque chose, petite.

— Hum... commença Fleur, hésitant. (Priest allait

répondre à sa place mais elle poursuivit :) Au lycée Eisenhower.

Elle avait hérité de son culot. Au cas où Kincaid connaîtrait par hasard les écoles de San Francisco, il ajouta :

— C'est à Oakland.

Kincaid parut satisfait.

— Eh bien, nous serions ravis que tu te joignes à nous, Florence.

On y est arrivés !

— Merci, monsieur.

— S'il y a des questions auxquelles je puisse répondre maintenant, avant que la conférence de presse commence...

Priest avait pris soin de ne pas surpréparer Fleur. Si elle paraissait timide ou si elle hésitait en posant ses questions, ça ne semblerait que naturel, estimait-il. Alors que si elle était trop sûre d'elle, ça pourrait éveiller des soupçons. Mais à présent, il était anxieux pour elle et il dut réprimer son instinct paternel qui le poussait à intervenir pour l'aider. Il se mordit la lèvre.

— C'est vous qui êtes chargé de cette enquête ? demanda-t-elle en ouvrant son carnet.

Priest se détendit. Elle s'en tirerait.

— Ça n'est qu'une des nombreuses enquêtes que je dois surveiller, répondit Kincaid. (Il désigna l'homme à la moustache noire.) L'agent spécial Marvin Hayes est responsable de cette mission.

Fleur se tourna vers Hayes.

— Je crois, Mr. Hayes, que l'école aimerait savoir quel genre de personne vous êtes. Pourrais-je vous poser quelques questions sur vous-même ?

Priest fut horrifié de déceler un rien de coquetterie dans la façon dont elle renversait la tête en souriant à Hayes.

Bon sang, elle est trop jeune pour flirter avec des hommes mûrs !

Mais ça marchait ! L'air ravi, Hayes dit :

— Bien sûr, vas-y.

— Vous êtes marié ?

— Oui. J'ai deux enfants : un garçon qui a à peu près ton âge et une fille un peu plus jeune.

— Avez-vous des passe-temps ?

— Je collectionne les souvenirs de boxe.

— Ça n'est pas courant.

— Non, sans doute.

Priest était à la fois enchanté et consterné par le naturel avec lequel Fleur entrait dans son rôle.

Elle est bonne. Mon Dieu, j'espère que je ne l'ai pas élevée toutes ces années pour qu'elle devienne une petite journaleuse.

Il examina Hayes tandis qu'il répondait aux innocentes questions de Fleur. Cet homme était son adversaire. Hayes était habillé avec soin d'une manière conventionnelle : costume d'été beige, chemise blanche, cravate de soie sombre, Richelieu noirs bien cirés. Il était impeccablement coiffé et pas un poil ne dépassait de sa moustache.

Priest sentit pourtant que cette apparence ultraconservatrice ne correspondait à rien. La cravate était trop impressionnante, la chevalière de son auriculaire gauche arborait un rubis trop gros et sa moustache était un rien canaille. En outre, songea Priest, le genre de grand fonctionnaire américain que Hayes s'efforçait d'imiter ne serait pas sur son trente-et-un un samedi matin, même pour une conférence de presse.

— Quel est votre restaurant favori ? interrogea Fleur.

— Pas mal d'entre nous vont chez Everton, qui en réalité est plutôt un pub.

La salle de conférences s'emplissait d'hommes et de femmes avec des carnets et des magnétophones, de photographes empêtrés d'appareils et de flashes, de radioreporters avec de gros micros et deux ou trois équipes de télé qui trimbalaient des caméras vidéo. À mesure qu'ils entraient, la jeune femme au bloc-notes leur demandait de signer un registre.

Priest et Fleur semblaient avoir échappé à cette formalité. Il bénit le ciel : même si sa vie en dépendait, il serait incapable d'écrire « Peter Shoebury ».

Kincaid, le patron, prit Hayes par le coude.

— Florence, il faut que nous préparions notre conférence de presse maintenant. J'espère que tu vas rester pour entendre ce que nous avons à annoncer.

— Oui, je vous remercie.

— Mr. Hayes, dit Priest, vous avez vraiment été très aimable. Les professeurs de Florence vous en seront très reconnaissants.

Les agents se dirigèrent vers la table.

Mon Dieu, nous les avons bien eus.

Priest et Fleur s'assirent au fond et attendirent. Sa tension se dissipa. Ils s'en étaient vraiment bien sortis.

Je le savais.

Il n'avait pas encore recueilli de renseignements intéressants, mais rien n'était perdu. En revanche, il s'était fait une petite idée de ses adversaires. Ce qu'il avait deviné le rassurait. Ni Kincaid ni Hayes ne lui paraissaient très brillants. Ils semblaient être les classiques flics besogneux, le genre à s'en tirer avec un mélange d'obstination routinière et de corruption occasionnelle. Il n'avait pas grand-chose à craindre d'eux.

Kincaid se leva et se présenta, l'air sûr de lui et trop autoritaire.

— Je voudrais commencer par préciser un point. Le FBI ne croit pas que le séisme d'hier a été déclenché par un groupe terroriste.

Les éclairs des flashes jaillirent, les magnétophones se mirent à ronronner et les journalistes griffonnèrent des notes. Priest s'efforçait de ne pas laisser percer sa colère. Ces salauds refusaient de le prendre au sérieux… maintenant encore !

— Cette opinion est également partagée par le sismologue de l'État qui, je crois, est disposé à accorder des interviews à Sacramento ce matin.

Que faut-il que je fasse pour vous convaincre ? Je vous ai menacés d'un tremblement de terre, je l'ai provoqué, et malgré tout vous ne voulez pas croire que j'en sois capable ! Il faut que je tue pour que vous m'écoutiez ?

— Néanmoins, reprit Kincaid, une menace terroriste a été formulée et le Bureau entend bien arrêter les responsables. Notre enquête est menée par l'agent spécial Marvin Hayes. À vous, Marvin.

Hayes se leva. Il était plus nerveux que Kincaid. Il lut mécaniquement une déclaration préparée.

— Des agents du FBI ont interrogé ce matin à leur domicile cinq employés du Mouvement pour la Californie verte. Ces personnes coopèrent volontairement avec nous.

Priest était ravi. Il avait laissé une fausse piste et les fédéraux la suivaient.

— Des agents se sont également rendus à la direction du mouvement, ici, à San Francisco, pour examiner les documents et les dossiers informatiques.

Ils devaient passer au peigne fin les listes d'adresses de l'organisation pour y rechercher des indices, pensa Priest.

Suivirent d'autres précisions, très répétitives. Les journalistes rassemblés posèrent des questions qui vinrent ajouter des détails et un peu de couleur, mais sans changer le fond de l'histoire. En attendant avec impatience l'occasion de partir discrètement, Priest sentait sa tension remonter. Il était content de voir que l'enquête du FBI les entraînait si loin de la vérité — et ils n'étaient pas encore tombés sur *sa seconde* fausse piste —, mais il était furieux qu'on refuse de prendre sa menace au sérieux.

Kincaid enfin conclut la séance, les journalistes commencèrent à se lever et à rassembler leur matériel.

Priest et Fleur se dirigeaient vers la porte quand ils furent interceptés par la femme au bloc-notes qui leur déclara avec un grand sourire :

— Je ne crois pas que vous ayez tous signé. (Elle

tendit à Priest un registre et un stylo.) Vous n'avez qu'à inscrire vos noms et l'organisation que vous représentez.

Priest resta pétrifié.

Je ne peux pas, je ne peux pas !

Ne t'affole pas. Détends-toi.

Ley, tor, pur-doy-cor...

— Monsieur ? Voudriez-vous signer, je vous prie.

— Bien sûr. (Priest prit le cahier et le stylo, puis les tendit à Fleur.) Je crois que c'est Florence qui devrait signer pour nous : c'est elle la journaliste, dit-il, pour lui rappeler son faux nom. (Il songea tout à coup qu'elle avait peut-être oublié l'école qu'elle était censée fréquenter.) Tu n'as qu'à inscrire ton nom et puis « lycée Eisenhower ».

Sans broncher, Fleur écrivit son nom sur le registre et le rendit à la femme.

Maintenant, merde, est-ce qu'on peut s'en aller ?

— Vous aussi, monsieur, s'il vous plaît, dit la femme en tendant le cahier à Priest.

Il le prit à contrecœur. Et maintenant ? S'il se contentait d'un gribouillis, elle lui demanderait peut-être d'écrire clairement son nom en majuscules, ça lui était déjà arrivé. Peut-être qu'il pouvait simplement refuser et sortir. Après tout, ce n'était qu'une secrétaire. Il hésitait encore quand il entendit la voix de Kincaid.

— J'espère que ça t'a intéressée, Florence.

Kincaid est un agent : c'est son métier d'être méfiant.

— Oui, monsieur, beaucoup, dit Fleur poliment.

Priest commença à transpirer sous sa chemise.

Il griffonna quelque chose là où il était censé inscrire son nom. Puis il referma le cahier avant de le rendre à la femme.

— Tu n'oublieras pas de m'envoyer un exemplaire de ton journal de classe quand il paraîtra ? dit Kincaid à Fleur.

— Non, bien sûr.

Allons-nous-en, allons-nous-en !

La femme ouvrit le registre et déclara :
— Monsieur, pardonnez-moi, ça vous ennuierait d'inscrire ici votre nom en majuscules ? Malheureusement, votre signature n'est pas très lisible.
Qu'est-ce que je vais faire ?
— Il te faut une adresse pour me l'envoyer, poursuivit Kincaid en prenant une carte de visite dans la poche de son costume. Tiens.
— Merci.
Priest se rappela que Peter Shoebury avait sur lui des cartes de visite.
Dieu soit loué : c'est la solution !
Il ouvrit le portefeuille et en remit une à la femme.
— Prenez ça, mon écriture est épouvantable. Il faut qu'on file. (Il serra la main de Kincaid.) Vous avez été formidable. Je veillerai à ce que Florence n'oublie pas de vous envoyer l'article.
Ils quittèrent la salle. Pendant qu'ils attendaient l'ascenseur Priest imaginait Kincaid surgissant derrière lui, revolver au poing en criant : « Qu'est-ce qui m'a fichu un avocat incapable d'écrire son putain de nom, connard ? » Mais l'ascenseur arriva, et bientôt ils se retrouvèrent à l'air libre.
— Je dois vraiment avoir le père le plus dingue du monde, dit Fleur.
— C'est vrai, lui répondit Priest en souriant.
— Pourquoi fallait-il qu'on ait de faux noms ?
— Oh, je n'avais aucune envie de donner mon vrai nom à ces salauds.
Elle allait accepter cette explication. Elle savait ce que ses parents pensaient des flics. Mais elle déclara :
— Tu sais, j'étais furieuse contre toi.
— Pourquoi ?
— Je ne te pardonnerai jamais de m'avoir appelée Florence.
Priest la dévisagea un moment puis tous deux éclatèrent de rire.
— Viens, mon petit, dit tendrement Priest. Rentrons à la maison.

10

Le samedi matin, Judy prêtait son concours à une classe d'alphabétisation pour délinquants juvéniles. Ceux-ci la respectaient parce qu'elle portait un pistolet. Assise dans une salle paroissiale près d'un jeune voyou de dix-sept ans, elle lui apprenait à écrire la date du jour, dans l'espoir que cela réduirait les possibilités de devoir procéder à son arrestation dans les dix années à venir.

L'après-midi, elle alla faire des courses chez Ali Gala, sur Geary Boulevard. Toutefois, les corvées habituelles du samedi ne parvinrent pas à la calmer. Elle était furieuse contre Brian Kincaid. Mais comment pouvait-elle remédier à la situation ? Elle était impuissante… Elle arpentait les allées en essayant de se concentrer sur les ventes en promotion de chips, le nouveau riz chinois et sur la collection de torchons « Art de la Maison » imprimés de motifs jaunes. Au rayon des céréales, elle pensa à Dusty et acheta une grosse boîte de flocons. Rien à faire : ses pensées retournaient sans cesse à l'affaire.

Y a-t-il vraiment dans la nature quelqu'un capable de déclencher des tremblements de terre ? Ou bien suis-je dingue ?

À son retour Bo l'aida à décharger les provisions tout en l'interrogeant sur les progrès de l'enquête.

— Il paraît que Marvin Hayes a fait une descente au bureau du Mouvement pour la Californie verte.

— Ça n'a pas dû l'avancer à grand-chose, marmonna Judy. Ils n'y sont pour rien. Raja les a interrogés, mardi. Deux hommes et trois femmes, tous ayant dépassé la cinquantaine. Pas de casier judiciaire — même pas une contravention pour excès de vitesse à eux tous — et aucun lien avec des suspects. Si ce sont des terroristes, alors moi, je suis le pape.

— On a déclaré au journal télévisé qu'il examinait leurs archives.

— Mais oui. Ils possèdent une liste de tous ceux qui leur ont écrit pour des renseignements, y compris Jane Fonda. Dix-huit mille noms ! L'équipe de Marvin va devoir les passer un à un dans l'ordinateur du FBI. Ça pourrait prendre un mois.

On sonna. Judy alla ouvrir la porte. Simon Sparrow se tenait devant elle. Elle était agréablement surprise.

— Tiens, Simon, entre donc !

Il portait une culotte noire de cycliste, un T-shirt, des baskets Nike et des lunettes de soleil panoramiques. Il n'était pourtant pas venu à bicyclette : sa Honda vert émeraude était garée devant la maison, décapotée. Judy se demanda ce que sa mère aurait pensé de Simon. « Gentil garçon. Mais pas très viril. »

Bo serra la main de Simon, puis lança à Judy un regard furtif qui signifiait : « Qui est cette chochotte ? » Judy le laissa sur le flanc en annonçant :

— Simon est un des plus brillants analystes linguistiques du FBI.

— Eh bien, Simon, déclara Bo, encore abasourdi, je suis vraiment ravi de vous rencontrer.

Simon brandit une cassette et une enveloppe beige en annonçant :

— Je t'ai apporté mon rapport sur l'enregistrement des Soldats du Paradis.

— On m'a retiré l'affaire.

— Je sais, mais j'ai pensé que ça t'intéresserait quand même. Malheureusement, les voix sur l'enregistrement ne correspondent à aucune de nos archives acoustiques.

— Alors, pas de nom.

— Non, mais pas mal d'autres choses intéressantes.

Il avait piqué la curiosité de Judy.

— Tu as dit « des voix » ? Je n'en ai entendu qu'une.

— Non, il y en a deux. (Simon jeta un coup d'œil à la ronde et aperçut la radiocassette de Bo sur la tablette de la cuisine. Il y introduisit la cassette.) Laisse-moi t'expliquer.

— J'adorerais, mais maintenant c'est l'affaire de Marvin Hayes.

— J'aimerais quand même avoir ton opinion.

— Tu devrais d'abord t'adresser à Marvin.

— Je sais. Mais Marvin est un incapable de première classe. Sais-tu depuis combien de temps il n'a pas jeté un coupable en prison ?

— Simon, si tu essaies de me faire travailler sur ce dossier dans le dos de Kincaid, laisse tomber !

— Écoute-moi quand même, d'accord ? Ça ne peut pas faire de mal.

Il enclencha la cassette.

Judy soupira. Elle avait désespérément envie de savoir ce que Simon avait découvert sur les Soldats du Paradis. Mais si Kincaid apprenait que Simon lui avait parlé avant Marvin, ça ferait un sacré grabuge.

La voix de la femme disait : « Ici les Soldats du Paradis, porteurs d'un message pour le gouverneur Mike Robson. »

Simon arrêta l'enregistrement et se tourna vers Bo.

— Quelle est l'image qui vous est venue à l'esprit la première fois que vous l'avez entendue ?

— J'ai imaginé une forte femme d'une cinquantaine d'années, très souriante. Plutôt sexy. Je me souviens avoir pensé que j'aimerais bien... (Il jeta un coup d'œil à Judy et termina :) la rencontrer.

— Excellent instinct. Certaines personnes, sans formation particulière, peuvent saisir quantité de choses à partir d'une voix. D'abord, bien sûr, s'il s'agit d'une femme ou d'un homme. Mais aussi l'âge, et même avec une certaine précision, la taille et la corpulence. On peut même parfois deviner leur état de santé.

— Tu as raison, concéda Judy, intriguée malgré elle. Chaque fois que j'entends une voix au téléphone, je me représente la personne, même si je tombe sur un répondeur.

— C'est parce que le son de la voix vient du corps. La tonalité, la force, la résonance, l'enrouement, toutes ces caractéristiques de la voix ont des causes physiques. Les gens grands ont des cordes vocales plus longues, les gens âgés ont des tissus moins souples et des cartilages qui grincent, les gens malades ont la gorge irritée.

— Ça se tient. Simplement, je n'y avais jamais réfléchi auparavant.

— Mon ordinateur relève les mêmes signaux que les gens, mais il est plus précis. (Simon sortit un rapport dactylographié de l'enveloppe qu'il avait apportée.) Cette femme a entre quarante-cinq et cinquante-deux ans. Elle est grande. Près d'un mètre quatre-vingts. Elle est grosse mais pas obèse ; sans doute plantureuse. Elle boit et elle fume, pourtant elle se porte bien.

Judy avait beau regretter d'avoir laissé Simon commencer, elle était fascinée par ce qu'elle devinait de la femme mystérieuse cachée derrière la voix.

— Et vous avez raison à propos du grand sourire, ajouta Simon à l'intention de Bo. Elle a une grande cavité buccale et elle est sous-labialisée : elle n'arrondit pas les lèvres.

— Elle me plaît, cette femme ! Est-ce que l'ordinateur sait si elle fait bien l'amour ?

— La raison pour laquelle vous pensez qu'elle est sexy, c'est qu'elle chuchote en parlant. Cela peut être un signe d'excitation sexuelle. Mais si c'est un trait permanent, ça n'indique pas nécessairement qu'elle soit sexy.

— Vous vous trompez, le contredit Bo. Les femmes sexy ont des voix sexy.

— Les grosses fumeuses aussi.

— D'accord, c'est vrai.

Simon réembobina l'enregistrement.

— Maintenant, écoutez son accent.

— Simon, protesta Judy, je ne crois pas que nous devrions…

— Écoute juste, je t'en prie !
— Bon, bon.
Cette fois, il passa les deux premières phrases. « Ici les Soldats du Paradis porteurs d'un message pour le gouverneur Mike Robson. Merde, je ne pensais pas que je parlais à un répondeur. »
Il arrêta la bande.
— L'accent est de Californie du Nord, évidemment. Mais avez-vous remarqué autre chose ?
— Un accent petit-bourgeois, déclara Bo.
— À moi, dit Judy en plissant le front, il m'a paru grande bourgeoisie.
— Vous avez tous les deux raison. Son accent change entre la première et la seconde phrase.
— C'est inhabituel ? demanda Judy.
— Non. Nous empruntons, pour la plupart, notre accent de base au groupe social dans lequel nous avons grandi, puis nous le modifions au fil du temps. En général, les gens essaient de l'améliorer : les ouvriers tentent d'avoir l'air plus prospères et les nouveaux riches de parler comme les héritiers des vieilles familles. De temps en temps, le contraire se passe : un homme politique issu de la haute bourgeoisie peut adopter un accent plus familier pour faire peuple, vous pigez ?
— Et comment, mon pote !
— L'accent acquis est utilisé dans les situations officielles, lorsque l'orateur est maître de lui. Au contraire, quand nous sommes sous pression, nous revenons aux modes d'élocution hérités de l'enfance. Vous me suivez ?
— Bien sûr.
— Cette femme a déclassé sa façon de parler : elle emprunte un accent plus ouvrier que celui de ses origines.
Judy était fascinée.
— Tu crois que c'est un personnage à la Patty Hearst ?
— À cet égard, oui. Elle commence par une for-

mule officielle qu'elle a répétée, et qu'elle prononce de sa voix normale. Or, dans l'élocution américaine, plus on appartient à une classe bourgeoise, mieux on articule la lettre « r ». Écoutez la façon dont elle prononce le mot « gouverneur ».

Judy aurait dû l'arrêter, mais elle était trop passionnée.

« Ici les Soldats du Paradis, porteurs d'un message pour le gouverneur Mike Robson. »

— Vous entendez la façon dont elle dit « gouverneur » ? C'est du langage des rues. Écoutez le passage suivant. L'annonce lui a fait baisser sa garde et elle s'exprime naturellement : « Merde, je ne pensais pas que je parlais à un répondeur. » Même si elle dit « Merde », elle prononce le mot « répondeur » très correctement. Un ouvrier dirait « répondeu » en ne prononçant que le premier « r ». L'étudiant moyen ne prononcerait distinctement que le premier « r ». Seuls les bourgeois articulent soigneusement les deux « r ».

— Qui aurait cru qu'on pouvait découvrir tant de choses à partir de deux phrases ? s'étonna Bo.

Simon poursuivit, l'air ravi :

— Avez-vous remarqué quoi que ce soit quant à son vocabulaire ?

— Rien qui m'ait frappé.

— Qu'est-ce qu'un répondeur ?

Bo récita en riant :

— Un appareil qui se compose d'un boîtier contenant un magnétophone relié à la ligne téléphonique. J'en ai acheté un en rentrant du Vietnam.

Judy comprit où Simon voulait en venir. On ne parlait plus aujourd'hui de répondeur mais de messagerie vocale — les messages étaient enregistrés sur le disque dur d'un ordinateur.

— Elle vit encore à une autre époque, dit-elle. Une fois de plus, ça me fait penser à Patty Hearst. Qu'est-ce qu'elle est devenue au fait, celle-là ?

— Elle a purgé sa peine, répondit Bo, elle est sortie de prison, elle a écrit un livre et elle est passée à la télé. Bienvenue en Amérique.

— Simon, insista Judy en se levant, tout cela est passionnant, mais je ne me sens pas à l'aise. Tu devrais vraiment donner ton rapport à Marvin maintenant.

— Encore une chose que je veux te montrer, dit-il en appuyant sur le bouton d'avance rapide.

— Vraiment...

— Écoute.

« Il s'est produit à Owens Valley peu après quatorze heures. Vous pouvez vérifier. » Il y eut un léger bruit de fond. La voix féminine hésita. Simon arrêta la cassette.

— J'ai forcé sur ce drôle de petit murmure. Voilà ce que ça donne.

Il remit l'appareil en marche. Judy entendit une voix d'homme, déformée par les parasites mais assez nette pour qu'on la comprenne. « Nous ne reconnaissons pas l'autorité du gouvernement des États-Unis. » La voix de femme répéta : « Nous ne reconnaissons pas l'autorité du gouvernement des États-Unis. » Puis elle poursuivit : « Maintenant que vous savez ce dont nous sommes capables, vous feriez mieux de repenser à notre demande. »

Simon arrêta la cassette.

— C'est lui qui a élaboré le message, dit Judy. Elle en a oublié une partie alors il le lui a rappelé.

— Pourtant, intervint Bo, vous aviez estimé que le message sur Internet avait été dicté par un type du genre ouvrier, peut-être illettré, et dactylographié par une femme ayant une certaine instruction...

— Oui. Mais cette fois il s'agit d'une autre femme... plus âgée.

Bo se tourna vers sa fille.

— Commence à tracer les profils de trois inconnus.

— Non. Je ne suis plus sur l'affaire. Allons, Simon, tu sais que ça pourrait m'attirer des ennuis.

— D'accord. (Il reprit la cassette dans l'appareil et

se leva.) De toute façon, je t'ai révélé le plus important. Préviens-moi si tu as une brillante inspiration que je puisse transmettre au camarade Marvin.

Judy l'accompagna jusqu'à la porte.

— Je vais porter mon rapport au bureau immédiatement. Marvin y sera sans doute encore. Ensuite, je vais dormir. J'ai passé toute la nuit là-dessus.

Quand elle revint, Bo préparait du thé vert, l'air songeur.

— Alors, ce type sans instruction a toute une bande de nanas de la haute à sa botte.

— Je devine où tu veux en venir.

— C'est une secte.

— Oui. J'avais raison de penser à Patty Hearst. (Elle frissonna. Le cerveau devait être un personnage charismatique avec un pouvoir certain sur les femmes. Qu'il n'ait aucune instruction ne le gênait pas : il avait une kyrielle de personnes pour exécuter ses ordres.) Pourtant, quelque chose cloche. Cette demande d'arrêter la construction de nouvelles centrales... ça n'est pas assez dingue.

— Je suis d'accord. Ça n'est pas assez spectaculaire. À mon avis, ils ont une raison personnelle et bien terre à terre pour l'exiger.

— Je me demande s'ils s'intéressent à une centrale en particulier.

— Judy, tu es géniale ! Par exemple, ils craignent qu'elle pollue leur rivière à saumons, un truc dans ce goût-là.

— Un truc dans ce goût-là, qui leur fiche vraiment un coup.

L'excitation courait dans ses veines. Elle était sur une piste !

— Dans ce cas, l'arrêt de la construction de toutes les centrales n'est qu'une couverture. Ils n'osent pas citer celle qui les intéresse vraiment de peur que ça ne mène jusqu'à eux.

— Mais combien de possibilités peut-il y avoir ? On ne construit pas des centrales tous les jours. En outre, ce sont des projets qui soulèvent des controverses. Tout projet doit être annoncé.

— Vérifions.

Ils passèrent dans le bureau, où était l'ordinateur de Judy. Elle rédigeait parfois là ses rapports pendant que Bo regardait les matches de foot. La télé ne la dérangeait pas et elle aimait être près de lui. Elle alluma sa machine.

— Dressons une liste des sites où l'on doit construire des centrales. L'ordinateur du FBI nous indiquera si une secte est installée à proximité.

Elle accéda aux archives du *San Francisco Chronicle* et étudia toutes les références à des centrales remontant aux trois dernières années. Cette recherche lui fournit cent dix-sept articles.

— Un projet de centrale nucléaire dans le désert Mojave... (Elle sauvegarda l'article.) Un barrage hydroélectrique dans le comté de Sierra... une centrale thermique près de la frontière de l'Oregon...

— Le comté de Sierra? Ça me dit quelque chose. Tu as l'emplacement exact?

— Oui... Judy cliqua sur l'article... Le projet est de construire un barrage sur la Silver River.

— Silver River Valley... répéta Bo en fronçant les sourcils.

— Attends! s'exclama Judy en se tournant vers lui. Ça me rappelle quelque chose... Ça n'est pas là qu'une milice privée a un grand domaine?

— Dans le mille! Los Alamos! Le groupe est dirigé par un dingue du nom de Poco Latella, originaire de Daly City. C'est comme ça que je connais leur existence.

— Exact. Ils sont armés jusqu'aux dents et ils ont refusé de reconnaître le gouvernement des États-Unis... Bon sang, ils ont même utilisé cette formule dans le message: « Nous ne reconnaissons pas l'autorité du gouvernement des États-Unis. » Bo, je crois qu'on les tient.

— Qu'est-ce que tu vas faire?

Le cœur serré, Judy se rappela qu'on lui avait retiré l'affaire.

— Si Kincaid apprend que j'ai travaillé sur ce dossier, il va avoir une attaque.

— Il faut enquêter sur Los Alamos.

— Je vais appeler Simon. (Elle décrocha l'appareil et téléphona au bureau. Elle connaissait la standardiste.) Allô, Charlie, ici Judy. Est-ce que Simon Sparrow est au bureau ?

— Il est arrivé et reparti. Tu veux que j'essaie sa voiture ?

— Oui, merci.

Elle attendit. Charlie reprit la ligne.

— Pas de réponse. Veux-tu que je lui laisse un message ?

— Oui, s'il te plaît. (Judy se rappela qu'il allait dormir.) Je parie qu'il a débranché son appareil.

— Je lui envoie un message demandant de te rappeler.

— Merci. Bo, il faut que je voie Kincaid. Si je le mets sur une piste intéressante, il ne m'en voudra pas trop.

Son père haussa les épaules.

— Tu n'as pas le choix, n'est-ce pas ?

Judy ne pouvait pas risquer que des êtres humains se fassent tuer simplement parce qu'elle n'osait pas avouer ses torts.

— Non, effectivement, je n'ai pas le choix.

Elle portait des jeans noirs étroits et un T-shirt fraise. Le T-shirt était trop moulant pour le bureau, même un samedi. Elle monta dans sa chambre pour enfiler un polo blanc plus vague.

Marvin serait obligé d'organiser une descente à Los Alamos. Peut-être y aurait-il du grabuge : les gens des milices privées étaient des dingues. Il aurait besoin de gros effectifs et d'une organisation méticuleuse. La perspective d'un nouveau Waco terrifiait le Bureau. On mobiliserait tous les agents sur place.

On ferait aussi appel à l'antenne de Sacramento. Ce serait sans doute pour demain à l'aube.

Elle se dirigea droit vers le bureau de Kincaid. Dans l'antichambre, sa secrétaire travaillait sur son ordinateur, en tenue de samedi : jeans blancs et chemise rouge. Elle décrocha le téléphone et annonça : « Judy Maddox voudrait vous voir. »

Judy hésita à la porte du saint des saints. Les deux dernières fois où elle y avait mis les pieds ç'avait été pour connaître humiliation et déception. Mais elle n'était pas superstitieuse. Cette fois, Kincaid se montrerait peut-être aimable et compréhensif.

Ça lui faisait encore un drôle d'effet de voir sa silhouette épaisse dans le fauteuil qu'occupait autrefois le svelte et élégant Milton Lestrange.

Mon Dieu ! Je ne lui ai pas encore rendu visite à l'hôpital !

Elle nota dans sa tête d'y aller le soir même ou le lendemain.

L'accueil de Brian fut glacial.

— Que puis-je pour vous, Judy ?

— J'ai vu Simon Sparrow en début de soirée. Il m'apportait son rapport parce qu'il ignorait que je n'étais plus sur l'affaire. Naturellement, je lui ai dit de le remettre à Marvin.

— Naturellement.

— Mais il m'a parlé un peu de ce qu'il avait trouvé et je me suis demandé si ces Soldats du Paradis ne pourraient pas être une secte qui se sent menacée par un projet de construction de centrale électrique.

Brian prit un air agacé.

— J'ai passé le dossier à Marvin, déclara-t-il d'un ton impatient.

Judy ne se laissa pas démonter.

— Il y a actuellement en Californie plusieurs projets de centrales, j'ai vérifié. L'un d'eux est situé à Silver River Valley, où est installée une milice privée d'extrême droite, Los Alamos. Brian, Los Alamos pourraient être les Soldats du Paradis. Nous devrions faire une descente là-bas.

— C'est ce que vous pensez ?

Oh, merde.

— Il y a une faille dans mon raisonnement ? demanda-t-elle d'un ton glacial.

— Et comment ! La faille, c'est que vous n'avez plus rien à foutre dans cette affaire.

— Je sais, mais je me suis dit...

Il l'interrompit, braquant sur elle un doigt accusateur.

— Vous avez intercepté le rapport de psycholinguistique et vous êtes en train d'essayer de vous glisser de nouveau sur l'affaire... Et je sais pourquoi ! Vous imaginez que ce dossier va faire du bruit et vous essayez de vous faire remarquer.

— Par qui ? s'écria-t-elle, indignée.

— Par la direction du FBI, la presse, le gouverneur Robson.

— Absolument pas !

— Écoutez-moi bien. Vous n'êtes plus sur ce coup. Vous me comprenez ? Plus du tout. Vous n'en discutez pas avec votre ami Simon. Vous ne vérifiez pas les projets de centrales électriques. Vous ne proposez pas de descentes dans les repaires de milices privées.

— Je ne peux pas le croire !

— Voici ce que vous allez faire : vous rentrez chez vous, et vous laissez ce dossier à Marvin et à moi.

— Mais, Brian...

— Au revoir, Judy. Passez un bon week-end.

Elle le dévisagea : il était tout rouge, le souffle rauque. Furieuse mais impuissante, elle ravala les répliques mordantes qui lui montaient aux lèvres. Elle avait déjà été obligée de présenter des excuses une fois, inutile de renouveler l'expérience.

Au bout d'un long moment, elle tourna les talons et sortit du bureau.

11

Priest gara la vieille Plymouth sur le bas-côté de la route dans la faible lueur de l'aube naissante. Il prit la main de Mélanie et l'entraîna dans la forêt. Au flanc de la montagne, l'air était frais et ils frissonnaient dans leur T-shirt jusqu'au moment où l'effort de la marche les eût réchauffés. Au bout de quelques minutes, ils débouchèrent sur une falaise d'où l'on découvrait toute la largeur de Silver River Valley.

— C'est là qu'ils veulent construire le barrage, expliqua Priest.

À cet endroit, la vallée se rétrécissait ; l'autre versant n'était guère à plus de quatre ou cinq cents mètres. Il faisait encore trop sombre pour qu'on puisse apercevoir la rivière mais, dans le silence du matin, on l'entendait couler tout en bas. Bientôt le jour se leva et ils distinguèrent les silhouettes sombres des grues et des énormes engins de terrassement, immobiles et silencieux comme des dinosaures endormis.

Priest avait presque perdu espoir de voir le gouverneur Robson accepter de négocier. Deux jours s'étaient écoulés depuis le tremblement de terre d'Owens Valley et toujours pas de nouvelles. Priest n'arrivait pas à deviner la stratégie du gouverneur, mais elle n'impliquait pas la capitulation.

Il leur faudrait donc provoquer un autre séisme, ce qui ne manquait pas de l'inquiéter. Mélanie et Star pourraient se montrer réticentes, d'autant plus que la seconde secousse devrait causer plus de dégâts que la première. Il avait besoin de raffermir leur engagement. Il commença avec Mélanie.

— Le barrage va créer un lac de quinze kilomètres de long, s'étendant sur toute la vallée. (Le pâle ovale du visage de Mélanie se crispa de colère.) Tout ce que tu aperçois sera sous l'eau.

Au-delà s'étendait une large vallée abritant quelques maisons dispersées et des champs cultivés reliés par des chemins de terre.

— Quelqu'un a sûrement essayé d'empêcher la construction du barrage ? s'étonna Mélanie.

— Il y a eu une grande bataille juridique. Ne croyant ni aux tribunaux ni aux avocats, nous n'y avons pas participé. En plus, nous ne tenions pas à voir des journalistes et des équipes de télé grouiller sur notre territoire — nos secrets n'ont pas besoin d'être connus de la terre entière. C'est d'ailleurs pour cette raison que nous ne révélons jamais que nous formons une communauté. La plupart de nos voisins ignorent même notre existence, et les autres s'imaginent que le vignoble est dirigé depuis Napa et cultivé par des ouvriers agricoles saisonniers. Nous n'avons donc pas pris part aux mouvements de protestation. Certains des résidents les plus riches se sont rangés auprès des gens du pays, mais ça n'a servi à rien.

— Comment ça se fait ?

— Le gouverneur Robson appuyait le projet de barrage et il a mis sur l'affaire son assistant, Al Honeymoon. Ce type a menti, triché, manipulé la presse avec une brutalité impitoyable. Il a complètement renversé la situation si bien que les médias ont donné l'impression que les gens d'ici étaient une poignée d'égoïstes qui voulaient refuser l'électricité à tous les hôpitaux et toutes les écoles de Californie.

— Comme si c'était notre faute si les habitants de Los Angeles veulent éclairer le fond de leurs piscines et avoir des moteurs électriques pour fermer leurs rideaux !

— Exactement. La Coastal Electric a donc obtenu l'autorisation de construire le barrage.

— Et nous allons tous perdre nos habitations...

— Sans parler d'un manège de poneys, d'un camp installé dans une réserve, de plusieurs chalets d'été et de la bande de dingues de Los Alamos. Tout le monde touche une indemnité, sauf nous, parce que nous ne sommes pas propriétaires de notre terre. Nous ne toucherons pas un sou pour le meilleur vignoble de Napa à Bordeaux.

— Et le seul endroit où je me sois sentie en paix.

Priest eut un murmure compatissant. La conversation empruntait la tournure qu'il souhaitait.

— Dusty a toujours eu ces allergies ?

— Depuis sa naissance. Petit il était allergique au lait : au lait de vache, au biberon, même au lait maternel. Il a survécu grâce au lait de chèvre. Là, j'ai compris que la race humaine devait faire quelque chose de mal pour que le monde soit pollué au point que mon propre lait devienne un poison pour mon enfant.

— Tu l'as fait voir à des médecins ?

— Michael a insisté. Je savais qu'ils ne l'aideraient pas. Ils lui ont donné des médicaments qui anéantissaient son système immunitaire afin d'inhiber la réaction aux allergènes. En voilà une façon de traiter son cas ! Ce qu'il lui fallait, c'était de l'eau non polluée, de l'air pur et une vie saine. Je crois que depuis sa naissance je cherche un endroit comme ici.

— Ça a dû être dur pour toi.

— Tu n'as pas idée. Une femme seule avec un gosse malade n'arrive pas à garder un travail, ne peut pas trouver d'appartement convenable, ne peut pas vivre. L'Amérique c'est grand, mais il y a partout la même merde.

— Tu n'allais pas fort quand je t'ai rencontrée.

Les larmes lui montèrent aux yeux.

— J'allais me tuer avec Dusty.

— Et tu as trouvé cet endroit.

— Et maintenant, lança-t-elle, le visage assombri par la colère, ils veulent me l'enlever !

— Le FBI affirme que nous n'avons pas causé le tremblement de terre et le gouverneur ne le contredit pas.

— Qu'ils aillent se faire foutre ! On va recommencer ! Seulement, cette fois, veille à ce qu'ils ne puissent pas l'ignorer.

Il était arrivé à ses fins.

— Il faudrait que ça cause vraiment des dégâts, que ça fasse écrouler quelques bâtiments. Il pourrait y avoir des blessés...

— Mais nous n'avons pas le choix !

— On pourrait quitter la vallée, dissoudre la communauté, reprendre la vie d'autrefois : des boulots réguliers, de l'argent, de l'air pollué, la cupidité, la jalousie, la haine.

Il avait réussi à lui faire peur.

— Non ! Ne dis pas ça !

— Tu as raison. On ne peut pas revenir en arrière.

— Pas moi, en tout cas.

Son regard une nouvelle fois balaya la vallée.

— Nous nous assurerons qu'elle reste comme Dieu l'a faite.

Soulagée, elle ferma les yeux.

— Amen.

Il lui prit la main et l'entraîna jusqu'à la voiture au milieu des arbres.

En roulant sur l'étroite route qui serpentait en haut de la vallée, Priest demanda :

— Tu vas chercher Dusty à San Francisco aujourd'hui ?

— Oui, je partirai après le petit déjeuner.

Un bruit étrange couvrit le halètement asthmatique du vieux V8.

Un hélicoptère.

— Merde, s'écria Priest en appuyant sur la pédale du frein.

— Qu'est-ce qu'il y a ? gémit Mélanie en ce cognant contre le pare-brise.

Priest stoppa la voiture et sauta à terre. L'hélico disparaissait vers le nord.

— Que se passe-t-il ?

— Qu'est-ce qu'un hélicoptère fabrique ici ?

— Oh, mon Dieu, murmura Mélanie d'une voix blanche. Tu crois qu'il nous recherche ?

Le bruit s'éloigna puis se rapprocha. L'hélico réapparut au-dessus des arbres, volant à basse altitude.

— À mon avis, ce sont les fédéraux, dit Priest.

— Merde !

Après la terne conférence de presse de la veille, il s'était senti en sécurité pour quelques jours encore. Kincaid et Hayes avaient paru bien loin de le traquer. Et voilà qu'ils étaient ici, dans la vallée !

— Qu'est-ce qu'on va faire ? dit Mélanie.

— Reste calme. Ils ne sont pas ici pour nous.

— Comment le sais-tu ?

— Je m'en suis assuré.

— Priest, insista-t-elle, au bord des larmes, pourquoi parles-tu toujours par énigmes.

— Excuse-moi. (Il avait besoin d'elle, ce qui supposait qu'il lui devait quelques explications. Il rassembla ses pensées.) Ils ne connaissent pas notre existence. La communauté ne figure sur aucun dossier du gouvernement : notre terre est louée par Star. Elle ne figure pas non plus dans les dossiers de la police ou du FBI parce que nous n'avons jamais attiré leur attention. Jamais un article de journal ni une émission de télé nous concernant n'est paru. Nous ne sommes pas enregistrés aux impôts. Notre vignoble ne figure sur aucune carte.

— Alors, pourquoi sont-ils ici ?

— Sans doute pour Los Alamos. Ces cinglés doivent figurer dans les dossiers de toutes les polices américaines. Bon sang, ils sont plantés devant leurs grilles à brandir des fusils de gros calibre, histoire de s'assurer que le monde entier sache qu'ils sont de dangereux maniaques.

— Comment peux-tu être certain que c'est à eux que le FBI en veut ?

— J'ai tout fait pour ça. Quand Star a appelé l'émission de John Truth, je lui ai fait répéter le slogan de Los Alamos : « Nous ne reconnaissons pas l'autorité du gouvernement des États-Unis. » Je les ai menés sur une fausse piste.

— Alors, nous sommes à l'abri ?

— Pas tout à fait. Après avoir fait chou blanc à Los Alamos, les fédéraux vont peut-être jeter un coup d'œil à la vallée. Ils vont voir le vignoble depuis leur hélico et nous rendre visite. On ferait mieux de rentrer prévenir les autres.

Il remonta en voiture. Dès que Mélanie l'eut rejoint, il appuya à fond sur la pédale. Mais la voiture avait vingt-cinq ans et n'était pas conçue pour faire de la vitesse sur des routes de montagne. Il maudit ses carburateurs poussifs et sa suspension bringuebalante.

Entre les virages, il s'interrogea sur les commanditaires de ce raid. Il ne s'attendait pas à ce que Kincaid ou Hayes prennent une telle initiative, qui exigerait un minimum d'intuition. Quelqu'un d'autre devait suivre l'affaire.

— Qui ?

Une voiture noire surgit derrière eux, roulant à fond de train, tous phares allumés, même si le jour était levé depuis longtemps. Malgré l'approche d'un virage le chauffeur donna un coup de klaxon et déboîta pour doubler. Au passage Priest aperçut le conducteur et son compagnon, deux jeunes gens costauds, en pull-over, rasés de près et aux cheveux coupés très court.

Une deuxième voiture les suivait, klaxonnant et faisant des appels de phares.

— Fais chier ! lança Priest.

Quand le FBI était pressé, il valait mieux dégager la route. Il freina et se rangea sur le côté ; les roues droites de la Plymouth cahotèrent sur l'herbe du bas-côté. La deuxième voiture passa en trombe ; une troisième déboucha. Priest arrêta la sienne.

Immobiles, Mélanie et lui regardèrent un flot de deux camions blindés et trois minibus pleins d'hommes à l'air sinistre, avec quelques femmes.

— C'est une descente ! s'exclama Mélanie, consternée.

— Tiens donc ! ricana Priest.

La tension le rendait sarcastique ; Mélanie ne sembla pas s'en apercevoir.

Une voiture se détacha du convoi et s'arrêta juste derrière la Plymouth. Une Buick vert foncé. Le conducteur parlait dans un portable. Il y avait un passager. Priest ne distinguait pas leur visage.

Il regrettait amèrement d'être allé à la conférence de presse. Un des types de la Buick aurait très bien pu l'y remarquer. Si c'était le cas, il ne manquerait pas de s'interroger sur la présence d'un avocat d'Oakland à Silver River Valley. Difficile de croire à une coïncidence. Un agent avec un peu de cervelle inscrirait immédiatement Priest en tête de sa liste de suspects.

Le dernier véhicule du convoi passa. Le conducteur de la Buick raccrocha son téléphone. D'une seconde à l'autre les agents allaient descendre de voiture. Priest chercha désespérément une histoire plausible.

Cette affaire m'a beaucoup intéressé. Je me suis souvenu d'une émission de télé sur cette milice privée et de leur slogan proclamant qu'ils ne reconnaissaient pas le gouvernement, exactement ce qu'a dit la femme à John Truth. Alors, vous comprenez, j'ai décidé de mener ma petite enquête.

Ils ne le croiraient pas sur parole. Même si son histoire était plausible, ils le cuisineraient, et il n'arriverait pas à les duper.

Les deux agents descendirent de la voiture.

Priest les examina attentivement dans son rétroviseur.

Il ne reconnaissait ni l'un ni l'autre.

Il se détendit un peu, le visage baigné de sueur. Il s'essuya le front du revers de la main.

— Oh, Seigneur, murmura Mélanie, que veulent-ils ?

— Reste calme. N'aie surtout pas l'air d'avoir envie de foutre le camp. Je vais faire comme si j'étais vraiment, vraiment très intéressé par eux. Ça leur donnera envie de se débarrasser de nous le plus vite possible. C'est la psychologie des contraires.

Il sortit de la Plymouth.

— Dites donc, vous êtes de la police ? s'exclama-t-il avec enthousiasme. Il se passe quelque chose par ici ?

Le conducteur, un homme mince avec des lunettes à monture noire se présenta.

— Nous sommes des agents fédéraux. Monsieur, nous avons contrôlé vos plaques. Votre voiture est immatriculée au nom de la Compagnie d'embouteillage de Napa.

Paul Beale s'occupait de l'assurance et des papiers de la voiture.

— C'est mon employeur.

— Je peux voir votre permis de conduire ?

— Oh, bien sûr. C'est votre hélicoptère que j'ai aperçu ?

— Oui, monsieur, exactement. (L'agent vérifia son permis et le lui rendit.) Où vous rendez-vous ce matin ?

— Nous travaillons au vignoble un peu plus haut dans la vallée. Dites donc, j'espère que vous êtes venus vous occuper de ces foutus miliciens. Ils flanquent la frousse à tout le monde par ici. Ils...

— Où étiez-vous ce matin ?

— Hier soir, nous étions à une soirée à Silver City, elle s'est prolongée un peu tard. Mais ne vous inquiétez pas, je ne suis pas ivre ! Écoutez, j'écris des papiers pour le journal local, vous savez, le *Silver City Chronicle*. Je pourrais avoir un commentaire de vous sur ce raid ? Ça va faire sensation dans le pays pendant des années ! (À mesure que les mots sortaient de sa bouche, il se rendit compte que ce n'était pas un rôle pour un homme qui ne savait ni lire ni écrire. Il palpa ses poches.) Bon sang, je n'ai même pas de crayon.

— Nous ne pouvons rien dire. Appelez la personne responsable de la presse à l'antenne de Sacramento au Bureau.

Priest feignit une parfaite déception.

— Oh ! Oh... bien sûr, je comprends.

— Vous disiez que vous rentriez chez vous.

— Oui. On y va. Bonne chance avec ces miliciens.

— Merci.

Les agents regagnèrent leur voiture.

Ils n'ont pas noté mon nom.

Priest remonta dans sa voiture.

— Bon Dieu, soupira-t-il avec soulagement, ils ont avalé mon histoire.

Il démarra. La Buick suivit.

En approchant de l'entrée du domaine de Los Alamos, quelques minutes plus tard, Priest abaissa sa vitre, guettant des bruits de fusillade. Il n'entendit rien. Le FBI apparemment avait surpris Los Alamos endormi.

Après un virage il aperçut deux voitures garées près de l'entrée. La clôture à cinq barreaux qui bloquait l'accès du chemin avait volé en éclats — les gens du FBI avaient dû faire passer leurs camions blindés sans même s'arrêter. En général la porte était gardée : où était la sentinelle ? Il distingua alors un homme en tenue de camouflage, allongé à plat ventre dans l'herbe, les mains passées dans des menottes derrière son dos et gardé par quatre agents. Les fédéraux ne prenaient pas de risque.

Au passage de la Plymouth, les agents levèrent la tête, mais ils se détendirent devant la Buick verte qui la suivait.

Priest roulait lentement, en badaud curieux. La Buick stoppa pour s'arrêter auprès de la barrière pulvérisée.

Dès qu'il fut hors de vue, Priest appuya sur l'accélérateur.

À son arrivée il alla droit à la cabane de Star pour lui parler du FBI. Elle était au lit avec Bones. Il lui toucha l'épaule pour la réveiller.

— Il faut qu'on parle. Je t'attends dehors.

Elle acquiesça de la tête. Bones ne broncha pas.

Priest ne voyait pas d'inconvénient à ce que Star reprenne ses relations avec Bones — après tout, lui-même couchait régulièrement avec Mélanie —, cependant, il éprouvait un mélange de curiosité et d'appréhension. Faisaient-ils l'amour passionnément, avec avidité, ou étaient-ils détendus et joyeux ? Star pensait-elle à Priest lorsqu'elle était dans les bras de Bones, ou chassait-elle de son esprit tous ses autres amants ? Comparait-elle leur énergie, leur tendresse, leur habileté ? Ces questions lui tournaient dans la tête dès que Star avait un autre amant. Comme aux premiers jours, sauf qu'ils étaient tous bien plus vieux.

Il savait que sa communauté était différente des autres. D'après Paul Beale, toutes avaient connu le même idéalisme, mais la plupart avaient composé avec les circonstances. En général, leurs membres continuaient à célébrer leur culte ensemble, suivant les préceptes d'un gourou ou d'une quelconque religion, mais ils étaient revenus à la propriété privée, à l'usage de l'argent et ne pratiquaient plus une totale liberté sexuelle. Priest les considérait comme des faibles, sans la force suffisante pour s'en tenir à leurs idéaux et les mettre en pratique. Dans ses moments d'autosatisfaction, il songeait qu'il leur manquait un chef comme lui.

Star apparut, en jeans avec un ample chandail bleu clair. Pour quelqu'un qui sortait du lit, elle était vraiment belle. Priest le lui dit.

— Une bonne baise accomplit des miracles sur mon teint.

Elle avait employé un ton juste assez mordant pour laisser entendre à Priest que Bones était une sorte de revanche sur Mélanie. Est-ce que ça annonçait des embrouilles ?

Pitié, j'ai assez de soucis comme ça !

Il chassa cette pensée. Tout en se dirigeant vers la cuisine, il parla à Star de la descente du FBI chez Los Alamos.

— S'ils décident de contrôler les autres résidences de la vallée, ils débarqueront probablement chez nous. Ils ne se méfieront de rien dès l'instant que nous ne les laissons pas découvrir que nous sommes une communauté. Nous n'avons qu'à raconter notre histoire habituelle. Si nous sommes des travailleurs itinérants qui ne portent pas un intérêt à long terme à la vallée, il n'y a aucune raison que nous nous préoccupions du barrage.

— Tu ferais mieux de répéter tout cela au petit déjeuner. Les Mangeurs de riz comprendront à quoi tu fais vraiment allusion. Les autres s'imagineront que, comme d'habitude, nous choisissons de nous taire pour ne pas attirer l'attention. Et les enfants ?

— Ils ne vont pas questionner les gosses. C'est le FBI. Pas la Gestapo.

— D'accord.

Au milieu de la matinée deux agents dévalèrent la colline, de la boue sur leurs mocassins et des ronces accrochées au revers de leurs pantalons. Priest les observait depuis la grange. S'il en reconnaissait un, il se glisserait parmi les cabanes et disparaîtrait dans les bois. Mais ces deux-là, il ne les avait jamais vus. Le plus jeune était grand et large d'épaules, de type scandinave, avec des cheveux d'un blond pâle et la peau claire. Le plus âgé était un Asiatique aux cheveux clairsemés. Priest était sûr que ni l'un ni l'autre n'assistaient à la conférence de presse.

La plupart des adultes étaient dans le vignoble, à asperger les plants de bouillie bordelaise diluée pour empêcher les chevreuils de venir dévorer les nouvelles pousses. Les enfants étaient au temple où Star, qui s'occupait de l'école du dimanche, leur racontait l'histoire de Moïse.

Malgré ces précautions, Priest éprouva un frémissement de terreur à l'approche des agents. Depuis vingt-cinq ans, cet endroit était un sanctuaire secret. Jusqu'au jeudi précédent, quand un flic s'était présenté pour chercher les parents de Fleur, aucun fonctionnaire n'avait jamais mis les pieds ici : pas de géomètre, pas de postier, pas même un éboueur. Et le FBI arrivait ! S'il avait pu faire tomber la foudre sur les agents, il n'aurait pas hésité une seconde.

Il prit une profonde inspiration, puis se dirigea vers le vignoble. Comme convenu, Dale accueillit les deux agents. Priest emplit un bidon de bouillie bordelaise et se mit à asperger les plants en se rapprochant de Dale de façon à pouvoir entendre la conversation.

— Nous sommes des agents du FBI, déclara l'Asiatique d'un ton aimable. Nous procédons à des enquêtes de routine dans le voisinage. Je m'appelle Bill Ho et voici John Aldritch.

C'est encourageant : ils n'ont pas l'air de s'intéresser au vignoble.

Ils inspectaient simplement les alentours dans l'espoir de relever des indices.

Au fond, ils vont à la pêche.

Cette idée ne le détendit pas. L'homme contempla le paysage d'un air admiratif.

— Quel bel endroit !

— Nous y sommes très attachés, renchérit Dale.

Attention, Dale, pas de lourde ironie ! Ça n'est pas un jeu, bon sang !

Aldritch, le plus jeune des deux visiteurs, demanda d'un ton impatient :

— C'est vous le responsable ?

— Je suis le contremaître. En quoi est-ce que je peux vous aider ?

— Vous habitez ici ?

Priest feignit de continuer son travail, mais son

cœur battait si fort qu'il devait tendre l'oreille pour percevoir les propos qui s'échangeaient.

— La plupart d'entre nous sont des travailleurs saisonniers, déclara Dale, se pliant au scénario conçu par Priest. La compagnie nous fournit le logement parce que cet endroit est loin de tout.

— Drôle d'endroit pour une culture de fruits…

— Ce n'est pas une culture de fruits, c'est un vignoble. Voudriez-vous goûter un verre du cru de l'année dernière ? Il est vraiment très bon.

— Non, merci, à moins que vous n'ayez une boisson sans alcool.

— Désolé. Il n'y a que ça.

— Qui est le propriétaire ?

— La Compagnie d'embouteillage de Napa.

Aldritch nota. Il jeta un coup d'œil vers le groupe d'habitations à l'autre bout du vignoble.

— Vous permettez qu'on y fasse un tour ?

— Bien sûr, acquiesça Dale en reprenant son ouvrage. Allez-y.

Priest suivit d'un regard inquiet les agents qui s'éloignaient. En apparence, il était tout à fait plausible qu'ils soient tous des travailleurs mal payés occupant des logements sommaires fournis par une direction âpre au gain. Mais quelques indices pourraient inciter un agent un peu futé à se poser des questions. Le plus évident, c'était le temple. Star avait replié la vieille bannière sur laquelle étaient inscrits les cinq paradoxes de Baghram, cependant un esprit un peu curieux pourrait demander pourquoi la salle de classe était un bâtiment rond, sans fenêtre et sans meuble.

Et puis, il y avait ces carrés de marijuana dans les bois voisins. Les agents du FBI ne s'intéressaient pas aux affaires de drogue à petite échelle, mais ces cultures ne correspondaient pas au mode de vie d'une population itinérante. Le magasin ressemblait à n'importe quelle boutique… sauf si on remarquait qu'il n'y avait de prix sur rien et pas de caisse enregistreuse.

À mille détails leur comédie serait percée à jour. *Pourvu qu'ils se concentrent sur Los Alamos et se contentent d'une enquête de routine !*

Il maîtrisa sa tentation de suivre les agents. Il mourait d'envie de voir ce qu'ils inspectaient et d'entendre leurs commentaires. Cependant, il se força à continuer son arrosage, levant à peine le nez pour les observer.

Ils entrèrent dans la cuisine. Jardin et Simple y préparaient des lasagnes pour le déjeuner.

Que leur racontaient les agents ? Pourvu que Jardin ne se trahisse pas !

Simple, oublieux des consignes, n'allait-il pas se mettre à divaguer avec enthousiasme sur leur méditation quotidienne ?

Lorsque les agents sortirent de la cuisine, Priest s'efforça de deviner leurs pensées ; évidemment, à cette distance il en était incapable. Quant à leur expression corporelle, elle ne révélait rien.

Ils déambulèrent parmi les cabanes, jetant de temps à autre un coup d'œil à l'intérieur. Repéraient-ils quelque chose de louche ? Soupçonnaient-ils qu'il y avait là plus qu'un simple vignoble ? Impossible à dire.

Ils examinèrent le pressoir, les hangars à fermentation et les fûts de vendange de l'année précédente. Avaient-ils remarqué que rien ne fonctionnait à l'électricité ?

Ils ouvrirent la porte du temple. Allaient-ils s'adresser aux enfants, contrairement aux prévisions de Priest ? Et si Star perdait son sang-froid et les traitait de sales fascistes ? Priest retint son souffle.

Les agents refermèrent la porte sans entrer.

Ils s'adressèrent à Chêne, occupé à découper des douves de tonneau dans la cour. Il leva la tête et répondit brièvement sans s'interrompre. Peut-être pensait-il que ça paraîtrait bizarre s'il se montrait aimable.

Les agents croisèrent Aneth en train d'accrocher des couches à sécher. Elle refusait d'utiliser des couches jetables. Sans doute était-elle en train d'expliquer aux agents qu'il n'y avait pas assez d'arbres au monde pour que chaque enfant ait des couches jetables.

Ils descendirent jusqu'au ruisseau et examinèrent longuement les pierres du torrent, comme s'ils envisageaient de le traverser. Tous les carrés de marijuana étaient sur l'autre rive. Mais apparemment ils ne tenaient pas à se mouiller les pieds et revinrent sur leurs pas.

Enfin, ils regagnèrent le vignoble. Priest s'efforça d'étudier leur expression sans les dévisager. Étaient-ils tranquillisés ou soupçonneux ? Aldritch avait l'air hostile, Ho plutôt bienveillant — à moins qu'il s'agisse d'un numéro. Aldritch déclara à Dale :

— Certaines de ces cabanes ne sont pas mal arrangées pour des « logements provisoires », vous ne trouvez pas ?

Le sang de Priest ne fit qu'un tour. L'homme ne gobait pas leur histoire.

Y a-t-il un moyen de liquider ces deux mecs ?

— C'est vrai, répondit Dale. Certains d'entre nous reviennent d'une année sur l'autre. (Il improvisait.) Et quelques-uns d'entre nous vivent ici toute l'année.

Dale n'avait pas l'habitude de mentir. Si ça se prolongeait trop, il allait se trahir.

— Il me faut la liste de tous ceux qui habitent ou qui travaillent ici.

Priest réfléchit rapidement. Dale ne pouvait pas utiliser les surnoms des membres de la communauté : ce serait vendre la mèche. D'ailleurs, les agents insisteraient pour connaître les véritables identités. Certains des membres de la communauté avaient un casier judiciaire, à commencer par Priest. Dale allait-il comprendre assez vite qu'il devait inventer des noms pour tout le monde : Est-ce qu'il aurait assez de culot ?

— Il nous faut aussi leur âge et leur adresse habituelle, précisa Ho, d'un air presque gêné.

Merde ! Ça se gâte.

— Vous pourriez les obtenir au bureau de la compagnie.

Non, ils ne pourraient pas.

— Je regrette, il nous les faut tout de suite.

Dale hésita, déconcerté.

— Alors, je pense qu'il va falloir les leur demander. Je peux vous assurer que je ne connais pas l'anniversaire de tout le monde. Je suis leur patron, pas leur grand-père.

Les pensées se bousculaient dans l'esprit de Priest. Il était hors de question que les agents interrogent son petit monde — ils se trahiraient tous vingt fois. Il prit une brusque décision.

— Mr. Arnold ? lança-t-il, inventant un nom pour Dale dans l'inspiration du moment. Peut-être que je pourrais aider ces messieurs. (Sans l'avoir prémédité, il avait adopté le rôle d'un aimable abruti, serviable mais pas très malin.) Ça fait des années que je viens ici. Je crois que je connais tout le monde.

Dale parut soulagé de remettre la responsabilité aux mains de Priest.

— D'accord, vas-y.

— Si vous me suiviez à la cuisine ? proposa Priest. Puisque vous ne buvez pas de vin, je parie que vous prendriez bien un café.

— Ce ne serait pas de refus, acquiesça Ho en souriant.

— On a de la paperasserie à faire, expliqua-t-il à Jardin et à Simple lorsqu'ils entrèrent dans la cuisine. Vous deux, ne vous occupez pas de nous, continuez à préparer ces petits plats qui embaument.

Ho tendit son carnet à Priest.

— Si vous écriviez tout simplement ici les noms, les âges et les adresses ?

Priest refusa le carnet.

— Oh, j'ai une écriture abominable, dit-il doucement. Tenez, asseyez-vous donc. Vous allez noter les noms pendant que je vous prépare du café.

Il posa une bouilloire sur le feu tandis que les agents prenaient place autour de la longue table en bois de pin.

— Le contremaître, c'est Dale Arnold, il a quarante-deux ans.

Ces types ne pourraient jamais vérifier. Personne ici n'était dans l'annuaire ni sur le moindre registre.

— Adresse permanente ?

— Il habite ici. Comme tout le monde.

— Je croyais que vous étiez des travailleurs saisonniers.

— C'est exact. La plupart vont s'en aller en novembre, quand les vendanges seront faites et que les grappes auront été pressées. Mais ça n'est pas le genre à avoir deux maisons. Pourquoi payer le loyer à un endroit quand on habite ailleurs ?

— L'adresse permanente des uns et des autres serait donc... ?

— Vignoble de Silver River Valley, Silver City, Californie. Mais on se fait adresser le courrier au siège, à Napa, c'est plus sûr.

Aldritch avait l'air agacé et un peu dérouté. Les gens irritables n'avaient pas la patience de s'attacher à des contradictions mineures.

Il leur servit le café tout en récitant sa liste de noms fictifs. Pour mieux se rappeler qui était qui, il avait recours à des variations de leurs surnoms : Dale Arnold, Peggy Star, Richard Priestley, Holly Goldman. Il laissa de côté Mélanie et Dusty, absents — Dusty était chez son père et Mélanie était partie le chercher.

Aldritch l'interrompit.

— D'après mon expérience, la plupart des ouvriers agricoles itinérants dans cet État sont mexicains, ou du moins hispaniques.

— Oui, ce groupe-là, c'est tout sauf ça, reconnut Priest. La compagnie a quelques vignobles et je crois que le patron garde les Hispaniques groupés avec des contremaîtres qui parlent espagnol. Les autres, il les met dans notre équipe. Ça n'est pas du racisme, vous comprenez, c'est simplement plus pratique.

Ils parurent accepter cette explication.

Priest prenait son temps, s'efforçant de faire traîner la séance en longueur. Dans la cuisine, les agents ne pouvaient faire aucun mal. S'ils finissaient par s'ennuyer et par décider de partir, eh bien, tant mieux.

Pendant qu'il parlait, Jardin et Simple continuaient à cuisiner. Jardin restait silencieuse, impassible, et réussissait, Dieu sait comment, à touiller ses casseroles d'un air hautain. Simple, très nerveux, ne cessait de lancer des coups d'œil terrifiés aux agents, mais ils ne semblaient pas y prendre garde. Peut-être étaient-ils habitués à inspirer de la crainte. Peut-être qu'ils aimaient ça.

Au bout de quinze ou vingt minutes, Priest avait terminé d'énumérer les noms et les âges des vingt-six adultes de la communauté. Ho refermait son carnet quand Priest ajouta :

— Maintenant, les enfants. Laissez-moi réfléchir. Bon sang, ça pousse tellement vite, pas vrai ?

Aldritch eut un grognement exaspéré.

— Je ne pense pas que nous ayons besoin de connaître les âges des enfants.

— D'accord. Encore un peu de café ?

— Non, merci. (Aldritch regarda Ho.) Je crois qu'on a terminé pour ici.

Cependant, Ho insista.

— Cette terre appartient à la Compagnie d'embouteillage de Napa ?

Priest vit là une chance de corriger l'erreur commise précédemment par Dale.

— Non, ça n'est pas tout à fait exact. C'est la

compagnie qui exploite les vignes, mais je crois que la terre appartient au gouvernement.

— Le bail serait donc établi au nom de la Compagnie d'embouteillage de Napa.

Priest hésita. Ho, le gentil, posait les questions vraiment dangereuses. Que répondre ? Mentir ? Trop risqué. Ils pourraient vérifier en quelques secondes. À regret, il expliqua :

— En fait, je crois que le bail est au nom de Stella Higgins. (Il était navré de donner au FBI le vrai nom de Star.) C'est la femme qui a fait démarrer le vignoble, il y a des années.

Avec un peu de chance, ça ne leur servira à rien.

Ho inscrivit le nom sur son carnet.

— C'est tout pour aujourd'hui.

— Eh bien, dit Priest en dissimulant son soulagement, bonne chance pour le reste de votre enquête.

Il les raccompagna à travers le vignoble, où ils s'arrêtèrent pour remercier Dale de sa coopération.

— Au fait, demanda Dale, qui est-ce que vous recherchez ?

— Un groupe terroriste qui essaie de faire chanter le gouverneur de Californie.

— Eh bien, déclara Dale en toute sincérité, j'espère bien que vous allez mettre la main dessus.

Pas question !

Enfin, les deux agents s'éloignèrent à travers champs, trébuchant de temps en temps sur le sol inégal, puis disparurent sous les arbres.

Dale se tourna vers Priest, l'air content de lui.

— Ma foi, j'ai l'impression que ça s'est plutôt bien passé.

Doux Jésus, si seulement tu savais.

12

Le dimanche après-midi, Judy emmena Bo voir le nouveau film de Clint Eastwood. À son grand étonnement, elle oublia pendant deux heures les tremblements de terre et passa un excellent moment. Ils allèrent ensuite prendre un sandwich et une bière dans un des établissements que fréquentait Bo, un bistrot de flics avec une télé au-dessus du bar et un panonceau sur la porte annonçant : « Ici, on plume les touristes. »

Bo termina son hamburger et prit une gorgée de Guinness.

— Clint Eastwood devrait jouer l'histoire de ma vie, dit-il.

— Allons, c'est ce que s'imaginent tous les inspecteurs du monde !

— Oui, mais moi, je ressemble même à Clint.

Judy eut un grand sourire. Bo avait un visage rond avec un nez retroussé.

— Je vois mieux Mickey Rooney dans le rôle.

— On devrait pouvoir divorcer de ses enfants, soupira Bo, mais il riait.

La nouvelle passa à la télé. Devant les images de la descente sur Los Alamos, Judy éprouva un pincement d'amertume. Brian Kincaid l'avait vertement remise à sa place — puis il avait adopté son plan.

Cependant, Brian n'accorda aucune interview triomphante. Défilèrent sur l'écran les images de la barrière fracassée, du panneau sur lequel on pouvait lire « Nous ne reconnaissons pas l'autorité du gouvernement des États-Unis » et d'une équipe du RAID en gilets pare-balles.

— On dirait qu'ils reviennent bredouilles, s'étonna Bo.

— C'est bizarre. Los Alamos semblaient vraiment les suspects numéro un.

Judy était déçue ; elle avait l'impression que son instinct l'avait complètement trompée.

Le présentateur précisait qu'on n'avait procédé à aucune arrestation.

— On ne sait même pas s'ils ont saisi des pièces à conviction, dit Bo. Je me demande quelle est la véritable histoire.

— Si tu as fini, allons-nous renseigner, proposa Judy.

Ils quittèrent le bar et montèrent dans la voiture de Judy. Elle décrocha son téléphone et appela Simon Sparrow chez lui.

— Qu'est-ce que tu as entendu à propos du raid ?

— On a trouvé peau de balle.

— C'est ce que je pensais.

— Il n'y a pas d'ordinateur sur les lieux : c'est donc difficile d'imaginer qu'ils aient pu laisser un message sur Internet. Aucun d'entre eux n'est diplômé, et je doute qu'ils soient capables d'*épeler* le mot sismologue. Il y a quatre femmes dans le groupe, mais aucune ne correspond à nos profils féminins — elles ont dans les dix-huit ou vingt ans. Les miliciens n'ont rien contre le barrage. Au contraire, ils sont ravis du dédommagement qu'ils touchent pour leur terre et ont hâte de s'installer sur leur nouveau terrain. Oh ! vendredi à deux heures vingt de l'après-midi, six des sept hommes se trouvaient dans un magasin, à acheter des munitions à Silver City.

— Eh bien, questionna Judy, qui a eu l'idée stupide de faire une descente là-bas ?

C'était elle, bien sûr.

— À la réunion de ce matin Marvin a prétendu que c'était lui.

— Bien fait pour lui que ç'ait été un flop. (Judy plissa le front.) Tout de même, je ne comprends pas : ça semblait une si bonne piste.

— Brian a une autre réunion avec Mr. Honeymoon à Sacramento demain après-midi. J'ai l'impression qu'il va y aller les mains vides.

— Ça ne va pas plaire à Mr. Honeymoon.

— Il paraît que ce n'est pas le genre à faire dans la dentelle.

Judy eut un sourire crispé. Elle avait beau n'éprouver aucune sympathie pour Kincaid, elle ne prenait cependant aucun plaisir à constater l'échec du raid. Cela signifiait que les Soldats du Paradis continuaient de vagabonder quelque part dans la nature, à préparer un autre séisme.

— Merci, Simon. À demain.

À peine avait-elle raccroché que le téléphone sonna. C'était le standardiste du Bureau.

— Un certain professeur Quercus a appelé. Il a dit que c'était urgent. Il a des nouvelles importantes.

Judy envisagea d'appeler Marvin pour lui transmettre le message. Mais elle ne résista pas à la tentation et appela Michael chez lui.

Lorsqu'il décrocha, elle entendit la bande sonore d'un dessin animé à la télé en arrière-fond. Dusty devait encore être là.

— C'est Judy Maddox.

— Salut, comment ça va ?

Elle haussa les sourcils. Un week-end avec Dusty l'avait radouci.

— Je vais très bien, mais je ne suis plus sur l'affaire.

— Je le sais. J'ai essayé de joindre le type qui a repris le dossier, quelqu'un avec un nom de chanteur de soul...

— Marvin Hayes.

— Voilà. « *Dancin'in the Grapevine* », par Marvin Hayes et les Haystacks.

Judy éclata de rire.

— Mais il ne me rappelle pas, alors je suis coincé avec vous.

Voilà qui lui ressemblait davantage.

— Bon, qu'est-ce que vous avez ?

— Vous pouvez passer ? Il faut vraiment que je vous montre.

Elle était enchantée à l'idée de le revoir.

— Il vous reste des céréales.

— Un peu, je crois.

— Je serai chez vous dans quinze ou vingt minutes. (Elle raccrocha.) Il faut que j'aille voir mon sismologue, dit-elle à Bo. Tu veux que je te dépose à l'arrêt de bus ?

— Je ne peux pas prendre le bus comme n'importe qui. Je suis un inspecteur de la police de San Francisco !

— Et alors ? Tu es un être humain.

— Oui, mais les types de la rue ne le savent pas.

— Ils ne savent pas que tu es humain ?

— Pour eux, je suis un demi-dieu.

Il plaisantait, mais il y avait du vrai dans ses propos, Judy le savait. Cela faisait près de trente ans qu'il mettait des voyous derrière les barreaux. Chaque gosse à un coin de rue avec du crack dans les poches de son blouson d'aviateur avait peur de Bo Maddox.

— Tu veux venir à Berkeley avec moi ?

— Bien sûr, pourquoi pas ? Je suis curieux de rencontrer ton beau sismologue.

Elle fit demi-tour au milieu de la rue et partit en direction de Bay Bridge.

— Qu'est-ce qui te fait croire qu'il est beau ?

Il eut un grand sourire.

— La façon dont tu lui as parlé, déclara-t-il, l'air très content de lui.

— Tu ne devrais pas utiliser ta psychologie de flic pour ta propre famille.

— Bah, tu es ma fille, je peux lire tes pensées.

— D'ailleurs, tu as raison. Il est superbe. Mais je ne l'aime pas beaucoup.

— Ah non ? s'étonna Bo, sceptique.

— Il est arrogant et difficile. Il est plus sympa quand son gosse est là ; ça l'adoucit.

— Il est marié ?

— Séparé.

— Séparé, c'est marié.

Bo cessa de s'intéresser à Michael — pour Judy, c'était palpable comme si la température baissait. Elle sourit — son père tenait à la marier, mais il avait des principes d'autrefois.

Une Subaru orange était garée à la place habituelle de Judy, sous le magnolia.

Quand Michael vint lui ouvrir la porte de son appartement, Judy lui trouva l'air crispé.

— Bonjour, Michael. Je vous présente mon père, Bo Maddox.

— Entrez donc.

Son humeur semblait avoir changé durant le peu de temps qu'il avait fallu à Judy pour venir jusque chez lui. Quand ils entrèrent dans la salle de séjour, Judy comprit pourquoi.

Dusty était allongé sur le canapé, l'air malade. Ses yeux étaient rouges et larmoyants et on aurait dit que ses globes oculaires avaient doublé de volume. Il avait le nez qui coulait et la respiration sifflante. Un dessin animé passait à la télé, mais c'était à peine s'il y prêtait attention.

Judy s'agenouilla auprès de lui et lui caressa les cheveux.

— Pauvre Dusty ! Qu'est-ce qui est arrivé ?

— Il a des crises d'allergie, expliqua Michael.

— Vous avez appelé le médecin ?

— Pas la peine. Je lui ai donné son médicament.

— Ça fait de l'effet rapidement ?

— Ça commence déjà. Le pire est passé. Mais il peut rester ainsi pendant des jours.

— Je voudrais pouvoir faire quelque chose pour toi, mon petit bonhomme, murmura Judy à Dusty.

— Merci, lança une voix féminine. Je vais m'occuper de lui.

Judy se retourna. La femme qui venait d'entrer semblait tout juste descendre de la passerelle d'un défilé de mode. Elle avait un visage pâle aux traits fins et des cheveux roux qui tombaient sur ses épaules. Grande et mince, elle avait une poitrine généreuse et des hanches rondes. Ses longues jambes étaient revêtues de jeans beiges moulants et elle portait un élégant corsage vert citron avec un col en V.

Jusqu'à cet instant, Judy s'était trouvée pas mal habillée en short kaki, mocassins fauve mettant en valeur ses jolies chevilles et polo blanc étincelant sur sa peau café au lait. Maintenant, elle se trouvait fagotée comme une mémère comparée à cette apparition de magazine de mode. Michael ne manquerait pas de remarquer que Judy avait un gros derrière et de petits seins.

— Voici Mélanie, la mère de Dusty, annonça Michael. Mélanie, je te présente mon amie Judy Maddox.

Mélanie eut un bref signe de tête.

Alors, c'est sa femme.

Michael n'avait pas prononcé le mot FBI. Voulait-il faire croire à Mélanie que Judy était une petite amie ?

— Et voici mon père, Bo Maddox, ajouta Judy.

Mélanie ne se donna même pas la peine de faire la conversation.

— Je m'en allais, dit-elle.

Elle portait un petit sac en toile avec un Donald Duck sur le côté — de toute évidence le bagage de Dusty.

Judy se sentait écrasée par cette grande femme racée, et sa propre réaction l'agaçait.

Qu'est-ce que j'en ai à cirer ?

Mélanie inspecta la pièce.

— Michael, où est le lapin ?

— Ici.

Michael prit sur son bureau un jouet en peluche un peu crasseux et le lui tendit. Elle regarda l'enfant allongé sur le canapé.

— Dans les montagnes, déclara-t-elle d'un ton réfrigérant, ça ne lui arrive jamais.

Michael eut soudain l'air très angoissé.

— Qu'est-ce que je vais faire si je ne peux pas le voir ?

— Il faudra nous retrouver en dehors de la ville.

— Mais je veux qu'il reste avec moi. Ça n'est pas la même chose s'il ne dort pas ici.

— S'il ne dort pas ici, il ne sera pas dans cet état.

— Je sais, je sais.

Judy ressentit un élan de compassion pour Michael. Il était manifestement désemparé, et sa femme était d'une extrême froideur.

Mélanie fourra le lapin dans le sac Donald Duck et fit coulisser la fermeture à glissière.

— Il faut qu'on y aille.

Michael prit Dusty sur le canapé.

— Je vais le porter jusqu'à ta voiture. Viens, mon petit bonhomme. Allons-y.

Quand ils furent partis, Bo regarda Judy.

— Nom d'un chien ! S'il y a une famille qui ne marche pas, c'est bien celle-là !

Judy acquiesça. Elle n'en trouvait Michael que plus sympathique. Elle aurait voulu le prendre dans ses bras et lui murmurer : « Vous faites de votre mieux, vous n'avez rien à vous reprocher. »

— Lui, c'est ton type, continua Bo.

— Ah, parce que j'ai un type ?

— Tu aimes bien les défis.

— Parce que j'ai grandi avec.

— Moi ? s'exclama-t-il d'un air faussement scandalisé. Je t'ai pourrie, gâtée !

Elle lui planta un baiser sur la joue.

— C'est vrai.

Michael revint, le visage fermé et l'air préoccupé. Il ne proposa pas un verre ni une tasse de café à ses visiteurs et avait manifestement oublié les céréales. Il s'assit derrière son ordinateur.

— Regardez ça, ordonna-t-il sans préambule.

Plantés derrière lui, Judy et Bo se penchèrent sur son épaule.

Il afficha un graphique sur l'écran.

— Voici le sismographe de la secousse d'Owens Valley, avec les mystérieuses vibrations préliminaires que je n'arrivais pas à comprendre... vous vous rappelez, Judy ?

— Je pense bien !

— Et voici un séisme typique d'à peu près la même magnitude. Celui-là a des chocs préliminaires normaux. Vous voyez la différence ?

— Oui.

Les secousses préliminaires normales étaient inégales et sporadiques alors que les vibrations d'Owens Valley suivaient un tracé qui semblait trop régulier pour être naturel.

— Maintenant, observez ceci.

Il fit apparaître un troisième graphique, d'une succession de vibrations régulières, tout comme le graphique d'Owens Valley.

— Qu'est-ce qui a provoqué ces vibrations ? demanda Judy.

— Un vibrateur sismique.

— Qu'est-ce que c'est que ce truc ? s'exclama Bo.

Judy faillit lâcher « Je ne sais pas, mais je crois que j'en veux un », puis se retint à temps.

— Un engin utilisé dans l'industrie pétrolière pour explorer le sous-sol, expliqua Michael. Un genre d'énorme marteau-piqueur monté sur un camion qui envoie des vibrations à travers l'écorce terrestre.

— Et ce sont ces vibrations qui ont déclenché le séisme ?

— Difficile d'imaginer qu'il puisse s'agir d'une coïncidence.

— Alors on a tapé dans le mille... Ils sont vraiment capables de provoquer des tremblements de terre.

Cette information, à mesure qu'elle l'assimilait, lui donnait la chair de poule.

— Seigneur, chuchota Bo, j'espère qu'ils ne vont pas venir à San Francisco !

— Ou à Berkeley. Vous savez, même si j'ai prétendu le contraire, au fond de moi, je ne croyais pas que c'était vraiment possible.

— La secousse d'Owens Valley était de faible amplitude, fit remarquer Judy.

Michael grimaça d'un air navré.

— Ne vous leurrez pas... La magnitude du tremblement de terre n'a aucun rapport avec la force de la vibration qui le déclenche. Tout dépend de la pression dans la faille. Le vibrateur sismique pourrait déclencher un cataclysme.

— Merde ! Qu'est-ce qu'on peut faire ?

— Judy, tu n'es plus sur l'affaire, lui rappela Bo.

Michael fronça les sourcils d'un air surpris.

— Vous me l'avez dit, mais vous ne m'en avez pas expliqué la raison.

— Des histoires de bureau. Le nouveau patron ne m'aime pas et il a confié le dossier à quelqu'un qu'il préfère.

— C'est inimaginable ! s'écria Michael. Un groupe terroriste provoque des tremblements de terre et le FBI lave son linge sale !

— Ça n'arrive jamais aux savants de laisser des querelles personnelles intervenir dans leur recherche ?

Michael eut un de ses sourires inattendus.

— Oh, bien sûr que si. Écoutez, vous pouvez sûrement transmettre cette information à Marvin Machin ?

— Quand j'ai parlé à mon patron de Los Alamos, il m'a ordonné de ne plus me mêler de rien.

La colère commençait à gagner Michael.

— C'est incroyable ! Vous n'oserez quand même pas ne pas tenir compte de mes informations !

Judy rétorqua sèchement :

— Ne vous inquiétez pas, je ne suis pas idiote. Gardons notre calme et réfléchissons. Qu'impliquent immédiatement vos renseignements ? Qu'il faut rechercher un vibrateur sismique. Si nous découvrons sa provenance, nous aurons peut-être une piste qui nous conduira aux Soldats du Paradis.

— Exact, confirma Bo. Soit ils l'ont acheté, soit, ce qui est plus plausible, ils l'ont volé.

— Combien existe-t-il de ces machines aux États-Unis ? demanda Judy à Michael. Une centaine ? Un millier ?

— Dans ces eaux-là.

— En tout cas, pas beaucoup. Les fabricants conservent donc probablement une trace de chaque vente. Je pourrais les contacter ce soir et leur demander de me dresser une liste. Et si le camion a été volé, il est peut-être enregistré, au CNRC, le Centre national de renseignement criminel.

— Le CNRC ne vaut que par les informations qu'on lui fournit, l'avertit Bo. Nous n'avons pas les plaques minéralogiques pour cet engin et il est impossible de dire dans quelle catégorie il est répertorié sur l'ordinateur. Je pourrais demander à la police de San Francisco de lancer une demande inter-États sur l'ordinateur du RTPC, le Réseau de télécommunications des services de police de Californie, précisa-t-il à l'adresse de Michael. Et si les journaux publiaient la photo d'un de ces camions pour que le public se mette à sa recherche ?

— Attends une minute, l'interrompit Judy. Si tu fais ça, Kincaid saura que je trempe là-dedans.

Michael leva au ciel un regard désespéré.

— Pas nécessairement, contesta Bo. Je ne préviendrai pas les journalistes du rapport avec les Soldats du Paradis, je me contenterai de leur dire que nous recherchons un vibrateur sismique volé. Ce n'est pas banal ; l'histoire leur plaira.

— Formidable ! Michael, je peux avoir une sortie imprimante des trois graphiques ?

— Bien sûr.

Judy posa une main sur l'épaule de Michael. À travers le coton de sa chemise, elle sentait sa peau tiède.

— J'espère que Dusty va mieux.

— Merci, dit-il en posant une main sur la sienne. (Le contact était léger, sa paume sèche. Elle éprouva un frisson de plaisir. Puis il retira sa main et reprit :) Euh, vous devriez peut-être me donner votre numéro de portable pour que je puisse vous atteindre vite, si nécessaire.

Elle prit dans son sac une carte de visite. Après un instant d'hésitation, elle écrivit dessus son numéro personnel avant de la lui tendre. Michael balbutia :

— Heu... quand vous aurez tous les deux passé ces coups de fil... voudriez-vous qu'on se retrouve pour un verre... ou peut-être pour dîner ? J'aimerais vraiment savoir comment vous avancez.

— Pas moi, refusa Bo. J'ai un match de bowling.

— Et vous, Judy ?

Il me demande un rendez-vous ?

— Je comptais aller voir quelqu'un à l'hôpital.

Michael eut l'air déçu. Judy se rendit compte que rien ne lui ferait plus plaisir que de dîner avec Michael Quercus.

— Mais je pense que ça ne prendra pas toute la soirée. D'accord, bien sûr.

Le diagnostic de cancer ne datait que d'une semaine, mais déjà Milton Lestrange paraissait plus maigre et plus vieux. Peut-être cela tenait-il au décor de l'hôpital : les instruments, le lit, les draps blancs. Ou peut-être était-ce le pyjama bleu ciel qui révélait un triangle de poitrine pâle. Il avait perdu tous les symboles de sa puissance : son bureau, son stylo Mont Blanc, sa cravate de soie.

Judy fut bouleversée de le voir dans cet état.

— Nom d'un chien, Milt, ça n'a pas l'air d'aller !

Un éclat de rire secoua le corps amaigri de Milton.

— Judy, je savais que vous ne me mentiriez pas.

— Je suis désolée, murmura-t-elle, très gênée, c'est sorti comme ça.

— Ne rougissez pas. Vous avez raison. Ça ne va pas fort.

— Qu'est-ce qu'ils comptent faire ?

— Ils vont m'opérer cette semaine, je ne sais pas encore quel jour. Ils vont créer une dérivation qui contourne l'obstruction intestinale. Le pronostic n'est pas brillant.

— Comment ça, pas brillant ?

— C'est fatal dans quatre-vingt-dix-neuf pour cent des cas.

— Mon Dieu, Milt.

— J'en ai peut-être pour un an.

— Je ne sais pas quoi dire.

Il ne s'attarda pas sur ce sinistre pronostic.

— Sandy, ma première femme, est venue hier. Elle m'a dit que vous l'aviez appelée.

— En effet. Je ne savais pas si elle voulait vous voir, mais j'ai pensé qu'elle aimerait au moins savoir que vous étiez à l'hôpital.

Milton serra la main de sa protégée avec émotion.

— Merci. Peu de personnes y auraient pensé. Je ne sais pas comment vous pouvez être à la fois si perspicace et si jeune.

— Je suis contente qu'elle soit venue.

Milt changea de sujet.

— Faites-moi oublier mes ennuis. Parlez-moi du Bureau.

— Vous ne devriez pas vous faire de soucis.

— Pensez-vous ! Le travail n'est pas le premier souci lorsqu'on est en train de mourir. C'est juste de la curiosité.

— Eh bien, j'ai gagné mon procès. Les frères Foong vont probablement passer la prochaine décennie en prison.

— Bien joué !

— Vous avez toujours cru en moi.

— Je savais que vous pourriez y arriver.

— Mais Brian Kincaid a recommandé Marvin Hayes pour être le nouveau directeur du service.

— Marvin ? Merde alors ! Brian sait que vous étiez censée obtenir ce poste. Marvin est un type coriace, mais négligent. Il a tendance à bâcler.

— Pourquoi Brian l'estime-t-il tant ? Qu'est-ce qu'il y a entre ces deux-là ? ils sont amants ou quoi ?

Milt éclata de rire.

— Non, pas amants. Mais, il y a des années, Marvin a sauvé la vie de Brian.

— Sans blague ?

— Lors d'une fusillade. J'étais là. On a tendu une embuscade à un bateau qui déchargeait de l'héroïne à Sonoma Beach, dans le comté de Marin. C'était de bonne heure un matin de février et la mer était si froide que ça faisait mal. Il n'y avait pas de jetée, alors les types entassaient des kilos de blanche sur un canot pneumatique pour les débarquer. On les a laissés porter toute la cargaison à terre, puis on est intervenu. (Milt poussa un soupir, tandis que la nostalgie s'emparait de ses yeux bleus. Judy songea soudain que plus jamais il ne verrait une autre embuscade à l'aube. Au bout d'un moment il poursuivit :) Brian a fait une erreur : il a laissé un des types s'approcher trop près de lui. Ce petit Italien l'a empoigné et lui a braqué un pistolet sur la tête. Nous avions tous dégainé, mais si nous abattions l'Italien, il aurait sans doute tiré avant de mourir. Brian avait vraiment peur. (Milt baissa la voix.) Il en a pissé dans son froc : on voyait la tache sur son pantalon. Mais Marvin est resté impassible. Il s'est avancé vers Brian et l'Italien et il a dit : « Tire plutôt sur moi, ça ne changera rien. » Je n'avais jamais vu un truc pareil. L'Italien s'est fait avoir. Il a retourné son arme pour la braquer sur Marvin. Durant cette fraction de seconde, cinq de nos gars l'ont abattu.

Après quelques bières Chez Everton, les agents racontaient ce genre d'histoire à la pelle. Judy savait qu'il ne s'agissait pas de bravades de macho. Les agents du FBI se trouvaient rarement impliqués dans des fusillades et n'oubliaient jamais une telle expérience. Elle pouvait comprendre que, par la suite, Kincaid se soit senti extrêmement redevable à Marvin Hayes.

— Ça explique mes ennuis. Brian m'a collé une mission de merde, puis, quand elle s'est révélée être importante, il me l'a retirée pour la confier à Marvin.

— Je pourrais intervenir, soupira Milt. Théoriquement, je suis toujours directeur régional. Mais Kincaid sait manœuvrer, et il sait que je ne reviendrai jamais. Il lutterait. Je ne suis pas certain d'avoir assez d'énergie pour me battre contre lui.

— Ne le faites pas ! lança Judy. Je détesterais. Je peux me débrouiller seule.

— Quelle est la mission qu'il a confiée à Marvin ?

— Les Soldats du Paradis, ceux qui provoquent des tremblements de terre.

— Ceux qui *prétendent* provoquer des tremblements de terre.

— Marvin se trompe quand il ne les prend pas au sérieux.

— Vous plaisantez !

— Absolument pas.

— Vous, vous avez une idée en tête...

— Je vais suivre l'affaire derrière le dos de Brian.

— C'est risqué.

— Oui. Mais moins qu'un tremblement de terre.

Michael portait un costume de coton bleu marine avec une chemise blanche au col ouvert et pas de cravate.

S'est-il habillé ainsi sans y réfléchir, ou se rend-il compte qu'il est mignon à croquer ?

Elle-même avait revêtu une robe de soie blanche à pois rouges idéale pour une soirée de mai — et qui faisait se retourner toutes les têtes sur son passage.

Michael l'emmena dans un petit restaurant végétarien indien. Elle n'avait jamais goûté de cuisine indienne ; elle le laissa donc commander pour elle.

Elle posa son portable sur la table.

— Je sais que ça ne se fait pas, mais Bo a promis de m'appeler s'il récoltait le moindre renseignement sur des vibrateurs sismiques volés.

Michael la rassura.

— Ça ne me gêne pas. Vous avez téléphoné aux fabricants ?

— Oui. J'ai même joint l'un des directeurs commerciaux chez lui, où il regardait du foot. Il m'a promis une liste d'acheteurs pour demain. J'ai essayé de l'obtenir pour ce soir mais il m'a juré que c'était impossible. (Elle plissa le front d'un air agacé. *Il ne nous reste pas beaucoup de temps — cinq jours, maintenant.*) Toutefois, il m'a faxé une photo.

Elle la lui montra.

— Ça ressemble à un gros camion avec une machine à l'arrière.

— Mais quand Bo aura transmis cette photo au CNRC, tous les flics de Californie seront aux aguets. Et si les journaux et la télé la reproduisent, la moitié de la population sera à l'affût.

Leurs plats arrivèrent. Épicés et délicieux. Judy dévora de bon appétit. Au bout de quelques minutes, elle surprit Michael qui l'observait avec une expression ravie. Elle haussa les sourcils.

— J'ai dit quelque chose de drôle ?

— Je suis content que vous aimiez cette cuisine.

Elle prit un air confus.

— Ça se voit à ce point ?

— Oui.

— Je vais tâcher de me tenir mieux.

— Je vous en prie, surtout pas. C'est un plaisir de vous regarder manger. D'ailleurs...

— Oui ?

— J'aime bien votre air gourmand. C'est une des choses qui m'attirent chez vous. Vous semblez avoir un bel appétit de vivre. Vous aimez bien Dusty, ça vous amuse de traîner avec votre père, vous êtes fière du FBI et, de toute évidence, vous aimez les belles toilettes... Vous appréciez même les céréales !

Judy se sentit rougir, mais elle était enchantée. Le portrait qu'il dressait d'elle lui plaisait.

Et qu'est-ce qui m'attire chez lui ?

Sa force, décida-t-elle. Il pouvait être d'un entêtement exaspérant mais, en cas de pépin, ce devait être un roc. Face à la dureté de leur femme la plupart des hommes seraient sortis de leurs gonds. Lui, il ne s'était préoccupé que de Dusty.

J'aimerais vraiment rouler avec lui dans un lit.

Judith, un peu de tenue !

Elle but une gorgée de vin et changea de sujet.

— Nous supposons que les Soldats du Paradis ont les mêmes données que vous sur les points de pression le long de la faille de San Andreas.

— Sans doute, autrement ils n'auraient pas pu choisir les emplacements où le vibrateur sismique serait susceptible de déclencher un tremblement de terre.

— Pourriez-vous vous livrer au même exercice ? Étudier les données et trouver le meilleur emplacement ?

— Probablement. Il y a sans doute un groupe de cinq ou six sites possibles. (Il devina où elle voulait en venir.) J'imagine que le FBI pourrait surveiller les sites et guetter l'arrivée d'un vibrateur sismique...

— Oui... si j'étais responsable.

— Je vais quand même dresser cette liste et peut-être la faxer au gouverneur Robson.

— Ne laissez pas trop de gens la voir. Vous pourriez provoquer une panique.

— Mais si mes prévisions se révélaient exactes, ça pourrait donner un bon coup de fouet à mon affaire.

— Elle en a besoin ?

— Je pense bien ! J'ai un seul gros contrat qui suffit à peu près à payer le loyer et la note de téléphone du portable de mon ex-femme. Pour démarrer l'affaire, j'ai emprunté de l'argent à mes parents, et je n'ai même pas commencé à les rembourser. J'espérais décrocher un autre gros client, la Mutual American Insurance.

— J'ai travaillé pour eux il y a des années.

— Je croyais que l'affaire était dans le sac, mais ils traînent sur la signature du contrat. À mon avis, ils se sont ravisés. S'ils me lâchent, je serai dans la panade. Mais, si je prédisais un séisme et s'ils s'avérait que j'ai raison, ils signeraient. Alors, finis les problèmes.

— Malgré tout, essayez de vous montrer discret. Si la population entière cherche à quitter San Francisco au même moment, on frisera l'émeute.

Il lui décocha un sourire insouciant absolument irrésistible.

— Je vous fiche la frousse, n'est-ce pas ?

— Je l'avoue. Au Bureau, je suis sur la corde raide. Si on associe mon nom à un déchaînement d'hystérie collective, je serai sûrement virée.

— Ce serait très grave pour vous ?

— Oui et non. Tôt ou tard, je compte m'arrêter de travailler et avoir des enfants. Mais je veux partir quand je l'aurai décidé, pas parce qu'on m'aura jetée dehors !

— Vous avez déjà trouvé le père de vos futurs enfants ?

— Non. (Elle le regarda franchement.) Un homme bien ne se rencontre pas à tous les coins de rue.

— J'aurais cru qu'il y avait une liste d'attente.

— Quel joli compliment.

Vous voudriez vous inscrire ? Je me demande si j'en aurais envie.

Il allait lui resservir du vin.

— Non, merci. Je préférerais une tasse de café.

Il héla un serveur.

— Ça peut être pénible d'être parent, mais on ne le regrette jamais.

— Parlez-moi de Dusty.

Il soupira, anxieux de nouveau.

— Je n'ai pas d'animal, pas une fleur dans l'appartement, très peu de poussière à cause de mes ordinateurs. Toutes les fenêtres sont étanches et l'appartement est climatisé. Mais nous sommes descendus à la librairie et, en rentrant, il a caressé un chat. Une heure plus tard, il était dans l'état où vous l'avez vu.

— Pauvre gosse, c'est vraiment navrant.

— Sa mère s'est récemment installée quelque part dans les montagnes, près de la frontière de l'Oregon et depuis, il allait bien... jusqu'à aujourd'hui. Il ne peut pas venir me voir sans avoir une crise. Je ne sais pas ce que nous allons faire. Je ne peux pas aller vivre au fin fond de l'Oregon : il n'y a pas assez de tremblements de terre là-bas.

Il avait l'air si désemparé qu'elle tendit le bras par-dessus la table pour lui presser la main.

— Vous trouverez bien une solution. Vous l'aimez, c'est évident.

Ils burent leur café, puis il la raccompagna jusqu'à sa voiture.

— Cette soirée a passé trop vite.

Ah ! Je vais commencer à croire qu'il m'aime bien, finalement.

Tant mieux.

— Voudriez-vous aller au cinéma un de ces soirs ?

Le jeu du flirt. Les mêmes règles, éternellement.

— Oui, avec plaisir.

— Peut-être un soir de cette semaine ?

— Bien sûr.

— Je vous appellerai.

— D'accord.

— Je peux vous embrasser pour vous souhaiter bonne nuit ?

Elle lui décocha un sourire malicieux et rayonnant.

— Oui. Oui, avec plaisir.

Ce fut un baiser doux, hésitant. Michael pressa ses lèvres contre les siennes, mais il n'ouvrit pas la bouche. Instinctivement, elle se serra contre lui. Il la garda un instant dans ses bras, puis se dégagea.

— Bonne nuit.

Il lui fit un geste d'adieu tandis qu'elle démarrait. Elle tourna à un coin de rue et s'arrêta à un feu rouge.

— Whoouu ! cria-t-elle.

Le lundi matin, Judy fut diligentée sur une enquête concernant un groupe de musulmans à l'université de Stanford. Sa première tâche fut de passer au peigne fin les archives informatisées de permis de port d'armes afin de relever les noms arabes pour contrôle. Elle avait un mal fou à se concentrer sur une bande de fanatiques religieux relativement inoffensifs alors que les Soldats du Paradis préparaient leur prochain séisme.

À neuf heures cinq, Michael téléphona.

— Comment ça va, agent Judy ?

Le son de sa voix lui fit plaisir.

— Bien, vraiment bien.

— J'ai été ravi de notre soirée.

Elle repensa à ce baiser et un petit sourire lui retroussa les coins de la bouche.

Je renouvellerai l'expérience quand vous le voudrez.

— Moi aussi.

— Vous êtes libre demain soir ?

— Je crois. (*Ça manque d'enthousiasme.*) Je veux dire : oui... à moins que quelque chose ne survienne dans cette affaire.

— Vous connaissez Chez Morton ?

— Bien sûr.

— Retrouvons-nous au bar à six heures. Ensuite, nous choisirons un film ensemble.

— J'y serai.

Ce fut le seul rayon de soleil de sa matinée. À l'heure du déjeuner, incapable de se maîtriser plus longtemps, elle appela Bo ; il n'avait toujours rien. Elle téléphona aux fabricants de vibrateurs sismiques. Ils avaient presque terminé leur liste, qu'elle trouverait sur son fax à la fin de la journée.

Merde, encore un jour de foutu ! Il ne nous en reste plus que quatre pour arrêter ces fous.

Trop préoccupée pour déjeuner, elle alla trouver Simon Sparrow dans son bureau. Il portait une élégante chemise de style anglais, bleue à rayures roses. Il ne respectait jamais le code officieux qui régentait la tenue au FBI, mais il s'en tirait, sans doute parce qu'il était un travailleur de première qualité.

Il discutait au téléphone tout en observant l'écran d'un analyseur.

— Cela peut vous paraître une question bizarre, Mrs. Gorky, mais voudriez-vous me décrire ce que vous voyez de votre fenêtre ? (Tout en écoutant la réponse, il examinait le spectre de la voix de Mrs. Gorky, le comparant avec une sortie imprimante collée sur le côté du moniteur. Au bout de quelques instants, il barra un nom sur une liste.) Merci de votre coopération, Mrs. Gorky. Je n'ai pas besoin de vous déranger plus longtemps. Au revoir.

— Ma question à moi va te sembler bizarre, mais pourquoi as-tu besoin de savoir ce que Mrs. Gorky voit de sa fenêtre ?

— Je m'en fiche complètement. Cette question amène généralement une réponse qui a à peu près la longueur qu'il me faut pour analyser la voix. Quand elle a terminé, je sais si c'est la femme que je recherche.

— Et qui est cette femme ?

— Celle qui a appelé l'émission de John Truth, bien sûr ! (Il tapota le classeur posé sur son bureau.) Le Bureau, la police et les stations de radio qui reprennent l'émission ont réceptionné mille deux cent vingt-neuf appels pour nous dire qui elle est.

Judy feuilleta le classeur. L'indice essentiel pouvait-il se trouver quelque part là-dedans ? Simon avait demandé à sa secrétaire de rassembler ces appels. Dans la plupart des cas, il y avait le nom, l'adresse et le numéro de téléphone de l'interlocuteur et les mêmes renseignements pour le suspect. Dans certains cas, il y avait un commentaire de la personne qui avait appelé.

« Je l'ai toujours soupçonnée d'avoir des contacts avec la mafia. »

« C'est une de ces personnes du genre subversif. Je ne suis pas surprise qu'elle soit impliquée dans une histoire de ce genre. »

« Elle a l'air d'une mère de famille normale, mais c'est sa voix : je le jurerais sur la Bible. »

Une information particulièrement sibylline précisait :

« Je sais que j'ai entendu sa voix à la radio. Elle était très sexy, je ne l'ai jamais oubliée. C'était il y a longtemps. Peut-être l'ai-je entendue sur un disque. »

C'était effectivement une voix sexy, se rappela Judy. Cette femme pourrait faire fortune dans la vente par téléphone.

— Pour aujourd'hui, reprit Simon, j'en ai éliminé cent. Je crois que je vais avoir besoin d'un coup de main.

— Je t'aiderais bien si je pouvais, lança Judy en continuant à feuilleter le dossier. Mais je suis persona non grata sur cette affaire.

— Merci, ce que tu me dis me remonte le moral. Je me sens déjà mieux.

— Tu sais où ils en sont ?

— Les collaborateurs de Marvin appellent tous ceux qui figurent sur la liste d'adresses du Mouvement pour la Californie verte. Brian et lui viennent de partir pour Sacramento, mais je n'arrive pas à imaginer ce qu'ils vont raconter au fameux Mr. Honeymoon.

— Ces foutus Verts n'ont rien à voir là-dedans, nous le savons tous.

— Oui, mais ils sont à court d'idées.

L'air songeur, Judy lisait une nouvelle note qui

mentionnait un disque. Comme précédemment, aucun nom n'était avancé.

« J'ai entendu cette voix sur un disque, j'en jurerais. Ça ne date pas d'hier. Ça doit remonter aux années soixante. »

Judy questionna Simon.

— As-tu remarqué que deux des appels parlent d'un disque ?

— C'est vrai ? Ça m'a échappé !

— Ils pensent avoir entendu sa voix sur un vieux disque.

Simon s'enflamma aussitôt.

— Vraiment ? Ce doit être un disque de contes de fées, ou de lecture de textes classiques. La voix d'une personne qui parle est très différente de sa voix quand elle chante.

Raja Khan passa devant la porte.

— Oh, Judy, ton père a appelé. Je croyais que tu étais partie déjeuner.

Judy quitta Simon sans un mot et regagna en courant son bureau. Sans même s'asseoir, elle décrocha le téléphone et composa le numéro de Bo.

— Ici le lieutenant Maddox.

— Qu'est-ce que tu as trouvé ?

— Un suspect.

— C'est génial !

— Écoute ça : un vibrateur sismique a disparu il y a deux semaines quelque part entre Shiloh, Texas, et Clovis, Nouveau-Mexique. Le conducteur a disparu en même temps. On a retrouvé sa voiture calcinée sur une décharge des environs, contenant ce qui semblait être ses cendres.

— On l'a tué pour son camion ?

— Le principal suspect est un certain Richard Granger, quarante-huit ans. On l'appelait Ricky et on croyait qu'il était hispanique, mais son nom n'a rien d'espagnol… Et… attends… il a un casier judiciaire !

— Bo, tu es un génie !

— Une copie devrait être en train de sortir en ce

moment même de ton fax. C'était une pointure à LA dans les années soixante, début soixante-dix : condamnations pour agressions, cambriolages, vols de voitures. Il a été interrogé dans trois affaires de meurtre et on l'a soupçonné aussi de trafic de drogue. Il a disparu de la scène en 1972. La police de Los Angeles a pensé qu'il avait dû être liquidé par la mafia — il leur devait de l'argent —, mais, comme on n'a jamais retrouvé de corps, on n'a pas refermé le dossier.

— Je vois : Ricky s'est enfui avec la mafia aux trousses, s'est épris de religion et a fondé une secte.

— Malheureusement, nous ne savons pas où.

— Sauf que ce n'est pas à Silver River Valley.

— La police de Los Angeles va vérifier sa dernière adresse connue. C'est sans doute une perte de temps, mais on ne sait jamais, je vais quand même leur demander de le faire. Un type à la criminelle là-bas me doit un service.

— On a une photo de lui ?

— Il y en a une dans le dossier, mais elle date de dix-neuf ans. Il a la cinquantaine maintenant, il a dû changer. Par chance, le shérif de Shiloh a préparé un portrait-robot informatisé. Il a promis de me le faxer, mais je ne l'ai pas encore reçu.

— Refaxe-le-moi dès que tu l'auras, d'accord ?

— Bien sûr. Qu'est-ce que tu vas faire ?

— Je vais à Sacramento.

Il était seize heures et quart quand Judy franchit la porte au-dessus de laquelle était gravé le mot gouverneur.

La secrétaire reconnut Judy et exprima sa surprise.

— Vous êtes un des agents du FBI, n'est-ce pas ? La réunion avec Mr. Honeymoon a commencé il y a dix minutes.

— Ça ne fait rien. J'apporte des informations importantes arrivées à la dernière minute. Mais, avant que je les rejoigne, est-ce qu'il n'est pas arrivé un fax pour moi à l'instant ?

Ayant quitté le bureau avant que le portrait informatisé de Ricky Granger arrive, elle avait appelé Bo depuis la voiture pour lui demander de le lui faxer au bureau du gouverneur.

— Je vais vérifier. Si, votre fax est ici.

Quelques instants plus tard, une jeune femme apparut par une porte de côté, une feuille de papier à la main.

Judy contempla le visage sur le fax.

Le visage de l'homme qui pourrait tuer des milliers de gens. Mon ennemi.

Elle vit un bel homme qui s'était donné quelque mal pour dissimuler la véritable forme de son visage, comme s'il avait prévu ce moment. Il était coiffé d'un chapeau de cow-boy, ce qui laissait supposer que les témoins qui avaient aidé le shérif à composer le portrait-robot n'avaient jamais vu le suspect sans chapeau. On n'avait donc aucune indication sur ses cheveux. S'il était chauve, grisonnant, bouclé ou portait des cheveux longs son air serait différent. La partie inférieure de son visage était masquée par une barbe et une moustache. Judy songea qu'aujourd'hui, il devait être rasé.

L'homme avait des yeux enfoncés dans leurs orbites et, sur la photo, un regard hypnotique. Mais, pour le grand public, tous les criminels avaient un tel regard.

Le portrait lui révélait tout de même un certain nombre de choses. Ricky Granger ne portait généralement pas de lunettes, il n'était manifestement pas de type africain ou asiatique et, comme sa barbe était sombre, il avait sans doute les cheveux bruns. À lire le signalement joint, elle apprit qu'il mesurait environ un mètre quatre-vingts, était plutôt mince et baraqué, et qu'il n'avait pas d'accent particulier. Ce n'était pas le Pérou, mais c'était mieux que rien.

Rien, c'est ce qu'avaient Brian et Marvin.

L'assistant de Honeymoon arriva et entraîna Judy

dans le Fer à cheval, vers les bureaux du gouverneur et de ses collaborateurs.

Judy se mordit la lèvre. Elle s'apprêtait à enfreindre la première règle de la bureaucratie et à ridiculiser son chef. Ce serait probablement la fin de sa carrière.

Je m'en fous.

Tout ce qu'elle voulait, c'était obliger son supérieur à prendre au sérieux les Soldats du Paradis avant qu'ils ne tuent. Ensuite, il pouvait bien la virer si ça lui chantait.

Judy entra dans le bureau de Honeymoon.

Un moment, elle savoura la stupeur consternée qui se lisait sur les visages de Brian Kincaid et de Marvin Hayes.

Puis elle regarda Honeymoon.

Le chef de cabinet portait une chemise gris pâle avec une discrète cravate à pois noir et blanc et des bretelles à motifs gris. Il jeta à Judy un regard surpris.

— Agent Maddox ! Mr. Kincaid vient de m'expliquer qu'il vous avait retiré l'affaire parce que vous étiez nulle.

Judy encaissa. Elle était censée être maîtresse de la situation et Honeymoon lui avait cloué le bec.

Elle récupéra rapidement.

Très bien, Mr. Honeymoon : si vous voulez la jouer dure, allons-y.

— Brian dit n'importe quoi.

Kincaid se renfrogna, mais Honeymoon se contenta de hausser légèrement les sourcils.

— Je suis son meilleur agent, et j'en apporte la preuve.

— Vraiment ?

— Pendant que Marvin restait assis sur ses fesses, comme s'il n'y avait aucune raison de s'inquiéter, j'ai éclairci cette affaire.

Kincaid se leva, furibond.

— Maddox, qu'est-ce que vous faites ici ?

Elle l'ignora avec superbe et continua, à l'adresse de Honeymoon.

— Je sais qui envoie des menaces terroristes au gouverneur Robson. Ce n'est pas le cas de Marvin ni de Brian. Vous pouvez décider qui est nul.

Hayes était cramoisi.

— Qu'est-ce que vous nous chantez là ?

— Asseyons-nous tous, dit Honeymoon. Maintenant que Miss Maddox nous a interrompus, autant l'écouter. (Il fit un signe à son assistant.) John, fermez la porte. Agent Maddox, vous ai-je bien entendu affirmer que vous saviez qui profère ces menaces ?

— Exact, confirma-t-elle en déposant sur le bureau de Honeymoon le fax avec la photo. C'est Richard Granger, un voyou de Los Angeles qu'on croyait à tort avoir été tué par la mafia en 1972.

— Et qu'est-ce qui vous fait croire qu'il est le coupable ?

— Regardez ceci, dit-elle en lui tendant une autre feuille de papier. Voici le tracé d'un tremblement de terre typique enregistré par un sismographe. Regardez les vibrations qui précèdent les secousses. Il y en a toute une série, de différente magnitude. Ce sont les secousses préliminaires typiques. (Elle lui montra une seconde feuille.) Voici le séisme d'Owens Valley. Rien d'irrégulier ici. Au lieu d'un tracé naturellement désordonné, on y distingue toute une série de vibrations régulières.

Hayes l'interrompit.

— Personne ne peut estimer ce que sont ces vibrations.

— Vous, peut-être pas, mais moi, si. (Elle posa un autre document sur le bureau de Honeymoon.) Regardez ce tracé.

Honeymoon examina le troisième graphique puis le compara au deuxième.

— Un tracé régulier, tout comme celui d'Owens Valley. Qu'est-ce qui produit ce genre de vibrations ?

— Un vibrateur sismique.

Hayes ricana, mais Honeymoon resta impassible.

— Qu'est-ce que c'est ?

— Une de ces machines. (Elle lui tendit la photo envoyée par les fabricants.) On les utilise dans la prospection pétrolière.

Honeymoon esquissa une moue sceptique.

— Êtes-vous en train de m'expliquer que le séisme était bien provoqué par la main de l'homme ?

— Je n'avance pas de théorie : je vous énumère des faits. Un vibrateur sismique a été utilisé à cet endroit juste avant le tremblement de terre. À vous de faire le rapprochement entre la cause et l'effet.

Il la toisa longuement, se demandant s'il devait la croire ou non. Elle soutint son regard.

— D'accord, finit-il par déclarer. Comment en êtes-vous arrivée au barbu ?

— Il y a une semaine, on a volé un vibrateur sismique à Shiloh, Texas.

Elle entendit Hayes s'exclamer.

— Oh, merde !

— Et le type sur la photo... ? insista Honeymoon.

— Richard Granger est le principal suspect dans ce vol — et dans le meurtre du conducteur du camion. Granger travaillait pour l'équipe de prospection pétrolière qui utilisait le vibrateur. Ce portrait informatisé est tiré des souvenirs de ses compagnons de travail.

— C'est tout ? demanda Honeymoon.

— Ça ne vous suffit pas ? riposta-t-elle.

Honeymoon ne réagit pas. Il se tourna vers Kincaid.

— Qu'est-ce que vous en pensez ?

Kincaid arbora un air supérieur.

— Je ne crois pas que nous devrions vous importuner avec des problèmes de discipline interne.

— Oh, s'exclama Honeymoon, au contraire, j'ai très envie qu'on m'ennuie avec ça. (Sa voix s'était teintée d'un accent inquiétant. La température de la pièce parut baisser.) Mettez-vous à ma place. Vous venez ici me raconter que ce tremblement de terre n'a pas été provoqué par la main de l'homme. (Il haussa le ton.) Or, il apparaît, d'après ces preuves, que c'était très probablement le cas. Nous avons donc dans la nature un groupe susceptible de provoquer un cataclysme majeur. (Judy sentit une bouffée de triomphe monter en elle tant il était clair que Honeymoon la croyait. Il était furieux contre Kincaid. Il se leva et braqua un doigt sur lui.) *Vous* me dites que vous n'arrivez pas à trouver les criminels et là-dessus arrive l'agent Maddox avec un nom, un dossier et même une photo. Bon Dieu !

— Je crois que je devrais préciser...

— Il me semble que vous vous êtes foutu de ma gueule, agent spécial Kincaid, l'interrompit Honeymoon, rouge de colère. Et, quand les gens se foutent de ma gueule, figurez-vous que ça m'agace.

Judy regardait en silence Honeymoon anéantir Kincaid.

Si vous êtes comme ça quand vous êtes agacé, Al, je n'aimerais pas vous voir quand vous êtes vraiment en colère.

— Je suis navré..., balbutia Kincaid.

— J'ai horreur des gens qui s'excusent. Une excuse permet à celui qui s'est trompé d'avoir bonne conscience pour recommencer. Ne soyez pas navré.

Kincaid s'efforça de rassembler les lambeaux de sa dignité.

— Que voulez-vous que je dise ?

— Que vous confiez cette affaire à l'agent Maddox.

Judy n'en avait pas espéré autant.

On avait l'impression qu'on avait demandé à Kincaid d'aller se balader tout nu dans Union Square. Il avala sa salive.

— Si ça vous pose un problème, reprit Honeymoon, vous n'avez qu'à me le signifier. Je demanderai au gouverneur Robson d'appeler le Directeur du FBI à Washington. Le gouverneur pourrait alors expliquer au Directeur les raisons pour lesquelles nous formulons cette demande.

— Ce ne sera pas nécessaire, objecta Kincaid.

— Alors, confiez ce dossier à Maddox.

— D'accord.

— Non, pas « d'accord ». Je veux que vous le lui disiez ici même, et maintenant.

Refusant de regarder Judy, Brian débita :

— Agent Maddox, vous êtes maintenant chargé de l'enquête sur les Soldats du Paradis.

— Je vous remercie, dit Judy.

Sauvée !

— Maintenant, filez, lança Honeymoon.

Ils se levèrent tous.

— Maddox, ajouta Honeymoon.

Elle se retourna sur le pas de la porte.

— Oui.

— Appelez-moi une fois par jour.

Il continuerait donc à la soutenir. Elle pourrait s'adresser à Honeymoon chaque fois qu'elle en aurait envie. Et Kincaid le savait.

— Entendu.

Comme ils quittaient le Fer à cheval, Judy adressa à Kincaid un charmant sourire et lui répéta les mots qu'il avait prononcés quatre jours plus tôt, au même endroit :

— Vous vous en êtes très bien tiré, Brian. Ne vous inquiétez de rien.

13

Toute la journée du lundi Dusty fut malade.

Mélanie se rendit à Silver City pour aller chercher d'autres antiallergiques. Elle laissa Dusty aux soins de Fleur qui passait brusquement par une phase maternelle.

Elle revint affolée.

Priest, dans la grange avec Dale, goûtait le vin de l'année précédente. Un cru au parfum de noisette, long à vieillir, mais prometteur. Priest conseilla d'y ajouter du vin issu de plants plus légers poussant sur les pentes ombragées au fond de la vallée, afin de rendre le vin plus immédiatement attirant, mais Dale résista.

— C'est du vin de connaisseurs maintenant. Nous n'avons pas à flatter le goût des acheteurs de supermarché. Nos clients aiment garder leurs bouteilles dans leurs caves pendant quelques années avant de les boire.

Priest devinait que Dale souhaitait lui parler d'un tout autre sujet, mais il continua de discuter.

— Ne démolis pas les acheteurs de supermarché. Les premiers temps, ce sont eux qui nous ont sauvé la mise.

— Eh bien, ils ne peuvent pas nous la sauver maintenant, riposta Dale. Priest, pourquoi, bon Dieu, faisons-nous ça ? Nous devons partir d'ici *dimanche prochain* !

Priest réprima un soupir d'agacement.

Au nom du ciel, laisse-moi une chance ! J'y suis presque. Le gouverneur ne peut pas ignorer indéfiniment les tremblements de terre. Il me faut juste encore un peu de temps. Pourquoi ne peux-tu pas avoir la foi ?

Il savait qu'il ne convaincrait Dale ni en le bousculant ni en le cajolant, ni en lui racontant des foutaises. Avec lui, seule la logique marchait. Il se força à parler calmement — l'incarnation même de la raison.

— Tu as peut-être raison. (Puis il ne put s'empêcher de lancer une raillerie.) Ça arrive souvent aux pessimistes.

— Alors ?

— Je te dis simplement : laisse-moi ces six jours.

Ne renonce pas tout de suite. Un miracle peut arriver. Il n'y en aura peut-être pas, mais peut-être que si.

Mélanie arriva en trombe, brandissant un journal.

— Il faut que je te parle ! lança-t-elle, hors d'haleine.

Que s'est-il passé ?

Il devait s'agir des séismes — et Dale n'était pas dans le secret. Priest lui adressa un sourire qui signifiait « Ah, les femmes ! » avant d'entraîner Mélanie dehors.

— Dale n'est pas au courant ! grommela-t-il dès qu'ils furent hors de portée d'oreille. Peux-tu m'expliquer...

Elle lui mit le journal sous le nez.

— Regarde !

Ce fut un choc pour lui de voir une photo de vibrateur sismique.

Il jeta un rapide coup d'œil à la cour et aux bâtiments voisins : personne. Malgré tout, il ne tenait pas à avoir cette conversation avec Mélanie dehors.

— Pas ici ! Fourre ce foutu journal sous ton bras et allons dans ma cabane.

Dès qu'ils furent à l'intérieur, il lui prit le journal et examina de nouveau la photo. Pas de doute, c'était bien la photo d'un camion tout à fait comme celui qu'il avait volé.

— Merde, gémit-il en lançant le journal sur la table.

— Lis l'article !

— Il fait trop sombre, ici. Dis-moi ce qu'il raconte.

— La police recherche un vibrateur sismique volé.

— Merde et merde !

— On ne parle pas de séisme, poursuivit Mélanie. C'est plutôt un article un peu rigolo, sur le thème : qui peut avoir l'idée de voler un engin pareil ?

— Je ne peux pas gober ça. Ça ne peut pas être une coïncidence. L'article nous concerne, même si on ne parle pas de nous. Ils savent comment nous avons déclenché le tremblement de terre, mais ils ne l'ont pas encore révélé à la presse. Ils ont peur de provoquer une panique.

— Alors pourquoi ont-ils publié cette photo ?

— Pour nous rendre les choses plus difficiles. Avec cette photo, impossible de conduire le camion sur une route. Tous les motards de la police de la route de Californie sont aux aguets. (Exaspéré, il frappa la porte du poing.) Putain, je ne peux pas les laisser m'empêcher d'agir !

— Et si on roule de nuit ?

— Trop risqué. Il y a des flics sur la route la nuit.

— Il faut que j'aille voir comment va Dusty, l'interrompit Mélanie. (Elle était au bord des larmes.) Oh, Priest, il est si malade. Nous n'allons pas être obligés de quitter la vallée, n'est-ce pas ? J'ai peur. Jamais je ne trouverai un autre endroit où nous pourrons être heureux, je le sais.

Priest la serra dans ses bras.

— Je ne suis pas encore vaincu, il s'en faut de beaucoup. Qu'est-ce que l'article dit d'autre ?

Elle reprit le journal.

— Il y a eu une manifestation devant le Federal Building à San Francisco. (Elle sourit à travers ses larmes.) Un groupe de personnes qui affirment que les Soldats du Paradis ont raison. Elles demandent que le FBI nous laisse tranquilles et que le gouverneur Robson cesse de construire des centrales.

— Super ! s'exclama Priest, enchanté. Il existe encore quelques Californiens sains d'esprit ! Mais ça ne m'aide pas à trouver comment conduire le camion sans me faire interpeller par le premier motard venu.

— Je vais m'occuper de Dusty.

Priest lui emboîta le pas.

Dusty était couché sur le lit, le visage rouge, les yeux larmoyants, le souffle court. Assise près de lui, Fleur lui lisait tout haut un livre avec le dessin d'une pêche géante sur la couverture. Priest caressa les cheveux de sa fille. Elle leva la tête et lui sourit sans interrompre sa lecture.

Mélanie fit avaler un comprimé à Dusty. Priest était navré pour ce gosse, mais il ne pouvait s'empêcher de penser que la maladie du petit garçon était un coup de chance pour la communauté. Mélanie était coincée. La communauté lui offrait un refuge vital. Si elle devait partir d'ici, peut-être trouverait-elle un autre groupe qui l'accepterait — mais peut-être pas. D'ailleurs, elle était trop épuisée et trop découragée pour reprendre la route.

Il y a autre chose. Mélanie brûle de rage.

Il en ignorait l'origine, mais elle était assez puissante pour la pousser à ébranler la terre, à incendier des villes et à chasser de leurs maisons des innocents terrorisés. La plupart du temps, elle dissimulait cette colère derrière son apparence de jeune femme sexy et paumée. Parfois, quand on la contrariait et qu'elle se sentait frustrée, la rage se manifestait.

Il les quitta et, préoccupé par le problème du camion, se dirigea vers la cabane de Star. Elle aurait peut-être une idée. Peut-être existait-il un moyen de camoufler le vibrateur sismique pour qu'il ait l'air d'un camion de Coca, d'une grue...

Star était en train de coller un pansement sur le genou de Ringo, ce qui lui arrivait à peu près une fois par jour. Priest sourit à son jeune fils.

— Qu'est-ce que tu as encore fait, cow-boy ?

Puis il aperçut Bones.

Celui-ci était couché sur le lit, tout habillé et dormant à poings fermés — ou plus vraisemblablement ivre mort. Une bouteille vide du chardonnay de Silver River Valley était posée sur la table en bois rudimentaire. La bouche ouverte, Bones ronflait doucement.

Ringo entreprit de raconter à Priest une longue histoire — il avait essayé de franchir le torrent en se balançant à une branche d'arbre —, que Priest écouta d'une oreille distraite. La vue de Bones lui avait donné une inspiration et son esprit travaillait fébrilement.

Dès que Ringo fut reparti, Priest expliqua à Star le problème du vibrateur sismique. Puis il lui révéla sa solution.

Priest, Star et Chêne aidèrent Bones à ôter la grande bâche qui recouvrait le manège. Celui-ci apparut alors dans toute sa splendeur : un dragon vert crachant des flammes rouge et jaune sur trois filles hurlantes. Les caractères de couleurs vives de « La Gueule du Dragon » rayonnaient.

— On va conduire cet engin par le chemin de terre et le garer auprès du vibrateur sismique, indiqua Priest à Chêne. Ensuite, on ôtera ces panneaux peints et on les fixera à notre camion pour recouvrir la machinerie. Les flics recherchent un vibrateur sismique, pas un manège.

Chêne, arrivé avec sa boîte à outils, inspecta les fixations des panneaux.

— Pas de problème ! Je peux le faire dans la journée, avec une ou deux personnes pour me donner un coup de main.

— Peux-tu ensuite remettre les panneaux en place de façon que le manège de Bones ait toujours le même air ?

— Il sera comme neuf, promit Chêne.

Priest se tourna vers Bones. Le seul problème, c'était qu'il fallait mettre Bones dans le coup. Autrefois, Priest aurait confié sa vie à Bones — après tout, c'était un Mangeur de riz. Peut-être ne pouvait-on pas compter sur lui pour être présent à son propre mariage, mais il était capable de garder un secret. Toutefois, depuis que Bones se camait, on ne pouvait plus être sûr de rien : l'héroïne lobotomisait les gens. Un drogué serait capable de voler l'alliance de sa mère.

Priest n'avait pourtant pas le choix. Il avait promis un tremblement de terre dans quatre jours et il devait mettre sa menace à exécution. Sinon, tout était perdu.

Bones donna aussitôt son accord. Priest s'attendait

à ce qu'il exige un paiement. Mais après quatre jours aux frais de la communauté, il lui était difficile d'entamer des pourparlers commerciaux avec Priest. D'ailleurs, en tant qu'ancien membre de la communauté, Bones savait que le pire péché était d'évaluer les choses en termes d'argent. Non, il se montrerait plus subtil. Dans un jour ou deux, il demanderait du liquide à Priest pour aller s'acheter un peu de blanche.

Chaque chose en son temps, songea Priest.

— Allons-y, dit-il.

Chêne et Star grimpèrent dans la cabine du manège avec Bones. Mélanie et Priest prirent la Plymouth pour parcourir le kilomètre et demi qui les séparait de la cachette du vibrateur sismique.

Qu'est-ce que le FBI sait d'autre?

Ils avaient deviné que le séisme avait été provoqué par un vibrateur sismique. Avaient-ils progressé dans leur enquête?

Priest alluma son autoradio, espérant entendre des informations. Il tomba sur Connie Francis chantant « Breakin'in a Brand New Broken Heart », une vieillerie, même pour lui.

La voiture cahotait derrière le camion de Bones. Celui-ci conduisait avec assurance le gros engin, observa Priest, et pourtant on venait tout juste de le tirer de sa stupeur alcoolique. À un moment, Priest fut certain que le manège allait s'enliser dans un banc de boue, mais il passa sans encombre.

La nouvelle leur parvint au moment où ils approchaient de la cachette du vibrateur sismique. Priest augmenta le volume.

Ce qu'il entendit le fit pâlir.

« Les agents fédéraux enquêtant sur le groupe terroriste des Soldats du Paradis ont publié une image approximative d'un suspect. Il s'agissait d'un nommé Richard ou Ricky Granger, quarante-huit ans, qui a séjourné autrefois à Los Angeles. »

— Nom de Dieu ! s'exclama Priest en freinant brutalement.

« Granger est recherché également pour un meurtre commis à Shiloh, Texas, voilà neuf jours. »

— Quoi ?

Personne ne savait qu'il avait tué Mario, même pas Star. Les Mangeurs de riz étaient prêts à déclencher un tremblement de terre qui risquait de faire des centaines de victimes, mais ils seraient horrifiés d'apprendre qu'il avait tué un homme à coups de clé anglaise.

Les gens ont parfois des réactions bizarres.

— Ça n'est pas vrai, déclara Priest à Mélanie. Je n'ai tué personne.

— C'est ton vrai nom, Ricky Granger ?

Il avait oublié qu'elle l'ignorait.

— Oui.

Il se creusa la cervelle pour trouver qui connaissait son véritable nom. Cela faisait vingt-cinq ans qu'il ne l'avait pas utilisé, sauf à Shiloh. Tout d'un coup, il se rappela son passage au bureau du shérif à Silver City, pour tirer Fleur de prison. Puis il se rappela que le policier l'avait appelé Mr. Higgins.

Dieu soit loué !

— Comment se sont-ils procuré une photo de toi ? demanda Mélanie.

— Ça n'est pas une photo. *Une image approximative.* Sans doute un de leurs portraits-robots.

— Je vois ce que tu veux dire. Seulement, désormais, on utilise un programme informatique.

— Tout est informatisé, maintenant, grommela-t-il.

Il se félicitait d'avoir changé son apparence physique avant d'accepter ce travail à Shiloh. Ça valait la peine d'avoir pris le temps de se laisser pousser la barbe, de se relever les cheveux et de se forcer à porter tout le temps un chapeau. Avec un peu de chance, l'image approximative ne ressemblerait même pas de loin à la tête qu'il avait aujourd'hui. Mais comment en être certain ?

— Il faut que je trouve une télé.

Il sauta à bas de la voiture. Le manège s'était arrêté près de la cachette du vibrateur sismique, Chêne et Star descendaient à leur tour. En quelques mots, il leur expliqua la situation.

— Commencez pendant que je vais à Silver City. J'emmène Mélanie. Je veux son avis.

À l'entrée de la petite bourgade, il y avait un magasin d'électronique. Priest se gara devant. En descendant, il jeta un regard nerveux autour de lui. Et s'il tombait sur quelqu'un qui avait vu son visage à la télé ? Tout dépendait de sa ressemblance avec le portrait-robot. Il fallait savoir. Il devait prendre le risque. Il s'approcha du magasin.

En vitrine plusieurs téléviseurs montraient tous la même image : une émission de jeu. Un présentateur aux cheveux argentés, en costume bleu clair, plaisantait avec une femme d'un certain âge trop maquillée.

Priest inspecta le trottoir : personne dans les parages. Il regarda sa montre : presque dix-neuf heures. Dans quelques secondes, ce serait le journal.

Le présentateur aux cheveux argent prit la femme par les épaules et s'adressa à la caméra. Le public applaudit avec un enthousiasme hystérique, puis le journal commença. Les deux présentateurs, un homme et une femme, parlèrent quelques secondes avant que s'affiche sur les divers écrans une image en noir et blanc d'un homme barbu coiffé d'un chapeau de cow-boy.

Ça ne lui ressemblait absolument pas.

— Qu'est-ce que tu en penses, Mélanie ?

— Même moi, je ne saurais pas que c'est censé être toi.

Il se sentit soulagé. Son déguisement était bon. La barbe modifiait la forme de son visage et le chapeau dissimulait le détail le plus reconnaissable : sa longue chevelure drue et ondulée. Même lui ne se serait peut-être pas reconnu s'il n'avait pas su qu'il s'agissait bel et bien de son propre portrait.

— Merci, dieu des hippies ! s'écria-t-il.

L'image vacilla sur les écrans, une autre vint la remplacer. Ce fut un choc pour Priest de voir reproduite une douzaine de fois une photo de lui prise par la police lorsqu'il avait dix-neuf ans. Il était très maigre et avait une vraie tête de squelette. Aujourd'hui il était svelte, mais, en ce temps-là, entre la drogue, la boisson et l'absence de tout repas régulier, il n'avait que la peau sur les os.

— Tu me reconnaîtrais ?

— Oui, répondit Mélanie. Au nez.

Elle avait raison. Sur la photo on distinguait nettement son nez, étroit et recourbé comme une lame de yatagan.

— Mais, ajouta-t-elle, je ne crois pas que quelqu'un d'autre te reconnaîtrait, sûrement pas des étrangers.

— C'est ce que je pensais.

Elle le prit par la taille et le serra tendrement contre elle.

— Tu avais l'air d'un très vilain garçon quand tu étais jeune.

— Je crois que je l'étais.

— Au fait, où ont-ils trouvé cette photo ?

— Dans mon casier judiciaire, je suppose.

— J'ignorais que tu avais un casier judiciaire. Qu'est-ce que tu as fait ?

— Tu veux la liste ?

Elle prit un air choqué et désapprobateur.

Ne me fais pas la morale, bébé. Rappelle-toi qui nous a expliqué comment provoquer un tremblement de terre.

— J'ai renoncé à mes activités criminelles quand je suis arrivé dans la vallée, expliqua-t-il. Je n'ai rien fait de mal pendant vingt-cinq ans, jusqu'au jour où je t'ai rencontrée.

Elle se rembrunit. Il se rendit compte qu'elle ne se considérait pas comme une criminelle. Persuadée qu'elle n'appartenait pas à la même race que ceux qui volaient et qui tuaient, elle s'estimait être une citoyenne respectable poussée à commettre un acte de désespoir.

Arrange-toi avec ta conscience, mon chou... mais ne lâche pas notre plan.

Les deux présentateurs réapparurent, puis l'écran montra un gratte-ciel. Priest reconnut le Federal Building, le siège du FBI à San Francisco. Une manifestation s'y déroulait ; Priest se rappela que Mélanie avait lu un article à ce sujet dans le journal. Une foule manifestait pour soutenir les Soldats du Paradis avec des pancartes et haranguait un groupe qui entrait dans l'immeuble à l'aide de porte-voix.

La caméra se braqua sur une jeune femme au type asiatique. Priest la remarqua parce qu'elle était d'une beauté exotique très attirante. Mince et vêtue d'un élégant tailleur sombre, elle arborait une redoutable expression du genre « me-faites-pas-chier ». Elle se frayait un chemin à travers la foule avec un calme impitoyable.

— Oh, mon Dieu, s'exclama Mélanie, c'est elle !

— Tu la connais ? demanda Priest, stupéfait.

— Je l'ai rencontrée dimanche !

— Où ça ?

— Chez Michael, quand je suis allée chercher Dusty.

— Qui est-elle ?

— Michael l'a juste présentée sous le nom de Judy Maddox, il ne m'a rien dit de plus.

— Qu'est-ce qu'elle fait au Federal Building ?

— C'est inscrit là, sur l'écran : « L'agent fédéral Judy Maddox, chargé de l'affaire des Soldats du Paradis ». C'est elle qui nous piste !

Priest était fasciné. C'était ça, son ennemie ? Elle était superbe. Il mourait d'envie d'effleurer du bout des doigts sa peau dorée.

Je devrais avoir peur, pas être excité. Elle est sacrément forte : elle a pigé pour le vibrateur sismique, elle a dégoté mon nom et ma photo. Elle est maligne et elle travaille vite.

— Et tu l'as rencontrée chez Michael ?

— Oui.

Priest en avait froid dans le dos. Cette fille était trop près du but. Elle avait fait la connaissance de Mélanie ! Son intuition lui soufflait que cet agent présentait un grand danger. Le fait qu'il fût si attiré par elle après l'avoir vue si brièvement à la télé aggravait encore les choses : c'était comme si elle possédait une sorte de pouvoir sur lui.

— Michael ne m'a pas dit qu'elle était du FBI. J'ai cru que c'était une nouvelle petite amie, alors j'ai été plutôt glaciale. Elle était avec un type plus âgé qu'elle. Elle a dit que c'était son père, pourtant il n'avait pas l'air asiatique.

— Petite amie ou non, je n'aime pas qu'elle approche si près de nous !

Il tourna les talons et regagna lentement la voiture. Les pensées se bousculaient dans sa tête. Peut-être n'était-ce pas surprenant que l'agent chargé de l'affaire eût consulté un éminent sismologue. L'agent Maddox s'était adressé à Michael pour la même raison que Priest : il était spécialiste des tremblements de terre. Priest devina que Michael l'avait aidée à établir le lien avec le vibrateur sismique.

Que lui avait-il appris d'autre ?

Ils étaient assis dans la voiture, mais Priest ne démarrait toujours pas.

— C'est mauvais pour nous, dit-il. Très mauvais.

— Quoi donc ? demanda Mélanie, sur la défensive. Qu'est-ce que ça peut foutre si Michael s'envoie en l'air avec un agent du FBI ? Qu'elle lui enfonce son revolver dans le cul, je m'en fiche pas mal.

Ça n'était pas son genre de parler grossièrement. *Elle est vraiment secouée.*

— Ce qui est mauvais, c'est que Michael pourrait lui fournir les mêmes informations qu'à nous.

— Je ne pige pas.

— Réfléchis un peu. À quoi peut bien penser l'agent Maddox ? Elle se demande : « Où les Soldats du Paradis vont-ils frapper la prochaine fois ? » Michael peut l'aider. Il peut consulter les données, comme tu l'as fait, et découvrir les sites les plus propices pour déclencher un séisme. Le FBI peut alors planquer dans ces endroits-là, à l'affût d'un vibrateur sismique.

— Je n'y avais pas pensé, murmura Mélanie en le dévisageant. Mon salaud de mari et cette pute du FBI vont nous baiser, c'est ça que tu veux dire ?

Elle avait l'air prête à lui trancher la gorge.

— Calme-toi, veux-tu ?

— Merde alors !

— Attends un peu. (Priest venait d'avoir une idée. Mélanie était le lien. Peut-être pourrait-elle découvrir ce que Michael avait raconté à la belle agent du FBI. Il pourrait y avoir un moyen de s'arranger.) Dis-moi, quels sont actuellement tes sentiments pour Michael ?

— Inexistants. C'est une affaire terminée et j'en suis ravie. J'espère simplement qu'on pourra divorcer sans trop de bagarre, voilà tout.

Priest n'en croyait pas un mot. Ce qu'elle éprouvait pour Michael, c'était de la rage.

— Il faut qu'on sache si le FBI a repéré les sites possibles de séismes — et, si oui, lesquels ils surveillent. Je pense que Michael pourrait te le dire.

— Pourquoi le ferait-il ?

— Je crois qu'il a toujours un faible pour toi.

— Priest, qu'est-ce que c'est que ce cirque ?

Il prit une profonde inspiration.

— Il t'avouerait n'importe quoi si tu couchais avec lui.

— Putain, Priest ! Va te faire foutre !

— Ça me navre de te demander ça. (C'était vrai. Il était convaincu que personne ne devrait faire l'amour contre son gré. Il avait appris de Star que le plus répugnant, dans le mariage, c'était le droit que ça donnait à une personne de faire l'amour à une autre. Sa proposition à Mélanie était donc une trahison de ses idéaux.) Mais je n'ai pas le choix.

— Laisse tomber.

— D'accord. Pardon de te l'avoir demandé. (Il mit le moteur en marche.) Je voudrais bien trouver un autre moyen.

Ils roulèrent pendant quelques minutes à travers les montagnes, sans échanger un mot.

— Je suis désolée, Priest, finit-elle par déclarer. Je ne peux vraiment pas.

— Je te l'ai dit, ne t'en fais pas.

Ils quittèrent la route et s'engagèrent sur le chemin de terre défoncé qui menait à la communauté. De là, on ne voyait plus le manège. Priest songea que Chêne et Star avaient dû le cacher pour la nuit.

Il se gara dans la prairie au bout du chemin. Comme ils traversaient les bois pour regagner le village, il prit la main de Mélanie. Après un instant d'hésitation, elle s'approcha de lui et la lui pressa tendrement.

Le travail au vignoble était terminé. Comme il faisait doux, on avait tiré dans la cour la grande table de la cuisine. Quelques-uns des enfants dressaient le couvert tandis que d'autres tranchaient une longue miche de pain faite à la maison. Des bouteilles de vin de la communauté étaient disposées sur la table et des parfums d'épices flottaient dans l'air.

Priest accompagna Mélanie jusqu'à sa cabane. Dusty allait mieux. Il dormait paisiblement. L'enflure avait diminué, son nez ne coulait plus et il respirait normalement. Fleur s'était endormie dans le fauteuil près du lit, son livre ouvert sur ses genoux.

Priest regarda Mélanie border le drap sur l'enfant endormi et lui poser un baiser sur le front. Elle leva les yeux vers Priest en murmurant :

— C'est le seul endroit où il est bien.

— C'est le seul endroit où *moi* je suis bien, chuchota-t-il. C'est le seul endroit où le *monde* est bien. C'est pour ça qu'il faut qu'on le protège.

— Je sais. Je sais.

14

La Brigade du terrorisme intérieur du FBI à San Francisco travaillait dans une salle étroite qui courait le long d'un côté du Federal Building. Avec ses tables et ses cloisons à mi-hauteur, elle ressemblait à un million d'autres bureaux, à cela près que les jeunes gens en manches de chemise et les femmes en élégants tailleurs portaient un pistolet dans un étui attaché à leur ceinture ou sous le bras.

À sept heures, ce mardi matin, ils étaient debout, assis à leurs bureaux ou adossés au mur, les uns buvant du café dans des gobelets en plastique, d'autres tenant stylos et blocs à la main, prêts à prendre des notes. Toute la Brigade, à l'exception de l'Agent spécial chargé de la supervision, avait été placée sous les ordres de Judy. On entendait le murmure étouffé des conversations.

Judy connaissait le sujet de leurs discussions : elle s'était dressée contre le Directeur régional intérimaire, et elle avait gagné. Ça n'arrivait pas souvent. Dans l'heure, l'étage tout entier allait bruire de rumeurs et de potins. Elle ne serait pas surprise d'entendre raconter à la fin de la journée qu'elle l'avait emporté parce qu'elle avait une aventure avec Al Honeymoon.

Le silence se fit lorsqu'elle se leva.

— Votre attention, je vous prie.

Elle examina un moment le groupe et éprouva un frisson familier. Ils étaient tous en forme, travailleurs, bien habillés, honnêtes et intelligents — les jeunes gens les plus intelligents d'Amérique. Elle se sentait fière de travailler avec eux.

— Nous allons nous diviser en deux équipes. Peter, Jack, Sally et Lee vont vérifier les tuyaux fondés sur nos photos de Ricky Granger.

Elle distribua une feuille d'instructions sur lesquelles elle avait travaillé pendant la nuit. Une liste de questions permettrait aux agents de circonscrire les informations et de déterminer celles qui méritaient le déplacement d'un agent ou d'un policier du quartier. Seraient immédiatement éliminés les Américains d'origine africaine, les hommes à l'accent étranger, les jeunes et les petits. En revanche, les agents s'empresseraient de rendre visite aux suspects correspondant au signalement qui avaicnt été absents de chez eux pendant les deux semaines au cours desquelles Granger avait travaillé à Shiloh, Texas.

— Dave, Louise, Steve et Ashok formeront la seconde équipe. Vous travaillerez avec Simon Sparrow, à vérifier les tuyaux s'appuyant sur les enregistrements de la voix de la femme qui a téléphoné à John Truth. Je vous signale en passant que certaines des informations sur lesquelles Simon travaille font allusion à un disque pop. Nous avons demandé à John Truth de mentionner ce point dans son émission hier soir. (Elle ne l'avait pas fait elle-même : le chargé de presse du Bureau avait téléphoné au producteur de Truth.) Il se peut donc que nous ayons des appels à ce propos.

Elle distribua une seconde feuille de consignes avec différentes questions.

— Raja.

Le plus jeune membre de l'équipe affichait son sourire impertinent.

— J'avais peur que vous m'ayez oublié.

— Dieu m'en garde ! Raja, j'aimerais que vous prépariez une brève note, adressée à tous les services de police et notamment à la police routière de Californie, expliquant comment reconnaître un vibrateur sismique. (Elle leva une main.) Et, je vous en prie, pas de plaisanteries de mauvais goût à propos de vibromasseurs. (Éclats de rires.) Maintenant je vais tenter d'obtenir des renforts et davantage de bureaux. En attendant, faites de votre mieux. Encore une chose.

Elle s'interrompit, choisissant ses mots avec soin. Il lui fallait souligner l'importance de leur travail, sans, cependant, leur révéler que les Soldats du Paradis pouvaient déclencher des séismes.

— Ces terroristes essaient de faire chanter le gouverneur de Californie. Ils affirment être capables de provoquer des tremblements de terre. (Elle haussa les épaules.) Je ne vous dis pas qu'ils le peuvent, mais ce n'est pas aussi impossible qu'il y paraît et je n'affirmerai certainement pas qu'ils ne le *peuvent pas*. Il faut donc que vous compreniez à quel point cette mission est très, très sérieuse. (Elle marqua un nouveau temps, puis conclut.) Au travail !

Chacun regagna sa place.

Judy s'engagea d'un pas vif en direction du bureau du directeur régional. Le début officiel de la journée de travail était huit heures et quart, mais elle aurait parié que Brian Kincaid était arrivé de bonne heure. Il avait dû apprendre qu'elle avait convoqué son équipe pour un briefing à sept heures et il voudrait savoir ce qui se passait. Elle allait le lui expliquer.

La secrétaire n'était pas encore arrivée. Judy frappa à la porte et entra.

Kincaid était assis dans son grand fauteuil. Il avait gardé sa veste et semblait inoccupé. Il n'y avait sur son bureau qu'un petit pain au son dont il avait mordu une bouchée et le sac en papier dans lequel il l'avait apporté. Il fumait une cigarette. On n'avait pas le droit de fumer dans les bureaux du FBI, mais Kincaid était le patron : personne ne lui ferait la moindre remarque. Il jeta à Judy un regard chargé d'hostilité.

— Si je vous demandais de me préparer une tasse de café, je pense que vous me traiteriez de macho.

Pas question qu'elle lui prépare son café. Il y verrait un signe qu'il pouvait continuer à la piétiner. Mais elle voulait se montrer conciliante.

— Je vais vous donner du café. (Elle décrocha le téléphone de Kincaid et appela la secrétaire de la Brigade du terrorisme intérieur.) Rosa, voudriez-vous venir jusqu'au bureau du directeur régional et apporter un pot de café pour Mr. Kincaid ?... Merci.

Il avait toujours l'air en rogne. Le geste de Judy ne l'avait pas amadoué. Sans doute pensait-il qu'en lui offrant un café qu'elle n'avait pas préparé elle-même, elle se montrait la plus maligne.

Elle en vint aux affaires sérieuses.

— J'ai plus de mille pistes à suivre concernant la voix de la femme sur la bande. À mon avis, nous aurons encore plus d'appels avec le portrait-robot de Ricky Granger. Avec neuf personnes, je ne peux même pas envisager de commencer à les étudier tous d'ici vendredi. Il me faut vingt autres agents.

Kincaid ricana.

— Je ne vais pas mettre vingt personnes sur cette mission à la con.

Elle ne releva pas.

— J'ai prévenu le Centre d'opérations d'information stratégique. (Le COIS était un centre de tri installé dans un bureau à l'épreuve des bombes du Hoover Building à Washington.) J'imagine que, dès que la nouvelle arrivera à la Direction, ils nous enverront du personnel — ne serait-ce que pour s'attribuer le mérite si nous emportons la partie.

— Je ne vous ai pas dit de prévenir le COIS.

— Je veux convoquer le Groupe interservices d'intervention antiterroriste de façon à avoir ici des délégués des services de police, des Douanes et du Service de protection fédéral, qui tous auront besoin de s'asseoir quelque part. Et, à compter de la tombée de la nuit jeudi, je compte surveiller les sites les plus probables du prochain séisme.

— Il n'y en aura pas !

— Il me faudra du personnel supplémentaire pour ça aussi.

— Pas question.

— Il n'y a pas ici de salle assez grande. Nous allons devoir installer notre centre opérationnel d'urgence ailleurs. Hier soir, j'ai inspecté les bâtiments du Presidio. (Le Presidio était une base militaire désaffectée près du pont du Golden Gate. Le club des officiers était habitable, même si un skunks s'y était installé et si l'endroit empestait.) Je vais utiliser la salle de bal du club des officiers.

— Jamais de la vie ! cria Kincaid en se levant.

Judy soupira. Impossible d'obtenir de résultats sans se faire un ennemi mortel de Brian Kincaid.

— Il faut que j'appelle bientôt Mr. Honeymoon. Voulez-vous que je l'informe de votre refus de me fournir les effectifs dont j'ai besoin ?

Kincaid était rouge de fureur. Il dévisagea Judy comme s'il avait envie de dégainer son pistolet et de lui faire sauter la cervelle.

— Votre carrière au FBI est terminée, assena-t-il. Vous le savez ?

Il avait sans doute raison, et Judy en éprouva un violent pincement au cœur.

— Brian, répondit-elle en s'efforçant de garder un ton doux et raisonnable, je n'ai jamais voulu me battre contre vous. Mais vous m'avez joué un sale tour. Je méritais de l'avancement après avoir mis les frères Foong à l'ombre. Au lieu de ça, vous avez nommé votre copain et vous m'avez collé une mission de merde. Ça n'était pas professionnel.

— Ne m'apprenez pas comment…

Elle lui coupa la parole.

— Quand cette mission de merde s'est révélée importante, vous me l'avez retirée et vous avez tout bousillé. Vous êtes le seul responsable des ennuis qui vous tombent sur le coin de la figure. Et vous osez faire la gueule ! Oh, je sais que votre orgueil est blessé, je sais que vous êtes vexé, et je tiens simplement à ce que vous compreniez bien que je m'en fous éperdument.

Il la regarda, bouche bée.

Elle se dirigea vers la porte.

— Je vais appeler Honeymoon à neuf heures trente. D'ici là, j'aimerais avoir un responsable de logistique de haut rang affecté à mon équipe avec autorité pour régler le problème des effectifs dont j'ai besoin et installer un poste de commandement au club des officiers. Sinon, je demanderai à Honeymoon d'appeler Washington. Maintenant, à vous de jouer.

Là-dessus, elle sortit en claquant la porte.

Elle éprouvait la griserie d'avoir agi de façon téméraire. Elle allait devoir lutter pied à pied contre Brian, alors, autant y aller carrément. Plus jamais, elle ne pourrait travailler avec Kincaid. Dans une situation comme celle-ci, la hiérarchie du Bureau prendrait le parti de son supérieur. Elle serait presque certainement grillée au FBI. Mais cette affaire-là était plus importante que sa carrière. Des centaines de vies étaient en jeu. Si elle pouvait prévenir une catastrophe et capturer les terroristes, elle prendrait sa retraite avec fierté.

Et qu'ils aillent tous au diable !

La secrétaire de la Brigade du terrorisme intérieur était dans l'antichambre du bureau de Kincaid à remplir la machine à café.

— Merci, Rosa, dit Judy en passant.

Lorsqu'elle regagna son bureau, son téléphone sonnait.

— Judy Maddox.

— Ici John Truth.

— Bonjour ! (C'était bizarre d'entendre à l'autre bout du fil cette voix familière à la radio.) Vous êtes de bonne heure au travail !

— Je suis chez moi, mais mon producteur vient de m'appeler. Ma messagerie électronique à la station était bourrée d'appels arrivés pendant la nuit à propos de la femme des Soldats du Paradis.

Judy n'était pas censée discuter directement avec les médias. Tous ces contacts devaient passer par la spécialiste du bureau, Madge Kelly, une jeune femme diplômée de journalisme. Mais Truth ne lui posait pas une question, il lui donnait une information. Et elle était trop pressée pour lui dire d'appeler Madge.

— Quelque chose d'intéressant ?

— Et comment ! Deux personnes se rappellent le nom du disque.

— Pas possible ! s'écria Judy, tout excitée.

— Cette femme lisait des poèmes sur un fond de musique psychédélique.

— Nom de Dieu !

— Hé oui, dit-il en riant. L'album s'appelait *Raining Fresh Daisies*, « Il pleut des marguerites fraîches ». Ça semble aussi être le nom de l'orchestre ou du « groupe ».

Il avait l'air aimable et plein de bonnes intentions — rien qui rappelait le ronchon déplaisant de la radio.

— Je n'en ai jamais entendu parler, déclara Judy.

— Moi non plus. Ça doit dater d'avant mon temps. Et nous sommes certains de ne pas avoir le disque à la station.

— Est-ce qu'un de vos correspondants vous a donné un numéro de catalogue ou même le nom de la marque de disques ?

— Non. Mon producteur a rappelé les deux correspondants, mais en fait ils n'ont pas le disque : ils s'en souviennent seulement.

— Zut ! Nous allons devoir appeler toutes les maisons de disques. Je me demande s'ils gardent des archives qui remontent aussi loin.

— L'album est peut-être sorti sous un label qui a disparu, genre production d'avant-garde. Vous voulez que je vous dise ce que je ferais à votre place ?

— Bien sûr.

— Haight-Ashburry est plein de magasins de disques d'occasion avec des employés qui vivent hors du temps. Je vérifierais auprès d'eux.

— Excellente idée... merci.

— Je vous en prie. Maintenant, comment avance l'enquête ?

— Nous progressons. Notre chargée de presse peut-elle vous rappeler plus tard avec des détails ?

— Allons ! Je viens de vous rendre un service, non ?

— Tout à fait, et je vous en suis reconnaissante. Mais les agents n'ont pas le droit de s'adresser directement aux médias. Je suis vraiment désolée.

— C'est comme ça que vous remerciez nos auditeurs d'appeler pour vous donner des renseignements ? demanda-t-il d'un ton agressif.

Une horrible pensée la traversa.

— Vous enregistrez notre conversation ?

— Ça ne vous gêne pas, non ?

Elle raccrocha.

Merde !

Elle s'était fait piéger. Parler aux médias sans autorisation, c'était ce que le FBI appelait une « faute cruciale », ce qui signifiait qu'on risquait de se faire virer. Si John Truth diffusait cet enregistrement sur les ondes, Judy aurait des problèmes. Elle pourrait expliquer qu'elle avait un besoin urgent de l'information que lui offrait Truth ; un patron compréhensif la laisserait probablement s'en tirer avec un blâme, mais Kincaid, lui, en ferait tout un plat.

Bah, Judy, tu es déjà dans un tel pétrin que ça ne changera pas grand-chose.

Raja Khan s'approcha de son bureau, une feuille de papier à la main.

— Voudriez-vous lire ceci avant que ça ne parte ? C'est le mémo pour les officiers de police sur les moyens de reconnaître un vibrateur sismique.

Il n'a pas traîné.

— Pourquoi avez-vous mis tant de temps ? demanda-t-elle en plaisantant.

— Il a fallu que je regarde dans le dictionnaire l'orthographe de « sismique ».

Elle sourit et jeta un coup d'œil à ce qu'il avait écrit. Parfait.

— C'est excellent. Envoyez-le. Maintenant, j'ai une autre tâche à vous confier. Nous recherchons un album intitulé *Raining Fresh Daisies*. Il date des années soixante.

— Sans blague !

— Eh oui ! Ça a un petit côté hippie, hein ? La voix sur le disque est celle de la femme des Soldats du Paradis, et j'espère qu'on va trouver son nom. Si la marque existe encore, nous pourrions même trouver sa dernière adresse connue. Contactez toutes les grandes compagnies de disques, puis appelez les magasins qui vendent des disques rares.

— Il n'est pas encore neuf heures, dit-il en regardant sa montre, mais je peux commencer par la côte est.

— Allez-y.

Raja regagna son bureau. Judy décrocha le téléphone et appela le commissariat central.

— Lieutenant Maddox, s'il vous plaît. (Quelques instants plus tard, il était en ligne.) Bo, c'est moi.

— Bonjour, Judy.

— Repense à la fin des années soixante, aux musiques branchées de l'époque.

— Mon époque, c'est plutôt le début des années soixante, la fin des années cinquante...

— Dommage. Je crois que la femme des Soldats du Paradis a enregistré un disque avec un groupe qui s'appelait Raining Fresh Daisies.

— Mes groupes favoris avaient des noms comme Frankie Rock et les Rockabillies. Désolé, Judy, je n'ai jamais entendu parler de celui-là.

— Bon, ça valait la peine d'essayer.

— Écoute, je suis content que tu aies appelé. Je pensais à ton type, Ricky Granger... c'est bien l'homme qui est derrière cette femme, n'est-ce pas ?

— C'est ce que nous pensons.

— Eh bien, tu sais, il est tellement prudent, tellement minutieux dans ses préparatifs qu'il doit mourir d'envie de savoir ce que tu prépares.

— Ça se tient.

— Je pense que le FBI lui a déjà parlé.

— Tu crois ? (Si Bo avait raison, voilà qui donnait de l'espoir. Il existait effectivement un type de criminel qui aimait s'insinuer dans les enquêtes ; il contactait la police comme témoin ou comme citoyen plein de bonne volonté, offrait du café, essayait de gagner l'amitié des policiers et de discuter avec eux des progrès du dossier.) Pourtant, Granger a toujours l'air ultra-prudent.

— J'imagine que c'est le genre de type tiraillé entre la prudence et la curiosité. Regarde comme il est audacieux ! À mon avis, la curiosité va l'emporter.

Judy acquiesça. Ça valait la peine d'écouter les intuitions de Bo : elles venaient de trente ans d'expérience dans la police.

— Je vais passer en revue tous les interrogatoires du dossier.

— Cherche quelque chose de dément. Ce type n'agit jamais normalement. Un voyant proposant de deviner où se produira le prochain tremblement de terre, par exemple, un truc bourré d'imagination.

— D'accord. Rien d'autre ?

— Qu'est-ce que tu veux pour dîner ?

— Je rentrerai sans doute tard.

— Ne te surmène pas.

— Bo, j'ai trois jours pour les arrêter. Si j'échoue, des centaines d'innocents pourraient mourir ! Je ne pense pas à dîner.

— Si tu es fatiguée, tu manqueras l'indice vital. Souffle un peu, déjeune, dors le temps qu'il te faut.

— Comme tu l'as toujours fait, c'est ça ?

Il éclata de rire.

— Bonne chance !

— Salut.

Elle raccrocha, l'air soucieux. Elle allait devoir examiner tous les interrogatoires auxquels avait procédé l'équipe de Marvin avec les gens du Mouvement pour la Californie verte, plus toutes les notes provenant du raid sur Los Alamos. Tout devrait être sur le réseau informatique du Bureau. En pianotant sur son clavier, elle se rendit compte qu'il y avait beaucoup trop d'informations pour qu'elle puisse les examiner seule. Tous les propriétaires de Silver River Valley avaient été interrogés — plus de cent personnes ! Quand elle aurait son personnel de renfort, elle mettrait une petite équipe là-dessus. Elle rédigea une note à ce propos.

Quoi d'autre ?

Arranger des planques sur les sites probables de séisme. Michael avait proposé de dresser une liste.

Bonne raison de l'appeler !

Elle composa son numéro. Il avait l'air ravi de l'entendre.

— J'attends avec impatience l'heure de notre rendez-vous ce soir.

Merde... j'avais complètement oublié.

— On m'a remise sur l'affaire des Soldats du Paradis.

— Ça veut dire que vous ne pouvez pas ce soir ? demanda-t-il, manifestement dépité.

Elle ne pouvait assurément pas envisager une soirée au restaurant puis au cinéma.

— J'aimerais vous voir, mais je n'aurai pas beaucoup de temps. On pourrait peut-être se retrouver pour prendre un verre ?

— Bien sûr.

— Je suis vraiment désolée, mais l'enquête évolue rapidement. Je vous ai appelé à propos de la liste que vous m'aviez promise des sites possibles de séisme. Vous l'avez établie ?

— Non. Vous étiez inquiète à l'idée que l'information puisse filtrer jusqu'au public et provoquer une panique. J'ai donc pensé que cet exercice pourrait être dangereux.

— Maintenant, j'ai besoin de savoir.

— D'accord, je vais rassembler les données.

— Pourriez-vous m'apporter la liste ce soir ?

— Bien sûr. Chez Morton à six heures ?

— À tout à l'heure.

— Écoutez...

— Je suis toujours là.

— Je suis vraiment content que vous soyez de nouveau sur l'affaire. Je suis navré qu'on ne puisse pas dîner ensemble, mais ça me rassure de savoir que c'est vous qui tenez les rênes. C'est vrai.

— Merci.

Plus que trois jours.

En milieu d'après-midi, le centre d'opérations d'urgence était installé et fonctionnait.

Le club des officiers se présentait comme une sinistre imitation de club de loisirs, avec des panneaux de contreplaqué, de vilaines peintures murales et des éclairages affreux. Et ça sentait toujours le skunks.

La vaste salle de bal avait été aménagée en poste de commandement. Dans un coin, le bureau de direction, une grande table où pouvaient prendre place les chefs des principaux organismes impliqués dans la gestion de la crise : police de San Francisco, pompiers, personnel hospitalier, service d'urgence de la mairie et un représentant du gouverneur. C'était là que s'installeraient les experts de la Direction qui, au moment même, volaient de Washington à San Francisco à bord d'un jet du FBI.

Tout autour de la pièce, des groupes de tables avaient été disposés pour les différentes équipes qui allaient travailler sur l'affaire : renseignement et enquêtes, le cœur même de l'affaire ; négociation et intervention, à qui l'on ferait appel s'il y avait prise d'otages ; administration et soutien technique, qui prendrait de l'importance s'il y avait escalade dans la crise ; juridique pour lancer les mandats de perquisition, les mandats d'arrêt ou les écoutes ; relevé d'indices, qui se rendrait éventuellement sur le lieu du crime pour recueillir preuves et témoignages.

Les ordinateurs posés sur chaque table étaient reliés en un réseau local. Le papier n'avait pas disparu pour autant. Sur deux côtés de la salle, des tableaux d'affichage couvraient les murs : tableaux de la progression des différentes pistes, listes des événements, listes des suspects, listes des besoins et, s'il le fallait, listes des otages. On y inscrirait les données des indices clés de façon que chacun puisse les embrasser d'un coup d'œil. Dans l'immédiat, la liste des suspects ne comprenait qu'un seul nom — Richard Granger — et deux photos. Le tableau de progression comportait la photo d'un vibrateur sismique.

La salle était assez grande pour abriter deux cents personnes ; pour l'instant, seule une petite quarantaine étaient groupées autour de la table de renseignement et d'investigation, parlant au téléphone, pianotant sur des claviers et consultant des dossiers sur écran. Judy les avait divisées en équipes, chacune menée par un responsable, si bien qu'elle pouvait suivre la progression de l'enquête en ne s'adressant qu'à trois personnes.

Il régnait une atmosphère d'urgence sans précipitation. Chacun était calme et concentré sur son travail. Personne ne s'arrêtait pour prendre un café, bavarder devant la photocopieuse ou fumer une cigarette. Plus tard, si la situation évoluait jusqu'à une vraie crise, l'atmosphère changerait, Judy le savait : les enquêteurs vociféreraient au téléphone, le quota de jurons serait multiplié, les caractères s'échaufferaient et ce serait à elle de maintenir le couvercle sur la marmite.

Se souvenant du conseil de Bo, elle approcha un siège de Carl Theobald, un jeune et brillant agent vêtu d'un élégant costume bleu marine — le responsable de l'équipe passant en revue les dossiers de Marvin Hayes.

— Toujours rien ? demanda-t-elle.

— Nous ne savons pas vraiment que chercher. Et quoi que ce soit, nous ne l'avons pas encore trouvé.

Judy avait confié à cette équipe-là une tâche un peu vague, mais elle n'y pouvait rien. Il fallait découvrir quelque chose qui sorte de l'ordinaire et elle comptait beaucoup sur l'intuition de chaque agent. Certaines personnes étaient capables de flairer la moindre supercherie, quelle que soit la forme qu'elle empruntait.

— Sommes-nous sûrs d'avoir tout dans le dossier ? interrogea-t-elle.

— On devrait.

— Vérifiez s'ils n'ont rien noté par écrit.

— Ils ne sont pas censés...

— Certains le font.

— D'accord.

Rosa la rappela de la table de la direction pour un coup de fil. C'était Michael. Elle décrocha en souriant.

— Bonjour.

— Bonjour. J'ai un problème ce soir. Je ne vais pas pouvoir venir.

Son intonation la choqua. Ces derniers jours, il s'était montré chaleureux, voire affectueux, brusquement, à son ton sec et inamical, elle retrouvait le Michael du début, celui qui l'avait chassée en exigeant qu'elle prenne rendez-vous.

— Qu'y a-t-il ? demanda-t-elle.

— Il est arrivé quelque chose. Je suis désolé de devoir annuler.

— Michael, qu'est-ce qui ne va pas ?

— Je suis un peu bousculé. Je vous rappellerai.

Il raccrocha.

Blessée, elle garda le téléphone à la main.

Juste au moment où je commençais à m'attacher à

ce type. Qu'est-ce qui lui prend? Pourquoi ne peut-il pas rester comme il était dimanche soir? Ou même quand il m'a appelée ce matin?

L'air perturbé, Carl Theobald vint interrompre le cours de ses pensées.

— Marvin Hayes ne me facilite pas la vie. Ils ont bien certains documents écrits, mais quand j'ai demandé à les consulter, il m'a pratiquement envoyé sur les roses.

— Ne vous en faites pas, Carl. Le Ciel nous envoie ce genre de désagrément pour nous enseigner la patience et la tolérance. Je vais donc simplement aller lui arracher les couilles.

Les agents à côté d'elle éclatèrent de rire.

— C'est ça la patience et la tolérance? s'écria Carl avec un grand sourire. Il faudra que je m'en souvienne.

— Venez avec moi. Je vais vous montrer.

Il leur fallut un quart d'heure pour arriver au Federal Building de Golden Gate Avenue. Comme ils montaient par l'ascenseur, Judy se demanda comment elle allait s'y prendre avec Marvin. Allait-elle le mettre en pièces ou se montrer conciliante? Jouer la coopération ne marchait que si l'autre partie y était prête. Avec Marvin, elle avait sans doute à jamais dépassé ce stade.

Elle hésita devant la porte de la salle de permanence du Crime organisé puis elle entra, Carl sur ses talons.

Marvin était au téléphone, en train de raconter une blague avec un large sourire.

— Alors le barman dit au type: il y a une nana dans la salle du fond qui fait les meilleures pipes...

Judy se pencha sur son bureau et déclara d'une voix de stentor:

— Qu'est-ce que c'est que ces emmerdes que vous faites à Carl?

Hayes s'interrompit.

— Joe, je te rappelle. Qu'est-ce que je peux faire pour vous, Judy ?

Elle se pencha, lui touchant presque le nez.

— Cessez de nous faire chier.

— Qu'est-ce qui vous prend ? Qu'est-ce que ça veut dire d'inspecter mes dossiers comme si j'avais fait une connerie ?

Il n'avait pas nécessairement fait une connerie. Quand un criminel se faisait passer pour un badaud ou un témoin auprès de l'équipe d'enquêteurs, il prenait généralement soin de ne pas éveiller les soupçons. Les enquêteurs n'en étaient pas responsables, mais ça ne manquait jamais de les ridiculiser.

— Je pense que vous avez parlé au criminel sans le savoir. Où sont ces dossiers ?

— Tout ce que nous avons, dit-il en lissant sa cravate jaune, ce sont des notes prises pendant la conférence de presse qu'on n'a jamais entrées dans l'ordinateur.

— Montrez-les-moi.

Il désigna un classeur sur une petite table contre le mur.

— Servez-vous.

Elle ouvrit le dossier. Sur le dessus, une facture pour la location d'une petite installation de haut-parleurs avec microphones.

— Vous trouverez peau de balle.

Peut-être avait-il raison, mais il était stupide de faire obstruction. Un homme plus intelligent aurait dit : « Ma foi, si quelque chose m'a échappé, j'espère bien que vous allez le trouver. » Tout le monde fait des erreurs. Mais Marvin était trop sur la défensive pour être aimable. Tout ce qu'il souhaitait, c'était prouver que Judy avait tort. Et ce serait effectivement embarrassant si elle avait tort.

Elle feuilleta les papiers : des fax de journalistes demandant des détails sur la conférence de presse, une note sur le nombre de chaises nécessaires, une liste des invités, un formulaire sur lequel les journalistes assistant à la conférence de presse avaient été priés d'inscrire leurs nom et celui des publications ou des stations de radio ou de télé qu'ils représentaient. Judy parcourut la liste.

— Qu'est-ce que c'est que ça ? demanda-t-elle soudain. Florence Shoebury, lycée Eisenhower ?

— Elle voulait couvrir la conférence de presse pour le journal de l'école. Qu'est-ce qu'il fallait faire, lui dire d'aller se faire voir ?

— Vous avez vérifié ?

— C'est une gosse !

— Elle était seule ?

— Son père l'accompagnait.

Une carte de visite était agrafée au formulaire.

— Peter Shoebury, du cabinet Watkins, Colefax et Brown. Vous avez vérifié pour *lui* ?

Marvin hésita un long moment, se rendant compte qu'il avait commis une erreur.

— Non, finit-il par concéder. Brian a décidé de les laisser assister à la conférence de presse. Ensuite, je ne m'en suis plus occupé.

Judy tendit à Carl le formulaire avec la carte de visite.

— Appelez-moi ce type tout de suite.

Carl s'assit au bureau le plus proche et décrocha le téléphone.

— D'ailleurs, demanda Marvin. Comment pouvez-vous être si sûre que nous avons parlé au suspect ?

— C'est ce que pense mon père.

À peine avait-elle prononcé ces mots qu'elle se rendit compte qu'elle avait fait une boulette. Marvin ricana.

— Oh, alors c'est ce que pense votre papa. Vous en êtes là ! Vous me contrôlez parce que votre papa vous a dit de le faire ?

— Ça va, Marvin. Mon père mettait des criminels en prison quand vous en étiez encore à mouiller vos couches.

— Où voulez-vous en venir ? Vous essayez de me

piéger ? Vous cherchez quelqu'un à blâmer quand vous n'arrivez à rien ?

— Quelle idée formidable ! Pourquoi n'y ai-je pas pensé plus tôt ?

Carl raccrocha.

— Judy ? Peter Shoebury n'a jamais mis les pieds à l'intérieur de ce bâtiment et il n'a pas de fille. Mais il a été agressé ce samedi matin à deux pâtés de maisons d'ici. On lui a volé son portefeuille qui contenait ses cartes de visite.

Il y eut un moment de silence, puis Marvin s'exclama :

— Merde alors !

Trop excitée par la nouvelle, Judy ne prêta pas attention à l'embarras dans lequel il se trouvait.

— J'imagine qu'il ne ressemblait absolument pas au portrait-robot que nous avons reçu du Texas.

— Absolument pas, confirma Marvin. Pas de barbe, pas de chapeau. Il avait de grosses lunettes et les cheveux longs coiffés en queue-de-cheval.

— Ça pourrait être un autre déguisement. Sa taille, son physique ?

— Grand, mince.

— Cheveux bruns, yeux marron, la cinquantaine ?

— Oui, oui et oui.

Judy se sentait presque navrée pour Marvin.

— C'était Ricky Granger, n'est-ce pas ?

Marvin fixait le plancher comme s'il voulait le voir s'ouvrir pour l'engloutir.

— Je crois que vous avez raison.

— Je voudrais que vous me sortiez un nouveau portrait-robot, s'il vous plaît.

Il acquiesça, toujours sans la regarder.

— Bien sûr.

— Maintenant, parlez-moi de Florence Shoebury.

— Oh, elle nous a un peu désarmés. Vous comprenez, quel genre de terroriste trimbale une petite fille avec lui ?

— Quelqu'un d'absolument impitoyable. À quoi ressemblait la petite ?

— Une fillette blanche, d'environ douze, treize ans. Cheveux bruns, yeux marron, plutôt frêle. Jolie.

— Il vaudrait mieux faire un portrait-robot d'elle aussi. Vous croyez que c'est vraiment sa fille ?

— Oh, sûr. Elle ne donnait aucun signe d'agir sous la contrainte, si c'est à ça que vous pensez.

— Oui. Bon. Pour l'instant je vais supposer qu'ils sont père et fille. (Elle se tourna vers Carl.) On s'en va.

Ils sortirent. Dans le couloir, Carl lui dit :

— Putain, vous lui avez vraiment arraché les couilles !

Judy jubilait.

— Mais nous avons un nouveau suspect : la gosse.

— Oui. J'espère que vous ne me prendrez jamais en flagrant délit d'erreur !

Elle s'arrêta.

— Carl, tout le monde peut se tromper. Mais Hayes était prêt à entraver l'enquête pour masquer son erreur. C'est là où il a eu tort. C'est pour ça qu'il a l'air si con. Quand on fait une erreur, on le reconnaît.

— C'est vrai. Mais je crois que je vais tout de même faire gaffe.

Ce soir-là, la première édition du *San Francisco Chronicle* diffusa les deux nouvelles photos : le portrait-robot de Florence Shoebury et le nouveau portrait-robot de Ricky Granger déguisé en Peter Shoebury. Précédemment, elle n'avait que jeté un coup d'œil aux photos avant de demander à Madge Kelly de les adresser aux journaux et aux stations de télé. Maintenant, en les examinant à la lumière de sa lampe de bureau, elle était frappée de la ressemblance entre Granger et Florence.

Ils sont père et fille, c'est certain. Que va-t-il arriver à cette petite si je mets son père en prison ?

Elle bâilla et se frotta les yeux. Le conseil de Bo lui

revint en mémoire. « Souffle un peu, déjeune, dors le temps qu'il te faut. » Il était temps de rentrer. L'équipe de nuit était déjà arrivée.

En chemin, elle passa en revue la journée. Bloquée à un feu rouge, tandis qu'elle regardait les rangées jumelles de lampadaires converger vers l'infini le long de Geary Boulevard, elle se rendit compte que Michael ne lui avait pas faxé la liste promise des sites probables de séisme.

Elle composa son numéro sur son téléphone de voiture — pas de réponse. Cela l'agaça. Elle essaya de nouveau au feu rouge suivant ; cette fois, c'était occupé. Elle appela le standard de bureau et leur demanda de contacter Pacific Bell pour vérifier s'il y avait des voix sur la ligne. Ce n'était pas le cas. On avait décroché.

Il était donc chez lui et ne répondait pas.

Il avait paru bizarre quand il avait appelé pour annuler leur rendez-vous. Qu'il soit versatile n'étonnait pas Judy — de charmant et très aimable il pouvait changer brutalement et se montrer arrogant — mais pourquoi son téléphone était-il décroché ?

Elle consulta la pendule du tableau de bord. Presque onze heures.

Plus que deux jours.

Je n'ai pas le temps de déconner.

Elle fit demi-tour et fonça en direction de Berkeley.

Elle arriva à onze heures et quart sur Euclid Avenue. Les lumières brillaient dans l'appartement de Michael. Devant l'immeuble était garée une vieille Subaru orange.

J'ai déjà vu cette voiture. Mais où ?

Elle se gara derrière et sonna chez Michael.

Pas de réponse.

Judy était perplexe. Michael détenait des informations cruciales. Et le jour même où elle lui posait une question clé, il annulait un rendez-vous sans crier gare puis coupait toute communication...

C'est suspect.

Que faire ? Appeler la police en renfort pour pénétrer dans l'appartement ? Il pouvait très bien être ligoté là-dedans ou mort.

Elle hésita. Quand un homme décrochait son téléphone à onze heures du soir, ça laissait supposer un tas de choses. Il avait peut-être envie de dormir. Ou alors il était en compagnie d'une femme.

Ce n'est pourtant pas le genre à coucher avec une femme différente chaque soir.

Elle hésitait encore quand une jeune femme s'approcha de l'immeuble, un porte-documents à la main. Elle avait l'air d'un professeur adjoint rentrant chez elle après une longue soirée au labo. Elle s'arrêta à la porte et chercha ses clés dans sa serviette.

Judy traversa précipitamment la pelouse jusqu'à l'entrée.

— Bonsoir, dit-elle en exhibant son insigne. Agent spécial du FBI Judy Maddox. J'ai besoin d'accéder à cet immeuble.

— Quelque chose ne va pas ?

— J'espère que non. Regagnez votre appartement et fermez la porte. Tout ira bien.

La femme s'engouffra dans un appartement au rez-de-chaussée et Judy grimpa l'escalier. Elle frappa énergiquement à la porte de Michael.

Pas de réponse.

Que se passait-il ? Il était là. Il avait dû l'entendre sonner et frapper. Il savait qu'à cette heure un visiteur de passage n'insisterait pas à ce point. Quelque chose clochait, elle en était certaine.

Elle frappa de nouveau, à trois reprises, violemment. Puis elle colla son oreille à la porte et écouta.

Elle entendit un grand cri.

Cela la décida. Elle recula d'un pas et envoya un violent coup de pied dans la porte. Elle portait des mocassins et elle se fit mal à la plante du pied droit, mais le bois autour de la serrure vola en éclats.

Dieu merci, il n'a pas une porte blindée !

Elle donna un nouveau coup de pied. La serrure parut sur le point de se briser. Elle prit son élan, enfonça la porte d'un grand coup d'épaule.

Elle tira son arme.

— FBI ! Jetez vos armes et mettez les mains en l'air !

Un nouveau cri.

On dirait celui d'une femme, songea-t-elle vaguement.

Sans prendre le temps de réfléchir à sa signification, elle s'avança. La porte de la chambre de Michael était ouverte. Elle se laissa tomber sur un genou, les bras tendus, et braqua son pistolet sur la pièce.

Ce qu'elle vit la stupéfia.

Michael était allongé sur le lit, nu et en nage, au-dessus d'une femme mince aux cheveux roux qui respirait bruyamment.

Sa femme.

Ils étaient en train de faire l'amour.

Tous deux dévisagèrent Judy avec un mélange de crainte et d'incrédulité.

Puis Michael la reconnut et s'exclama :

— Judy ? Mais, bon Dieu...

Elle ferma les yeux. Jamais de toute sa vie elle ne s'était sentie aussi ridicule.

— Oh, merde ! Je suis désolée. Oh, merde !

15

De bonne heure le mercredi, Priest était au bord de la Silver River, à observer la façon dont le ciel matinal se reflétait à la surface de l'eau, à s'émerveiller de la clarté bleutée des premières lueurs de l'aube. Tout le monde dormait. Assis auprès de lui, son chien haletait paisiblement, attendant qu'il se passe quelque chose.

C'était un instant de parfaite tranquillité, mais Priest n'avait pas l'âme en repos.

Deux jours seulement le séparaient de la date limite et le gouverneur Robson ne s'était toujours pas prononcé.

C'était exaspérant. Il n'avait pas envie de déclencher un autre tremblement de terre. D'autant moins que celui-ci devrait être spectaculaire : détruire routes et ponts, faire s'écrouler des gratte-ciel, tuer des êtres humains.

Contrairement à Mélanie, Priest ne pensait pas qu'à la vengeance. Il souhaitait simplement qu'on le laisse tranquille. Il était prêt à tout pour sauver la communauté, mais il savait qu'il serait plus malin d'éviter de tuer. Une fois ce cauchemar terminé et le projet de construction d'un barrage dans la vallée annulé, lui et la communauté désiraient vivre en paix. Leurs chances de demeurer hors du monde dans leur village seraient décuplées s'ils l'emportaient sans effusion de sang. Ce qui s'était passé jusqu'à présent passerait aux oubliettes. Les journaux relégueraient l'information en dernière page et plus personne ne se soucierait de ce qu'il était advenu de ces dingues qui prétendaient déclencher des séismes.

Star le rejoignit, se dépouilla de son peignoir violet et entra dans l'eau froide pour se laver. Priest contempla avidement son corps voluptueux, familier et désirable. La veille, il avait dormi seul. Star continuait à passer ses nuits avec Bones, Mélanie était avec son mari à Berkeley.

Alors, le grand séducteur dort tout seul.

Comme elle se séchait, Priest proposa :

— Allons chercher un journal. Je veux savoir si le gouverneur Robson a dit quelque chose hier soir.

Ils s'habillèrent et allèrent jusqu'à une station-service. Priest fit le plein de la Plymouth tandis que Star achetait le *San Francisco Chronicle*.

Elle revint livide.

— Regarde, murmura-t-elle en lui montrant la première page.

La photo d'une fillette lui parut familière. Au bout d'un instant, il se rendit compte avec horreur qu'il s'agissait de Fleur.

Abasourdi, il arracha le journal des mains de Star.

À côté de celle de Fleur s'étalait une photo de lui. Toutes les deux étaient des portraits-robots informatiques. Celui de Priest conçu à partir de son apparition à la conférence de presse du FBI, déguisé en Peter Shoebury, avec ses cheveux tirés et ses grosses lunettes.

Personne ne me reconnaîtra.

Fleur, elle, n'était pas déguisée. Son image informatisée était comme un portrait mal dessiné : ce n'était pas vraiment elle, mais ça lui ressemblait. Priest en avait froid dans le dos. Il n'avait pas l'habitude d'avoir peur ; casse-cou, il aimait le risque. Mais il ne s'agissait plus de lui : sa fille était en danger.

— Bon sang ! lança Star, furieuse, pourquoi a-t-il fallu que tu ailles à cette conférence de presse ?

— Je voulais comprendre ce qu'ils avaient en tête.

— C'était vraiment idiot !

— J'ai toujours été téméraire.

— Je sais. (Son ton s'adoucit et elle lui caressa la joue.) Si tu étais craintif, tu ne serais pas l'homme que j'aime.

Un mois auparavant, la révélation n'aurait eu aucune importance : personne en dehors de la communauté ne connaissait Fleur et aucun de ses membres ne lisait de journaux. Mais elle s'était rendue en secret à Silver City pour rencontrer des garçons. Elle avait volé une affiche dans un magasin. Elle avait été arrêtée et elle avait passé une nuit au commissariat. Ceux qui l'avaient rencontrée se souviendraient-ils d'elle ? Et si oui, la reconnaîtraient-ils sur cette photo ? Le policier qui avait reçu Priest se la rappellerait peut-être mais, heureusement, il était en vacances aux Bahamas où il avait peu de chances de lire le *San Francisco Chronicle*. Mais la femme qui l'avait gardée pendant la nuit ? Une institutrice, la sœur du shérif, miss Waterloo. Elle voyait sans doute des centaines de fillettes, mais peut-être se rappelait-elle leur visage ? Peut-être avait-elle mauvaise mémoire. Peut-être était-elle en vacances, elle aussi. Peut-être n'avait-elle pas lu le *Chronicle* aujourd'hui.

Et peut-être Priest était-il foutu.

Il était impuissant. Si l'institutrice voyait la photo, reconnaissait Fleur et appelait le FBI, une centaine d'agents feraient une descente dans la communauté et tout serait fini.

Il contempla le journal pendant que Star lisait le texte.

— Si tu ne la connaissais pas, tu la reconnaîtrais ?

Star fit un signe de dénégation.

— Je ne pense pas.

— Moi non plus. Mais j'aimerais en être certain.

— Je ne pensais pas que les fédéraux étaient aussi futés.

— Certains le sont, d'autres pas. C'est cette petite Asiatique qui m'inquiète. Judy Maddox. (Cette jeune femme si frêle et si gracieuse qu'il avait aperçue à la télévision, fendant une foule hostile, ses traits délicats exprimant la détermination d'un bouledogue.) Elle me fait mauvaise impression, poursuivit-il. Vraiment mauvaise. C'est un excellent limier. Elle a d'abord trouvé le vibrateur sismique, puis la photo de moi à Shiloh, maintenant Fleur. C'est peut-être pour cette raison que le gouverneur Robson est resté muet. Elle lui a fait miroiter notre arrestation. Est-ce qu'il y a une déclaration du gouverneur dans le journal ?

— Non. D'après cet article, il y a une pression importante pour que Robson cède et négocie avec les Soldats du Paradis. Mais lui se refuse à tout commentaire.

— Ce n'est pas bon. Il faut que je trouve un moyen de lui parler.

À son réveil, Judy ne parvint pas à se rappeler pourquoi elle se sentait si mal. Puis, brusquement, l'horrible scène lui revint en mémoire.

Hier soir, elle était si gênée qu'elle en était restée pétrifiée. Elle avait marmonné des excuses à Michael et était sortie de l'immeuble en courant, rouge de honte. Mais ce matin, elle éprouvait un tout autre sentiment. La tristesse. Elle avait cru que Michael aurait pu tenir une place dans sa vie. Elle était impatiente de mieux le connaître, de s'attacher à lui, de faire l'amour avec lui. Elle s'était imaginé qu'elle l'intéressait. En un instant, leur relation avait tourné court.

Elle se redressa dans son lit et contempla la collection de marionnettes vietnamiennes qu'elle avait héritée de sa mère, disposée sur une étagère au-dessus de la commode. Elle n'avait jamais assisté à un spectacle de marionnettes — elle n'était jamais allée au Vietnam —, mais sa mère lui avait expliqué que les marionnettistes se tenaient debout jusqu'à la ceinture dans un étang, derrière un rideau, et utilisaient comme scène la surface de l'eau. Depuis des siècles on utilisait ces poupées de bois peint pour évoquer des histoires drôles et morales. Elles lui rappelaient toujours le calme de sa mère. Que dirait-elle aujourd'hui ? Judy croyait entendre sa voix basse et douce. « Une erreur est une erreur. En commettre une autre est normal. Ce n'est que répéter la même erreur qui vous rend ridicule. »

La nuit dernière n'avait été qu'une erreur. Michael lui-même était une erreur. Il fallait oublier tout cela. Elle avait deux jours pour empêcher un tremblement de terre. L'important était là.

Au journal télévisé, la discussion portait sur la possibilité ou non de provoquer un séisme. Ceux qui y croyaient avaient formé un groupe de pression pour recommander instamment au gouverneur Robson de céder.

Tout en s'habillant, Judy ne cessait de penser à

Michael. Elle regrettait de ne pas pouvoir en parler à sa mère. Elle entendait Bo s'agiter, mais ce n'était pas le genre de chose dont on pouvait discuter avec son père. Au lieu de préparer le petit déjeuner, elle appela son amie Virginia.

— J'ai besoin de quelqu'un à qui parler. Tu as déjà pris ton petit déjeuner ?

Elles se retrouvèrent à une cafétéria près du Presidio. Ginny était une blonde menue, drôle et sincère. Elle disait toujours à Judy ce qu'elle pensait. Judy commanda deux croissants au chocolat pour se sentir mieux, puis lui raconta ce qui s'était passé la veille au soir.

Quand elle en arriva au moment où elle avait fait irruption, revolver au point, pour trouver Michael et sa femme en train de faire l'amour, Ginny faillit s'étrangler de rire.

— Je te demande pardon, murmura-t-elle dans un hoquet.

— C'est vrai que c'est plutôt drôle. Mais je t'assure que ça ne m'a pas fait cet effet-là hier soir.

Ginny toussa et finit par avaler la bouchée de toast coincée dans sa gorge.

— Je ne veux pas être cruelle, je comprends bien que ça n'avait rien de rigolo. C'est vraiment moche, ce qu'il a fait : te donner rendez-vous et coucher avec sa femme.

— Pour moi, ça montre qu'il tient encore à elle. Il n'est pas prêt pour une relation nouvelle.

— Je ne suis pas forcément de ton avis, objecta Ginny d'un air dubitatif.

— Tu crois que c'était comme un adieu, une dernière étreinte en souvenir du bon vieux temps ?

— C'est peut-être même encore plus simple. Tu sais, les hommes ne refusent presque jamais un petit câlin. On dirait qu'il menait une vie de moine depuis qu'elle l'a quitté. Ses hormones doivent le travailler. Tu dis qu'elle est séduisante ?

— Très sexy.

— Alors, si elle est arrivée avec un chandail moulant et qu'elle s'est mise à lui faire du gringue, il n'a probablement pas pu s'empêcher de la désirer. À partir de ce moment-là, le cerveau d'un homme se débranche et c'est sa queue qui prend le contrôle en pilotage automatique.

— Tu crois ?

— Écoute, je n'ai jamais rencontré Michael, mais j'ai connu quelques hommes, bons et mauvais, et c'est comme ça que je vois le scénario.

— Qu'est-ce que tu ferais à ma place ?

— Je lui parlerais. Je lui demanderais pourquoi il s'est comporté ainsi. Je verrais si je le crois. S'il me racontait des bobards, je l'oublierais sur-le-champ. S'il avait l'air sincère, j'essaierais de le comprendre.

— De toute façon, il faut que je l'appelle. Il ne m'a toujours pas faxé cette liste.

— Appelle-le. Procure-toi la liste. Et puis demande-lui ce qu'il est en train de faire. Tu te sens gênée, mais lui, il a des excuses à te présenter de son côté.

— Tu as raison.

Il n'était pas encore huit heures, mais toutes deux regagnèrent leur voiture.

— Ah ! je me sens mieux, déclara Judy. Je te remercie.

— À quoi servent les copines ? Raconte-moi ce qu'il te dira.

Sur le chemin, Judy composa le numéro de Michael. Elle craignait de le réveiller ou de le déranger alors qu'il était encore au lit avec sa femme. Toutefois, il avait un ton bien éveillé, comme s'il était debout depuis un moment.

— Je suis désolée pour votre porte, commença-t-elle.

— Pourquoi avez-vous fait ça ? répondit-il d'un ton plus curieux que coléreux.

— Je n'arrivais pas à comprendre pourquoi vous ne répondiez pas. J'ai entendu un cri. J'ai cru que vous aviez des problèmes.

— Qu'est-ce qui vous a amenée ici si tard ?

— Vous ne m'avez pas envoyé la liste des sites de séisme.

— Oh, c'est vrai ! Elle est sur mon bureau. J'ai complètement oublié. Je vous la faxe tout de suite.

— Merci. Michael, je voudrais vous demander quelque chose. (Elle prit une profonde inspiration. C'était plus dur qu'elle ne l'avait prévu. Elle était loin d'être timide, mais elle n'avait pas l'audace de Ginny.) Vous m'avez donné l'impression de vous attacher un peu à moi. Pourquoi avez-vous couché avec votre femme ?

Voilà. C'était fait.

Il y eut un long silence à l'autre bout du fil. Puis il reprit :

— Ce n'est pas le bon moment pour en parler.

Elle s'efforça de ne pas laisser la déception percer dans son ton.

— Très bien.

— Je vous envoie cette liste immédiatement.

— Merci.

Elle raccrocha. Après tout, l'idée de Ginny n'était peut-être pas si géniale. Il fallait être deux pour parler, et Michael n'y était pas disposé.

Lorsqu'elle arriva au club des officiers, le fax de Michael l'attendait. Elle le montra à Carl Theobald.

— Il nous faut des équipes de surveillance à chacun de ces sites, à l'affût d'un vibrateur sismique, expliqua-t-elle. J'espérais faire appel à la police locale, mais je crois qu'il ne vaut mieux pas. Ils pourraient parler. Et si des gens du coin s'imaginent qu'ils peuvent servir de cible, ils vont s'affoler. Il faut donc utiliser le personnel du FBI.

— Entendu. (Carl examina la feuille d'un air soucieux.) Vous savez, ces sites sont immenses. Une équipe ne peut vraiment surveiller qu'un secteur de quinze cents mètres de côté. Faut-il disposer des équipes multiples ? Ou bien votre sismologue pourrait-il réduire les superficies ?

— Je vais le lui demander.

Judy décrocha son téléphone et expliqua son problème à Michael.

— Il faudrait que je me rende moi-même sur les sites, déclara-t-il. Des signes d'activité sismique tels que des lits de rivière asséchés ou des escarpements accidentels me permettraient d'être plus précis.

— Voudriez-vous le faire aujourd'hui ? Je peux vous emmener sur tous les sites à bord d'un hélicoptère du FBI.

— Euh... bien sûr, je pense. Je veux dire, évidemment que j'irai.

— Vous pourriez sauver des vies.

— Exactement.

— Connaissez-vous le chemin pour aller au club des officiers du Presidio ?

— Bien sûr.

— Le temps que vous arriviez, l'hélico sera prêt à décoller.

— D'accord.

— Je vous remercie vraiment, Michael.

— Je vous en prie.

Mais j'aimerais quand même savoir pourquoi tu as couché avec ta femme.

Elle raccrocha.

Ce fut une longue journée. Judy, Michael et Carl Theobald avaient parcouru quelque quinze cents kilomètres en hélicoptère. À la tombée de la nuit, ils avaient organisé une surveillance continue des cinq sites de la liste de Michael.

Ils regagnèrent le Presidio. L'hélicoptère se posa sur le champ de manœuvres abandonné. La base était une ville fantôme, avec ses bâtiments administratifs qui tombaient en ruine et ses rangées de résidences abandonnées.

Judy devait se rendre au centre d'opérations d'urgence pour faire son rapport à un gros bonnet de la Direction du FBI à Washington qui avait débarqué à neuf heures ce matin-là avec des airs importants. Mais elle raccompagna d'abord Michael jusqu'à sa voiture.

— Et s'ils passent malgré la surveillance ?

— J'ai trouvé vos collaborateurs très efficaces.

— Ce sont les meilleurs. Mais s'ils y parviennent ? Y a-t-il un moyen qui me permette d'être alertée vraiment vite s'il se produit une secousse quelque part en Californie ?

— Bien sûr. Je pourrais installer un sismographe en ligne ici même, à votre poste de commandement. Il me faut juste un ordinateur et une ligne de téléphone.

— Pas de problème. Dès demain, cela vous est-il possible ?

— Entendu. Ainsi, vous saurez tout de suite s'ils mettent en marche le vibrateur sismique à un endroit qui ne figure pas sur la liste.

— Ça vous paraît probable ?

— Non. Si leur sismologue est compétent, il choisira les mêmes sites que les miens. S'il est incompétent, ils seront sans doute incapables de déclencher un tremblement de terre.

— Bien, bien.

Elle pourrait dire au gros bonnet de Washington qu'elle contrôlait la crise.

Elle leva les yeux vers le visage de Michael noyé dans l'ombre.

— Pourquoi avez-vous couché avec votre femme ?

— J'y ai pensé toute la journée.

— Moi aussi.

— Je crois que je vous dois une explication.

— Il me semble.

— Jusqu'à hier, j'étais certain que c'était terminé. Puis, la nuit dernière, elle m'a rappelé les bons côtés de notre mariage. Elle était belle, drôle, tendre et sexy. Et, ce qui est plus important, elle m'en a fait oublier tous les mauvais.

— Par exemple ?

— Mélanie est attirée par les symboles d'autorité — j'étais son professeur. Elle a besoin d'être dirigée. Je comptais sur une partenaire qui serait mon égal, quelqu'un qui partagerait les décisions et prendrait ses responsabilités. Elle n'a pas aimé ça.

— Je vois.

— Et il y a autre chose. Au fond, elle en veut à la terre entière. La plupart du temps, elle le dissimule mais, quand on la contrarie, elle peut se montrer très violente. Elle me lançait des tas de trucs à la figure, des objets lourds. Elle ne m'a jamais blessé, elle n'est pas assez forte, mais s'il y avait eu une arme à la maison, j'aurais eu peur. C'est dur de vivre dans une ambiance aussi agressive.

— Et hier soir… ?

— J'ai oublié tout ça. Elle avait l'air de vouloir tenter un nouvel essai et j'ai pensé que nous devrions peut-être essayer, pour Dusty. Et puis…

Elle aurait voulu pouvoir lire son expression, mais il faisait trop sombre.

— Quoi donc ?

— Il faut que je vous dise la vérité, Judy, même si elle doit vous choquer. Je dois reconnaître que tout n'était pas aussi rationnel ni aussi convenable que je le raconte. C'est une belle femme et j'avais envie de la sauter… Voilà, je l'ai avoué.

Elle sourit dans le noir ; Ginny ne s'était pas complètement trompée.

— Je le savais. Mais je suis heureuse que vous me l'ayez dit. Bonsoir, chuchota-t-elle en s'éloignant.

— Bonsoir, répéta-t-il d'un ton hésitant.

Quelques instants plus tard, il lui lança :

— Vous êtes en colère ?

— Non, répondit-elle par-dessus son épaule. Plus maintenant.

Priest s'attendait à voir Mélanie revenir à la communauté vers le milieu de l'après-midi. Quand l'heure du dîner arriva et qu'elle n'était toujours pas là, il commença à s'inquiéter.

À la tombée de la nuit, il était hors de lui. Que s'était-il passé ? Avait-elle décidé de retourner auprès de son mari ? Lui avait-elle tout avoué ? Était-elle en ce moment même en train de lâcher le morceau à l'agent Judy Maddox dans une salle d'interrogatoire du Federal Building à San Francisco ?

Incapable de rester assis dans la cuisine ou de s'allonger sur son lit, il prit une lanterne, traversa le vignoble et les bois jusqu'à la clairière et attendit là, guettant le bruit du moteur de sa vieille Subaru — ou le vrombissement de l'hélicoptère du FBI qui annoncerait la fin de tout.

Esprit fut le premier à l'entendre. Il dressa les oreilles, leva la patte, le museau tendu, puis se précipita sur le chemin de terre. Priest se leva, aux aguets. C'était la Subaru. Il se sentit soulagé. Un début de migraine lui martela les tempes ; cela faisait des années qu'il n'en avait pas eu.

Mélanie se gara n'importe comment, mit pied à terre et claqua la portière.

— Je te déteste ! cria-t-elle. Je te déteste de m'avoir poussée à le faire !

— J'avais raison ? demanda-t-il. Michael dresse une liste pour le FBI.

— Va te faire foutre !

Il avait gaffé. Il aurait dû se montrer compréhensif, compatir. Un instant, il avait laissé son angoisse troubler son jugement. Maintenant il allait devoir passer du temps à la raisonner.

— Je t'ai demandé de le faire parce que je t'aime, tu ne le comprends pas ?

— Non. Je ne comprends rien. (Elle croisa les bras sur sa poitrine, se détourna pour fixer l'obscurité des bois.) Tout ce que je sais, c'est que j'ai l'impression d'être une putain.

Priest brûlait d'envie d'apprendre ce qu'elle avait découvert, mais il se força à se calmer.

— Où étais-tu ?

— J'ai roulé. Je me suis arrêtée pour prendre un verre.

Il resta quelques instants silencieux avant de répliquer :

— Une putain fait ça pour de l'argent. Ensuite, elle dépense cet argent en toilettes stupides ou en drogue. Toi, tu l'as fait pour sauver ton enfant. Je sais que tu te sens coupable, mais tu ne l'es pas. Tu es quelqu'un de bien.

Enfin, elle se tourna vers lui, les yeux pleins de larmes.

— Ça n'est pas seulement qu'on a fait l'amour, chuchota-t-elle. C'est pire que ça. Ça m'a plu. C'est ce qui me fait honte. J'ai joui. Vraiment. J'ai crié.

Priest sentit déferler en lui une vague brûlante de jalousie et fit un effort pour la maîtriser. Un jour, il le ferait payer à Michael Quercus. Mais, pour l'instant, il fallait apaiser les tensions.

— Ça va maintenant, murmura-t-il. Vraiment, ça va. Je comprends. Il peut arriver des choses bizarres.

Il la prit dans ses bras et la serra contre lui. Lentement, elle se détendit.

— Ça ne t'ennuie pas ? Tu ne m'en veux pas ?

— Pas le moins du monde, répondit-il sans vergogne en caressant ses longs cheveux.

Allons, allons !

— Tu avais raison pour la liste.

Enfin !

— Cette femme du FBI a demandé à Michael de repérer les meilleurs sites pour un tremblement de terre, juste comme tu l'avais imaginé.

Bien sûr. Je suis si malin.

— Quand je suis arrivée, il était assis à son ordinateur en train de terminer.

— Que s'est-il passé ?

— Je lui ai préparé à dîner, et puis voilà.

Priest imaginait sans mal la suite. Si Mélanie décidait de séduire, elle était irrésistible. Et elle était d'autant plus attirante lorsqu'elle voulait quelque chose. Elle avait probablement pris un bain et passé un peignoir, puis elle avait circulé dans l'appartement, embaumant le savon et le parfum, versé du vin ou préparé du café, en laissant le peignoir s'entrouvrir de temps en temps pour donner à Michael un troublant aperçu de ses longues jambes et de ses jolis seins. Elle lui avait posé des questions et avait écouté attentivement ses réponses, en lui souriant d'une façon qui signifiait : « Tu me plais tant, tu peux faire ce que tu veux de moi. »

— Quand le téléphone a sonné je lui ai dit de ne pas répondre et j'ai décroché l'appareil. Mais cette foutue bonne femme a rappliqué quand même et, comme Michael n'ouvrait pas la porte, elle l'a enfoncée. Mon vieux, elle a eu un de ces chocs ! (Songeant qu'elle avait besoin de cracher tout ce qu'elle avait sur le cœur, Priest ne la pressa pas.) Elle a failli mourir de honte.

— Il lui a donné la liste ?

— Pas sur le moment. Je crois qu'elle était trop gênée pour la demander. Mais elle a appelé ce matin et il la lui a faxée.

— Et toi, tu l'as ?

— Pendant qu'il était sous la douche, j'ai imprimé un autre exemplaire.

Alors, bon Dieu, où est-il ?

Elle fouilla dans la poche de ses jeans, en tira une feuille de papier pliée en quatre et la lui tendit.

Dieu soit loué.

Il l'examina à la lueur de la lampe. Les lettres et les chiffres dactylographiés lui étaient évidemment incompréhensibles.

— Ce sont les endroits qu'il lui a dit de surveiller ?

— Oui, ils vont se poster à chacun de ces sites et guetter la présence d'un vibrateur sismique, juste comme tu l'avais prédit.

Judy Maddox était futée. La surveillance du FBI allait rendre très difficiles les déplacements du vibrateur sismique, surtout s'il devait essayer différents lieux, comme à Owens Valley.

Mais il était encore plus futé que Judy. Il avait anticipé ses actes et trouvé une parade.

— Tu sais comment Michael a choisi ces sites ? demanda-t-il.

— Bien sûr. Ce sont les endroits où la tension dans la faille est la plus forte.

— Alors, tu pourrais faire la même chose.

— Je l'ai déjà fait. Et j'ai repéré les mêmes sites que lui.

Il lui rendit le papier.

— Maintenant, écoute-moi bien. Pourrais-tu examiner de nouveau les données et repérer les cinq meilleurs sites suivants ?

— Oui.

— Et pourrions-nous provoquer un tremblement de terre à l'un de ces emplacements ?

— Probablement. Ça ne sera peut-être pas aussi sûr, mais les chances sont bonnes.

— Alors, voici ce que nous allons faire. Demain, nous examinerons les nouveaux sites. Juste après que j'aurai parlé à Mr. Honeymoon.

16

À cinq heures du matin, le garde de faction devant le domaine de Los Alamos bâillait.

Lorsque Mélanie et Priest arrêtèrent la Plymouth, il fut aussitôt sur ses gardes. Priest descendit de voiture et s'approcha de lui.

— Comment ça va, mon gars ?

L'homme brandit son fusil et prit un air mauvais.

— Qui êtes-vous et qu'est-ce que vous voulez ?

Priest lui écrasa le nez d'un violent coup de poing.

Du sang gicla. Le garde poussa un cri en portant les mains à son visage. Priest fit : « Ouille ! » Il s'était fait mal au poing — ça faisait longtemps qu'il n'avait pas cogné quelqu'un.

Son instinct reprit le dessus. Il allongea un coup de pied aux jambes de l'homme qui tomba sur le dos tandis que son fusil valsait. Priest lui flanqua trois ou quatre coups au torse à lui briser les côtes. Puis il le frappa au visage et à la tête. L'homme se recroquevilla, sanglotant de douleur, pétrifié de peur.

Priest s'arrêta, un peu essoufflé. Tout lui était revenu dans un flot de souvenirs qui l'excitaient. À une époque, il se livrait quotidiennement à ce genre de jeu. C'était tellement facile d'effrayer les autres quand on savait s'y prendre.

Il s'agenouilla et saisit le pistolet accroché au ceinturon de l'homme — c'était pour cette raison qu'il était venu.

Il jeta un regard écœuré à l'arme, une reproduction d'un revolver Remington 44 à canon long fabriqué à l'origine au temps du Far West — une de ces armes stupides, malcommodes, dignes de ces collectionneurs qui les conservaient dans des étuis doublés de feutre. Pas une arme de tir. Il ouvrit la culasse ; elle était chargée.

Que demander de plus ?

Il retourna sur ses pas. Mélanie était au volant, pâle, les yeux brillants, le souffle court, comme si elle venait de sniffer de la cocaïne. Priest pensa qu'elle n'avait sans doute jamais été témoin de violences sérieuses.

— Il va s'en tirer ? murmura-t-elle d'une voix excitée.

Priest jeta un coup d'œil à l'homme. Allongé sur le sol, le visage entre ses mains, il se balançait doucement.

— Bien sûr que oui. Allez, on y va.

Mélanie démarra.

— Tu crois vraiment que tu pourras persuader Honeymoon ? demanda-t-elle au bout d'un moment.

— Il faudra bien qu'il entende raison, déclara Priest d'un air plus assuré qu'il ne l'était vraiment. Quel choix a-t-il ? Première solution : un tremblement de terre qui va provoquer des millions de dollars de dégâts. Deuxième solution : une proposition raisonnable pour réduire la pollution. S'il choisit la première solution, il se retrouvera face au même dilemme deux jours plus tard. Il devrait opter pour la voie la plus facile.

— Tu as sans doute raison.

Ils arrivèrent à Sacramento peu avant sept heures. À une heure aussi matinale, la capitale de l'État était calme. Quelques véhicules circulaient sans hâte sur les larges boulevards déserts. Mélanie se gara près du Capitole. Priest se coiffa d'une casquette de base-ball et enfouit ses longs cheveux à l'intérieur. Puis il chaussa des lunettes de soleil.

— Attends-moi ici. J'en ai pour deux heures environ.

Il contourna le pâté de maisons. Il avait espéré qu'il y aurait un parking au niveau du sol, mais il fut déçu. Tout autour du Capitole, ce n'était qu'un vaste parc avec des arbres magnifiques. De chaque côté du bâtiment, une rampe descendait à un garage. Les deux entrées étaient surveillées par des gardes dans des guérites.

Priest s'approcha d'une des grandes portes imposantes. L'immeuble était ouvert et il n'y avait pas de contrôle de sécurité à l'entrée. Il pénétra dans un immense hall au sol pavé de mosaïque.

Il ôta les lunettes de soleil qui paraissaient bizarres à l'intérieur et emprunta un escalier menant au sous-sol. Quelques travailleurs matinaux prenaient leur dose de caféine à la cafétéria. Il passa devant eux, avec l'air d'être un familier des lieux, et suivit un corridor qui, à son avis, devait conduire au garage. Comme il approchait de l'extrémité du couloir, une porte s'ouvrit sur un gros homme en blazer bleu. Derrière lui, Priest aperçut des voitures.

Bingo !

Il se glissa dans le garage et inspecta les lieux. Le local était presque vide : quelques voitures, une camionnette et un fourgon de police garés à des emplacements réservés.

Personne.

Il se glissa derrière la camionnette, une Dodge Durango. À travers ses vitres, il observa l'entrée du garage et la porte qui donnait accès à l'intérieur de l'immeuble. D'autres véhicules garés de chaque côté de la Durango le dissimuleraient au regard de nouveaux arrivants. Il s'installa pour attendre.

C'est leur dernière chance. On a encore le temps de négocier pour éviter une catastrophe. Mais, si ça ne marche pas... boum.

Al Honeymoon devait être un bourreau de travail ; il arriverait donc de bonne heure. Cependant, tout était possible : Honeymoon pourrait passer la journée à la résidence du gouverneur, être en voyage ou malade, avoir rendez-vous à Washington ou faire les cent pas à la clinique pendant que sa femme accouchait.

Priest ne pensait pas qu'il aurait un garde du corps — il n'était pas un élu du peuple, juste un employé du gouvernement. Aurait-il un chauffeur ? Ça gâcherait tout.

Toutes les minutes, une voiture venait se garer. Depuis sa cachette, Priest examinait les conducteurs. À sept heures trente, une élégante Lincoln Continental bleu foncé entra. Au volant, un Noir avec chemise blanche et cravate. Honeymoon ; Priest le reconnut d'après sa photo.

La voiture se rangea non loin de la Durango. Priest chaussa ses lunettes de soleil, traversa rapidement le garage, ouvrit la portière de la Lincoln et se glissa à la place du passager avant que Honeymoon ait pu détacher sa ceinture. L'arme au poing il ordonna :

— Sortez du garage.

Honeymoon le dévisagea sans se démonter.

— Bon Dieu, qui êtes-vous ?

Espèce de fils de pute arrogant avec ton costume à rayures et ton épingle à col de chemise, c'est moi qui pose les questions !

Priest arma le chien du revolver.

— Je suis le dingue qui va vous envoyer une balle dans les tripes à moins que vous ne m'obéissiez. Roulez.

— Putain ! marmonna Honeymoon. Putain !

Puis il mit le moteur en marche et sortit du garage.

— Souriez gentiment au garde et passez lentement. Vous prononcez un mot et je le descends.

Honeymoon ne répondit pas. Il ralentit en approchant de la guérite. Un instant, Priest crut qu'il allait tenter quelque chose. Puis ils aperçurent le garde, un Noir entre deux âges aux cheveux blancs.

— Si vous voulez que ce type crève, menaça Priest, vous n'avez qu'à faire ce à quoi vous pensez.

Honeymoon jura sous cape et continua.

— Prenez le Mall pour sortir de la ville.

Honeymoon contourna le Capitole et emprunta à l'ouest la large avenue qui menait à la rivière Sacramento.

— Que voulez-vous ? demanda-t-il, plus impatient qu'effrayé.

Priest aurait aimé l'abattre. C'était ce connard qui avait rendu possible le barrage. Il avait fait de son mieux pour gâcher la vie de Priest. Et il s'en foutait éperdument. Une balle dans les tripes n'était pas un châtiment suffisant.

Maîtrisant sa colère, Priest répondit :

— Je veux sauver des vies.

— Vous êtes le type des Soldats du Paradis, c'est ça ?

Priest resta muet. Honeymoon le dévisageait. Priest songea qu'il essayait de fixer ses traits dans sa mémoire.

Gros malin.

— Bon Dieu, regardez la route… Prenez la nationale 80 en direction de San Francisco.

— Où va-t-on ?

— Nulle part.

Honeymoon s'engagea sur l'autoroute.

— Roulez à quatre-vingts sur la voie de droite. Merde, pourquoi ne m'accordez-vous pas ce que je vous demande ? (Le calme arrogant de Honeymoon le mettait en rage.) C'est un tremblement de terre que vous voulez ?

— Le gouverneur ne peut pas céder au chantage. Vous devez le savoir.

— Vous pouvez contourner le problème. Racontez que, de toute façon, vous projetiez de geler des travaux.

— Personne ne nous croirait. Pour le gouverneur, ce serait un suicide politique.

— Mon œil. Vous pouvez rouler le public. Les porte-parole, c'est fait pour quoi ?

— Je suis le meilleur, mais je ne peux pas accomplir de miracles. Cette histoire est trop connue. Vous n'auriez pas dû mettre John Truth dans le coup.

— Personne ne nous écoutait, répliqua Priest avec colère, jusqu'au moment où John Truth s'est occupé de l'affaire !

— Enfin, quelle qu'en soit la raison, l'histoire est aujourd'hui publique et le gouverneur ne peut pas reculer. S'il le faisait, l'État de Californie s'exposerait au chantage de n'importe quel crétin avec un fusil de chasse à la main et une araignée dans le clocher, à propos de n'importe quelle cause. Mais vous, vous pourriez reculer.

Ce salaud essaie de me persuader !

— Prenez la première sortie, ordonna Priest. Revenez vers la ville.

Honeymoon poursuivit :

— Personne ne sait qui vous êtes ni où vous trouver. Si vous laissez tomber maintenant, vous pouvez vous en tirer. Il n'y a pas vraiment eu de mal. Mais si vous déclenchez un nouveau séisme, vous aurez toutes les polices des États-Unis aux trousses. Ils ne vous lâcheront pas avant de vous avoir trouvé. Et personne ne peut se cacher indéfiniment.

Priest était furibond.

— Ne me menacez pas ! hurla-t-il. C'est moi qui tiens le revolver !

— Je ne l'ai pas oublié. J'essaie de nous tirer tous les deux de ce mauvais pas.

Honeymoon avait pris le contrôle de la conversation. Priest en était malade d'agacement.

— Écoutez-moi : il n'y a qu'une façon de nous sortir de là. Annoncez aujourd'hui qu'on ne construira pas de nouvelles centrales en Californie.

— Je ne peux pas.

— Arrêtez-vous.

— Nous sommes sur l'autoroute.

— Arrêtez-vous, putain !

Honeymoon ralentit et stoppa la voiture sur le bas-côté. Priest avait une folle envie de tirer, mais il résista à la tentation.

— Descendez de voiture.

Honeymoon s'exécuta. Priest s'installa au volant.

— Vous avez jusqu'à minuit pour revenir à la raison, déclara-t-il, et il démarra.

Dans le rétroviseur, il vit Honeymoon essayer d'arrêter une voiture. Elle continua son chemin. Il essaya encore. En vain.

En voyant le grand gaillard dans son costume bien coupé et ses chaussures étincelantes planté sur le bas-côté à essayer de faire du stop, Priest éprouva une certaine satisfaction. Cela l'aida à étouffer le soupçon lancinant que Honeymoon, au fond, avait eu l'avantage dans cette rencontre, même si c'était Priest qui tenait le revolver.

Honeymoon renonça à héler les voitures et se mit à marcher.

En souriant, Priest revint en ville.

Mélanie l'attendait là où il l'avait déposée. Il laissa les clés sur le contact de la Lincoln et monta dans la Plymouth.

— Que s'est-il passé ? demanda Mélanie.

— Rien. C'était une perte de temps. Allons-y.

Priest élimina le premier site auquel Mélanie le conduisit, une petite ville de bord de mer à quatre-vingts kilomètres au nord de San Francisco. Ils se garèrent en haut de la falaise où un vent violent ébranlait la vieille Plymouth sur ses ressorts fatigués. Priest ouvrit la vitre pour humer l'odeur de la mer. Il aurait aimé ôter ses chaussures et marcher pieds nus sur la plage, le sable humide coulant entre ses orteils, mais le temps lui manquait.

L'endroit était très exposé : on ne manquerait pas de remarquer le camion, loin de l'autoroute : il n'y aurait donc pas moyen de filer rapidement ; et il n'y avait pas grand-chose de valeur à détruire : juste quelques maisons groupées autour d'un port.

— Un séisme cause parfois les plus importants dégâts à des kilomètres de son épicentre, précisa Mélanie.

— Mais on ne peut pas en être certain.

— C'est vrai. On ne peut être sûr de rien.

— Pourtant, la meilleure façon d'abattre un gratte-ciel, c'est que le tremblement se produise juste sous ses fondations, non ?

— Toute chose étant égale par ailleurs, oui.

Ils roulèrent vers le sud, traversant les vertes collines du comté de Marin, et franchirent le pont du Golden Gate. Le second site proposé par Mélanie était au cœur de la ville, non loin du campus de l'université de Californie.

— C'est mieux ici, déclara Priest.

Tout autour de lui se trouvaient des résidences, des bureaux, des magasins et des restaurants.

— Une secousse dont l'épicentre serait à cet endroit

causerait surtout des dégâts à la marina, objecta Mélanie.

— Comment ça ? Elle est à des kilomètres.

— Là-bas, c'est de la terre conquise sur la mer. Les dépôts sédimentaires du sous-sol sont saturés d'eau, ce qui amplifie la secousse. Alors qu'ici le sol est probablement solide. Et ces constructions ont l'air robustes. La plupart des immeubles résistent à un tremblement de terre. Ceux qui s'écroulent sont en maçonnerie non renforcée — des résidences à bon marché — ou en béton non armé.

C'était couper les cheveux en quatre, décida Priest. Mélanie était nerveuse, voilà tout.

Un tremblement de terre, bon Dieu, c'est toujours un tremblement de terre ! Personne ne sait ce qui va s'écrouler. Je m'en fous, dès l'instant que ça s'effondre.

— Allons examiner un autre endroit, proposa-t-il.

Mélanie lui fit emprunter la direction du sud.

— Là où la faille de San Andreas traverse la nationale 101, il y a une petite bourgade qui s'appelle Felicitas.

Ils roulèrent vingt minutes et faillirent manquer la sortie de Felicitas.

— Ici, ici ! cria Mélanie. Tu n'as pas vu le panneau ?

Priest donna un brusque coup de volant à droite pour s'engager dans la bretelle de sortie.

— Je ne regardais pas.

La sortie menait à un point de vue d'où l'on dominait la ville. Felicitas s'étendait devant eux comme une photo. Une grand-rue bordée de boutiques en bois et de bureaux, avec quelques voitures garées en épi devant les immeubles. Une petite église, en bois aussi, avec un clocher. Au nord et au sud de l'artère principale, un quadrillage régulier de ruelles bordées d'arbres. Toutes les maisons ne comportaient qu'un étage. La ville s'estompait rapidement pour se fondre dans la campagne environnante. Au nord le paysage était coupé par une rivière sinueuse comme une fêlure sur un carreau. Au loin, une voie de chemin de fer toute droite comme un trait d'est en ouest. Derrière Priest, l'autoroute passait sur un viaduc perché sur de hautes arches de béton.

On apercevait, descendant la colline, un groupe de six grosses canalisations bleu clair. Elles plongeaient sous l'autoroute, évitaient l'agglomération en passant à l'ouest et disparaissaient à l'horizon comme un xylophone sans fin.

— Bon sang, s'exclama Priest, qu'est-ce que c'est que ça ?

Mélanie réfléchit un moment.

— Je crois que c'est un pipeline d'essence.

Priest poussa un long soupir de satisfaction.

— Cet endroit est parfait.

Ils firent encore une halte ce jour-là.

Après le tremblement de terre, Priest aurait besoin de cacher le vibrateur sismique. Sa seule arme, c'était la menace de nouveaux séismes. Il devait faire croire à Honeymoon et au gouverneur Robson qu'il avait le pouvoir de recommencer indéfiniment, jusqu'au moment où ils céderaient. Conduire le vibrateur sur les routes présenterait de plus en plus de difficultés. Il lui fallait donc le dissimuler à un endroit où, si besoin en était, il pourrait déclencher une troisième secousse.

Mélanie le conduisait jusqu'à la 3e Rue, parallèle au rivage de l'immense rade naturelle que constituait la baie de San Francisco. Entre la 3e Rue et le front de mer s'étendait une zone industrielle délabrée — rails de tramways abandonnés, chaussées défoncées, usines abandonnées et rongées par la rouille, entrepôts déserts aux vitres brisées, mornes chantiers encombrés de palettes, de pneus et d'épaves de voitures…

— C'est parfait, déclara Priest. À une demi-heure de Felicitas et le genre de quartier où personne ne s'intéresse à ses voisins.

Des agents immobiliers optimistes avaient accroché des panneaux à certains des immeubles. Mélanie, se faisant passer pour la secrétaire de Priest, appela le numéro de téléphone affiché sur l'un d'eux et demanda s'ils avaient un entrepôt à louer, quelque chose de vraiment bon marché d'environ deux mille mètres carrés.

Un jeune vendeur empressé vint les retrouver une heure plus tard. Il leur fit visiter une ruine en parpaings avec des trous dans la tôle ondulée du toit. Au-dessus de la porte, une enseigne brisée que Mélanie déchiffra tout haut : « Agendas Perpetua ». Il y avait largement la place de garer le vibrateur sismique. La bâtisse comprenait aussi une salle de bains en état de marche, un petit bureau avec une plaque chauffante et un vieux téléviseur Zénith laissé là par le précédent occupant.

Priest expliqua au vendeur qu'il avait besoin d'un endroit où il pourrait entreposer des tonneaux de vin pendant environ un mois. L'homme se fichait éperdument de ce que Priest voulait faire de cet espace. Il était ravi d'obtenir un loyer d'une propriété pratiquement sans valeur. Il promit de faire remettre l'eau et l'électricité dès le lendemain. Priest lui régla quatre semaines de loyer d'avance, en liquide, puisé dans le magot secret caché dans sa vieille guitare.

Le vendeur avait l'air de penser que c'était son jour de chance. Il remit les clés à Mélanie, leur serra la main et s'empressa de filer avant que Priest ne change d'avis.

Le jeudi soir, Judy Maddox se fit couler un bain. Allongée dans l'eau, elle se rappelait aussi clairement que s'il avait eu lieu la veille le tremblement de terre de Santa Rosa qui l'avait effrayée quand elle était petite. Quoi de plus terrifiant qu'un sol qui se dérobe sous vos pieds ? Parfois, elle avait des visions cauchemardesques de multiples collisions de voitures, de ponts qui s'effondraient, d'immeubles qui s'écroulaient, d'incendies et d'inondations. Mais rien d'aussi effrayant que la terreur qu'elle avait éprouvée à l'âge de six ans.

Elle se lava les cheveux et chassa ce souvenir. Puis elle se prépara un sac de voyage et, à dix heures du soir, retourna au club des officiers.

Tout était calme au poste de commandement, mais l'atmosphère était tendue. Personne ne savait encore avec certitude si les Soldats du Paradis pouvaient provoquer un séisme. Mais, depuis que Ricky Granger avait enlevé Al Honeymoon sous la menace d'un revolver dans le garage du Capitole et l'avait abandonné sur la nationale 80, chacun était convaincu que ces terroristes ne plaisantaient pas.

Plus d'une centaine de personnes s'affairaient maintenant dans la grande salle de bal. Le responsable de l'affaire était désormais Stuart Cleever, le grand ponte arrivé de Washington le mardi soir. Malgré les instructions de Honeymoon, le Bureau refusait de laisser un modeste agent prendre le commandement d'une opération de cette importance. Judy ne réclamait pas le contrôle total et elle n'avait pas discuté. Toutefois, elle s'était assurée que ni Brian Kincaid ni Marvin Hayes n'étaient directement impliqués.

Judy avait le titre de coordinateur des opérations d'investigation, ce qui lui conférait suffisamment de pouvoirs pour agir. À ses côtés, Charlie Marsh, coordinateur des opérations d'urgence, commandait l'équipe du groupe d'intervention, en état d'alerte dans la salle voisine. Charlie était un homme d'environ quarante-cinq ans aux cheveux grisonnants coupés en brosse. Ancien militaire, maniaque de gymnastique et collectionneur d'armes — pas le genre que Judy appréciait en général —, il était droit, fiable, et agréable dans le travail.

Entre la table de la direction et celle où était installée l'équipe d'investigation se trouvaient Michael Quercus et ses jeunes sismologues, assis devant leurs écrans, guettant le moindre signe d'activité sismique. Comme Judy, Michael était rentré chez lui pour quelques heures. Il était revenu vêtu d'un pantalon kaki propre et d'un polo noir, avec un gros sac de sport, prêt à une longue veille.

Dans la journée, ils avaient discuté de problèmes pratiques tandis qu'il installait son équipement et présentait ses collaborateurs. Tout d'abord, une certaine gêne s'était glissée entre eux, mais Judy s'aperçut rapidement qu'il dominait ses sentiments de colère et de culpabilité. Peut-être aurait-elle dû faire la tête un jour ou deux, mais elle avait d'autres chats à fouetter. Elle chassa donc l'incident de ses pensées et se trouva ravie de la présence de Michael.

Elle cherchait un prétexte pour lui parler quand le téléphone posé sur son bureau sonna.

— Judy Maddox.

— Un appel pour vous de Ricky Granger.

— Repérez-le ! lança-t-elle.

Il ne faudrait à la standardiste que quelques secondes pour contacter le centre de sécurité de Pacific Bell qui fonctionnait vingt-quatre heures sur vingt-quatre. Elle fit signe à Cleever et à Marsh pour leur indiquer d'écouter.

— Ça y est, dit la standardiste. Je vous le passe ou je le laisse en attente ?

— Passez-le-moi. Enregistrez l'appel. (Un déclic.) Ici Judy Maddox.

— Agent Maddox, vous êtes futée. Mais êtes-vous assez futée pour faire entendre raison au gouverneur ?

Son ton était irrité et déçu. Judy imagina un homme d'une cinquantaine d'années, maigre, mal habillé, mais habitué à ce qu'on l'écoute.

Il est en train de perdre le contrôle de la situation et en est furieux.

— C'est bien à Ricky Granger que je parle ?

— Vous savez très bien à qui vous parlez. Pourquoi me forcent-ils à provoquer un nouveau tremblement de terre ?

— Vous *forcent* ? Vous vous imaginez que vous n'êtes pas responsable de toute cette affaire ?

Cela parut l'exaspérer davantage.

— Ça n'est pas moi qui utilise de plus en plus d'énergie électrique chaque année. Je n'ai pas besoin de nouvelles centrales. Je n'utilise pas l'électricité.

— Ah bon ? (*Vraiment ?*) Alors, à quoi marche votre téléphone… à la vapeur ?

Une secte qui n'utilise pas l'électricité. Voilà un indice.

Tout en le raillant, elle essayait d'en deviner davantage.

Mais où sont-ils ?

— Ne déconnez pas avec moi, Judy, c'est vous qui êtes dans la merde.

À côté d'elle, le téléphone de Charlie sonna. Il décrocha et écrivit sur son bloc en grosses majuscules : « Cabine — Oakland — carrefour N 980 et N 580 — station Texaco. »

— Nous sommes tous dans la merde, Ricky, répondit-elle d'un ton plus raisonnable.

Charlie se dirigea vers la carte épinglée au mur. Elle l'entendit prononcer le mot « barrage routier ».

— Votre ton a changé, fit remarquer Granger, méfiant. Qu'est-ce que vous mijotez ?

Judy se sentait dépassée par les événements. Elle n'avait pas suivi d'entraînement spécial pour négocier. Tout ce qu'elle savait, c'était qu'elle devait le garder en ligne.

— Je pensais tout d'un coup à la catastrophe que ce serait si vous et moi ne réussissions pas à nous mettre d'accord.

Charlie donnait des ordres urgents à voix basse.

— Appelez la police d'Oakland, bureau du shérif du comté d'Alameda et la police de la route de Californie.

— Vous me racontez des foutaises. Avez-vous déjà repéré cet appel ? Bon sang, c'était vite fait. Vous essayez de me garder en ligne pendant que votre équipe d'intervention me court après ? Oubliez ça ! J'ai cent moyens de sortir d'ici !

— Mais un seul de sortir du pétrin dans lequel vous êtes.

— Il est minuit passé, annonça-t-il. Le délai est expiré. Je vais déclencher un nouveau séisme. Et vous ne pouvez absolument rien faire pour m'en empêcher.

Il raccrocha. Judy reposa le combiné d'un geste furieux.

— Charlie, allons-y !

Elle arracha le portrait-robot de Granger du tableau des suspects et quitta la pièce en courant. L'hélicoptère attendait sur le terrain de manœuvres, ses pales tournant au ralenti. Elle grimpa à bord, Charlie sur ses talons. Comme l'appareil décollait, il coiffa ses écouteurs et lui fit signe de l'imiter.

— J'estime qu'il faudra vingt minutes pour mettre en place les barrages routiers, expliqua-t-il. À supposer qu'il roule à moins de cent pour éviter d'être arrêté pour excès de vitesse, il pourrait être à une trentaine de kilomètres le temps que nous arrivions. J'ai donné l'ordre que les principales routes soient barrées dans un rayon de quarante kilomètres.

— Et les autres ?

— S'il quitte l'autoroute, on le perd. Le réseau routier est l'un des plus denses de Californie. Même si vous aviez toute l'armée américaine à votre disposition, vous ne pourriez pas boucler complètement le secteur.

En s'engageant sur la N 80, Priest entendit le vrombissement d'un hélicoptère. Levant les yeux, il le vit passer au-dessus d'eux, traversant la Baie en direction d'Oakland.

— Merde, s'écria-t-il. Ils ne peuvent tout de même pas être après nous !

— Je t'ai prévenu, expliqua Mélanie. Ils peuvent repérer des appels téléphoniques quasi instantanément.

— Mais qu'est-ce qu'ils vont faire ? Ils ne savent même pas quelle direction nous avons prise en quittant la station-service !

— Ils pourraient boucler l'autoroute.

— Laquelle ? La 980, la 880, la 580, la 80 ? Vers le nord ou le sud ?

— Peut-être toutes les routes. Tu connais les flics : ils font ce qui leur plaît.

— Merde ! cria Priest en écrasant l'accélérateur.

— Ne te fais pas arrêter pour excès de vitesse.

Il ralentit.

— D'accord, d'accord !

— On ne peut pas quitter l'autoroute ?

— Il n'y a pas d'autre chemin pour rentrer. Les petites routes ne traversent pas la baie. On pourrait se planquer à Berkeley, se garer quelque part et dormir dans la voiture. Mais nous n'avons pas le temps. Il faut rentrer pour prendre le vibrateur sismique. Rien d'autre à faire que de foncer.

Priest scrutait l'obscurité devant eux, à l'affût des gyrophares de la police. Il fut soulagé d'atteindre le pont de Carquinez. Une fois la Baie franchie, ils pourraient emprunter des routes de campagne. Cela leur prendrait peut-être la moitié de la nuit pour rentrer, mais ils seraient hors de danger.

Il approcha calmement de la gare de péage, à l'affût du moindre signe d'activité policière. Un seul guichet était ouvert, ce qui n'était guère surprenant après minuit. Pas de lumières bleues, pas de voitures de patrouille, pas de policiers. Il s'arrêta et chercha de la monnaie dans les poches de ses jeans.

Relevant les yeux, il aperçut un motard de la police de la route.

Assis dans la guérite derrière le préposé, il dévisageait Priest d'un air surpris.

L'employé du guichet prit l'argent de Priest mais ne leva pas la barrière de sortie. Le policier quitta précipitamment la guérite.

— Merde ! murmura Mélanie. Qu'est-ce qu'on fait ?

Priest envisagea de filer, mais il y renonça rapidement. Ça ne ferait que déclencher une poursuite et sa vieille bagnole ne pourrait pas semer les flics.

— Bonsoir, monsieur, dit le policier, un gros homme d'une cinquantaine d'années portant un gilet pare-balles par-dessus son uniforme. Veuillez vous garer sur le côté droit de la route.

Priest obéit. Une voiture de la police de la route était arrêtée de l'autre côté du péage, à un endroit où on ne pouvait pas l'apercevoir.

— Qu'est-ce que tu vas faire ? chuchota Mélanie.

— Essaie de rester calme.

Un second policier attendait dans le véhicule à l'arrêt. Il descendit en voyant Priest s'arrêter. Lui aussi portait un gilet pare-balles. Son collègue s'approcha.

Priest ouvrit la boîte à gants et prit le revolver volé le matin même à Los Alamos. Puis il descendit à son tour.

Il ne fallut à Judy que quelques minutes pour gagner la station Texaco d'où avait été passé le coup de fil. La police d'Oakland n'avait pas traîné. Sur le parking, quatre voitures de patrouille étaient postées aux quatre coins d'un carré, le capot vers l'intérieur, leurs gyrophares bleus clignotant, leurs phares illuminant une zone d'atterrissage bien dégagée. L'hélico se posa.

Judy sauta à terre. Un sergent l'accueillit.

— Conduisez-moi jusqu'au téléphone.

Il l'entraîna à l'intérieur. La cabine était dans un coin, à côté des toilettes. Derrière le comptoir, deux employés : une femme entre deux âges et un jeune Blanc avec une boucle d'oreille, l'air terrifié.

— Vous les avez interrogés ? demanda Judy au sergent.

— Inutile. Je leur ai juste expliqué qu'il s'agissait d'un contrôle de routine.

S'ils croient que quatre voitures de police et un héli-

coptère du FBI constituent un contrôle de routine, ils sont idiots !

— Avez-vous remarqué qui utilisait ce téléphone il y a (elle consulta sa montre) environ un quart d'heure ?

— Un tas de gens se servent du téléphone, répondit la femme.

Celle-ci n'aime pas la police.

Judy se tourna vers le jeune homme.

— Je parle d'un homme blanc, grand, la cinquantaine.

— Il y avait un type comme ça. (Il se tourna vers la femme.) Tu ne l'as pas remarqué ? L'air d'un vieux hippie.

— Jamais vu, répliqua-t-elle, entêtée.

Judy exhiba le portrait-robot.

— Ça pourrait être lui ?

Le jeune homme semblait dubitatif.

— Il n'avait pas de lunettes et ses cheveux étaient vraiment longs. C'est pour ça que j'ai pensé que c'était un hippie. (Il regarda plus attentivement.) Quand même, ça lui ressemble.

La femme examina attentivement la photo.

— Je me rappelle, maintenant. Je crois bien que c'est lui. Un type tout maigre, avec une chemise en jeans.

— Vous nous rendez un grand service, dit Judy avec reconnaissance. Maintenant, cette question est vraiment importante. Quel genre de voiture conduisait-il ?

— Je n'ai pas fait attention, répondit le jeune homme. Vous vous imaginez combien de voitures s'arrêtent ici tous les jours ? En plus, maintenant, il fait nuit.

Judy se tourna vers la femme qui hocha tristement la tête.

— Mon chou, vous tombez mal avec moi. Je suis incapable de faire la différence entre une Ford et une Cadillac.

Judy ne put dissimuler sa déception.

— Merde alors ! (Elle se reprit.) En tout cas, je vous remercie pour votre aide.

Elle sortit.

— Pas d'autres témoins ? demanda-t-elle au sergent.

— Non. Peut-être y avait-il d'autres clients au même moment, mais il y a longtemps qu'ils sont partis. Ils ne sont que deux à travailler ici.

Charlie Marsh arriva en courant, un portable collé à l'oreille.

— On a repéré Granger ! cria-t-il à Judy. Deux motards l'ont arrêté au péage du pont de Carquinez.

— Génial ! (Quelque chose dans l'expression de Charlie fit comprendre à Judy que les nouvelles n'étaient peut-être pas si bonnes.) Nous l'avons arrêté ?

— Non. Il les a abattus. Ils portaient des gilets, mais il leur a tiré à tous les deux une balle dans la tête. Puis il a filé.

— On a la marque de sa voiture ?

— Non. Le préposé du péage n'a pas fait attention.

— Alors, résuma Judy, incapable de réprimer le désespoir qui perçait dans sa voix, il nous a échappé ?

— Oui.

— Et les deux motards ?

— Morts tous les deux.

Le sergent pâlit.

— Que Dieu les garde en paix.

Judy se détourna, écœurée.

— Et que Dieu nous aide à arrêter Ricky Granger, avant qu'il tue d'autres personnes, murmura-t-elle.

17

Chêne avait fait un travail formidable : le vibrateur sismique avait vraiment l'air d'un manège forain.

Le panneau peint dans des rouges et des jaunes vifs de La Gueule du Dragon dissimulait la massive plaque d'acier, le gros moteur du vibrateur et l'ensemble complexe de réservoirs et de soupapes qui contrôlait l'engin. Priest traversa l'État, ce vendredi après-midi, depuis les premiers contreforts de la Sierra Nevada jusqu'à la côte en passant par la vallée de Sacramento ; les autres conducteurs souriaient et les saluaient de coups de klaxon amicaux, les enfants leur adressaient de grands signes par la lunette arrière des breaks. La police de la route ne s'occupa pas de lui.

Comme précédemment, Priest et Mélanie occupaient le camion, Star et Chêne suivaient dans la vieille Plymouth. Ils arrivèrent à Felicitas en début de soirée. La fenêtre sismique s'ouvrirait quelques minutes après dix-neuf heures. Une bonne heure : Priest bénéficierait de la tombée de la nuit pour s'enfuir. En outre, le FBI et les flics étaient en état d'alerte depuis dix-huit heures ; ils devaient commencer à être fatigués et leurs réactions en seraient ralenties. Peut-être commençaient-ils même à croire qu'il n'y aurait pas de tremblement de terre.

Il quitta l'autoroute et arrêta le camion. Au bout de la sortie, il y avait une station-service et un McDo où quelques familles étaient en train de dîner — les gosses regardèrent par la fenêtre le manège. À côté du restaurant, un champ où broutaient cinq ou six chevaux. Puis un petit bâtiment vitré abritant des bureaux. La route menant à la ville était bordée de maisons — Priest apercevait une école et une construction en bois qui avait l'air d'une chapelle baptiste.

— La ligne de faille traverse juste la Grand-Rue, annonça Mélanie.

— Comment le sais-tu ?

— Regarde les pins sur le trottoir, ceux du fond sont décalés d'environ un mètre cinquante par rapport à ceux qui sont devant.

Priest constata en effet que, vers le milieu de la rue, la rangée s'interrompait : au-delà de la cassure, les arbres poussaient au milieu du trottoir au lieu d'être en bordure.

Priest alluma la radio du camion ; l'émission de John Truth commençait.

« L'un des principaux adjoints du gouverneur Mike Robson a été enlevé à Sacramento dans des circonstances bizarres. Le ravisseur a accosté Al Honeymoon, le chef du cabinet du gouverneur, dans le garage du Capitole, l'a obligé à sortir de la ville puis l'a abandonné sur la nationale 80. »

— Tu remarques qu'on ne parle pas des Soldats du Paradis ? fit observer Priest. Ils savent que c'était moi, à Sacramento, mais ils feignent de n'établir aucun rapport avec nous. Ils s'imaginent éviter la panique. Ils perdent leur temps. Dans vingt minutes, la Californie connaîtra la plus grande panique du siècle.

— Tant mieux ! s'exclama Mélanie, le visage rouge, les yeux brillant d'espoir et de crainte.

Au fond, Priest était envahi de doute.

Est-ce que ça va marcher, cette fois-ci ?

Une seule façon de le savoir.

Il embraya et descendit la côte.

La bretelle qui partait de l'autoroute décrivait un grand virage pour rejoindre la vieille route menant à la ville. Priest s'engagea dans la Grand-Rue. Un café était construit juste sur la ligne de faille. Priest s'arrêta sur le parking devant l'établissement. La Plymouth se glissa près du camion.

— Va acheter des beignets, demanda-t-il à Mélanie. Aie l'air naturel.

Elle sauta à terre et se dirigea vers le café.

Priest serra le frein et actionna la commande qui abaissait la plaque du vibrateur sismique jusqu'au sol.

Un policier en uniforme sortit du café à ce moment-là.

— Merde ! murmura Priest.

L'homme, un sac en papier à la main, traversa le parking d'un pas décidé.

Il a dû aller acheter du café pour lui-même et son équipier. Mais où est la voiture de patrouille ?

En examinant les alentours, Priest repéra la bande lumineuse bleu et blanc d'une voiture presque entièrement cachée par une fourgonnette. Il ne l'avait pas remarquée en arrivant. Il se maudit de son étourderie.

Trop tard pour les regrets.

En apercevant le camion, le flic changea de direction et s'approcha de la vitre de Priest.

— Bonjour, ça va ? dit-il d'un ton amical.

— Très bien, répondit Priest. (*Rien d'inquiétant. Les flics des petits bleds font comme s'ils connaissaient tout le monde.*) Et vous, vous allez bien ?

— Vous savez que vous ne pouvez pas faire fonctionner ce manège sans permis, n'est-ce pas ?

Priest le rassura.

— Comme partout. Nous avons l'intention de nous installer à Pismo Beach. Nous nous sommes juste arrêtés pour prendre un café, comme vous.

— D'accord. Bonne journée.

— Vous aussi.

Si tu savais qui je suis, mon vieux, tu t'étranglerais avec ton beignet au chocolat.

Il regarda par la lunette arrière et vérifia les cadrans du vibrateur. Toutes les aiguilles étaient dans le vert.

Mélanie réapparut.

— Monte dans la voiture avec les autres, lui dit Priest. J'arrive.

Il régla l'engin pour le faire vibrer sur un signal envoyé par télécommande, puis sauta à terre en laissant le moteur tourner.

Mélanie et Star étaient installées sur la banquette

arrière de la Plymouth, aussi loin l'une de l'autre que possible. Elles étaient polies mais incapables de dissimuler leur hostilité réciproque. Chêne était au volant, Priest se glissa à la place du passager.

— Remonte la colline jusqu'à l'endroit où on s'est arrêtés tout à l'heure, dit-il.

Chêne démarra.

Priest alluma la radio et se brancha sur John Truth.

« Sept heures vingt-cinq, vendredi soir, et la menace d'un séisme déclenché par le groupe terroriste des Soldats du Paradis ne s'est pas concrétisée, Dieu soit loué. Quelle est la chose la plus terrifiante qui vous soit jamais arrivée, à vous ? Appelez John Truth maintenant et racontez-nous. Ça pourrait être une bêtise : une souris dans votre réfrigérateur. Ou un cambriolage. Faites partager vos réactions à tout le monde ce soir sur *John Truth en direct*. »

— Appelle-le de ton portable, ordonna Priest à Mélanie.

— Et s'ils repèrent d'où vient l'appel ?

— C'est une station de radio, pas le FBI ! Ils ne peuvent pas repérer les appels.

— D'accord. (Mélanie pianota le numéro que John Truth répétait à la radio.) C'est occupé.

— Essaye encore.

— Cet appareil rappelle automatiquement.

Parvenus au sommet de la colline, ils contemplèrent la ville. Priest inspecta avec inquiétude le parking devant le café. Les flics y étaient encore. Il ne voulait pas déclencher le vibrateur tant qu'ils étaient si proches : l'un d'eux pourrait avoir la présence d'esprit de bondir dans la cabine et de couper le contact.

— Ces foutus flics ! Pourquoi est-ce qu'ils ne vont pas arrêter des criminels ?

— Parle pas de malheur, ils pourraient s'en prendre à nous, lança Chêne en plaisantant.

— Nous ne sommes pas des criminels ! protesta

énergiquement Star. Nous essayons de sauver notre pays.

— C'est drôlement vrai, acquiesça Priest avec un sourire.

— Je parle sérieusement ! Dans cent ans, les gens réfléchiront et comprendront que c'est nous qui étions raisonnables et le gouvernement qui était fou de laisser la pollution détruire l'Amérique. Rappelle-toi les déserteurs de la Première Guerre mondiale : à l'époque, on les exécrait, mais aujourd'hui tout le monde répète que ceux qui se sont enfuis étaient les seuls sains d'esprit.

— Tu as raison, concéda Chêne.

La voiture de police démarra et s'éloigna.

— Ça y est, s'écria Mélanie, je l'ai ! Je l'ai... Allô ? Oui, je vais attendre John Truth... Les gars, il demande d'éteindre la radio... (Priest s'exécuta.) Je veux parler du tremblement de terre, reprit Mélanie en réponse à une question. C'est... Melinda. Oh ! Il a disparu. Putain, Priest, j'ai failli lui dire mon nom !

— Ça n'aurait pas d'importance : il doit y avoir un million de Mélanie. Passe-moi l'appareil.

Elle le lui tendit. Priest le colla à son oreille. Il entendit une publicité pour un concessionnaire Lexus à San Jose que la station, de toute évidence, passait aux auditeurs en attente. Il suivit des yeux la voiture de police qui montait la côte dans leur direction. Elle dépassa le camion, s'engagea sur l'autoroute et disparut.

Il entendit soudain :

« Et Melinda veut nous parler de la menace du tremblement de terre. Allô, Melinda, vous êtes sur *John Truth en direct !* »

— Bonjour, John. Ce n'est pas Melinda. C'est un Soldat du Paradis.

Il y eut un silence. Truth reprit la parole en employant le ton pontifiant qu'il réservait aux déclarations d'une extrême gravité.

— Mon vieux, vous feriez mieux de ne pas plaisanter, parce que vous risquez de vous retrouver en prison !

— Au contraire, je pourrais aller en prison si justement je ne plaisante pas.

Truth ne rit pas.

— Pourquoi m'appelez-vous ?

— Nous voulons juste nous assurer que, cette fois-ci, tout le monde saura que nous avons provoqué le séisme.

— Quand va-t-il se produire ?

— D'ici quelques minutes.

— Où ça ?

— Je ne tiens pas à donner au FBI une longueur d'avance sur nous. Mais je vais vous dire une chose que personne ne pourrait deviner. Ça se produira juste sur la nationale 101.

Raja Khan bondit sur une table juste au milieu du poste de commandement.

— Taisez-vous tout le monde, et écoutez ! hurla-t-il. (Tous perçurent la note vibrante de peur dans sa voix et le silence s'établit dans la salle.) Un type se prétendant des Soldats du Paradis passe sur *John Truth en direct*.

S'éleva un brusque brouhaha de questions.

— Silence, tout le monde ! cria Judy. Raja, que dit-il ?

Carl Theobald, assis, l'oreille collée au haut-parleur d'une radio portable, répondit à sa question.

— Que le prochain tremblement de terre se produira sur la nationale 101 dans quelques minutes.

— Bien joué, Carl ! Augmentez le volume. (Judy se retourna.) Michael... est-ce que ça correspond à un des sites que nous surveillons.

— Pas du tout. Merde, je me suis trompé !

— Cherchez encore ! Tâchez de deviner où ils pourraient être !

— Très bien. Cessez de hurler.

Il s'assit devant son ordinateur et se mit à manipuler la souris.

Sur la radio de Carl Theobald, une voix annonça : « Voilà, c'est maintenant. »

Une alarme se déclencha sur l'ordinateur de Michael.

— Qu'est-ce que c'est ? demanda Judy. Une secousse ?

— Attendez, dit Michael en cliquant, ça arrive juste sur l'écran... Non, ce n'est pas une secousse. C'est un vibrateur sismique.

Judy regarda par-dessus son épaule. Sur l'écran, elle aperçut un tracé semblable à celui qu'il lui avait montré dimanche.

— Où est-ce ? Donnez-moi un emplacement !

— Je suis en train de chercher. Ça n'est pas en criant que l'ordinateur effectuera la triangulation plus vite.

Comment pouvait-il être aussi susceptible dans un moment pareil ?

— Pourquoi n'y a-t-il pas de secousse ? Peut-être que leur méthode ne marche pas !

— À Owens Valley, ça n'a pas marché dès le premier coup.

— Je l'ignorais.

— Voici les coordonnées.

Judy et Charlie Marsh se précipitèrent vers la carte murale. Michael égrena les coordonnées.

— Ici ! s'exclama Judy d'un ton triomphant. Juste sur la nationale 101, au sud de San Francisco. Une ville du nom de Felicitas. Carl, appelez la police locale. Raja, alertez la police de la route. Charlie, je pars avec vous dans l'hélico.

— Ça n'est pas exact au mètre près, la prévint Michael. Le vibrateur pourrait être n'importe où dans un rayon de quinze cents mètres autour des coordonnées.

— Comment pouvons-nous préciser davantage ?

— En regardant le paysage, je peux repérer la ligne de faille.

— Suivez-nous dans l'hélicoptère. Prenez un gilet pare-balles. Allons-y !

— Ça ne marche pas ! s'écria Priest, en s'efforçant de maîtriser sa panique.

— La première fois, à Owens Valley, lui rappela Mélanie, l'air exaspérée, ça n'a pas marché non plus, tu ne te souviens pas ? Il a fallu déplacer le camion et réessayer.

— Merde ! J'espère que nous avons le temps. Roule, Chêne ! On retourne au camion !

Chêne enclencha une vitesse et dévala la pente.

Priest se retourna et, par-dessus le rugissement du moteur, cria à Mélanie :

— Où penses-tu que nous devrions l'installer ?

— Il y a une petite rue presque en face du café : suis-la sur environ quatre cents mètres. C'est là que passe la ligne de faille.

— D'accord.

Chêne arrêta la voiture devant le café. Priest sauta à terre. Une grosse femme entre deux âges était plantée devant lui.

— Vous avez entendu ce vacarme ? Ça avait l'air de venir de votre camion. Un bruit à vous casser les oreilles.

— Écartez-vous ou je vous casse la tête !

Il bondit dans la cabine, releva la plaque, passa une vitesse et démarra. Il déboula dans la rue juste devant un vieux break. La voiture freina dans un hurlement de pneus et le conducteur klaxonna avec indignation. Priest fonça vers la petite rue.

Il roula quatre cents mètres et s'arrêta devant une maison proprette d'un étage entourée d'un jardin. Un petit chien blanc se mit à aboyer farouchement. Avec une hâte fébrile, Priest abaissa de nouveau la plaque du vibrateur et vérifia les cadrans. Il brancha l'engin sur télécommande, sauta à terre et regagna la Plymouth.

Chêne fila dans un grand crissement de pneus. En

remontant la Grand-Rue, Priest remarqua que leurs activités commençaient à attirer l'attention. Un couple chargé de sacs à provisions, deux garçons montés sur des VTT et trois gros hommes qui sortaient d'un bar accoururent pour voir ce qui se passait.

Arrivés au bout de la Grand-Rue, ils s'engagèrent dans la côte.

— C'est bon, nous sommes assez loin, déclara Priest.

Chêne arrêta la voiture. Priest appuya sur la télécommande.

Il entendait les vibrations du camion, à six pâtés de maisons de là.

— On est à l'abri, ici ? demanda Star d'une voix tremblante.

Ils étaient silencieux, pétrifiés, attendant le séisme.

Le camion vibra trente secondes, puis tout s'arrêta.

— Trop à l'abri, dit Priest à Star.

— Putain, Priest, cria Chêne, ça ne marche pas !

— C'est arrivé la dernière fois, répondit Priest, désespéré. Ça va marcher.

— Tu sais ce que je pense ? déclara Mélanie. La terre est trop meuble, ici. La ville est proche de la rivière. Un sol meuble et humide absorbe les vibrations.

Priest se tourna vers elle d'un air accusateur.

— Hier, tu m'as expliqué que les tremblements de terre causent plus de dégâts dans les terrains humides.

— J'ai dit que les immeubles bâtis sur un sol humide risquent davantage d'être endommagés, parce que la terre sous les fondations bouge plus. Mais pour transmettre les ondes de choc jusqu'à la faille, la roche devrait être de meilleure qualité.

— Épargne-moi ta conférence de merde ! Où est-ce qu'on essaie, maintenant ?

Mélanie désigna la colline.

— Là où on a quitté l'autoroute. Ça n'est pas juste sur la ligne de faille, mais le sol devrait être rocheux.

Chêne lança à Priest un regard interrogateur. Celui-ci se contenta d'ordonner :

— On retourne au camion, vas-y !

Ils foncèrent dans la Grand-Rue, sous le regard d'un plus grand nombre de curieux. Chêne prit un virage sur les chapeaux de roue pour s'engager dans la petite rue avant de s'arrêter brutalement près du vibrateur sismique. Priest grimpa dans la cabine, souleva la plaque et démarra, le pied au plancher.

Le camion traversa la ville avec une abominable lenteur et amorça péniblement l'ascension de la côte.

Ils étaient à mi-chemin quand la voiture de police qu'ils avaient observée précédemment déboucha de la bretelle de l'autoroute, tous clignotants allumés, sirène hurlante, et passa devant eux à fond de train, se dirigeant vers la ville.

Le camion arriva enfin à l'endroit choisi. Pour la troisième fois, Priest abaissa la plaque du vibrateur.

Derrière lui, il apercevait la Plymouth. Remontant de la ville, la voiture de police. En levant les yeux, il repéra dans le ciel, au loin, un hélicoptère.

Il n'avait pas le temps de quitter le camion pour utiliser la télécommande. Il allait devoir activer le vibrateur en restant assis à la place du conducteur.

Il posa la main sur la commande, hésita et abaissa le levier.

Vue de l'hélicoptère, Felicitas avait l'air d'une ville endormie.

La soirée était claire et lumineuse. Judy distinguait la Grand-Rue et le quadrillage des rues qui l'entouraient, les arbres des jardins, les voitures devant les maisons. Tout était calme. Un homme en train d'arroser des fleurs était si immobile qu'on aurait dit une statue. Une femme coiffée d'un grand chapeau de paille était plantée sur le trottoir. Trois filles d'une quinzaine d'années étaient figées à un coin de rue. Deux garçons avaient arrêté leurs vélos au milieu de la chaussée.

Sur l'autoroute, qui passait sur les arches élégantes d'un viaduc, parmi le mélange habituel de voitures et de camions, Judy observa deux voitures de police qui gagnaient la ville à toute vitesse, en réponse, supposa-t-elle, à son appel d'urgence.

Mais, dans la ville, personne ne bougeait.

Au bout d'un moment, elle comprit. Ils tendaient l'oreille.

Le vrombissement de l'hélicoptère l'empêchait d'entendre ce qu'ils écoutaient mais elle le devinait : ce devait être le vibrateur sismique.

Où est-il ?

L'hélicoptère volait assez bas pour qu'elle puisse identifier les marques des voitures garées sur la Grand-Rue, mais elle n'apercevait aucun véhicule assez imposant pour être un vibrateur sismique. Aucun des arbres qui obscurcissaient en partie les rues adjacentes ne semblait assez haut pour dissimuler un gros camion.

Elle s'adressa à Michael dans le casque.

— Vous distinguez la ligne de faille ?

— Oui. (Il étudiait une carte et la comparait avec le paysage qui s'étendait à leurs pieds.) Elle traverse la voie ferrée, la rivière, l'autoroute et le pipeline. Dieu tout-puissant, il va y avoir des dégâts.

— Mais où est le vibrateur ?

— Qu'est-ce que c'est que ça, à flanc de colline ?

Judy suivit la direction de son doigt. Au-dessus de la ville, non loin de l'autoroute, elle vit un petit groupe de bâtiments, un McDo, des bureaux vitrés et un petit édifice en bois, sans doute une chapelle. Près du restaurant était garé un coupé beige qui avait l'air d'une vieille voiture de sport du début des années soixante-dix, une voiture de police, et un gros camion peint d'un rouge vif et d'un jaune criard. Elle distingua les mots « La Gueule du Dragon ».

— C'est un manège, dit-elle.

— Ou un camouflage, suggéra-t-il. C'est à peu près la bonne taille pour un vibrateur sismique.

— Mon Dieu, je parie que vous avez raison ! Charlie, vous écoutez ?

Charlie Marsh était assis auprès du pilote. Six membres de l'équipe de son groupe d'intervention étaient installés derrière Judy et Michael, armés de mitraillettes MP-5 à canon court. Le reste de l'équipe fonçait sur l'autoroute à bord d'un camion blindé, leur centre d'opérations tactiques mobile.

— J'écoute, répondit Charlie. Pilote, pouvez-vous nous déposer près de ce manège ?

— Difficile. Le flanc de la colline est très en pente, la route forme une corniche étroite. Je préférerais me poser sur le parking du restaurant.

— Allez-y, acquiesça Charlie.

Le pilote hésita.

— Il ne va pas y avoir de tremblement de terre, hein ?

Personne ne lui répondit.

Au moment où l'hélico se posait, une silhouette sauta à bas du camion. Judy aperçut un homme grand et mince avec de longs cheveux bruns.

Mon adversaire.

Il leva les yeux vers l'hélico ; elle eut l'impression qu'il la regardait droit dans les yeux.

Ne bouge pas de là, espèce d'enfant de salaud, je viens t'arrêter.

L'hélicoptère plana au-dessus du parking, puis amorça sa descente.

Judy se rendit compte que, dans les quelques secondes à venir, elle pouvait mourir avec tous ceux qui l'accompagnaient.

L'hélicoptère touchait le sol quand il y eut un épouvantable fracas.

Le bruit noya le grondement du vibrateur sismique et le vrombissement des rotors de l'hélicoptère. Le sol parut se soulever et venir frapper Priest comme un coup de poing. Une seconde auparavant, il regardait l'hélico se poser sur le parking du McDo en songeant que son plan avait échoué, qu'il allait être arrêté et jeté en prison, et tout à coup il se retrouvait à plat ventre, avec l'impression d'avoir été frappé par Mike Tyson.

Il roula sur le côté, cherchant à retrouver son souffle. Autour de lui les arbres se tordaient comme si un ouragan s'était déchaîné.

Puis il recouvra ses esprits.

Ça a marché !

Il avait provoqué un séisme.

Oui !

Et il était en plein milieu.

Je vais mourir.

L'air résonnait d'un grondement sourd et terrifiant comme si on secouait des roches dans un seau gigantesque. Il réussit à se remettre à genoux mais le sol ne s'immobilisait pas. En essayant de se relever, il tomba de nouveau.

Merde ! je suis foutu.

Il se laissa rouler et parvint à s'asseoir.

Il entendit un bruit pareil à celui d'une centaine de fenêtres en train de voler en éclats. C'était exactement ce qui se passait : les parois vitrées de l'immeuble de bureaux se fracassaient toutes en même temps. Des millions d'éclats de verre dégringolaient en cascade du bâtiment.

Oui !

La chapelle baptiste parut trébucher sur le côté. Ses minces parois de bois s'effondraient dans un nuage de poussière, laissant un énorme lutrin de chêne sculpté planté au milieu des décombres.

J'ai réussi ! J'ai réussi !

Les fenêtres du McDo se brisèrent. Les hurlements des enfants terrifiés déchirèrent l'air. Un coin du toit s'écrasa sur un groupe de cinq ou six adolescents. Les autres clients se précipitèrent vers les fenêtres maintenant sans carreaux tandis que le reste du toit s'affaissait.

Une forte odeur d'essence flottait dans l'air.

La secousse a dû endommager les réservoirs de la station.

Priest vit un flot de carburant se répandre dans la cour. Une motocyclette dont le pilote avait perdu le contrôle dérapa, le conducteur tomba de sa selle tandis que la machine glissait sur le ciment dans une gerbe d'étincelles. L'essence s'enflamma avec un grand *whoosh*. Une seconde plus tard toute la place était en feu.

Seigneur!

Les flammes étaient terriblement près de la Plymouth. Il voyait la voiture qui se balançait sur place et le visage terrifié de Chêne au volant.

Il n'avait jamais vu Chêne effrayé.

Les chevaux de la prairie proche du restaurant franchirent au galop la clôture brisée et foncèrent sur la route en direction de Priest, les yeux exorbités, la bouche écumante. Priest n'eut pas le temps de s'écarter. Il se protégea la tête de ses mains. Ils le dépassèrent sans le toucher.

En ville, la cloche de l'église sonnait follement.

L'hélicoptère reprit l'air une seconde après s'être posé. Judy vit le sol en dessous d'elle frémir comme un bloc de gelée de fruits et s'éloigner rapidement tandis que l'hélico prenait de la hauteur. Le souffle coupé, elle observa les murs de verre du petit immeuble de bureaux osciller comme une vague avant de s'écrouler en une énorme gerbe. Un motocycliste heurta l'un des distributeurs d'essence. Elle poussa un cri horrifié quand le carburant prit feu et que les flammes enveloppèrent l'homme tombé à terre.

L'hélicoptère vira sur le côté. La perspective changea. Judy distinguait maintenant toute la plaine. Au loin, un train de marchandises traversait les champs. Elle crut tout d'abord qu'il était indemne, puis elle se rendit compte qu'il ralentissait violemment. Le convoi était sorti des rails. Sous ses yeux horrifiés, la locomotive laboura le champ le long de la voie, les wagons chargés s'encastrèrent les uns dans les autres.

L'hélico vira encore, montant toujours.

Le spectacle de la ville était insoutenable. Des personnes désespérées, affolées, couraient, bouche ouverte, poussant des hurlements de terreur qu'elle ne pouvait entendre, essayant de s'échapper tandis que leurs maisons s'écroulaient, les murs se fendant, les fenêtres explosant, les toits glissant de côté pour retomber sur des jardins impeccables et écraser les voitures garées dans les allées. La Grand-Rue semblait en même temps être en feu et remplie d'eau.

Un éclair zébra le ciel, puis un autre. Judy devina que les lignes électriques étaient en train de se rompre.

L'autoroute apparut dans le champ de vision de Judy. Celle-ci porta les mains à sa bouche pour étouffer ses cris. Une des arches géantes soutenant le viaduc avait été tordue et brisée. La chaussée s'était fendue et un lambeau d'asphalte pendait dans le vide. Une dizaine de voitures au moins étaient empilées de chaque côté de la brèche. Plusieurs étaient en feu. Une vieille Chevrolet aux ailerons effilés fonça vers le précipice, dérapant sur le côté tandis que le conducteur essayait en vain de freiner. Judy s'entendit pousser un hurlement lorsque la voiture plongea dans le vide. Elle distinguait le visage terrifié du chauffeur, un jeune homme, qui se rendait compte qu'il allait mourir. La voiture exécuta plusieurs culbutes dans le vide, avec une abominable lenteur, pour venir s'écraser sur le toit d'une maison, s'enflammant aussitôt et mettant le feu au bâtiment.

Judy enfouit son visage dans ses mains. C'était horrible à voir. Puis, se rappelant qu'elle était un agent du FBI, elle se força à regarder.

Les voitures sur l'autoroute parvenaient maintenant à ralentir assez tôt, mais les véhicules de la police routière et le camion du groupe d'intervention qui était en chemin ne parviendraient jamais à atteindre Felicitas depuis l'autoroute.

Une rafale de vent dissipa le nuage de fumée noire au-dessus de la station-service. Judy aperçut l'homme qu'elle croyait être Ricky Granger.

C'est toi qui as fait ça. C'est toi qui as tué tous ces gens. Espèce de merde, je vais te foutre en taule, si je ne te tue pas avant.

Elle le vit se redresser et se précipiter vers le coupé beige en gesticulant à l'intention des passagers.

La voiture de police était juste derrière le coupé, mais les policiers semblaient lents à réagir.

Judy comprit que les terroristes allaient s'enfuir.

Charlie était parvenu à la même conclusion.

— Pilote ! cria-t-il dans son casque, descendez !

— Vous êtes fou ?

— Ce sont eux qui ont fait ça ! hurla Judy. Ce sont eux qui ont causé tout ce carnage et ils sont en train de s'enfuir !

— Merde !

Et l'hélicoptère piqua vers le sol.

Par la vitre ouverte de la Plymouth, Priest cria à Chêne :

— Foutons le camp d'ici !

— D'accord... par où ?

Priest désigna la route qui menait vers la ville.

— Par ici. Mais, au lieu de prendre à gauche dans la Grand-Rue, tourne à droite par la vieille route. Elle nous ramènera à San Francisco : j'ai vérifié.

— D'accord !

Priest vit les deux policiers s'extraire de leur voiture.

Il sauta dans le camion, releva la plaque et démarra, cramponné au volant. Chêne fit demi-tour dans un hurlement de pneus et la Plymouth dévala la côte. Plus lentement, Priest effectua un demi-tour au volant du camion.

Un des flics, planté au milieu de la route, pointa son arme sur le camion. C'était le petit jeune maigrelet qui avait souhaité à Priest une bonne journée.

— Police ! Halte !

Priest fonça droit sur lui.

Le policier tira au hasard, puis plongea sur le côté.

La route devant lui contournait la ville par l'Est, évitant ainsi le centre de l'agglomération, où il y avait plus de dégâts. Priest dut dépasser deux voitures embouties devant l'immeuble de bureaux anéanti, mais, après cela, la chaussée semblait dégagée. Le camion prit de la vitesse.

On va s'en tirer !

L'hélicoptère du FBI se posa à quatre cents mètres devant lui.

Merde.

La Plymouth freina à mort.

C'est bon, connards, vous l'avez cherché.

Priest écrasa la pédale d'accélérateur.

Des agents du groupe d'intervention, armés jusqu'aux dents, sautèrent à bas de l'hélico et prirent position sur les bas-côtés.

Au volant de son camion, Priest dévalait la pente, prenant de la vitesse ; il passa en trombe devant la Plymouth arrêtée.

— Maintenant, suivez-moi, marmonna-t-il, espérant que Chêne comprendrait ce qu'il attendait de lui.

Judy Maddox descendit d'un bond de l'hélico. Un gilet pare-balles dissimulait ses formes gracieuses et elle tenait un fusil d'assaut. Elle s'agenouilla derrière un poteau télégraphique. Un homme sauta derrière elle. Priest reconnut Michael, le mari de Mélanie.

Priest jeta un coup d'œil dans ses rétroviseurs. Chêne lui collait au train, offrant une cible difficile à atteindre. Il n'avait pas oublié tout ce qu'il avait appris dans les Marines.

Derrière la Plymouth, à une centaine de mètres, mais filant comme une flèche bleue, la voiture de police.

À vingt mètres des agents, le camion de Priest fonçait droit vers l'hélico.

Un agent du FBI se dressa sur le bas-côté et braqua sur le camion une mitraillette à canon court.

Seigneur, j'espère que les Fédéraux n'ont pas de lance-grenades.

L'hélico décolla.

Judy poussa un juron. Le pilote de l'hélicoptère s'était posé trop près des véhicules qui approchaient. Les hommes du groupe d'intervention et les autres agents eurent à peine le temps de se déployer et de prendre position que le manège était sur eux.

Michael trébucha jusqu'au bas-côté.

— Couchez-vous ! cria Judy.

Elle vit le conducteur du camion s'abriter derrière le tableau de bord tandis qu'un des hommes du groupe d'intervention ouvrait le feu. Le pare-brise vola en éclats, des trous apparurent dans les ailes et le capot, mais le camion ne freina pas. Judy poussa un cri de rage.

Elle s'empressa de braquer son fusil M870 et ouvrit le feu sur les pneus, mais elle était déséquilibrée et ses balles manquèrent leur cible.

Le camion arriva à sa hauteur ; le feu cessa, les agents craignant de se blesser les uns les autres.

L'hélico décollait. Horrifiée, Judy constata que le pilote avait manœuvré une fraction de seconde trop tard. Le toit de la cabine du camion accrocha le train d'atterrissage de l'hélicoptère. L'engin bascula.

Le camion continua sa route, la Plymouth dans son sillage.

Judy lâcha une volée en direction des véhicules.

On les a laissés passer !

L'hélicoptère tangua dans les airs tandis que le pilote tentait de corriger sa trajectoire. Une pale toucha le sol.

— Non ! cria Judy. Non !

La queue de l'appareil pivota vers le ciel. Judy distingua l'expression affolée du pilote cramponné aux commandes. Brusquement l'hélicoptère piqua du nez. On entendit le choc sourd du métal en train de se tordre et, juste après, le fracas musical du verre brisé.

Un instant, l'hélico resta planté sur son nez. Puis il bascula lentement sur le côté.

La voiture de police lancée à la poursuite des fuyards freina désespérément, dérapa et s'écrasa sur la carcasse de l'hélicoptère.

Les deux engins s'enflammèrent d'un coup.

Priest poussa un cri de victoire. Maintenant, les agents du FBI étaient coincés : pas d'hélicoptère, pas de voiture. Pendant les quelques minutes suivantes, ils allaient désespérément tenter d'extirper les flics et le pilote des épaves. Le temps que l'un d'eux pense à réquisitionner un véhicule dans une maison voisine Priest serait à des kilomètres.

Sans ralentir, il poussa dehors le verre de son pare-brise en miettes.

On s'en est sortis !

Derrière lui, la Plymouth tanguait de façon bizarre. Elle devait avoir un pneu à plat, mais avançait tout de même. Ce devait être un pneu arrière. Chêne pouvait rouler ainsi pendant deux ou trois kilomètres.

Ils arrivèrent au carrefour. Au croisement, trois voitures étaient embouties : un minibus Toyota avec un siège de bébé à l'arrière, une camionnette Dodge délabrée et une vieille Cadillac blanche. Priest les examina attentivement. Aucune n'était gravement endommagée et le moteur du minibus continuait à tourner. Pas trace des conducteurs.

Il contourna le lieu du carambolage et prit à droite en s'éloignant de la ville. Au premier virage, il s'arrêta. Ils étaient maintenant à près de deux kilomètres de l'équipe du FBI et certainement hors de vue. Pour une minute ou deux ils ne risquaient rien ; il sauta à bas du camion.

La Plymouth s'arrêta. Chêne mit pied à terre, un large sourire aux lèvres.

— Mission accomplie, réussite totale, mon général ! Je n'ai jamais rien vu de pareil, même dans cette putain d'armée !

Priest lui donna une grande claque sur la paume.

— Il faut évacuer le champ de bataille, et sans traîner.

Star et Mélanie descendirent de voiture. Mélanie avait les joues toutes roses, et il émanait d'elle une excitation quasi sexuelle.

— Mon Dieu, on a réussi, on a réussi ! cria-t-elle.

Star se pencha et vomit sur le bas-côté.

Charlie Marsh parlait dans un portable.

— Le pilote est mort, tout comme deux policiers locaux. Il y a eu un sacré carambolage sur la 101 : il faut la fermer. Ici, à Felicitas, nous avons des épaves de voitures, des incendies, des inondations, un pipeline d'essence pété et un train qui a déraillé. Il faut absolument que vous appeliez le Bureau de gestion d'urgence du gouverneur.

Judy lui fit signe de lui passer le téléphone. Il acquiesça d'un mouvement de tête et dit dans le micro :

— Passez-moi un des types de Judy.

— Ici Judy, qui est à l'appareil ? demanda-t-elle en s'emparant du combiné.

— Carl. Bon sang, comment ça va ?

— Ça va, je m'en veux d'avoir perdu les suspects. Lancez un appel pour qu'on intercepte les deux véhicules. Un camion avec des peintures de dragons rouge et jaune, on dirait un manège. Une Plymouth beige de vingt-cinq ou trente ans. Envoyez un autre hélico à la recherche des véhicules sur les routes qui partent de Felicitas. (Elle leva les yeux vers le ciel.) Il fait déjà presque trop nuit, mais faites-le quand même. Tout véhicule correspondant à ces deux signalements doit être intercepté et les occupants interrogés.

— Et si l'un d'eux correspondait par hasard au signalement de Granger... ?

— Embarquez-le et clouez-le au sol jusqu'à ce que j'arrive.

— Qu'est-ce que vous allez faire ?

— Réquisitionner une voiture et rentrer au bureau.

Il faut... (Elle s'interrompit pour lutter contre une vague d'épuisement et de désespoir.) Il faut absolument qu'on empêche que ça se reproduise.

— Ça n'est pas terminé, déclara Priest. D'ici une heure, tous les flics de Californie vont rechercher un manège appelé « La Gueule du Dragon ». (Il se tourna vers Chêne.) Combien de temps faut-il pour qu'on ôte ces panneaux ?

— Avec deux bons marteaux, quelques minutes.

— Il y a une trousse à outils dans le camion.

À eux deux, ils eurent tôt fait de débarrasser le camion des panneaux du manège et de les balancer dans un champ. Avec un peu de chance, dans la confusion qui suivrait le tremblement de terre, il s'écoulerait un jour ou deux avant que quelqu'un les examine de près.

— Qu'est-ce que tu vas raconter à Bones ? demanda Chêne pendant qu'ils s'affairaient.

— Je trouverai bien quelque chose.

Mélanie les aidait, mais Star, appuyée au coffre de la Plymouth, leur tournait le dos. Elle sanglotait. Elle allait leur poser des problèmes, Priest en était sûr, mais il n'avait pas le temps de la calmer maintenant.

Quand ils en eurent terminé avec le camion, ils reculèrent, essoufflés par l'effort.

— Maintenant, fit remarquer Chêne d'un ton soucieux, cette saloperie a de nouveau l'air d'un vibrateur sismique.

— Je sais. Je n'y peux rien. Il commence à faire sombre, je suis tout près du but et tous les flics dans un rayon de quatre-vingts kilomètres vont être mobilisés pour les secours. J'espère seulement avoir de la chance. Maintenant, file. Et emmène Star.

— Il faut d'abord que je change une roue : j'ai un pneu à plat.

— Pas la peine. Il faut larguer la Plymouth. Le

FBI l'a repérée. (Il désigna le carrefour.) J'ai vu trois véhicules là-bas. Trouve-toi une nouvelle bagnole.

Chêne partit en courant.

Star tourna vers Priest un regard accusateur.

— Je n'arrive pas à croire qu'on l'ait fait. Combien de personnes avons-nous tuées ?

— On n'avait pas le choix ! lança-t-il avec colère. Tu m'as dit que tu ferais *n'importe quoi* pour sauver la communauté… Tu ne te rappelles pas ?

— Tu as l'air si calme… Tous ces tués, ces blessés, ces familles qui ont perdu leur maison… ça ne te fait pas mal au cœur ?

— Bien sûr que si.

— Et elle, continua Star en désignant Mélanie de la tête. Regarde-la. Elle est folle d'excitation. Mon Dieu, je crois que ça lui fait plaisir !

— Star, on discutera plus tard, d'accord ?

Elle secoua la tête d'un air stupéfait.

— J'ai passé vingt-cinq ans avec toi sans vraiment te connaître.

Chêne revint au volant de la Toyota.

— Elle est juste un peu cabossée.

— Star, pars avec lui, ordonna Priest.

Elle hésita un long moment, puis monta dans la voiture. Chêne démarra et disparut rapidement. Priest se tourna vers Mélanie.

— Monte dans le camion.

Il s'installa au volant et recula jusqu'au carrefour avec le vibrateur. Tous deux sautèrent à terre et examinèrent les deux voitures qui restaient. Priest choisit la Cadillac — son coffre était enfoncé, mais l'avant était intact et les clés sur le tableau de bord.

— Suis-moi dans la Caddy, dit-il à Mélanie.

Elle monta dans la voiture et tourna la clé de contact. Le moteur démarra du premier coup.

— Où va-t-on ?

— À l'entrepôt des Agendas Perpetua.

— D'accord.

— Passe-moi ton portable.

— Qui vas-tu appeler ? Pas le FBI.

— Non, la station de radio.

Elle lui tendit l'appareil.

Ils s'apprêtaient à partir quand une formidable explosion retentit au loin. Priest se retourna vers Felicitas. Un jet de flammes s'éleva haut dans le ciel.

— Nom de Dieu ! s'exclama Mélanie. Qu'est-ce que c'est ?

La flamme diminua d'intensité pour n'être plus qu'une lueur dans le ciel du soir.

— Ça doit être le pipeline qui s'est enflammé. Voilà ce que j'appelle un beau feu d'artifice.

Assis sur un coin d'herbe au bord de la route, Michael Quercus avait l'air secoué et désemparé. Judy s'approcha de lui.

— Levez-vous ! Reprenez-vous ! Des gens meurent tous les jours.

— Je sais. Ça n'est pas ce carnage... même si c'est déjà suffisant. C'est autre chose.

— Quoi ?

— Vous avez vu qui était dans la voiture ?

— La Plymouth ? Il y avait un Noir au volant.

— Mais à l'arrière ?

— Je n'ai remarqué personne d'autre.

— Moi, si. Une femme.

— Vous l'avez reconnue ?

— C'était ma femme.

Priest rappela inlassablement durant vingt minutes avant d'obtenir la communication avec l'émission de John Truth. Quand il entendit la sonnerie, il abordait les faubourgs de San Francisco.

L'émission n'était pas terminée. Priest annonça qu'il était l'un des Soldats du Paradis ; on le brancha tout de suite.

— Vous avez fait une chose épouvantable, déclara Truth.

Derrière son ton solennel, il exultait. Le tremblement de terre avait pratiquement eu lieu en direct ; voilà qui allait faire de lui l'homme de radio le plus célèbre d'Amérique.

— Vous vous trompez, le contredit Priest. Ce sont ceux qui empoisonnent la Californie qui ont fait une chose terrible. J'essaie simplement de les en empêcher.

— En tuant des innocents ?

— La pollution tue des innocents. Les automobiles tuent des innocents. Appelez donc ce concessionnaire Lexus qui fait de la pub dans votre émission et dites-lui qu'il a commis un crime en vendant cinq voitures aujourd'hui.

Un moment de silence. Priest eut un grand sourire. Truth était déstabilisé. Comment pouvait-il discuter la morale de ses sponsors ? Il s'empressa de changer de sujet.

— Je vous demande instamment de vous rendre.

— Le gouverneur Robson doit annoncer le gel immédiat des constructions de centrales. Sinon, nous provoquerons un autre séisme.

— Vous recommenceriez ! s'exclama Truth, sincèrement choqué.

— Je pense bien. Et…

Truth tenta de l'interrompre.

— Comment pouvez-vous prétendre…

Priest ne le laissa pas poursuivre.

— … le prochain tremblement de terre sera pire que celui-ci.

— Où se produira-t-il ?

— Ça, je ne peux pas vous le révéler.

— Pouvez-vous me préciser quand ?

— Oh, bien sûr. À moins que le gouverneur ne change d'avis, un autre séisme aura lieu dans deux jours. (Il marqua une pause théâtrale.) Exactement.

Et il raccrocha.

— Maintenant, monsieur le gouverneur, déclama-t-il tout haut. Demandez donc aux gens de ne pas s'affoler.

TROISIÈME PARTIE

Quarante-huit heures

18

Judy et Michael regagnèrent le centre d'opérations d'urgence quelques minutes avant minuit.

Cela faisait quarante heures qu'elle n'avait pas dormi, mais, hantée par l'horreur du séisme, elle n'avait pas sommeil. Les images cauchemardesques de ces quelques secondes se succédaient dans son esprit. Le déraillement du train, les gens qui hurlaient, l'hélicoptère qui s'enflammait, la vieille Chevrolet culbutant dans le vide. Lorsqu'elle entra dans l'ancien club des officiers, elle en tremblait encore.

Cependant la révélation de Michael avait réveillé ses espoirs. Ça avait évidemment été un choc d'apprendre que sa femme était une des terroristes, mais c'était aussi leur piste la plus prometteuse. Si Judy retrouvait Mélanie, elle découvrirait les Soldats du Paradis.

Et si elle y parvenait en deux jours, elle empêcherait un nouveau tremblement de terre.

Elle entra dans la vieille salle de bal transformée en poste de commandement. Stuart Cleever, le grand patron envoyé de Washington, était debout près de la grande table — soigné, vêtu d'un costume gris impeccable, d'une chemise blanche rutilante et d'une cravate à rayures.

À son côté se tenait Brian Kincaid.

Ce salaud a réussi à se faufiler de nouveau dans l'affaire. Il veut impressionner le type de Washington.

Brian l'attendait de pied ferme.

— Bon Dieu, s'exclama-t-il en l'apercevant, qu'est-ce qui a mal tourné ?

— Nous sommes arrivés trop tard. Il s'en est fallu de quelques secondes, répondit-elle d'un ton las.

— Vous prétendiez que tous les sites étaient sous surveillance !

— Les plus probables, oui. Mais ils le savaient. Alors ils ont choisi un site secondaire. C'était un risque pour eux — les possibilités d'échec étaient plus importantes —, mais leur pari a payé.

Kincaid se tourna vers Cleever en haussant les épaules comme pour signifier « Si vous le croyez... ».

— Dès que vous aurez fait un rapport complet, dit Cleever à Judy, rentrez vous reposer. Brian prendra le commandement de votre équipe.

Je le savais. Kincaid a monté Cleever contre moi.

C'est le moment de jouer le tout pour le tout.

— J'aimerais bien faire une pause, mais pas tout de suite. Je crois que d'ici à douze heures j'aurai arrêté les terroristes.

Brian poussa une exclamation de surprise.

— Comment ça ? demanda Cleever.

— Je viens de tomber sur une nouvelle piste. Je sais qui est leur sismologue.

— Qui ?

— Elle s'appelle Mélanie Quercus. C'est l'épouse — séparée — de Michael, qui nous a aidés. Elle a volé sur l'ordinateur de son mari les renseignements concernant les sites où la faille est soumise à la tension la plus forte. Je la soupçonne également d'avoir volé la liste des sites placés sous surveillance.

— Quercus devrait être rangé parmi les suspects ! déclara Kincaid. Il pourrait être en cheville avec elle !

Judy avait prévu cet argument.

— Je suis convaincue du contraire. Pour plus de

certitude, il passe en ce moment même au détecteur de mensonges.

— Bien, approuva Cleever. Pouvez-vous retrouver la femme ?

— Elle a dit à Michael qu'elle vivait dans une communauté du comté de Del Norte. Mon équipe fouille déjà nos banques de données sur les communautés de ce coin. Nous avons dans la région un poste fixe de deux hommes, basé dans la ville d'Eureka. Je leur ai demandé de contacter la police locale.

Cleever hocha la tête et observa Judy.

— Que voulez-vous faire ?

— J'aimerais me rendre tout de suite là-bas. Je dormirai en route. Le temps que j'arrive, nos agents sur place auront relevé les adresses de toutes les communautés de la région. J'aimerais faire des descentes au lever du jour.

— Vous n'avez pas assez de preuves pour obtenir des mandats, objecta Brian.

Il avait raison. Le simple fait que Mélanie eût déclaré qu'elle vivait dans une communauté du comté de Del Norte ne constituait pas une forte présomption. Mais Judy connaissait le droit mieux que Brian.

— Après deux tremblements de terre, j'estime que nous avons affaire à des circonstances exceptionnelles, vous ne trouvez pas ?

Brian parut déconcerté, mais Cleever avait compris.

— Le service juridique peut régler ce problème ; ils sont là pour ça. (Il marqua un temps.) J'aime bien ce plan. Je crois que nous devrions le mettre à exécution. Brian, vous avez d'autres commentaires ?

— Il vaudrait mieux qu'elle ait raison, grommela Kincaid d'un air renfrogné. C'est tout.

Judy roulait vers le Nord dans une voiture conduite par une femme agent qu'elle ne connaissait pas, une des quelques douzaines sélectionnées dans l'antenne du FBI à Sacramento et à Los Angeles pour parer à la crise.

Michael était assis à l'arrière avec Judy. Il l'avait suppliée de venir. Il était fou d'inquiétude à propos de Dusty. Si Mélanie appartenait à un groupe terroriste capable de provoquer des séismes, à quels dangers risquait-elle d'exposer leur fils ? Judy avait obtenu l'accord de Cleever en déclarant qu'il fallait bien que quelqu'un s'occupe du petit garçon après l'arrestation de Mélanie.

Ils traversèrent le pont du Golden Gate. Judy reçut alors un appel de Carl Theobald. Michael leur avait appris quelle compagnie de téléphone mobile utilisait Mélanie et Carl avait pu se procurer une liste de ses appels. La compagnie de téléphone avait pu identifier la région générale d'où provenait chaque appel. Judy espérait qu'il s'agissait du comté de Del Norte, mais elle fut déçue sur ce point.

— Ses appels viennent de plusieurs endroits, déclara Carl d'un ton las. Elle a téléphoné de la région d'Owens Valley, de San Francisco, de Felicitas... Tout ce que ça nous apprend, c'est qu'elle a circulé dans tout l'État, et ça, nous le savions déjà. Aucun appel en provenance du secteur où vous allez.

— Ça donne à penser qu'elle a un téléphone fixe là-bas.

— Ou qu'elle est prudente.

— Merci, Carl. Ça valait la peine d'essayer. Maintenant, dormez un peu.

— Vous voulez dire que je ne suis pas en train de rêver ? Merde alors !

Judy se mit à rire et raccrocha.

La conductrice brancha l'autoradio sur une station qui diffusait de la musique douce en continu et, tout en fonçant dans la nuit, ils écoutèrent Nat Cole chanter « Let There Be Love ». Judy et Michael pouvaient ainsi bavarder sans être entendus.

— Le plus terrible, c'est que ça ne m'étonne pas, murmura Michael après un silence songeur. Au fond, j'ai toujours su que Mélanie était dingue. Je n'aurais jamais dû la laisser emmener Dusty, mais c'est sa mère, vous comprenez ?

Dans le noir, Judy lui prit la main.

— Vous avez fait de votre mieux.

Il lui pressa la main avec gratitude.

— J'espère qu'il va bien.

— Oui.

Judy sombra dans le sommeil mais ne relâcha pas son étreinte.

Ils se retrouvèrent tous à cinq heures du matin au bureau du FBI à Eureka. Des représentants des services de police de la ville et du bureau du shérif du comté avaient rejoint les agents sur place. Le FBI aimait impliquer dans une descente le personnel de la police locale ; c'était une façon de maintenir de bonnes relations avec ceux dont l'assistance lui était souvent nécessaire.

L'annuaire des communes mentionnait quatre communautés résidentielles dans le comté de Del Norte. La banque de données du FBI en avait révélé une cinquième et les habitants du pays en avaient ajouté deux autres.

Un des agents locaux du FBI avait fait observer que la communauté désignée sous le nom de Phoenix Village n'était qu'à une douzaine de kilomètres du site prévu pour une centrale nucléaire. Judy sentit son pouls s'accélérer à cette nouvelle et prit la tête du groupe qui devait opérer à Phoenix.

En approchant des lieux, à bord d'une voiture de patrouille du shérif de Del Norte, à la tête d'un convoi de quatre véhicules, elle sentit sa fatigue se dissiper. Elle retrouvait son ardeur et son énergie. Elle n'avait pas réussi à empêcher le tremblement de terre de Felicitas, mais elle pouvait s'assurer que le cataclysme ne se renouvellerait pas.

On entrait à Phoenix par un embranchement dans un virage signalé par un panneau soigneusement peint montrant un oiseau jaillissant des flammes. Pas de barrière, pas de garde. Les véhicules déboulèrent dans la propriété par une route bien entretenue et s'arrêtèrent à un rond-point. Les agents sautèrent à bas des voitures et se déployèrent vers les différentes maisons. Chacun détenait la photo de Mélanie et de Dusty que Michael avait sur son bureau.

Elle est quelque part ici, sans doute au lit avec Ricky Granger en train de dormir après les émotions d'hier J'espère qu'ils ont fait des cauchemars.

À la lueur de l'aube, le village semblait paisible. Il comprenait plusieurs bâtiments, plus un dôme géodésique. Les agents bloquèrent les entrées de devant et de derrière avant de frapper à la porte. Près du rond-point, Judy découvrit un plan de village qui énumérait les maisons et les autres bâtiments — un magasin, un salon de massage, un bureau de poste et un garage. Outre une quinzaine de maisons, le plan montrait un pâturage, des vergers, des terrains de jeux et un terrain de sport.

Dans cette région du nord de l'État, les matinées étaient fraîches et Judy frissonnait, regrettant de ne pas avoir enfilé un vêtement plus chaud que son tailleur de toile.

Elle attendait le cri de triomphe qui annoncerait qu'un agent avait identifié Mélanie. Michael marchait de long en large sur le rond-point, le corps crispé.

Quel choc d'apprendre que votre femme est une terroriste qu'un flic n'hésiterait pas à abattre!

À côté du plan, un tableau d'affichage indiquait l'existence d'un atelier de danse folklorique organisé afin de recueillir des fonds pour une œuvre de charité. Ces gens-là avaient un air inoffensif extraordinairement plausible.

Les agents entraient dans chaque bâtiment, inspectaient chaque pièce, passaient rapidement d'une maison à l'autre. Au bout de quelques minutes, un homme sortit d'un des plus grands édifices et se dirigea vers le rond-point. Une cinquantaine d'années, la barbe et les cheveux en broussaille, il portait des sandales en cuir de fabrication artisanale et avait une couverture drapée autour des épaules.

— C'est vous le responsable ? demanda-t-il à Michael.

— C'est moi, le détrompa Judy.

— Voudriez-vous, je vous prie, m'expliquer ce qui se passe ?

— Avec plaisir, répondit-elle sèchement en lui tendant la photo de Mélanie. Nous recherchons cette femme.

— Elle n'est pas des nôtres.

Judy avait la déprimante impression qu'il disait la vérité.

— Ici, continua-t-il avec une indignation croissante, c'est une communauté religieuse. Nous sommes des citoyens respectueux des lois. Nous ne faisons pas usage de drogues. Nous payons nos impôts et nous respectons les ordonnances locales. Nous ne méritons pas d'être traités comme des criminels.

— Nous devons juste nous assurer que cette femme ne se cache pas ici.

— Qui est-elle et pourquoi croyez-vous qu'elle soit ici ? Ou bien est-ce simplement que, pour vous, ceux qui vivent dans des communautés sont suspects ?

— Détrompez-vous, nous ne cultivons pas ce genre d'a priori. (Elle avait été tenté de l'envoyer sur les roses mais s'était rappelé que c'était *elle* qui l'avait réveillé à six heures du matin.) Cette femme appartient à un groupe terroriste. Elle a raconté à son mari, dont elle est séparée, qu'elle vivait dans une communauté du comté de Del Norte. Nous sommes désolés d'avoir à réveiller tout le monde dans chaque communauté du comté, mais j'espère que vous comprendrez que c'est très important. Si ça ne l'était pas, nous ne vous aurions pas dérangés.

Il l'observa attentivement, puis, satisfait de son examen, changea d'attitude.

— D'accord, je vous crois. Que puis-je faire pour vous faciliter la tâche ?

Elle réfléchit un moment.

— Chaque bâtiment de votre communauté figure-t-il sur ce plan ?

— Non. Il y a trois maisons neuves du côté ouest, juste après le verger. Mais, je vous en prie, tâchez de ne pas faire trop de bruit : il y a un nouveau-né dans chacune d'elles.

— D'accord.

Sally Dobro, une femme agent entre deux âges, survint.

— Je crois que nous avons inspecté tous les bâtiments. Pas trace des suspects.

— Est-ce que vous avez visité les trois maisons à l'ouest du verger ?

— Non. Désolée. J'y vais tout de suite.

— Ne faites pas de bruit. Il y a un nouveau-né dans chacune.

— Entendu.

Le portable de Judy se mit à sonner. La voix de l'agent Frederick Tan retentit à son oreille.

— On vient d'inspecter toutes les maisons de la communauté de Magic Hill ; chou blanc.

— Merci, Freddie.

Au cours des dix minutes suivantes, ceux qui dirigeaient les autres raids appelèrent tour à tour, tous avec le même message.

Mélanie Quercus restait introuvable.

Judy se sentit sombrer dans le désespoir.

— Bon sang, j'ai tout bousillé.

Michael était tout aussi consterné.

— Croyez-vous qu'une communauté nous ait échappé ? demanda-t-il nerveusement.

— Ou bien c'est ça, ou bien elle a menti à propos de l'emplacement.

Il prit un air songeur.

— Je viens de me rappeler la conversation. C'est à

elle que j'ai demandé où elle habitait, mais c'est *lui* qui a répondu.

— Il a menti. Il est assez malin pour ça.

— Je viens de me rappeler son nom. Elle l'appelait Priest.

19

Le dimanche matin, au petit déjeuner, Dale et Poème se levèrent et réclamèrent le silence.

— Nous avons une nouvelle à vous annoncer, commença Poème.

Priest songea qu'elle devait être de nouveau enceinte. Il s'apprêtait à battre des mains et à prononcer le petit discours de félicitations qu'on attendait de lui. Il se sentait plein d'exubérance : même s'il n'avait pas encore sauvé la communauté, il n'en était pas loin. Son adversaire n'était pas K.-O., mais il était au tapis et luttait pour rester dans le combat.

Poème hésita, puis regarda Dale, qui arborait une expression anormalement grave.

— Nous quittons la communauté aujourd'hui, déclara-t-il.

Un silence stupéfait s'abattit sur la cuisine. Priest était abasourdi. Les membres ne quittaient jamais la communauté sans que lui ne l'ait décidé. Ils étaient sous sa coupe. En outre, Dale était l'œnologue, l'homme clé pour la production du vin. Ils ne pouvaient pas se permettre de le perdre.

Et il fallait que ça tombe aujourd'hui ! Si Dale avait entendu les nouvelles — comme Priest une heure plus tôt — il saurait que la Californie était en proie à la panique. Les aéroports étaient assiégés, les autoroutes encombrées de fuyards affolés quittant les villes et les régions proches de la faille de San

Andreas. Le gouverneur Robson avait mobilisé la Garde nationale. Le vice-président avait sauté dans un avion pour venir inspecter les dégâts à Felicitas. De plus en plus de personnalités — sénateurs et représentants, maires, chefs religieux et journalistes — insistaient auprès du gouverneur pour qu'il cède aux exigences formulées par les Soldats du Paradis. Mais Dale ignorait tout cela.

Priest n'était pas le seul à être choqué par cette annonce. Pomme éclata en sanglots. Poème se mit à pleurer à son tour. Mélanie fut la première à parler.

— Mais, Dale... pourquoi ?

— Tu le sais. On va inonder la vallée.

— Mais où vas-tu aller ?

— À Rutherford, dans la vallée de Napa.

— Tu as trouvé du travail ?

— Dans un vignoble.

Que Dale ait réussi à trouver du travail n'était pas étonnant. Son savoir-faire était sans prix. Il allait sans doute bien gagner sa vie. L'étonnant, c'était qu'il voulût rejoindre la société conventionnelle.

La plupart des femmes étaient en larmes.

— Vous ne pouvez pas attendre et espérer, comme nous autres ? demanda Song.

— Nous avons trois enfants, lui répondit Poème dans un sanglot. Nous n'avons pas le droit de risquer leur existence. On ne peut pas rester ici à espérer un miracle jusqu'au jour où les eaux commenceront à monter autour de nos maisons.

Priest intervint pour la première fois.

— Cette vallée ne va pas être inondée.

— Tu n'en sais rien ! objecta Dale.

Un silence de plomb s'établit dans la salle tant il était inhabituel d'entendre quelqu'un contredire si ouvertement Priest.

— Cette vallée ne va pas être inondée, répéta Priest.

— Nous savons effectivement tous qu'il se mijote quelque chose, Priest, concéda Dale. Depuis six semaines, tu es plus souvent absent que présent. Hier, vous êtes sortis à quatre jusqu'à minuit, et ce matin il y a une Cadillac cabossée dans la prairie. Mais, si tu prépares quelque chose, tu ne nous en as pas parlé. Et je ne peux pas engager l'avenir de mes enfants sur tes seuls espoirs. Shirley pense comme moi.

Priest se rappela que le vrai nom de Poème était Shirley. Que Dale l'utilise signifiait qu'il se détachait déjà de la communauté.

— Je vais t'expliquer ce qui va sauver cette vallée, déclara-t-il. (*Pourquoi ne pas leur parler du tremblement de terre... pourquoi pas? Ils devraient être contents... fiers!*) Le pouvoir de la prière. La prière va nous sauver.

— Je prierai pour toi, et Shirley aussi. Nous prierons tous pour toi. Mais nous ne restons pas.

Poème essuya ses larmes sur sa manche.

— Nous sommes désolés. On a fait nos bagages hier soir. D'ailleurs, on n'a pas grand-chose. J'espère que Simple pourra nous conduire à la station de bus de Silver City.

Priest passa un bras autour des épaules de Dale et l'autre autour de celles de Poème. Les serrant contre lui, il dit d'une voix basse et persuasive :

— Je comprends votre souffrance. Allons tous au temple méditer ensemble. Après cela, quoi que vous décidiez, ce sera bien.

Dale s'arracha à l'étreinte de Priest.

— Non, ce temps-là est passé.

Priest était horrifié. Il utilisait à plein son pouvoir de persuasion et voilà que ça ne marchait pas! La rage monta en lui, dangereusement incontrôlable. Il avait envie de hurler devant la trahison et l'ingratitude de Dale. S'il avait pu, il les aurait tués tous les deux. Mais il savait que montrer sa colère serait une erreur. Il devait maintenir son apparence de calme et de maîtrise de soi.

Il ne parvint toutefois pas à leur faire ses adieux

de bonne grâce. Partagé entre la rage et la nécessité de se contenir, il sortit sans un mot de la cuisine, avec toute la dignité dont il était capable.

Il regagna sa cabane.

Encore deux jours et tout aurait été réglé.

Il s'assit au bord du lit et alluma une cigarette. Allongé par terre, Esprit le contemplait tristement. Tous deux étaient silencieux et immobiles, plongés dans une profonde mélancolie, attendant l'arrivée de Mélanie.

Ce fut Star qui se présenta.

Elle ne lui avait pas adressé la parole depuis que Chêne et elle avaient quitté Felicitas, la veille au soir, dans le minibus Toyota. Priest savait qu'elle était furieuse et que le tremblement de terre l'avait désemparée. Il n'avait pas encore trouvé le temps de la calmer.

— Je vais trouver la police, déclara-t-elle.

— Tu es devenue folle !

— Hier, nous avons tué des êtres humains. J'ai écouté la radio sur le chemin du retour. Au moins douze personnes sont mortes et une centaine ont été hospitalisées. Des bébés et des enfants ont été blessés. Des gens ont perdu leur maison, tout ce qu'ils avaient, des pauvres, pas simplement des riches. Et c'est notre faute !

Tout s'écroule — juste quand je suis sur le point de l'emporter !

Priest lui prit la main.

— Tu crois que j'avais envie de tuer des gens ?

Elle recula, refusant son geste.

— En tout cas, tu n'avais pas l'air particulièrement triste.

Il faut que tout ça tienne encore un tout petit moment. Il le faut.

Il se força à prendre un air consterné.

— Oui, j'ai été content que le vibrateur ait marché. Je suis heureux que nous ayons pu mettre notre menace à exécution. Mais je n'avais pas l'intention de faire de mal à qui que ce soit. Je savais qu'il y avait un risque, et j'ai décidé de le prendre, parce que l'enjeu était important. Je pensais que tu avais adopté le même parti.

— C'était une mauvaise décision, une décision perverse, murmura-t-elle, les larmes aux yeux. Au nom du ciel, tu ne vois donc pas ce qui nous est arrivé ? Nous étions les gosses qui croyaient à l'amour et à la paix — et maintenant nous sommes des criminels ! Tu es exactement comme Lyndon Johnson. Il a bombardé les Vietnamiens et ensuite a justifié son acte. Nous le traitions d'ordure et nous avions raison. J'ai consacré toute ma vie à ne pas lui ressembler.

— Ainsi, tu as l'impression d'avoir commis une erreur ? Je le comprends. Ce que j'ai du mal à piger, c'est que tu veuilles te racheter en me punissant, et toute la communauté avec moi, en nous livrant aux flics.

— Je n'avais pas vu les choses ainsi, répliqua-t-elle, décontenancée.

Il la tenait.

— Alors, que veux-tu vraiment ? (Il ne lui laissa pas le temps de répondre.) Je crois que tu as besoin d'être certaine que c'est fini.

— Tu as raison.

Il tendit le bras vers elle ; cette fois, elle se laissa prendre la main.

— C'est fini, chuchota-t-il.

— Je ne sais pas.

— Il n'y aura plus de tremblement de terre. Le gouverneur cédera.

Alors qu'ils fonçaient vers San Francisco, Judy fut appelée à Sacramento pour une réunion au bureau du gouverneur. Elle arriva à dormir trois ou quatre heures dans la voiture et, lorsqu'elle arriva au Capitole, elle se sentait prête à dévorer le monde.

Stuart Cleever et Charlie Marsh étaient arrivés en

avion de San Francisco. Le directeur de l'antenne du FBI à Sacramento les rejoignit. Ils se retrouvèrent à midi dans la salle de conférences du Fer à cheval, sous la présidence d'Al Honeymoon.

— Un bouchon de quinze kilomètres bloque la N 80 à cause de ceux qui fuient la faille de San Andreas, expliqua Al Honeymoon. La situation n'est pas meilleure sur les autres grandes autoroutes.

— Le Président a appelé le Directeur du FBI et lui a demandé de maintenir l'ordre, déclara Cleever, regardant Judy comme si elle était coupable.

— Il a également appelé le gouverneur Robson, précisa Honeymoon.

— Pour le moment, nous ne nous heurtons pas à de graves problèmes d'ordre public, poursuivit Cleever. Quelques rapports signalent des pillages dans trois quartiers de San Francisco et dans un d'Oakland, mais ils sont sporadiques. Le gouverneur a rappelé la Garde nationale et l'a installée dans les arsenaux, même si, pour l'instant, nous n'avons pas besoin d'elle. Toutefois, s'il devait y avoir un autre séisme…

À cette idée, Judy se sentit malade.

— Il ne peut pas y avoir d'autre séisme !

Tous les regards se tournèrent vers elle. Honeymoon eut un sourire sardonique.

— Vous avez une suggestion ?

Elle en avait. Pas brillantes — désespérées.

— Il n'existe qu'une solution que je puisse envisager : lui tendre un piège.

— Comment ?

— Dites-lui que le gouverneur Robson veut négocier avec lui personnellement.

— Je ne crois pas qu'il tomberait dans le panneau, objecta Cleever.

— Je ne sais pas. Il est intelligent, et toute personne intelligente soupçonnerait un piège. Mais c'est aussi un psychopathe. Ces malades adorent attirer l'attention sur eux et sur leurs actes, manipuler les gens et les événements. L'idée de négocier personnellement avec le gouverneur de Californie sera pour lui très tentante.

— Je crois être ici la seule personne à l'avoir rencontré, déclara Honeymoon.

— C'est vrai, acquiesça Judy, je l'ai vu, je lui ai parlé au téléphone, mais vous, vous avez passé plusieurs minutes dans une voiture avec lui. Quelle a été votre impression ?

— Vous l'avez assez bien jugé : un psychopathe intelligent. Je crois qu'il m'en voulait terriblement de ne pas être plus impressionné, plus déférent.

Judy réprima un sourire. Il ne devait pas exister quantité de personnes envers lesquelles Honeymoon se montrait déférent.

— Il a compris les problèmes politiques que posaient ses exigences, poursuivit Honeymoon. Je lui ai expliqué que le gouverneur ne pouvait pas céder au chantage. Il y avait déjà pensé et avait une proposition toute prête.

— Laquelle ?

— Que nous niions que ce se soit passé ainsi, que nous annoncions le gel de la construction des centrales en affirmant que cette décision était antérieure à la menace du séisme.

— Cela vous semble possible ?

— Oui. Je ne la recommanderais pas, mais si le gouverneur me proposait cette solution, je devrais reconnaître qu'elle est réalisable. Cependant la question est purement formelle. Je connais Mike Robson : il ne le fera pas.

— Mais il pourrait feindre, suggéra Judy.

— Expliquez-vous.

— Nous pourrions assurer à Granger que le gouverneur est disposé à annoncer l'arrêt du projet, mais seulement sous certaines conditions, afin de protéger son avenir politique. Il souhaiterait s'entretenir personnellement avec Granger pour se mettre d'accord sur ces conditions.

Stuart Cleever intervint.

— La Cour suprême a décrété que les responsables du maintien de l'ordre avaient le droit d'utiliser la supercherie, la ruse et la tromperie. Seuls nous sont interdits la menace, l'enlèvement des enfants du suspect ou la promesse d'immunité. Nous pouvons certainement nous débrouiller pour suivre la proposition de Judy sans enfreindre la loi.

— Très bien, déclara Honeymoon. J'ignore si ça va marcher, mais je pense qu'il faut essayer. Allons-y.

Le samedi, Priest et Mélanie entrèrent dans Sacramento avec la Cadillac cabossée. L'après-midi était ensoleillé et la ville grouillait de monde.

Peu après-midi, Priest avait entendu la voix de John Truth à la radio, alors que ce n'était pas l'heure de son émission.

« Ceci est un message personnel pour Peter Shoebury du lycée Eisenhower. »

Priest avait compris que le message lui était adressé.

« Peter Shoebury pourrait-il m'appeler au numéro suivant... »

— Ils veulent négocier, avait-il dit à Mélanie. Ça y est... on a gagné !

Pendant qu'ils traversaient les faubourgs, au milieu de centaines de voitures et de milliers de badauds, Priest appela sur le portable de Mélanie. Même si le FBI repérait l'origine de l'appel, il lui serait impossible de sélectionner une voiture dans toute cette circulation.

J'ai tiré le gros lot et maintenant je vais toucher mon chèque.

Une femme répondit.

— Allô ?

Elle semblait sur ses gardes ; peut-être avait-elle reçu une foule d'appels fantaisistes en réponse au message radio.

— Ici Peter Shoebury du lycée Eisenhower.

La réaction fut immédiate.

— Je vous mets en communication avec Al Honeymoon, le chef de cabinet du gouverneur.

Ça y est!

— J'ai juste besoin de vérifier d'abord votre identité.

C'est un piège.

— Comment comptez-vous y parvenir?

— Cela vous ennuierait-il de me donner le nom de la jeune journaliste qui vous accompagnait la semaine précédente?

Priest se rappela les mots de Fleur: «Je ne te pardonnerai jamais de m'avoir appelée Florence.»

— Florence...

— Je vous le passe.

Ça n'était pas un piège... juste une précaution.

Priest scruta les rues avec angoisse, guettant un véhicule de police ou une bande d'agents du FBI fonçant sur sa voiture. Il n'aperçut que des passants qui faisaient des courses et des touristes. Quelques instants plus tard, la voix de basse de Honeymoon retentit à son oreille:

— Mr. Granger?

Priest alla droit au fait.

— Êtes-vous prêt à prendre la décision qui s'impose?

— Nous sommes prêts à discuter.

— Ce qui signifie?

— Le gouverneur veut vous rencontrer aujourd'hui, dans le but de négocier une solution.

— Le gouverneur est-il disposé à annoncer le gel que nous réclamons?

Honeymoon hésita un bref instant.

— Oui. Mais à certaines conditions.

— De quel ordre?

— Lors de notre discussion dans ma voiture, je vous ai dit que le gouverneur ne pouvait pas céder au chantage, vous avez alors mentionné l'existence de porte-parole.

— Oui.

— Vous êtes intelligent, vous comprenez bien que, dans cette affaire, l'avenir politique du gouverneur est en jeu. Il va falloir opérer avec beaucoup de délicatesse pour annoncer ce gel.

Il a changé de ton! Moins d'arrogance et plus de respect.

— En d'autres termes, le gouverneur doit se trouver une excuse, et il veut s'assurer que je ne vais pas tout gâcher.

— C'est une bonne façon de résumer le problème, acquiesça Honeymoon.

— Où nous rencontrons-nous ?

— Dans le bureau du gouverneur, ici au Capitole.

Il est complètement dingue!

— Pas de police, poursuivit Honeymoon, pas de FBI. Nous vous garantirons la liberté de quitter la réunion à votre gré, quelle que soit l'issue de la rencontre.

Ben voyons!

— Vous croyez aux contes de fées ? demanda Priest.

— Pardon ?

— Vous savez, ces petits personnages qui peuvent faire des tours de magie ? Vous croyez qu'ils existent ?

— Non, je ne pense pas.

— Moi non plus. Alors, je ne vais pas tomber dans votre piège.

— Je vous donne ma parole...

— Laissez tomber. Laissez tomber, je vous dis : d'accord ?

Silence à l'autre bout du fil.

Mélanie tourna un coin de rue. Ils passèrent devant l'imposante façade classique du Capitole. Honeymoon était quelque part là-dedans, en train de parler au téléphone, entouré d'hommes du FBI. Devant les colonnades blanches et le dôme, Priest eut une idée.

— Je vais vous indiquer où nous allons nous rencontrer, et vous feriez mieux de prendre des notes. Prêt ?

— Ne vous inquiétez pas, je note.

— Installez une petite table ronde et deux fauteuils de jardin devant le Capitole. Là, en plein milieu de la pelouse. Comme pour prendre une photo. Que le gouverneur y soit assis à trois heures.

— En terrain découvert ?

— Si je devais l'abattre, je pourrais trouver un moyen plus facile…

— Sans doute…

— Le gouverneur devra avoir dans sa poche une lettre signée garantissant mon immunité.

— Je ne peux pas l'accepter.

— Parlez-en à votre patron. Il acceptera. Ayez un photographe sur place avec un Polaroïd. Je veux une photo de lui en train de me tendre la lettre d'immunité. À titre de preuve. Pigé ?

— Pigé.

— Vous avez intérêt à être réglo. Pas de coup fourré. Mon vibrateur est déjà en place, prêt à déclencher un nouveau tremblement de terre. Celui-là frappera une grande ville. Je parle de milliers de morts…

— Je comprends.

— Si le gouverneur ne se présente pas aujourd'hui à trois heures… *bang*.

Il coupa la communication.

— Putain ! s'exclama Mélanie. Ils n'y vont pas de main morte ! Une rencontre avec le gouverneur ! Tu crois que c'est un piège ?

— Ça se pourrait. Je ne sais pas. Je ne sais vraiment pas.

Judy n'arrivait pas à trouver de faille au plan. Charlie Marsh y avait travaillé avec le FBI de Sacramento. Trente agents au moins guettaient à proximité de la table de jardin avec le parasol joliment installée sur la pelouse, mais elle n'en apercevait aucun. Certains étaient postés derrière les fenêtres des bâtiments voisins, d'autres accroupis dans divers véhicules, dans la rue et dans le parking, d'autres encore tapis sous la coupole du Capitole. Tous armés jusqu'aux dents.

Judy elle-même jouait le rôle de la photographe, avec appareils et objectifs pendus autour du cou. Son pistolet était dans un sac de reporter qu'elle portait en bandoulière. Tout en attendant l'arrivée du gouverneur, elle observait dans son viseur la table et les chaises, feignant de cadrer une prise de vue.

Pour éviter que Granger la reconnaisse, elle portait une perruque blonde. Elle en conservait une en permanence dans sa voiture ; elle s'en servait beaucoup pour ses missions de surveillance, surtout si elle passait plusieurs jours à suivre les mêmes cibles.

Granger était aux aguets : il avait appelé une heure auparavant pour protester contre l'érection de barrières autour du pâté de maisons. Il avait insisté pour que le public puisse circuler dans la rue et que les visiteurs aient accès au bâtiment comme d'habitude.

On avait retiré les barrières.

Il n'y avait pas d'autre clôture autour du jardin — les badauds se promenaient donc librement sur les pelouses et des groupes de touristes suivaient les itinéraires prescrits autour du Capitole, de ses jardins et des élégants bâtiments officiels avoisinants. Judy examinait subrepticement chacun à travers son objectif, se concentrant sur les traits difficiles à déguiser. Elle scrutait tous les hommes maigres, de grande taille et entre deux âges, sans tenir compte de leurs cheveux, de leur visage ni de leur tenue.

À trois heures moins une, elle n'avait toujours pas repéré Ricky Granger.

Michael Quercus, qui avait rencontré Granger face à face, guettait aussi à partir d'un fourgon de surveillance aux vitres noircies — il devait éviter d'être reconnu par Priest.

Judy chuchota dans un petit micro dissimulé sous son corsage.

— À mon avis, Granger ne se montrera pas avant l'arrivée du gouverneur.

L'écouteur miniature caché derrière son oreille crépita. La voix de Charlie Marsh murmura :

— Nous nous faisions exactement la même réflexion. Je regrette que nous n'ayons pas pu arranger cette rencontre sans exposer le gouverneur.

Ils avaient envisagé d'utiliser un sosie, mais le gouverneur Robson lui-même, ne voulant faire encourir le risque de mourir à personne d'autre qu'à lui-même, avait refusé cette proposition.

Quelques instants plus tard, le gouverneur apparut à l'entrée principale de l'édifice.

Judy fut surprise de constater qu'il était plutôt petit ; à la télévision, il paraissait grand. Il semblait plus corpulent que d'habitude à cause du gilet pare-balles qu'il portait sous sa veste. Il traversa la pelouse d'un pas détendu pour aller s'asseoir à la petite table sous le parasol.

Judy prit quelques photos de lui, son sac de reporter à portée de main afin de pouvoir s'emparer rapidement de son arme.

Du coin de l'œil, elle aperçut un mouvement. Une vieille Chevrolet de deux couleurs — bleu ciel et crème —, avec un peu de rouille sur les ailes, remontait lentement la 10ᵉ Rue. Le visage du conducteur était dans l'ombre.

Elle jeta un rapide regard alentour. Pas un agent en vue, mais chacun d'entre eux guettait la voiture.

Celle-ci s'arrêta au bord du trottoir, juste à la hauteur du gouverneur Robson.

La voix remarquablement calme du gouverneur résonna dans l'écouteur de Judy.

— Je crois que c'est lui.

La porte de la voiture s'ouvrit.

L'homme qui descendit portait des blue-jeans, une chemise à carreaux au col ouvert sur un T-shirt blanc et des sandales. Quand il se redressa, Judy constata qu'il mesurait environ un mètre quatre-vingts, peut-être un peu plus, qu'il était maigre avec de longs cheveux bruns.

Il portait des lunettes de soleil à grosse monture et un foulard en coton de couleur vive retenait sa chevelure.

Judy le dévisagea, regrettant de ne pas être en mesure de voir ses yeux.

Son écouteur crépita.

— Judy ? C'est lui ?

— Je ne peux pas le jurer ! Ça se pourrait.

L'homme observa la pelouse. Celle-ci était vaste et la table avait été disposée à vingt ou trente mètres du trottoir. Il s'avança vers le gouverneur.

Judy sentait tous les regards fixés sur elle, attendant son signal.

Elle approcha pour se placer entre lui et le gouverneur. L'homme remarqua son geste, hésita, puis continua sa marche.

— Alors ? répéta Charlie.

— Je ne sais pas ! chuchota-t-elle en essayant de ne pas remuer les lèvres. Donnez-moi encore quelques secondes !

— Ne prenez pas trop de temps.

— Je ne crois pas que ce soit lui.

Sur toutes les photos, Granger avait un nez en lame de couteau. Le nez de cet homme-là était large et plat.

— Sûre ?

— Ça n'est pas lui.

L'homme contourna Judy et s'approcha du gouverneur. Il plongea la main à l'intérieur de sa chemise.

Dans son écouteur, Judy entendit Charlie crier :

— Il prend quelque chose !

Judy s'accroupit sur un genou et chercha son pistolet.

L'homme sortit quelque chose de sa chemise. Judy

distingua un cylindre de couleur sombre, comme le canon d'un revolver. Elle hurla :

— Ne bougez pas ! FBI !

Des agents surgirent de leurs caches. L'homme s'immobilisa. Judy lui braqua son revolver sur la tête.

— Sortez lentement ce que vous tenez et passez-le-moi.

— D'accord, d'accord, ne tirez pas !

L'homme tendit l'objet dissimulé sous sa chemise : un magazine roulé en cylindre avec un élastique. Judy le lui prit des mains. Son arme toujours braquée sur lui, elle examina le magazine. C'était le *Time* de cette semaine ; il ne contenait rien.

— Un type m'a donné cent dollars pour remettre ça au gouverneur, déclara l'homme d'une voix terrifiée.

Des agents entourèrent Mike Robson et l'escortèrent à l'intérieur du Capitole.

Judy scruta les jardins et les rues.

Granger nous observe, c'est sûr. Où diable est-il ?

Des badauds s'étaient arrêtés pour contempler les agents qui couraient, un groupe de touristes descendait le perron de l'entrée principale, sous la conduite d'un guide. Un homme en chemise à fleurs s'en détacha et s'éloigna. Quelque chose chez lui attira l'attention de Judy.

Il était grand. Comme la chemise, large, flottait autour de ses hanches, elle ne pouvait dire s'il était gros ou mince. Une casquette de base-ball lui couvrait les cheveux.

Elle se dirigea vers lui d'un pas rapide.

Il n'avait pas l'air pressé. Judy ne donna pas l'alerte. Si à cause d'elle tous les agents présents se lançaient à la poursuite d'un innocent touriste, cela permettrait peut-être au vrai Granger de s'enfuir. Cependant, son instinct lui fit hâter le pas. Il lui fallait voir le visage de cet homme.

Il tourna le coin du bâtiment. Judy se mit à courir.

Dans son écouteur, elle entendit la voix de Charlie :

— Judy ? Que se passe-t-il ?

— J'ai un doute sur quelqu'un. Sans doute un touriste, mais envoyez-moi deux gars pour me suivre au cas où j'aurais besoin de renfort.

— Entendu.

Au coin de la rue, elle vit la chemise à fleurs franchir de hautes portes et disparaître à l'intérieur du Capitole. Elle eut l'impression qu'il marchait d'un pas plus vif. Elle jeta un coup d'œil par-dessus son épaule ; Charlie la montrait du doigt à deux jeunes agents.

De l'autre côté du jardin, Michael bondit hors d'une fourgonnette et se précipita vers elle en courant. Elle lui désigna l'édifice.

— Vous avez vu ce type ? cria-t-elle.

— Oui, c'était lui !

— Restez ici, ordonna-t-elle. (C'était un civil ; elle ne voulait pas qu'il s'en mêle.) Restez en dehors de ça !

Elle s'engouffra dans le Capitole. Elle se trouva dans un vaste hall au sol pavé de mosaïque. L'endroit était frais et silencieux. Devant elle, un large escalier recouvert d'un tapis avec une balustrade en bois sculpté.

Est-il parti vers la gauche, vers la droite ? Monte-t-il ou descend-il ?

Elle choisit la gauche, passa en courant devant une batterie d'ascenseurs et se retrouva dans une rotonde avec une sculpture au milieu. La salle, surplombée par une coupole somptueusement décorée, s'élevait sur deux étages. Avait-il continué tout droit, tourné à droite du Fer à cheval ou monté l'escalier sur sa gauche ? Elle tourna sur elle-même. Un groupe de touristes lançait des regards affolés sur son revolver. Elle leva les yeux vers la galerie circulaire au niveau du deuxième étage et aperçut une chemise de couleur vive.

Elle s'élança vers l'un des grands escaliers qui se rejoignaient à l'étage.

En haut, elle examina la galerie. Au fond, une porte ouverte menait à un autre monde : couloir moderne, rampes au néon et sol recouvert de plastique. La chemise hawaiienne était dans le couloir.

L'homme courait.

Judy se lança à sa poursuite. Tout en courant, elle gronda d'une voix essoufflée dans son micro.

— C'est lui, Charlie ! Merde ! qu'est-il arrivé à mes renforts ?

— Ils vous ont perdue. Où êtes-vous ?

— Au deuxième étage, secteur des bureaux.

— O.K.

Les portes des salles de travail étaient fermées et il n'y avait pas un chat dans les couloirs — c'était samedi. Suivant la chemise, elle tourna un coin, puis un autre, puis un troisième. Elle ne perdait pas le fuyard de vue mais ne gagnait pas de terrain.

Il est en forme, le salaud.

Ayant effectué un tour complet, il revint dans la galerie. Un instant, elle le perdit de vue et crut qu'il était remonté.

Hors d'haleine, elle s'engagea dans l'escalier qui menait au troisième.

Des panneaux lui indiquèrent que la galerie du Sénat était à sa droite, celle de l'Assemblée à sa gauche. Elle prit à gauche, arriva devant la porte de la galerie et la trouva fermée à clé. Sans nul doute il en serait de même pour l'autre. Elle revint en haut de l'escalier.

Où est-il passé ?

Dans un coin, une pancarte annonçait « Escalier Nord — Pas d'accès au toit ». Elle l'ouvrit et se trouva dans un petit escalier de service au sol carrelé, avec une rampe en fer. Elle entendit sa proie dévaler l'escalier, mais elle ne l'aperçut pas.

Elle descendit précipitamment à son tour.

Elle émergea au rez-de-chaussée de la rotonde. Pas trace de Granger, mais elle repéra Michael qui regardait autour de lui d'un air éperdu.

— Vous l'avez vu ? cria-t-elle.

— Non.

— Restez là !

De la rotonde, un couloir de marbre menait aux appartements du gouverneur. Le champ de vision de Judy était en partie masqué par un groupe de touristes admirant la porte donnant sur le Fer à cheval. Était-ce une chemise à fleurs qu'elle apercevait derrière eux ?

Pas sûr.

Elle s'élança dans le hall de marbre, passant devant des vitrines où étaient exposés des produits de chaque comté de l'État. Sur sa gauche, un autre couloir se terminait par une porte vitrée qui s'ouvrait automatiquement sur la rue. La chemise sortit.

Elle la suivit. Granger traversait en courant L Street, naviguant dangereusement au milieu de la circulation. Des chauffeurs donnaient des coups de volant pour l'éviter et klaxonnaient avec indignation. Il sauta sur le capot d'un coupé jaune ; le conducteur en jaillit, furibond, puis il aperçut Judy avec son revolver et s'empressa de rentrer dans son véhicule.

Judy traversa la rue, prenant les mêmes risques insensés que sa proie. Elle fonça devant un bus qui freina dans un crissement de pneus, bondit sur le capot du même infortuné coupé jaune et obligea une limousine interminable à faire une embardée. Elle était presque sur le trottoir quand une motocyclette arriva droit sur elle ; le motard la manqua d'un souffle.

Granger filait par la 11e Rue, puis disparut dans une entrée. Judy se précipita derrière lui.

Un parking.

Elle s'engouffra dans le garage. Quelque chose la frappa violemment en plein visage. Elle ressentit une terrible douleur au nez et au front, puis tomba en arrière, son dos heurtant le ciment. Elle resta immobile, paralysée par le choc et la douleur, incapable de penser. Quelques minutes plus tard, elle sentit derrière sa tête une main robuste et entendit, comme si elle venait de très loin, la voix de Michael.

— Judy, bon sang, vous êtes vivante ?

Ses idées s'éclaircirent et la vue lui revint.

— Parlez-moi, dites quelque chose ! murmura Michael.

Elle ouvrit la bouche.

— J'ai mal.

— Dieu soit loué ! s'écria-t-il en tirant un mouchoir de la poche de son pantalon kaki et en lui essuyant la bouche avec une surprenante douceur. Vous saignez du nez.

— Que s'est-il passé ?

— Je vous ai vue foncer comme un boulet, puis, un instant plus tard, vous étiez affalée sur le sol. Je crois qu'il vous attendait et qu'il vous a frappée au moment où vous tourniez le coin. Si jamais je mets la main sur lui...

Judy s'aperçut qu'elle avait laissé tomber son arme.

— Mon revolver...

Michael le lui tendit.

— Aidez-moi à me relever.

Son visage lui faisait un mal de chien, mais elle y voyait clair et se sentait solide sur ses jambes.

Peut-être que je ne l'ai pas encore perdu.

Il y avait un ascenseur, mais il n'avait pu avoir le temps de le prendre. Il avait dû remonter la rampe. Elle connaissait ce garage — elle s'y était garée quand elle était venue voir Honeymoon — et se rappela qu'il occupait tout un pâté de maisons, avec des entrées sur la 10e et la 11e Rue. Peut-être Granger le savait-il aussi et était-il déjà en train de sortir par la porte de la 10e Rue ?

— Je cours après lui, déclara-t-elle.

Elle monta la rampe à toutes jambes, Michael sur ses talons. Elle le laissa faire. Par deux fois elle lui avait ordonné de ne pas bouger, elle n'avait plus le souffle de le lui répéter.

Ils arrivèrent au premier niveau. Judy commençait à avoir des élancements dans la tête. Soudain ses jambes se dérobèrent sous elle. Elle ne pourrait pas aller beaucoup plus loin. Ils s'engagèrent sur le parking.

Brusquement une voiture noire jaillit droit devant eux.

Judy fit un saut de côté, se laissa tomber sur le sol et roula frénétiquement pour se mettre à l'abri sous une voiture garée.

Les roues l'effleurèrent alors que la voiture noire tournait dans un crissement de pneus et fonçait vers la rampe.

Judy se releva, cherchant désespérément Michael. Elle l'avait entendu pousser un cri de surprise et de frayeur. Avait-il été blessé ?

Il était à quelques mètres d'elle, à quatre pattes, blême.

— Ça va ?

— Ça va, acquiesça-t-il en se levant. Je suis juste secoué.

La voiture noire avait disparu.

— Merde ! Je l'ai perdu.

20

Au moment où Judy arrivait au club des officiers, à sept heures du soir, Raja Khan sortait en courant. Il s'arrêta en la voyant.

— Qu'est-ce qui vous est arrivé ?

Ce qui m'est arrivé ? Je n'ai pas réussi à empêcher le tremblement de terre, je me suis trompée sur l'endroit où Mélanie Quercus se cachait et j'ai laissé Ricky Granger me filer entre les doigts. J'ai tout bousillé.

Demain il y aura un autre séisme, d'autres personnes mourront et ce sera ma faute.

— Ricky Granger m'a envoyé un direct au nez. (Elle avait un pansement en travers du visage. Les comprimés qu'on lui avait donnés à l'hôpital de Sacramento avaient calmé la douleur, mais elle se sentait meurtrie et découragée.) Où courez-vous si vite ?

— On recherchait un album qui s'appelait *Raining Fresh Daisies*, vous vous rappelez ?

— Bien sûr. J'espérais qu'il nous fournirait une piste sur la femme qui a appelé l'émission de John Truth.

— J'en ai déniché un exemplaire juste ici, en ville. Un magasin qui s'appelle les Vinyls de Vic.

— Qu'on donne à cet agent une étoile d'or ! (Judy sentait son énergie revenir. Ce pourrait être la piste. Peut-être y avait-il encore une chance de prévenir un autre séisme.) Je vous accompagne.

Ils sautèrent dans la Dodge sale de Raja, dont le plancher était jonché d'emballages de barres de chocolat.

— Le propriétaire du magasin est un dénommé Vic Plumstead. Quand j'y suis passé il y a deux jours, il était absent et j'ai eu affaire à un jeune intérimaire. Il m'a prévenu qu'il ne pensait pas avoir le disque, mais qu'il demanderait au patron. J'ai laissé une carte Vic m'a appelé il y a cinq minutes.

— Enfin, un coup de chance !

— Le disque a été mis en vente en 1969 sous une marque de San Francisco, Transcendental Disks. Il a connu une certaine notoriété, mais la boîte n'a jamais eu d'autres succès et, au bout de quelques mois, elle a fermé.

L'enthousiasme de Judy se dissipa.

— Ce qui signifie qu'il n'existe pas d'archives, donc pas de possibilité de rechercher des indices sur l'endroit où cette femme peut se trouver aujourd'hui.

— L'album lui-même nous donnera peut-être une indication.

Les Vinyls de Vic étaient un petit magasin bourré à éclater de vieux disques et sentant la vieille bibliothèque. Il y avait un seul client, un homme tatoué en short de cuir, en train d'étudier un des premiers albums de David Bowie. Au fond, un petit homme maigre en jeans et T-shirt teint façon batik était planté près d'une caisse enregistreuse. Il buvait du café dans une tasse qui proclamait : « Légalisez ! »

Raja se présenta.

— Vous devez être Vic. Je vous ai parlé au téléphone il y a quelques minutes.

Vic les dévisagea, l'air surpris.

— Le FBI finit par débarquer chez moi, et ce sont deux Asiatiques ! Qu'est-ce qui s'est passé ?

— Je suis le Jaune symbolique et elle, la femme symbolique. Chaque bureau du FBI doit avoir un spécimen de chaque, c'est le règlement. Tous les autres agents sont des Blancs aux cheveux courts.

— Ah, bon.

Vic avait l'air déconcerté, ne sachant pas si Raja plaisantait ou non.

— Alors, ce disque ? demanda Judy avec impatience.

— Le voilà.

Vic se pencha vers le tourne-disque derrière la caisse. Il en abaissa la pointe de lecture. Une volée déchaînée d'accords de guitare servait d'introduction à un morceau de jazz étonnamment décontracté où l'on entendait les accents d'un piano par-dessus un solo de batterie. Puis vint la voix de la femme :

Je suis en train de fondre
Sens-moi qui fonds
Qui me liquéfie
Pour devenir plus douce.

— Ce n'est pas mal du tout! s'exclama Vic.

Judy pensait que c'était de la merde, mais peu lui importait. Il s'agissait bien de la voix de l'enregistrement de John Truth, aucun doute là-dessus. Plus jeune, plus claire, plus douce, mais avec la même incontestable tonalité grave et sexy.

— Avez-vous la pochette? s'empressa-t-elle de demander.

— Bien sûr.

Les coins en étaient recroquevillés et la pellicule de plastique transparent s'écaillait sur le papier glacé. Sur le côté face, un motif multicolore tourbillonnant faisait mal aux yeux. On distinguait à peine les mots « Raining Fresh Daisies ». Judy la retourna. Le dos était crasseux avec un rond de tasse de café dans le coin supérieur droit.

Le commentaire de la jaquette déclarait : « La musique ouvre les portes qui donnent accès aux univers parallèles... »

Judy sauta le texte. En bas, s'alignaient cinq photos noir et blanc — juste la tête et les épaules — de quatre hommes et une femme. Elle lut les légendes :

Piano : Dave Rolands
Guitare : Ian Kerry
Contrebasse : Ross Muller
Batterie : Jerry Jones
Paroles : Stella Higgins

Judy plissa le front.

— Stella Higgins... J'ai déjà entendu ce nom-là! (Elle en était certaine, mais où? Peut-être prenait-elle ses désirs pour des réalités. Elle examina la petite photo de la chanteuse, une jeune femme d'une vingtaine d'années au visage sensuel et souriant encadré de cheveux bruns qui tombaient en vagues, et avec la grande bouche aux lèvres généreuses annoncée par Simon Sparrow.) Elle était belle, murmura-t-elle.

Elle scruta le visage, y cherchant la folie, mais elle

n'en découvrit pas trace. Elle ne voyait qu'une jeune femme pleine d'espoir et de vitalité.

Qu'est-ce qui a mal tourné dans sa vie?

— On peut vous l'emprunter? demanda-t-elle.

— Je suis ici pour vendre des disques, répondit Vic d'un air maussade. Pas pour les prêter.

— Combien?

— Cinquante dollars.

— D'accord.

Il arrêta le plateau, reprit le disque et le glissa dans sa pochette. Judy le régla.

— Merci, Vic. Nous vous sommes reconnaissants de votre assistance.

Dans la voiture de Raja, elle dit:

— Stella Higgins. Où ai-je donc entendu ce nom?

— Ça ne m'évoque rien...

En descendant de voiture, elle lui tendit l'album.

— Fais des agrandissements de sa photo et diffuse-là aux divers services de police. Donne le disque à Simon Sparrow. On ne sait jamais ce qu'il pourrait dégoter.

Ils entrèrent dans le poste de commandement. La grande salle de bal semblait encombrée: on avait ajouté une table au poste de direction, et quelques costumes croisés supplémentaires, probablement en provenance de la direction du FBI à Washington, plus du personnel des agences de gestion d'urgence de la ville, de l'État et fédéral s'entassaient autour d'elle.

Elle s'approcha de la table des enquêteurs. La plupart étaient au téléphone, à suivre des pistes. Judy s'adressa à Carl Theobald.

— Vous êtes sur quoi?

— Les témoignages de ceux qui ont vu des Plymouth beiges.

— J'ai mieux pour vous. Nous avons quelque part l'annuaire du téléphone de Californie sur CD-Rom. Cherchez donc le nom de Stella Higgins.

— Et si je la trouve?

— Appelez-la et voyez si elle vous paraît être la femme de l'enregistrement de John Truth.

Elle s'assit à un ordinateur et lança une recherche des dossiers criminels. Elle découvrit dans les archives une Stella Higgins. La femme s'était vu infliger une amende pour détention de marijuana et avait été condamnée à une peine avec sursis pour agression sur la personne d'un officier de police lors d'une manifestation. Sa date de naissance correspondait à peu près et son adresse était sur Haight-Street. La banque de données ne contenait pas de photo d'elle, mais elle semblait être la femme recherchée.

Les deux condamnations dataient de 1968 ; rien depuis. Comme Ricky Granger, Stella Higgins paraissait avoir disparu au début des années soixante-dix. Judy fit une sortie imprimante des dossiers et l'épingla au tableau des suspects. Elle envoya un agent vérifier l'adresse de Haight-Street, mais elle était certaine que, trente ans plus tard, Higgins n'y serait pas.

Une main se posa sur son épaule ; Bo avait le regard soucieux.

— Mon bébé, que t'est-il arrivé au visage ? demanda-t-il en palpant délicatement le bandage qui lui couvrait le nez.

— J'ai été imprudente.

Il lui posa un baiser sur la tête.

— Je suis de service ce soir, mais j'ai voulu passer voir comment tu allais.

— Qui t'a dit que j'étais blessée ?

— Ce type marié, Michael.

Elle sourit.

Ce type marié. Histoire de me rappeler que Michael appartient à une autre.

— Il n'y a pas vraiment de dégâts, mais je vais sans doute me retrouver avec deux magnifiques yeux au beurre noir.

— Il faut que tu te reposes un peu. Quand rentres-tu à la maison ?

— Je ne sais pas. Je viens de faire une découverte. Assieds-toi. (Elle lui parla de *Raining Fresh Daisies*.) Voici comment je l'imagine : dans les années soixante, c'est une jolie fille, habitant San Francisco. Elle est de toutes les manifs, fume de la dope et traîne avec des groupes de rock. Les années soixante cèdent la place aux années soixante-dix, elle est déçue, ou elle s'ennuie, et s'entiche d'un type charismatique qui a la mafia aux fesses. À eux deux, ils fondent une secte. Le groupe survit je ne sais comment, en fabriquant des bijoux ou Dieu sait quoi, pendant trente ans. Puis quelque chose cloche. Leur existence est menacée par un projet de construction d'une centrale. Ils sont confrontés à la ruine de tout ce pourquoi ils ont trimé et qu'ils ont bâti au long des années. Alors, ils cherchent un moyen, n'importe lequel, de bloquer le projet. Là-dessus, un sismologue se joint au groupe et trouve une idée dingue.

— Ça se tient, acquiesça Bo, en tout cas pour des gens un peu zinzins.

— Compte tenu de son passé, Granger a l'expérience suffisante pour voler le vibrateur sismique, et le magnétisme personnel pour persuader les autres membres de la secte de le suivre.

Bo avait l'air songeur.

— Ils ne sont sans doute pas propriétaires de leur maison, déclara-t-il.

— Pourquoi ?

— Eh bien, imagine qu'ils habitent près du lieu de construction de la centrale nucléaire, ce qui les oblige à s'en aller. S'ils étaient propriétaires de leur maison, de leur ferme, ou Dieu sait quoi, ils toucheraient des indemnités et ils pourraient recommencer ailleurs. À mon avis, ils ont un bail de courte durée, ou ils squattent.

— Tu as sans doute raison, mais ça ne nous avance pas. Il n'y a pas de banque de données des terres louées à l'échelon de l'État.

Carl Theobald arriva, un carnet à la main.

— Trois touches dans l'annuaire. Une Stella Higgins de Los Angeles ; une femme d'environ soixante-dix ans à la voix chevrotante. Mrs. Higgins, de Stockton, a un fort accent africain, peut-être le Nigeria. Et S.J. Higgins, Diamond Heigts, est un homme prénommé Sidney.

— La barbe ! (Judy expliqua à Bo :) Stella Higgins, c'est la voix de l'enregistrement de John Truth. Je suis certaine d'avoir déjà vu ce nom.

— Consulte tes propres dossiers.

— Comment ça ?

— Si le nom te semble familier, c'est peut-être parce que tu l'as déjà lu au cours de cette enquête. Consulte tes dossiers.

— Bonne idée.

— Il faut que j'y aille. Avec tous ces gens qui quittent la ville et laissent leur maison abandonnée, la police de San Francisco ne chôme pas. Bonne chance. Repose-toi un peu.

— Merci, Bo.

Judy activa la fonction « Recherche » sur l'ordinateur et lui fit examiner tout le dossier « Soldats du Paradis ».

Enfin, s'afficha sur l'écran :

Une mention trouvée

Judy sauta de joie.

— Bon Dieu ! cria Carl. Le nom est déjà dans l'ordinateur !

Oh, mon Dieu, je crois que j'ai tapé dans le mille !

Deux autres agents s'installèrent à côté de Judy tandis qu'elle ouvrait le dossier.

C'était un long document contenant toutes les notes prises par les agents durant leur raid avorté sur Los Alamos, six jours auparavant.

— Qu'est-ce que c'est que ça ? s'exclama Judy, intriguée. Elle était à Los Alamos et nous l'avons manquée !

Stuart Cleever s'approcha d'elle.

— Que se passe-t-il ?

— Nous avons trouvé la femme qui a appelé John Truth !

— Où ça ?

— À Silver River Valley.

— Comment vous a-t-elle filé entre les doigts ?

C'est Marvin Hayes qui a organisé cette descente, pas moi.

— Je ne sais pas. Donnez-moi une minute !

Elle utilisa la fonction « Recherche » pour retrouver le nom parmi les notes.

Stella Higgins n'était pas à Los Alamos. C'est pour cette raison qu'ils l'avaient manquée.

Deux agents avaient inspecté un vignoble à quelques kilomètres plus haut dans la vallée. La terre était louée par le gouvernement fédéral et le nom de la locataire était Stella Higgins.

— Bon sang, on était si près ! s'écria Judy, exaspérée. Dire qu'on a failli l'avoir il y a une semaine !

— Imprimez ça pour que tout le monde puisse le voir, ordonna Cleever.

Les agents avaient consciencieusement noté le nom et l'âge de tous les adultes du vignoble. Il y avait des couples avec des enfants, constata Judy, et la plupart donnaient comme adresse celle du vignoble. Ils vivaient donc là.

Peut-être était-ce une secte, ce dont les agents ne se seraient pas rendu compte.

Ou alors les personnes interrogées ont pris soin de dissimuler la véritable nature de leur communauté.

— On les a ! confirma Judy. Nous nous sommes laissé dévier la première fois par Los Alamos où, semblait-il, se trouvaient des suspects parfaits. Puis, quand ils se sont révélés inoffensifs, nous avons cru que nous faisions fausse route. Nous avons alors négligé de vérifier s'il n'y avait pas d'*autres* communautés dans cette vallée. C'est ainsi que nous avons loupé les véritables criminels. Mais maintenant nous les avons trouvés.

— Vous avez raison, dit Stuart Cleever. (Il se tourna vers la table du groupe d'intervention.) Charlie, appelez le bureau de Sacramento et organisez un raid conjoint. Judy a l'emplacement exact. Nous allons leur tomber dessus au lever du jour.

— Nous devrions faire la descente tout de suite, suggéra Judy. Si nous attendons le matin, ils risquent d'être partis.

— Pourquoi s'en iraient-ils maintenant ? De nuit, c'est trop risqué. Les suspects peuvent filer à la faveur de l'obscurité, surtout en pleine campagne.

Il avait raison, mais son instinct soufflait à Judy de ne pas attendre.

— Je préférerais prendre ce risque. Maintenant que nous savons où il sont, allons les arrêter.

— Non, objecta Cleever d'un ton catégorique. Ne discutez pas, Judy. Nous interviendrons à l'aube.

Elle hésita. Elle était persuadée qu'il s'agissait d'une mauvaise décision, mais elle était trop fatiguée pour discuter davantage.

— Très bien. À quelle heure part-on, Charlie ?

Marsh regarda sa montre.

— On part d'ici à deux heures du matin.

— Je vais peut-être réussir à dormir deux ou trois heures.

Elle avait le vague souvenir d'avoir garé sa voiture sur le terrain de manœuvres, des mois auparavant, en fait le jeudi soir précédent, seulement quarante-huit heures plus tôt.

En sortant, elle rencontra Michael.

— Vous avez l'air épuisée, déclara-t-il. Laissez-moi vous ramener chez vous.

— Et comment reviendrai-je ici ?

— Je ferai un somme sur votre canapé et je vous raccompagnerai.

Elle s'arrêta.

— Je vous préviens : j'ai le visage si endolori que je ne serais même pas capable de vous embrasser !

Il sourit.

— Je me contenterai de vous tenir la main.

Je commence à croire que ce type a un faible pour moi.

— Alors, qu'en pensez-vous ?

— Vous me borderez, vous m'apporterez du lait chaud et de l'aspirine ?

— Entendu. Vous me laisserez vous regarder dormir ?

Oh, Seigneur, rien ne saurait me faire plus plaisir.

Il lut sur son visage.

— Je crois entendre oui, murmura-t-il.

Elle acquiesça en souriant.

— Oui.

À son retour de Sacramento, Priest était fou de rage. Il avait été convaincu de la volonté de négociation du gouverneur, il avait eu le sentiment de toucher au but et, déjà, il se félicitait, mais ça n'avait été que du chiqué. Le gouverneur Robson n'avait jamais envisagé de négocier. Il s'agissait d'un coup monté. Le FBI s'était imaginé pouvoir le faire tomber dans un piège à la con comme un escroc à la petite semaine. C'était ce manque de respect qui l'agaçait vraiment ; ils le prenaient pour un crétin.

Ça va leur coûter cher !

Un autre tremblement de terre.

Dans la communauté tous étaient encore sous le coup du départ de Dale et de Poème. Il leur avait rappelé ce qu'ils avaient feint d'oublier : que le lendemain ils étaient censés quitter la vallée.

Priest raconta aux Mangeurs de riz quelle pression il exerçait sur le gouverneur. Les autoroutes étaient toujours embouteillées par des minibus bourrés de gosses tentant d'échapper au séisme qui menaçait. Dans les quartiers à demi abandonnés, les pillards dévalisaient les pavillons, croulant sous le poids de fours à micro-ondes, des lecteurs de CD et d'ordinateurs.

Pourtant, le gouverneur ne donnait aucun signe qu'il allait céder.

Bien qu'on soit samedi soir, pas un membre de la Communauté n'avait envie de faire la fête. Après le dîner et le service du soir, la plupart d'entre eux se retirèrent dans leur cabane. Mélanie alla au dortoir faire la lecture aux enfants. Priest s'assit devant sa cabane à regarder la lune se coucher sur la vallée et, peu à peu, il s'apaisa. Il ouvrit une bouteille de son vin, une cuvée vieille de cinq ans avec cet arôme de fumée qu'il aimait tant.

Nous livrons une bataille des nerfs, songea-t-il lorsqu'il fut capable de réfléchir calmement. *Qui résistera le plus longtemps, moi ou le gouverneur ? Lequel parviendra le mieux à contrôler ceux qui sont sous sa coupe ?*

La silhouette de Star se découpa au clair de lune. Elle marchait pieds nus et fumait un joint. Elle en tira une profonde bouffée, se pencha vers Priest et l'embrassa à pleine bouche. Il aspira la fumée grisante qui sortait des poumons de Star, l'exhala, sourit et déclara :

— Je me rappelle la première fois que tu as fait ça. On ne m'avait jamais rien fait d'aussi sexy.

— Vraiment ? Plus sexy qu'une pipe ?

— Bien plus. N'oublie pas : j'avais sept ans quand j'ai vu ma mère faire une pipe à un micheton. Elle ne les embrassait jamais. J'étais la seule personne qui avait droit à ses baisers. C'est elle qui me l'a dit.

— Priest, tu as eu une sacrée vie.

— À t'entendre on dirait qu'elle est finie.

— Cette partie-là est finie en tout cas, non ?

— Pas du tout !

— Il est près de minuit. L'échéance va bientôt arriver. Le gouverneur ne cédera pas.

— Il y est obligé. Ça n'est qu'une question de temps. (Il se leva.) Je vais écouter les infos.

Elle l'accompagna tandis qu'il traversait le vignoble au clair de lune et remontait le chemin jusqu'aux voitures.

— Allons-nous-en, lança-t-elle soudain. Juste toi, moi et Fleur. Prenons une voiture, là, maintenant, et fichons le camp. Ne disons pas au revoir, ne faisons pas de valise, ne prenons pas de vêtements de rechange, rien. Filons comme quand j'ai quitté San Francisco en 1969. On ira où notre humeur nous guidera : l'Oregon, Las Vegas, New York. Qu'est-ce que tu dirais de Charleston ? J'ai toujours eu envie de visiter le Sud.

Sans répondre, il alluma la radio.

« Celui qu'on soupçonne être le chef du groupe terroriste des Soldats du Paradis, Richard Granger, a réussi aujourd'hui à filer entre les doigts du FBI. Pendant ce temps, les habitants qui fuient les quartiers voisins de la faille de San Andreas ont pratiquement bloqué la circulation sur de nombreuses autoroutes dans la région de la baie de San Francisco. Il y avait des kilomètres de bouchons sur de longues sections des autoroutes 280, 580, 680 et 880. Un marchand de disques rares de Haight-Ashburry affirme que des agents du FBI lui ont acheté un album avec la photo d'une autre personne soupçonnée de terrorisme. »

— Un album ? s'exclama Star. Putain, qu'est-ce que… ?

« Vic Plumstead, le propriétaire du magasin, a raconté à nos reporters que le FBI l'avait appelé pour tâcher de retrouver un album des années soixante où, croyait-on, était enregistrée la voix d'un des suspects des Soldats du Paradis. Après des jours d'effort, il a retrouvé l'album enregistré par un obscur groupe rock, *Raining Fresh Daisies*. »

— Nom de Dieu ! Je l'avais pratiquement oublié !

« Le FBI n'a pas voulu confirmer ni nier être à la recherche de la chanteuse Stella Higgins. »

— Merde ! Ils connaissent mon nom !

Priest réfléchissait rapidement. Dans quelle mesure était-ce dangereux ? Le nom ne leur serait pas d'une grande utilité : cela faisait près de trente ans que Star ne l'utilisait plus. Personne ne savait où vivait Stella Higgins.

Mais si !

Il réprima un gémissement de désespoir. Le nom de Stella Higgins figurait sur le bail de cette terre et il en avait informé les deux agents du FBI venus ici le jour de la descente de police sur Los Alamos.

Tôt ou tard, quelqu'un du FBI fera le rapprochement.

Et si le FBI avait la malchance de ne pas deviner, l'adjoint du shérif de Silver City, actuellement en vacances aux Bahamas, avait écrit « Stella Higgins » sur un dossier qui devait passer devant le tribunal d'ici à deux semaines.

Silver River Valley allait livrer ses secrets.

Cette idée l'emplit d'une tristesse insupportable.

Peut-être devrait-il fuir avec Star, maintenant. Les clés étaient sur la voiture. Dans deux heures, ils pouvaient être au Nevada. Demain à midi ils seraient à huit cents kilomètres.

Non ! Je ne suis pas encore battu.

À l'origine, son plan impliquait que les autorités ne découvriraient jamais l'identité des Soldats du Paradis ni la raison pour laquelle ils avaient réclamé un gel de la construction de nouvelles centrales. Le FBI était sur le point de les découvrir, mais peut-être y avait-il moyen de l'obliger à taire sa découverte. Et s'il incorporait leur impunité à ses exigences ? Si le FBI en arrivait à accepter l'arrêt des constructions, il pourrait bien avaler ça aussi.

Bien sûr, c'était extravagant, mais toute cette affaire était extravagante, alors pourquoi pas ?

Avant tout, il lui faudrait éviter de tomber entre les griffes du FBI.

Il ouvrit la portière et descendit.

— Allons-y. J'ai un tas de choses à faire.

Star sortit lentement de la voiture.

— Tu ne veux pas t'enfuir avec moi? demanda-t-elle tristement.

— Certainement pas!

Il claqua la portière et s'éloigna. Elle traversa avec lui le vignoble puis regagna sa cabane sans lui souhaiter bonne nuit.

Priest alla rejoindre Mélanie. Elle dormait. Il la secoua brutalement.

— Debout! On part. Vite!

Judy attendait que Stella Higgins ait fini de pleurer tout son saoul. En d'autres circonstances elle avait pu être séduisante, mais à présent elle semblait anéantie. L'accablement crispait son visage, son maquillage désuet ruisselait sur ses joues et ses robustes épaules étaient secouées de sanglots.

Les deux femmes étaient assises dans la minuscule cabane de Star. Tout autour d'elles, des produits pharmaceutiques: boîtes de pansements, d'aspirine, cartons de désinfectants et de préservatifs, flacons de sirops contre la colique et contre la toux, bouteilles de teinture d'iode. Aux murs, des dessins de gosses montrant Star soignant des enfants malades. La construction était primitive, sans électricité ni eau courante, mais on s'y sentait bien.

Judy s'approcha de la porte, laissant à Star une minute pour se calmer. Sous le pâle soleil du petit matin, le site était magnifique. Les derniers lambeaux d'une brume légère accrochaient leurs derniers filaments aux arbres plantés à flanc de colline, la rivière étincelait à l'embranchement de la vallée. Au bas des coteaux, les rangées de vigne bien taillée s'alignaient dans un ordre impeccable, leurs sarments attachés à des treillages en bois. Judy éprouva un sentiment de paix, l'impression qu'ici l'harmonie prédominait et que le reste du monde était bizarre. Elle se secoua comme pour chasser cette sensation légèrement effrayante.

Michael surgit. Une fois de plus, il avait voulu être présent afin de s'occuper de Dusty et Judy avait dû expliquer à Stuart Cleever qu'il fallait l'y autoriser, ses connaissances étant indispensables à l'enquête. Il tenait Dusty par la main.

— Comment va-t-il ? demanda Judy.

— Très bien.

— Vous avez retrouvé Mélanie ?

— Elle n'est pas là. Dusty dit qu'une grande fille du nom de Fleur s'est occupée de lui.

— Aucune idée de l'endroit où est allée Mélanie ?

— Non. Aucune. (De la tête, il désigna Star.) Que dit-elle ?

— Rien pour l'instant. (Judy rentra s'asseoir au bord du lit.) Parlez-moi de Ricky Granger, demanda-t-elle à Star, dont les sanglots s'apaisaient.

— Il y a du bon en lui comme du mauvais. Autrefois, c'était un voyou, je sais, il a même tué, mais, pendant tout le temps où nous avons été ensemble, vingt-cinq ans, il n'a jamais fait de mal à une mouche. Jusqu'à aujourd'hui, jusqu'à ce que quelqu'un ait eu l'idée de cette connerie de barrage.

— Tout ce que je veux, c'est le retrouver avant qu'il fasse de nouvelles victimes.

— Je sais.

Judy obligea Star à la regarder.

— Où est-il allé ?

— Je vous le dirais si j'en avais la moindre idée. Mais je l'ignore.

21

Priest et Mélanie rejoignirent San Francisco à bord de la camionnette de la communauté. Priest estimait que la Cadillac cabossée était trop voyante et que la police rechercherait probablement la Subaru orange de Mélanie.

Toutes les voitures allaient dans la direction opposée ; ils ne furent donc guère retardés. Ils arrivèrent en ville le dimanche matin peu après cinq heures. Il n'y avait pas grand monde dans les rues : un couple d'adolescents s'étreignant à un arrêt d'autobus, deux camés nerveux achetant une dernière dose à un revendeur vêtu d'un long manteau, un pochard désemparé qui zigzaguait au milieu de la chaussée. Le quartier du port était désert. Le secteur industriel abandonné avait un air sinistre dans les premières lueurs du jour. Ils gagnèrent l'entrepôt des Agendas Perpetua. L'agent immobilier avait tenu sa promesse : on avait rétabli l'électricité et il y avait de l'eau dans les toilettes.

Mélanie gara la camionnette dans le hangar tandis que Priest allait inspecter le vibrateur sismique. Il mit le moteur en marche puis abaissa et releva la plaque : tout fonctionnait.

Ils se blottirent l'un contre l'autre sur le canapé du bureau. Priest resta éveillé, analysant encore et encore la situation. Il avait beau l'envisager sous tous les angles, une seule solution lui paraissait intelligente pour le gouverneur Robson : céder. Priest se surprit à prononcer des discours imaginaires dans l'émission de John Truth, en soulignant la stupidité du gouverneur. *« D'un seul mot il pouvait empêcher les tremblements de terre ! »*

Au bout d'une heure, il se rendit compte que cet exercice ne le menait nulle part. Allongé sur le dos, il procéda au rituel de relaxation qu'il utilisait pour méditer. Son corps s'immobilisa, son cœur se mit à battre plus calmement, son esprit se vida, et il s'endormit.

Il s'éveilla à dix heures du matin.

Il mit une casserole d'eau sur la plaque chauffante. Il avait rapporté du village une boîte de café biologique moulu et des tasses.

Mélanie alluma la télé.

— À la communauté, les infos me manquent. Je les regardais tout le temps, avant.

— En temps normal, j'ai horreur des informations. Tu t'inquiètes pour des millions de trucs auxquels tu ne peux rien.

Mais il s'installa avec Mélanie devant le téléviseur.

« Les autorités de Californie prennent au sérieux la menace d'un séisme pour aujourd'hui, l'heure limite fixée par les terroristes approchant. »

Une séquence montrait des employés municipaux en train de dresser un hôpital de campagne dans le parc de Golden Gate. Ce spectacle déchaîna la fureur de Priest.

— Bordel ! Pourquoi n'accèdent-ils pas tout simplement à nos demandes ! cria-t-il à l'appareil.

La séquence suivante montrait des agents du FBI opérant une descente dans les cabanes de bois. Au bout d'un moment Mélanie s'écria :

— Mon Dieu, c'est notre village !

Star, drapée dans son vieux peignoir de soie violette, le visage ravagé par le chagrin, était emmenée par deux hommes en gilet pare-balles.

Priest poussa un juron. Il n'était pas surpris — c'était l'éventualité d'un raid sur le village qui avait amené son départ précipité la nuit précédente —, mais ce spectacle le plongea dans un état de rage et de désespoir. Ces salopards si contents d'eux avaient violé son foyer.

Vous auriez dû nous laisser tranquilles. Maintenant, c'est trop tard.

Il vit Judy Maddox, l'air sombre.

Tu espérais me prendre au filet, hein ?

Elle était moins jolie, avec les yeux au beurre noir et un grand pansement en travers du nez.

Tu m'as menti, tu as essayé de me pincer et tout ce que ça t'a rapporté c'est un nez en compote.

Pourtant, au fond, il était impressionné. Ayant sous-estimé le FBI, il n'avait jamais imaginé voir un jour des agents envahir le sanctuaire de la vallée qui, pendant tant d'années, avait été une cachette secrète. Judy Maddox était plus maligne qu'il ne l'avait pensé.

Mélanie sursauta. Un plan montrait Michael portant Dusty dans ses bras.

— Oh non ! hurla-t-elle.

Priest eut un geste d'impatience.

— Ils n'arrêtent pas Dusty, calme-toi !

— Mais où Michael l'emmène-t-il ?

— Quelle importance ?

— Ça en a si on provoque un tremblement de terre !

— Michael sait mieux que personne où sont les lignes de faille ! Il n'ira pas dans un endroit dangereux.

— Oh, mon Dieu, j'espère que non, surtout s'il a Dusty avec lui.

Priest avait assez regardé la télé.

— Allons-nous-en. Prends ton portable.

Mélanie sortit la camionnette. Priest ferma à clé l'entrepôt derrière eux.

— Roule vers l'aéroport.

Évitant les autoroutes, ils approchaient de l'aéroport quand ils se trouvèrent bloqués dans les embouteillages. Priest estima à des milliers ceux qui utilisaient leurs portables dans les parages : pour essayer de trouver des vols en partance, pour appeler leurs familles, pour se renseigner sur les bouchons. Il téléphona à John Truth. Ce dernier répondit en personne.

— J'ai une nouvelle demande à formuler, alors écoutez soigneusement, commença Priest.

— Ne vous inquiétez pas, j'enregistre.

— J'ai bien l'impression que je passerai à votre émission ce soir, hein, John ? demanda Priest avec un sourire.

— J'espère que vous serez en taule, riposta Truth.

— Je vous emmerde aussi. (Ce type n'avait pas

besoin de se montrer désagréable.) Ma nouvelle demande, c'est une grâce présidentielle pour tous les Soldats du Paradis.

— Je transmettrai au président.

Voilà qu'il adoptait un ton sarcastique. Il ne comprenait donc pas à quel point c'était important ?

— Je l'exige, ainsi que le gel de nouveaux projets de centrales.

— Attendez un peu ! Maintenant que tout le monde sait où se trouve votre communauté, vous n'avez pas besoin d'un arrêt des travaux dans tout l'État. Vous voulez simplement empêcher votre vallée d'être inondée, n'est-ce pas ?

Priest réfléchit. Truth avait raison. Il décida pourtant de ne pas le reconnaître.

— Pas question ! J'ai des principes. La Californie a besoin de moins d'énergie électrique, pour devenir un endroit où il fera bon élever des enfants. Notre première exigence tient toujours. Nous provoquerons un autre séisme si le gouverneur ne donne pas son accord.

— Comment pouvez-vous faire une chose pareille ?

— Quoi ? s'étonna Priest, pris au dépourvu.

— Comment pouvez-vous faire une chose pareille ? Comment pouvez-vous infliger tant de souffrances et de malheurs ? Vous tuez, vous blessez, vous causez des dégâts, vous obligez les gens à fuir leur maison, affolés... Comment trouvez-vous le sommeil ?

Cette question irrita Priest.

— Ne jouez pas au moraliste ! Moi, j'essaie de sauver la Californie.

— En tuant !

Priest perdit patience.

— Putain, bouclez-la et écoutez ! Il aura lieu ce soir à dix-neuf heures...

Selon Mélanie, la fenêtre sismique s'ouvrirait à dix-huit heures quarante.

— Pouvez-vous me dire...

Priest coupa la communication.

Il resta un moment silencieux. La conversation lui laissait un sentiment de malaise. Truth aurait dû être mort de peur, pourtant, il l'avait traité comme un perdant.

Ils arrivèrent à un carrefour.

— On pourrait faire demi-tour ici et revenir, proposa Mélanie. Dans l'autre sens, il n'y a pas de circulation.

— D'accord.

Elle fit demi-tour, l'air songeur.

— Est-ce qu'on reviendra jamais dans la vallée, maintenant que le FBI en connaît l'existence ?

— Mais oui !

— Ne crie pas !

— Mais oui, nous y retournerons, répéta-t-il d'un ton plus calme. Même si pour l'instant la situation n'est pas brillante et qu'il faille nous tenir à l'écart quelque temps. Je suis convaincu que nous allons perdre la vendange de cette année. Les médias vont grouiller sur tout le domaine pendant des semaines. Mais ils finiront par nous oublier. Il y aura une guerre, une élection, un scandale sexuel, et on ne s'intéressera plus à nous. À ce moment-là, nous reviendrons discrètement nous réinstaller dans nos maisons, remettre les vignes en état et faire pousser une nouvelle récolte.

— Ouais ! soupira Mélanie.

Elle y croit. Moi, je n'en suis pas si sûr. Mais je ne veux plus y penser. M'énerver ne ferait que saper ma détermination. Plus de doutes. De l'action.

— Tu veux revenir à l'entrepôt ? suggéra Mélanie.

— Oh, non. Je deviendrais fou, enfermé dans ce trou toute la journée. Prends la direction de la ville et vois si on peut trouver un restaurant. Je meurs de faim.

Judy et Michael conduisirent Dusty à Stockton, où habitaient les parents de Michael. Ils s'y rendirent en hélicoptère, pour la plus grande joie de Dusty.

L'appareil se posa sur le terrain de football d'un lycée de la banlieue.

Les parents de Michael possédaient un coquet pavillon qui donnait sur un terrain de golf. Ils prirent un café dans la cuisine.

— Peut-être que cette horrible histoire va donner un coup de fouet à ton affaire, déclara Mrs. Quercus d'un ton soucieux.

Judy se rappela qu'ils avaient mis de l'argent dans le cabinet de consultant de Michael et que ce dernier avait du mal à les rembourser. Mrs. Quercus avait raison : cela pourrait l'aider d'être l'expert en séismes du FBI.

Judy réfléchissait à l'endroit où pouvait se trouver le vibrateur sismique. Il n'était pas à Silver River Valley. On ne l'avait pas repéré depuis le vendredi soir, mais les panneaux de manège forain qui le dissimulaient avaient été découverts sur le bord de la route par une des centaines d'équipes de secouristes encore occupées à déblayer les décombres de Felicitas.

Elle savait que c'était Granger qui était au volant. Elle l'avait appris en demandant aux membres de la communauté quelle était leur voiture et en vérifiant celles qui manquaient. Priest utilisait une camionnette ; elle avait lancé un bulletin d'alerte général. Théoriquement, tous les policiers de la Californie devraient être à l'affût de ce véhicule, même si la plupart d'entre eux étaient trop occupés à régler les problèmes urgents.

Dire qu'on aurait pu arrêter Granger si j'avais insisté davantage hier pour persuader Cleever de faire une descente !

Un petit téléviseur posé sur le comptoir de la cuisine était allumé, le son en veilleuse. C'était l'heure des informations et Judy demanda à Mrs. Quercus d'augmenter le volume. John Truth, interviewé, passa un extrait de l'enregistrement de sa conversation avec Granger.

« Dix-neuf heures, répétait ce dernier sur la cassette. Le prochain tremblement de terre aura lieu à dix-neuf heures ce soir. »

Judy frissonna. Il parlait sérieusement : aucun regret, aucun remords dans sa voix, pas le moindre signe qu'il hésitait à mettre en péril la vie de tant d'individus.

Un ton raisonnable… et pas un sentiment humain. Les souffrances d'autrui lui importaient peu — signe caractéristique des psychopathes.

Elle se demanda ce que Simon Sparrow déduirait de cette voix. Cependant, l'heure n'était plus à la psycholinguistique. Elle s'approcha de la porte de la cuisine et appela.

— Michael ! Il faut qu'on y aille !

Elle aurait aimé laisser Michael et Dusty ici où tous deux seraient en sûreté. Mais elle avait besoin de lui au poste de commandement : ses connaissances pourraient être d'une importance cruciale.

Il arriva avec Dusty.

— Je suis pratiquement prêt.

Le téléphone sonna. Mrs. Quercus décrocha, puis tendit l'appareil à Dusty.

— C'est pour toi.

Dusty prit le combiné.

— Allô ? (Son visage s'éclaira.) Bonjour, maman !

Judy resta figée sur place.

Mélanie !

— Ce matin, je me suis réveillé et tu étais partie ! Et puis papa est venu me chercher !

Elle doit être avec Priest et le vibrateur sismique.

Judy saisit son portable et appela le poste de commandement. Elle ordonna calmement à Raja :

— Repère un appel. Mélanie Quercus est en train de parler à ce numéro, à Stockton. La communication a débuté il y a une minute, et elle dure toujours.

— Je m'y mets.

Judy coupa la communication.

Dusty écoutait, hochant la tête de temps en temps,

en oubliant que sa mère ne pouvait pas le voir. Puis il tendit brusquement le combiné à son père.

— Elle veut te parler.

— Au nom du Ciel, murmura Judy à Michael, tâchez de savoir où elle est !

Celui-ci prit l'appareil des mains de Dusty et le plaqua contre sa poitrine, pour étouffer les sons.

— Décrochez le poste de la chambre.

— Où ?

— Juste au bout du vestibule, mon enfant, répondit Mrs. Quercus.

Judy se précipita dans la chambre, se jeta sur le dessus-de-lit à fleurs et décrocha le téléphone posé sur la table de chevet, en couvrant le micro de sa main.

Elle entendit Michael demander :

— Mélanie... où es-tu ?

— Peu importe. Je vous ai vus toi et Dusty à la télé. Il va bien ?

— Dusty va bien. Nous venons d'arriver.

— J'espérais bien que tu serais là.

Elle s'exprimait d'une voix étouffée.

— Tu peux parler plus fort ?

— Non, je ne peux pas. Écoute bien, d'accord ?

Elle ne veut pas que Granger l'entende. C'est bon signe : ça annonce peut-être qu'ils ne sont plus tout à fait sur la même longueur d'ondes.

— D'accord, d'accord, répéta Michael.

— Tu vas rester là avec Dusty, n'est-ce pas ?

— Non. Je vais en ville.

— Quoi ? Bon sang, Michael, c'est dangereux !

— C'est là qu'aura lieu le séisme : à San Francisco ?

— Je ne peux pas te le dire.

— Sur la péninsule ?

— Oui, sur la péninsule, alors éloigne Dusty de là !

Il y eut un bip sur le portable de Judy. Bloquant soigneusement le micro du poste de la chambre, elle colla le portable à son autre oreille. C'était Raja.

— Elle appelle sur son portable, du centre de San Francisco. Pour un portable, ils ne peuvent pas faire mieux.

— Envoyez du monde à la recherche de cette camionnette !

— Entendu.

— Si tu es aussi inquiète, poursuivait Michael, pourquoi ne me dis-tu pas où se trouve le vibrateur sismique ?

— Je ne peux pas ! souffla Mélanie. Tu as perdu la tête !

— *Moi*, j'ai perdu la tête ? C'est toi qui déclenches les tremblements de terre.

— Je ne peux pas te parler davantage.

Il y eut un déclic. Judy reposa le combiné et roula sur le dos, réfléchissant rapidement. Mélanie avait livré pas mal de renseignements. Elle était quelque part au centre de San Francisco et, si ça n'était pas facile de l'y trouver, c'était au moins une meule de foin plus petite que la Californie. Elle avait avoué que le séisme serait déclenché quelque part sur la péninsule de San Francisco, la langue de terre séparant le Pacifique de la baie de San Francisco. Le vibrateur sismique devait donc être dans ce secteur. Mais, ce qui intriguait le plus Judy, c'était l'amorce de scission entre Mélanie et Granger. De toute évidence, cette dernière avait téléphoné en cachette de son compagnon. Voilà qui donnait quelque espoir. Judy pourrait trouver un moyen de profiter d'une dissension entre eux.

Elle ferma les yeux pour mieux se concentrer. Dusty était le point faible de Mélanie. Comment pourrait-on l'utiliser contre elle ?

Elle entendit des pas et ouvrit les yeux. Michael entra dans la chambre et lui lança un regard bizarre.

— Qu'y a-t-il ? demanda-t-elle.

— Ça n'est peut-être pas le moment, mais vous êtes formidable, allongée comme ça sur un lit.

Judy se redressa. Il la prit dans ses bras et chuchota tendrement :

— Comment va votre visage ?

— Si vous vous y prenez très doucement...

Il déposa un baiser sur ses lèvres avec une extrême douceur.

S'il a envie de m'embrasser quand j'ai cette tête-là, il doit vraiment bien m'aimer.

— Hmm... Quand toute cette histoire sera finie...

— Oh, oui !

Elle ferma les yeux quelques instants.

Puis elle se remit à penser à Mélanie.

— Michael...

— Je suis toujours là.

Elle s'arracha à ses bras.

— Mélanie s'inquiète à l'idée que Dusty puisse se trouver dans la zone du séisme.

— Il sera ici.

— Mais vous ne le lui avez pas confirmé. Elle vous l'a demandé, mais vous lui avez répondu que, si elle était inquiète, elle n'avait qu'à vous indiquer où se trouvait le vibrateur sismique. Vous n'avez jamais vraiment répondu à sa question.

— Quand même, c'était clair ! Pourquoi l'emmènerais-je dans un endroit dangereux ?

— Ce que je sous-entends, c'est qu'elle se pose peut-être des questions. On ne sait pas où elle est, mais il y a une télé, puisqu'elle vous a vu... Si on vous faisait interviewer par un journaliste au Centre d'opérations d'urgence de San Francisco sur ce que vous faites pour aider le Bureau... et si Dusty apparaissait à l'arrière-plan ?

— Alors, elle saurait qu'il est à San Francisco.

— Quelle serait sa réaction ?

— Elle m'appellerait pour m'engueuler, j'imagine.

— Et si elle n'arrivait pas à vous joindre ?

— Elle s'affolerait.

— Mais parviendrait-elle à empêcher Granger d'actionner le vibrateur sismique ?

— Peut-être. Si elle le pouvait.
— Ça vaut peut-être la peine ?
— Est-ce qu'on a le choix ?

La détermination de Priest était inébranlable. Ce soir, il provoquerait un troisième séisme. Ensuite, il appellerait John Truth pour l'avertir : « Je vais recommencer ! La prochaine fois, je choisirais Los Angeles, San Bernardino ou San Jose. Je recommencerai aussi souvent que nécessaire. Jusqu'à ce qu'on cède. »

Le centre de San Francisco ressemblait à une ville fantôme. Rares étaient ceux qui faisaient des courses ou du tourisme, mais ils étaient nombreux à aller à l'église. Le restaurant était à moitié vide. Priest commanda un steak et des œufs et but trois bloody marys. Mélanie, silencieuse, s'inquiétait pour Dusty. Priest estimait que le petit ne risquait rien : il était avec son père.

— Je ne t'ai jamais raconté pourquoi je m'appelle Granger ? lui demanda-t-il, décidé à lui changer les idées.

— Ça n'est pas le nom de tes parents ?

— Ma mère s'appelait Veronica Nightingale. Elle m'a raconté que mon père s'appelait Stewart Granger. Il était parti pour un long voyage, mais un jour il reviendrait dans une grande limousine chargée de cadeaux : des parfums et des chocolats pour elle, une bicyclette pour moi. Les jours de pluie, quand je ne pouvais pas jouer dans la rue, je restais assis à la fenêtre à le guetter, à longueur de journée.

Mélanie parut oublier ses soucis.

— Pauvre gosse, murmura-t-elle.

— J'avais environ douze ans quand j'ai compris que Stewart Granger était une vedette de cinéma. Il jouait le rôle d'Allan Quartermain dans *Les Mines du Roi Salomon*, à peu près à l'époque de ma naissance. Il devait correspondre à un fantasme de ma mère. Ça m'a brisé le cœur. Toutes ces heures passées à regarder par cette foutue fenêtre...

Priest sourit, mais le souvenir était douloureux.

— Qui sait ? Peut-être bien qu'il était ton père. Ça arrive aux vedettes de cinéma d'aller voir des putes.

— Je devrais sans doute lui poser la question.

— Il est mort.

— Ah bon ? Je ne savais pas.

— Je l'ai lu dans un *People* il y a quelques années.

Priest éprouva un pincement au cœur. Stewart Granger était le seul père qu'il ait connu...

— Eh bien, comme ça, je ne le saurai jamais.

Il haussa les épaules et demanda l'addition.

En sortant du restaurant, Priest ne voulut pas revenir à l'entrepôt. Au village, il pouvait rester assis à rêvasser mais dans une chambre minable au milieu de terrains vagues, il se sentirait claustrophobe. Avoir vécu vingt-cinq ans à Silver River Valley l'avait rendu incapable d'habiter la ville. Mélanie et lui se promenèrent sur le port, comme des touristes, à savourer la brise salée qui soufflait de la baie.

Par précaution, ils avaient modifié leur aspect physique. Elle avait relevé ses longs cheveux roux bien reconnaissables pour les dissimuler sous un chapeau et portait des lunettes de soleil. Priest avait gominé ses cheveux bruns et une barbe de trois jours lui donnait un air de sombre séducteur bien différent de son allure habituelle de hippie vieillissant. Tous deux passaient totalement inaperçus.

Priest écoutait les conversations des rares badauds. Chacun avait une excuse pour ne pas quitter la ville.

— Je ne m'inquiète pas, notre immeuble est à l'épreuve des séismes...

— Le mien aussi, mais à sept heures ce soir je serai quand même au milieu du parc.

— Moi, je suis fataliste : ou bien c'est mon jour ou bien ça ne l'est pas...

— Absolument : on pourrait aller en voiture à Las Vegas et être tué dans un accident de la route...

— J'ai fait consolider ma maison...

— Personne ne peut déclencher de tremblements de terre c'était une coïncidence...

Quelques minutes avant seize heures, ils décidèrent de regagner la camionnette.

Il était presque trop tard quand Priest aperçut le policier. Les bloody marys l'avaient rendu étrangement calme. Il se sentait invulnérable et n'était qu'à deux ou trois mètres du flic lorsqu'il le vit en train de lire la plaque minéralogique de la camionnette tout en parlant dans un walkie-talkie.

Priest s'arrêta net et saisit Mélanie par le bras. Il comprit immédiatement que la solution intelligente était de passer sans s'arrêter, mais à ce moment-là le flic avait déjà surpris son sursaut.

Priest se tourna vers Mélanie. Elle n'avait pas vu le policier. Il faillit crier : « Ne regarde pas vers la voiture ! », mais il se rendit compte à temps que ce serait le moyen le plus sûr de l'amener à lever les yeux. Il se contenta de lancer la première chose qui lui passa par la tête.

— Regarde ma main !

Elle obéit, avant de le questionner :

— Qu'est-ce que je suis censée voir ?

— Continue à regarder ma main pendant que je t'explique. Nous allons passer devant la camionnette sans nous arrêter. Un flic est en train de relever le numéro. Il nous a remarqués.

À la stupéfaction de Priest, Mélanie le gifla. Une gifle violente. Il sursauta.

— Et maintenant, hurla-t-elle, tu peux aller retrouver ta connasse de blonde !

— Quoi ? cria-t-il, furieux.

Elle poursuivit sa marche, le laissant planté là, ébahi, et dépassa à grands pas la camionnette.

Le flic se permit un petit sourire goguenard.

Priest rattrapa Mélanie.

— Hé, attends une minute !

Le policier reporta son attention sur la plaque minéralogique.

Priest et Mélanie tournèrent le coin de la rue.

— Très astucieux. Mais tu n'avais pas besoin de frapper si fort.

Un puissant projecteur portable éclairait Michael, un micro miniature était agrafé sur son polo vert bouteille, une petite caméra de télévision posée sur un trépied était braquée sur lui. Derrière, ses jeunes sismologues travaillaient devant leurs écrans. Devant lui était assis Alex Day, depuis quelque vingt ans reporter à la télévision, vêtu d'un blouson de camouflage, ce que Judy trouvait un peu trop théâtral.

Dusty tenait la main de Judy avec confiance, admirant son papa en train de se faire interviewer.

— Oui, déclarait Michael, nous sommes capables d'identifier les sites où on pourrait le plus facilement déclencher un séisme mais nous ne pouvons malheureusement pas avoir quelque certitude quant à celui choisi par les terroristes avant qu'ils mettent en marche leur vibrateur sismique.

— Quels conseils donnez-vous à vos concitoyens ? interrogea Alex Day. Comment peuvent-ils se protéger s'il y a un tremblement de terre ?

— Le mot d'ordre est : « Plongez, mettez-vous à l'abri et tenez. » C'est le meilleur conseil que je puisse donner. Plongez sous une table ou un bureau, couvrez votre visage pour vous protéger des éclats de verre et ne bougez pas avant la fin des secousses.

— Bon, murmura Judy à Dusty, va voir papa.

Dusty entra dans le champ. Michael prit le petit garçon sur ses genoux. Aussitôt Alex Day demanda :

— Rien de particulier que nous puissions faire pour protéger les enfants ?

— Eh bien, vous pourriez leur enseigner l'exercice « Plongez, protégez-vous, et tenez » tout de suite, pour qu'ils sachent quoi faire s'ils ressentent une secousse. Assurez-vous qu'ils portent de bonnes chaussures et non pas des sandales, parce qu'il y aura pas mal de verre brisé alentour. Gardez-les près de vous pour ne pas avoir à les rechercher ensuite.

— Qu'est-ce que les gens doivent absolument éviter ?

— Ne vous précipitez pas dehors. Dans les séismes, la plupart des blessures sont causées par des briques ou autres débris qui tombent des bâtiments endommagés.

— Professeur Quercus, merci de vos conseils et à bientôt.

Alex Day adressa à Michael et Dusty un long sourire figé puis le cameraman annonça :

— Parfait.

Tout le monde se détendit. Les techniciens se mirent aussitôt à ranger leur matériel.

— Quand est-ce que je pourrai aller chez grand-mère dans l'hélicoptère ? demanda Dusty.

— Tout de suite, lui répondit Michael.

— Alex, dans combien de temps allez-vous diffuser l'interview ? interrogea Judy.

— On n'a pratiquement pas besoin de montage, alors on va la passer très vite. D'ici une demi-heure.

Il était dix-sept heures quinze.

Priest et Mélanie marchèrent une demi-heure sans trouver de taxi. Mélanie appela alors une compagnie de radio-taxis sur son portable ; ils attendirent, en vain. Priest avait l'impression de devenir fou. Son grandiose projet allait-il échouer parce qu'il n'arrivait pas à trouver un foutu taxi !

Enfin une Chevrolet poussiéreuse vint s'arrêter devant le quai 39. Le chauffeur arborait un patronyme d'Europe de l'Est indéchiffrable et avait l'air camé. Les seuls mots d'anglais qu'il paraissait comprendre étaient « gauche » et « droite », et il était sans doute le seul habitant de San Francisco à ne pas avoir entendu parler du tremblement de terre.

À dix-huit heures vingt, ils étaient de retour à l'entrepôt.

Au Centre d'opérations d'urgence, Judy s'affala dans son fauteuil en fixant le téléphone.

Dix-huit heures vingt-cinq. Dans trente-cinq minutes, Granger allait faire démarrer son vibrateur sismique. Il y aurait un autre tremblement de terre, pire que le précédent. À supposer que Mélanie ait dit la vérité, le séisme frapperait certainement la ville.

Près de deux millions de personnes avaient fui la métropole depuis vendredi soir, jour où Granger avait annoncé que le prochain séisme frapperait San Francisco. Mais il restait encore plus d'un million d'hommes, de femmes et d'enfants qui ne pouvaient pas ou qui ne voulaient pas quitter leur domicile : les pauvres, les vieillards et les malades, sans compter les policiers, les pompiers, le personnel hospitalier et les fonctionnaires municipaux prêts à commencer les opérations de sauvetage. Parmi eux, Bo.

Sur l'écran de télé, Alex Day parlait depuis un studio provisoire installé au centre de commandement d'urgence de la mairie, sur Turk Street, à quelques pâtés de là. Le maire, portant un casque et un gilet rouge, répétait à ses citoyens les consignes de sécurité : plonger, se couvrir, tenir.

L'interview de Michael était diffusée non-stop sur toutes les chaînes — on avait expliqué au personnel de la télévision quel en était le but.

Mais Mélanie ne réagissait pas.

On avait retrouvé la camionnette de Priest garée sur le port à quatre heures de l'après-midi. Le véhicule était sous surveillance, mais Priest n'était pas réapparu. En ce moment même, on fouillait tous les garages et tous les parkings du voisinage pour y rechercher un vibrateur sismique.

La salle de bal du club des officiers était pleine à craquer. Autour de la table de direction se bousculaient quarante types en costume croisé. Michael et ses collaborateurs étaient groupés autour de leurs ordinateurs, attendant les premières mesures d'une musique à la gaieté incongrue, premier signe de la secousse sismique qu'ils redoutaient ; les équipiers de Judy travaillaient encore au téléphone, exploitant les témoignages de ceux qui avaient aperçu quelqu'un correspondant au signalement de Granger ou de Mélanie, mais le découragement perçait dans leur voix.

Se servir de Dusty lors de l'interview télévisée de Michael avait été leur dernier atout ; il semblait avoir été inutile.

La plupart des agents travaillant au Centre d'urgence habitaient la région de la baie. Le service administratif avait organisé l'évacuation de toutes leurs familles. Le bâtiment dans lequel ils se trouvaient était considéré comme aussi sur que possible — il avait été consolidé par les militaires pour le rendre résistant aux séismes. Ils ne pouvaient pas le quitter. Comme pour les soldats, les pompiers, les policiers, leur métier était de faire face au danger. Dehors, sur le terrain de manœuvres, une flotte d'hélicoptères était prête, les pales tournant au ralenti, attendant d'emmener Judy et ses collègues dans la zone du séisme.

Priest passa dans la salle de bains. Il était en train de se laver les mains quand il entendit Mélanie pousser un cri. Il se précipita dans le bureau, les mains encore mouillées. Il la trouva pétrifiée devant le téléviseur.

— Qu'y a-t-il ?

Elle était blême, une main devant sa bouche.

— Dusty ! bégaya-t-elle en désignant l'écran.

Priest y aperçut le mari de Mélanie, leur fils sur ses genoux. Quelques instants plus tard, une présentatrice annonça :

— C'était Alex Day interviewant un des plus éminents sismologues mondiaux, le professeur Michael Quercus, au Centre d'opérations d'urgence du FBI au Presidio.

— Dusty est à San Francisco ! hurla Mélanie, hystérique.

— Mais non. Il y était peut-être quand on a filmé l'interview, mais, maintenant, il est à des kilomètres.

— Tu n'en sais rien !

— Bien sûr que si. Et toi aussi. Michael va veiller sur son gosse.

— J'aimerais pouvoir en être certaine, murmura Mélanie d'une voix mal assurée.

— Prépare-nous donc du café, demanda Priest, histoire de détourner son attention.

Judy regarda la pendule. Dix-huit heures trente.

Son téléphone sonna.

Le silence se fit dans la salle.

Elle se précipita sur le combiné, le laissa tomber, jura, le ramassa et le porta à son oreille.

— Oui ?

— Mélanie Quercus demande à parler à son mari, annonça le standardiste.

Dieu soit loué !

Judy s'adressa à Raja.

— Localise l'appel.

Il parlait déjà dans son appareil.

— Passez-la moi, dit Judy au standardiste.

Silencieux, l'oreille tendue, tous les hommes de la table de direction s'étaient groupés autour du fauteuil de Judy.

Ça pourrait bien être le coup de téléphone le plus important de ma vie.

Il y eut un déclic sur la ligne. Judy essaya d'adopter un ton calme.

— Ici l'agent Maddox.

— Où est Michael ?

Mélanie semblait si affolée, si désemparée que Judy éprouva pour elle une vague de compassion. Malgré tout, elle était aussi une mère inquiète pour son enfant.

Sois réaliste, Judy. Cette femme est une tueuse.

Judy se durcit.

— Où êtes-vous, Mélanie ?

— Je vous en prie. Dites-moi juste où il a emmené Dusty.

— Faisons un marché. Je m'assurerai que Dusty ne risque rien... si vous me dites où est le vibrateur sismique.

— Est-ce que je peux parler à mon mari ?

— Vous êtes avec Ricky Granger, avec Priest je veux dire ?

— Oui.

— Et vous avez le vibrateur sismique ?

— Oui.

Alors, on vous tient presque.

— Mélanie, vous voulez vraiment tuer tous ces gens ?

— Non, mais nous sommes obligés...

— Vous ne pourrez pas vous occuper de Dusty quand vous serez en prison. Vous ne le verrez pas grandir. (Judy entendit un sanglot à l'autre bout du fil.) Vous ne le verrez qu'à travers une paroi vitrée. Le temps que vous sortiez, ce sera un homme fait qui ne vous reconnaîtra plus.

Mélanie sanglotait.

— Mélanie, dites-moi où vous êtes.

Dans la vaste salle de bal pleine de monde, on aurait entendu une mouche voler.

Mélanie chuchota quelque chose d'inaudible.

— Parlez plus fort !

À l'autre bout du fil, à l'arrière-fond, une voix d'homme cria :

— Putain, qui est-ce que tu appelles ?

— Vite, souffla Judy, vite ! Dites-moi où vous êtes !

— Passe-moi ce foutu portable ! rugit l'homme.

— Perpetua..., commença Mélanie, puis elle poussa un cri.

Quelques instants plus tard, la communication était coupée.

— Elle est quelque part dans le quartier de Bay Shore, déclara Raja, au sud de la ville.

— Ça n'est pas suffisant ! s'exclama Judy.

— Ils ne peuvent pas être plus précis !

— Merde !

— Silence, tout le monde ! demanda Stuart Cleever. Nous allons repasser l'enregistrement. Tout d'abord, Judy, vous a-t-elle donné le moindre indice ?

— Elle a prononcé un mot à la fin. Quelque chose comme « Perpetual ». Carl, regardez s'il y a une rue qui porte ce nom.

— On devrait également chercher une société, suggéra Raja. Ils pourraient être dans le garage d'un immeuble de bureaux.

— Allez-y.

— Pourquoi a-t-elle raccroché ? s'écria Cleever en frappant du poing sur la table.

— Je crois que Granger l'a surprise et lui a arraché le téléphone des mains.

— Que feriez-vous maintenant ?

— J'aimerais survoler la côte en hélicoptère, à basse altitude. Michael pourrait m'accompagner et nous montrer la ligne de passage de la faille. Peut-être repérerons-nous le vibrateur sismique.

— Foncez !

Priest fixait un regard furieux sur Mélanie blottie contre le lavabo crasseux. Elle avait essayé de le trahir. S'il avait eu une arme, il l'aurait abattue sur-le-champ. Mais le revolver qu'il avait pris au garde à Los Alamos se trouvait dans le vibrateur sismique, sous le siège du conducteur.

Il éteignit le portable de Mélanie, le fourra dans sa poche de chemise et s'exhorta au calme, comme le lui avait enseigné Star. Jeune, il cédait à ses crises de colère, parce qu'il était plus facile de traiter avec les autres lorsqu'ils avaient peur. Star lui avait appris à respirer convenablement, à se détendre et à réfléchir ; ce qui, à la longue, valait mieux.

Il envisagea alors les dégâts causés par Mélanie. Le FBI avait-il repéré la trace de son appel ? Ces gens étaient-ils capables de découvrir d'où opérait un portable ? Force lui était de supposer que oui. Si c'était le cas, ils n'allaient pas tarder à patrouiller dans le voisinage à la recherche du vibrateur sismique.

Pas de temps à perdre !

La fenêtre sismique s'ouvrait à dix-huit heures quarante. Il regarda sa montre : dix-huit heures trente-cinq. Au diable son heure limite de dix-neuf heures ! Il fallait déclencher le tremblement de terre sur-le-champ.

Il sortit en courant des toilettes. Le vibrateur sismique était planté au milieu du hangar désert, face aux grandes portes d'entrée. Il sauta dans la cabine et mit le moteur en marche.

La montée de la pression dans le mécanisme du vibrateur exigeait une minute ou deux. Il surveillait avec impatience les cadrans. *Allons, allons !*

Enfin, les indicateurs passèrent au vert.

La porte du camion côté passager s'ouvrit. Mélanie grimpa à son tour.

— Ne le fais pas ! cria-t-elle. Je ne sais pas où est Dusty !

Priest tendit le bras vers la commande qui abaissait jusqu'au sol la plaque du vibrateur. D'un geste, Mélanie écarta sa main.

— Je t'en prie, non !

Priest la gifla à toute volée. Elle poussa un hurlement, sa lèvre se mit à saigner.

— Ne m'emmerde pas ! s'écria-t-il.

Il tira sur le levier. La plaque s'abaissa. Mélanie remit la commande dans sa position initiale. Priest la frappa une nouvelle fois. Elle poussa un cri et se couvrit le visage de ses mains, mais ne bougea pas.

Priest abaissa de nouveau la manette.

— Je t'en prie, supplia-t-elle. Ne le fais pas !

Qu'est-ce que je vais foutre de cette connasse ?

Le revolver.

Il se pencha et s'en empara. Il était gros et encombrant dans un espace aussi réduit. Priest le braqua sur Mélanie.

— Descends du camion.

Mélanie pesa de tout son poids sur le canon du revolver et remonta la commande.

Il pressa la détente.

Le fracas fut assourdissant.

Pendant une fraction de seconde, une petite partie de son esprit éprouva un violent chagrin à l'idée d'avoir gâché ce corps superbe. Puis il chassa cette pensée.

La violence du choc la propulsa en arrière. La portière était encore ouverte et elle dégringola, heurtant le sol de l'entrepôt avec un horrible bruit sourd.

Priest ne prit pas le temps de s'assurer qu'elle était morte. Pour la troisième fois, il actionna la commande.

Lentement la plaque descendit jusqu'au sol.

Quand le contact fut établi, Priest enclencha la machine.

Il y avait quatre places dans l'hélicoptère. Judy était assise à côté du pilote, Michael derrière. Comme ils volaient vers le sud en suivant le rivage de la baie de San Francisco, Judy entendit dans ses écouteurs la voix de l'une des étudiantes de Michael qui appelait depuis le poste de commande.

— Michael ! C'est Paula ! Ça a commencé... un vibrateur sismique !

Judy sentit la peur la glacer.

Je croyais que j'avais plus de temps !

Elle consulta sa montre : dix-huit heures quarante-cinq. Quinze minutes les séparaient encore de l'heure fixée par Granger. Le coup de fil de Mélanie avait dû le provoquer...

Michael disait :

— Aucune secousse sur le sismographe ?

— Non... pour l'instant rien que le vibrateur sismique.

Pas encore de séisme. Dieu merci!

Judy cria dans son micro:

— Donnez-nous l'emplacement, vite!

— Attendez une seconde, les coordonnées arrivent.

Judy saisit un plan.

Vite, vite!

Un long moment plus tard, Paula énuméra les chiffres qui s'affichaient sur son écran. Judy trouva l'emplacement sur son plan.

— Plein sud sur trois kilomètres, et puis environ cinq cents mètres à l'intérieur des terres.

L'hélico plongea avant de prendre de la vitesse. Ils survolèrent le vieux quartier des quais — usines abandonnées et piles de voitures à la casse. Un dimanche normal, le quartier aurait été calme; ce jour-là il était désert. Judy scruta l'horizon, cherchant le vibrateur sismique.

Vers le sud, elle aperçut deux voitures de patrouille de la police qui fonçaient vers le même emplacement. À l'ouest, elle repéra le camion du groupe d'intervention du FBI. Là-bas, au Presidio, les autres hélicoptères devaient être en train de décoller, bourrés d'agents armés jusqu'aux dents. Bientôt, la moitié des véhicules des forces de l'ordre de la Californie du Nord se dirigeraient vers le point désigné par Paula.

Michael dit dans son micro:

— Paula! Que se passe-t-il sur vos écrans?

— Rien... le vibrateur fonctionne, mais il n'a aucun effet.

— Dieu soit loué! murmura Judy.

— S'il applique la même méthode que précédemment, continua Michael, il va déplacer le camion de cinq cents mètres et tenter un nouvel essai.

— Ça y est, annonça le pilote. Nous sommes arrivés au point désigné.

L'hélicoptère se mit à décrire des cercles. Judy et

Michael écarquillèrent les yeux, guettant frénétiquement le vibrateur sismique.

Au sol, rien ne bougeait.

Priest jura. Le mécanisme du vibrateur fonctionnait.

Mais pas de tremblement de terre.

Hors de lui, il arrêta la machine et souleva la plaque.

Déplacer le camion !

Il sauta à terre. Enjambant le corps de Mélanie recroquevillé contre le mur, se vidant de son sang sur le sol cimenté, il se précipita vers l'entrée. Elle comportait deux grands battants qui se repliaient pour laisser le passage aux gros véhicules ; dans un des panneaux s'insérait une petite porte de la taille d'un homme. Priest l'ouvrit toute grande.

Au-dessus de l'entrée d'un petit entrepôt, Judy distingua un panneau sur lequel on pouvait lire « Agendas Perpetua ».

— C'est là ! Descendez !

L'hélicoptère amorça rapidement sa descente, évitant une ligne électrique qui courait le long de la route, et vint se poser au milieu de la chaussée déserte.

Priest regarda dehors.

Un hélicoptère s'était posé sur la route.

Quelqu'un sauta à terre.

Judy Maddox !

Son juron se perdit dans le fracas de l'hélico.

Pas le temps d'ouvrir les grandes portes.

Il se précipita jusqu'au camion, monta dans la cabine et passa brutalement la marche arrière. Il recula aussi loin qu'il le pouvait dans l'entrepôt, s'arrêtant quand le pare-chocs arrière heurta le mur. Il passa alors la première. Il emballa le moteur, puis lâcha brusquement la pédale d'embrayage. Le camion bondit en avant.

Priest appuya sur l'accélérateur, pied au plancher. Dans un hurlement de moteur, l'énorme camion prit de la vitesse à l'intérieur du hangar puis emboutit la vieille porte en bois.

Judy Maddox était plantée juste devant, revolver au poing. La surprise et la peur se lurent sur son visage au moment où le camion jaillit. Avec un sourire mauvais, Priest fonça sur elle. Elle plongea de côté. Le camion la manqua d'un cheveu.

Priest reconnut Michael Quercus au moment où celui-ci descendait de l'hélicoptère. Il passa une vitesse, accéléra et chargea.

Judy roula sur le côté, visa la portière du conducteur et tira deux balles. Elle pensait avoir fait mouche, mais elle ne réussit pas à arrêter le camion.

L'hélico s'empressa de décoller.

Michael se précipita vers le côté de la route.

Sans doute Granger espérait-il accrocher le train d'atterrissage de l'hélicoptère, comme à Felicitas, mais, cette fois, le pilote fut trop rapide pour lui. Cependant, dans sa précipitation, celui-ci avait oublié les câbles électriques. La pale du rotor se prit dans les lignes, en sectionnant quelques-unes. Le moteur de l'hélicoptère toussa, un des poteaux se pencha sous la tension et s'écroula, la pale du rotor se remit à tourner librement. Mais l'hélico avait perdu de son élan. Il retomba sur le sol dans un énorme fracas.

Il ne restait à Priest qu'un seul espoir : parcourir quatre ou cinq cents mètres, abaisser la plaque et faire fonctionner le vibrateur. Il pourrait alors déclencher un séisme avant que le FBI l'arrête. Dans le chaos d'un tremblement de terre, il parviendrait à s'enfuir.

Il donna un violent coup de volant et fonça.

Judy fit feu de nouveau tandis que le camion évitait d'une embardée l'hélicoptère accidenté. Elle espérait toucher soit Granger, soit un organe essentiel du moteur, mais pas de chance : le camion continua sa route au milieu des nids-de-poule.

Elle examina l'hélicoptère. Le pilote ne bougeait pas. Son regard revint au vibrateur sismique qui, peu à peu, prenait de la vitesse.

Si seulement j'avais un fusil.

Michael se précipita vers elle.

— Ça va ?

— Oui. Voyez si vous pouvez secourir le pilote... je vais poursuivre Granger.

Il hésita, puis acquiesça.

— D'accord.

Judy rangea son revolver dans son étui et se mit à courir derrière le camion.

Le lourd véhicule n'avait pas beaucoup de reprise. Au début, elle réduisit rapidement la distance qui les séparait. Puis Granger changea de vitesse et le camion accéléra. Judy courut au maximum de ses forces, le cœur battant, la poitrine douloureuse.

À l'arrière du camion était accrochée l'énorme roue de secours. Judy gagna du terrain, mais pas assez rapidement. Au moment où elle croyait que tout était perdu, Granger changea encore de vitesse. À la faveur de ce bref ralentissement, Judy gagna du terrain et sauta. Un pied sur le pare-chocs, elle se cramponna à la roue de secours, puis se hissa sur les plateaux, entre les réservoirs et les valves de la machine.

Est-ce que Granger m'a vue ?

Il ne pouvait pas actionner le vibrateur tant que le camion était en mouvement. Elle resta donc où elle était, le cœur battant, attendant qu'il s'arrête.

Il l'avait vue.

Elle entendit un bruit de verre brisé et distingua le canon d'un pistolet pointé à travers la lunette arrière de la cabine. Instinctivement, elle se baissa. Un instant plus tard, elle entendit une balle ricocher sur un réservoir. Elle se pencha sur la gauche afin de se retrouver juste derrière Granger et s'accroupit, le ventre serré. Elle entendit une nouvelle détonation ; la balle la manqua. Une accalmie suivit.

A-t-il renoncé ?

Non !

Le camion freina brutalement. Judy, projetée en avant, se cogna douloureusement la tête contre un tuyau. Granger donna un violent coup de volant sur la droite. Judy, balancée sur le côté, crut pendant un instant terrifiant qu'elle allait mourir, précipitée sur la chaussée, mais elle tint bon.

Se rendant compte que Granger s'était lancé dans une course suicidaire droit contre la façade de brique d'une usine désaffectée, elle s'agrippa à un réservoir. Au dernier moment, Granger freina sec, une fraction de seconde trop tard. Il évita une collision de plein fouet, mais l'aile gauche vint labourer les briques dans un fracas de métal froissé et de verre brisé. Précipitée contre le réservoir auquel elle se tenait, Judy sentit une douleur lancinante lui déchirer les côtes. Puis elle fut projetée en l'air.

Elle heurta le sol violemment, atterrissant sur son flanc gauche. Le choc lui coupa le souffle, sa tête heurta la roue, son bras gauche s'engourdit. La panique l'envahit.

Une ou deux secondes plus tard, ses idées s'éclaircirent. Elle avait mal et pouvait bouger. Son gilet pare-balles l'avait protégée. Son pantalon de velours noir était déchiré et elle avait un genou qui saignait, mais pas gravement. Elle saignait du nez, aussi ; la blessure que Granger lui avait infligée la veille s'était rouverte.

Elle était tombée à l'arrière du camion, tout près des énormes doubles roues. Que Granger recule d'un mètre, il la tuerait. Elle roula sur le côté, restant derrière le camion mais s'éloignant de ces pneus géants.

Cet effort provoqua une vive douleur dans ses côtes, et elle poussa un juron.

Le camion ne recula pas.

Il n'a peut-être pas vu où je suis tombée.

Elle inspecta la rue. À quatre cents mètres, Michael s'efforçait d'extraire le pilote des débris de l'hélicoptère. Dans la direction opposée, aucun signe du camion du groupe d'intervention ni des voitures de police qu'elle avait aperçus du haut des airs, ni des autres hélicoptères du FBI. Sans doute seraient-ils là dans quelques secondes — mais elle n'avait pas de secondes à perdre.

Elle s'agenouilla et dégaina son arme. Elle s'attendait à voir Granger sauter à bas de la cabine et tirer sur elle, mais il n'en fit rien.

Péniblement, elle se remit debout.

Si elle s'approchait du côté gauche du camion, il la verrait sûrement dans son rétroviseur. Elle passa de l'autre côté et jeta un coup d'œil : il y avait un grand rétroviseur de ce côté-là aussi.

Elle se laissa tomber à genoux, s'allongea à plat ventre et rampa sous le camion. Elle rampa ainsi jusqu'à se trouver presque sous la cabine.

Elle entendit un bruit étrange au-dessus d'elle.

Qu'est-ce que c'est ?

Levant les yeux, elle vit une énorme plaque d'acier descendre vers elle.

Avec l'énergie du désespoir, elle roula sur le côté. Son pied accrocha une des roues arrière. Pendant un insoutenable instant, elle se débattit pour se dégager tandis que l'épaisse plaque continuait son inexorable descente, près de lui broyer la jambe comme un jouet en plastique. Au dernier moment, elle libéra son pied de sa chaussure et se mit hors d'atteinte.

Mais elle était découverte. Si Granger se penchait par la portière côté passager, revolver au poing, il pourrait l'abattre sans mal.

Elle entendit une explosion comme celle d'une bombe, et le sol sous elle fut violemment ébranlé.

Le vibrateur !

Il fallait l'arrêter. Elle pensa un instant à la maison de Bo. Elle se l'imagina s'effritant et s'écroulant, puis la rue tout entière s'effondrant.

Appuyant sa main gauche contre son côté pour calmer la douleur, elle se força à se lever.

En deux enjambées, elle gagna la portière droite. Il fallait qu'elle l'ouvre de la main droite, aussi fit-elle passer son arme dans sa main gauche — elle pouvait tirer indifféremment avec les deux — et la braqua vers le ciel.

Maintenant.

Elle sauta sur le marchepied, et se trouva nez à nez avec Richard Granger. Apparemment aussi effrayé qu'elle.

Elle braqua le revolver sur lui.

— Arrêtez ça ! cria-t-elle. Arrêtez ça !

— D'accord, dit-il et, avec un grand sourire, il tendit le bras sous son siège.

Ce fut le sourire qui l'alerta. Il n'allait pas arrêter le vibrateur. Elle se prépara à tirer. Pour la première fois de sa vie elle s'apprêtait à tuer une personne.

La main de Priest remonta, serrant un revolver qui semblait tout droit sorti d'un western.

Tandis qu'il braquait le long canon de son arme sur elle, elle pressa la détente.

La balle le frappa au visage.

Il tira une fraction de seconde plus tard.

Le fracas de la double détonation fut épouvantable. Elle sentit une douleur brûlante sur sa tempe droite.

Des années d'entraînement entrèrent alors en jeu. On lui avait appris à toujours tirer deux fois, et ses muscles s'en souvenaient. Machinalement, elle pressa une nouvelle fois la détente, le touchant à l'épaule. Du sang jaillit. Il roula sur le côté pour retomber contre la portière, ses doigts sans force lâchant son arme.

Oh, Seigneur, c'est ainsi quand on tue quelqu'un?

Judy sentit le sang ruisseler sur sa joue.

Luttant contre une vague de faiblesse et de nausée, elle garda son arme braquée sur Granger.

L'engin vibrait toujours.

Elle contempla la multitude de commandes et de cadrans. Elle venait de tuer la seule personne capable d'arrêter cette machine. Une vague de panique déferla sur elle. Elle lutta.

Il devait bien y avoir une clé.

Il y en avait une.

Elle se pencha par-dessus le corps inerte de Ricky Granger et la tourna.

Soudain, le silence se fit.

Elle jeta un coup d'œil dans la rue. Devant l'entrepôt des Agendas Perpetua, l'hélicoptère était en feu.

Michael!

Elle ouvrit la portière du camion, faisant un effort pour rester consciente.

Elle devait faire quelque chose, quelque chose d'important, avant d'aller aider Michael, mais quoi? Impossible de se le rappeler. Elle y renonça, descendit du camion.

Une sirène de police se rapprochait; une voiture de patrouille arrivait. Elle fit de grands signes.

— FBI, murmura-t-elle d'une voix faible. Emmenez-moi jusqu'à cet hélico.

Elle ouvrit la portière et s'affala dans le véhicule de police. Le conducteur parcourut les quatre cents mètres jusqu'à l'entrepôt et s'arrêta à distance prudente de l'appareil en feu. Judy descendit. Elle ne distinguait personne à l'intérieur de l'hélicoptère.

— Michael! hurla-t-elle. Où êtes-vous?

— Par ici!

Il était derrière les portes fracassées de l'entrepôt, penché sur le pilote. Judy se précipita.

— Ce type a besoin de soins, dit-il. Seigneur, vous aussi!

— Ça va. Les secours arrivent.

Elle prit son portable et appela le poste de commandement. Raja lui répondit.

— Judy, que se passe-t-il ?

— C'est à vous de me l'expliquer, bon sang !

— Le vibrateur s'est arrêté.

— Je sais, c'est moi qui l'ai arrêté. Pas de secousse ?

— Non, rien du tout.

Elle avait arrêté l'engin à temps.

Il n'y aura pas de tremblement de terre !

Elle s'adossa au mur, affaiblie, luttant pour rester debout.

Elle n'éprouvait aucune impression de triomphe, aucun sentiment de victoire. Ça viendrait peut-être plus tard, avec Raja, Carl et les autres, au bar d'Everton. Pour l'instant, elle se sentait vidée.

Une autre voiture de patrouille s'arrêta. Un policier sortit.

— Lieutenant Forbes. Bon sang, que s'est-il passé ici ? Où est le criminel ?

Judy désigna le vibrateur sismique.

— Il est à l'avant de ce camion. Mort.

— On y va.

Michael avait disparu. Judy entra dans l'entrepôt pour le chercher.

Elle le vit, le visage crispé de chagrin, assis sur le sol cimenté, dans une mare de sang, tenant Mélanie contre lui. Elle était livide. Son léger T-shirt était maculé du sang qui ruisselait d'une terrible blessure à la poitrine.

Judy s'agenouilla à son côté. Elle chercha un pouls sur le cou de Mélanie ; rien.

— Je suis désolée, Michael. Je suis vraiment désolée.

— Pauvre Dusty, murmura-t-il la gorge serrée.

Quelques instants plus tard, le lieutenant Forbes réapparut.

— Pardonnez-moi, madame. Vous avez bien dit qu'il y avait un homme mort dans ce camion ?
— Oui. Je l'ai abattu.
— Il n'y est plus.

22

Star fut condamnée à dix ans de détention.

Au début, la prison fut une torture. Cette existence enrégimentée, c'était l'enfer pour quelqu'un qui n'avait connu que la liberté. Puis une jolie gardienne du nom de Jane tomba amoureuse d'elle et lui apporta des produits de maquillage, des livres et de la marijuana ; la vie devint moins pénible.

On plaça Fleur dans une famille d'accueil, un pasteur méthodiste et sa femme, de braves gens qui ne comprenaient rien à l'adolescente. Ses parents lui manquaient, elle travaillait mal à l'école et eut quelques ennuis avec la police. Puis deux ans plus tard, elle retrouva sa grand-mère. Veronica Nightingale avait treize ans quand elle avait donné le jour à Priest ; elle n'avait donc qu'une soixantaine d'années quand Fleur la rencontra. Elle tenait à Los Angeles une boutique de lingerie sexy et de cassettes porno, avec un rayon sex-shop. Elle possédait un appartement à Beverly Hills, conduisait une voiture de sport rouge et racontait à Fleur des histoires sur l'enfance de son père. Fleur plaqua le pasteur et son épouse pour s'installer avec sa grand-mère.

Chêne disparut. Judy savait qu'il y avait une quatrième personne dans la Plymouth, à Felicitas, et elle était parvenue à reconstituer son rôle. Elle s'était même procuré tout un jeu d'empreintes relevées dans son atelier de menuiserie, au village. Mais personne ne savait où il était passé. Elle retrouva ses empreintes deux ans plus tard sur une voiture volée utilisée lors d'un hold-up. La police ne le soupçonnait pas car il avait un alibi en béton, mais on prévint automatiquement Judy. En examinant le dossier avec le procureur — Don Riley, marié à une courtière d'assurances —, elle s'aperçut que le dossier de Chêne quant à son rôle chez les Soldats du Paradis était bien mince, et ils décidèrent de le laisser courir.

Milton Lestrange mourut de son cancer. Brian Kincaid prit sa retraite. Marvin Hayes donna sa démission et devint directeur de la sécurité pour une chaîne de supermarchés.

Michael Quercus connut une certaine célébrité. Comme il était bel homme et fort bon orateur, les émissions de télé le réclamaient toujours en premier lorsqu'elles avaient besoin d'une opinion sur un tremblement de terre. Son affaire prospéra.

Judy eut de l'avancement. Elle emménagea avec Michael et Dusty. Quand l'affaire de Michael commença à vraiment rapporter de l'argent, ils achetèrent une maison et décidèrent d'avoir un bébé. Un mois plus tard, Judy était enceinte. Michael et elle se marièrent. Bo pleura au mariage.

Judy finit par comprendre que Granger s'en était tiré.

La blessure au visage était vilaine, mais pas mortelle. La balle reçue dans l'épaule lui avait entaillé une veine et la brusque hémorragie lui avait fait perdre connaissance. Judy aurait dû lui tâter le pouls avant d'aller aider Michael, mais, affaiblie par ses blessures et le sang qu'elle avait perdu, elle n'avait pas suivi les consignes. Après quelques minutes Granger était revenu à lui. Il s'était traîné jusqu'au coin de la 3e Rue, où il avait eu la chance de trouver une voiture arrêtée à un feu rouge. Il avait braqué son revolver sur le conducteur et exigé d'être conduit en ville. En chemin, il s'était servi du portable de

Mélanie pour appeler Paul Beale, son vieux complice. Beale lui avait fourni l'adresse d'un médecin marron, un chirurgien rayé du Conseil de l'Ordre parce qu'il était morphinomane, qui rafistola Granger. Celui-ci passa la nuit dans son appartement, puis repartit.

Judy ne sut jamais ce qu'il était devenu.

L'eau monte rapidement. Elle a inondé toutes les petites maisons de bois. Derrière les portes closes, on voit flotter des lits et des chaises de fabrication artisanale. La cuisine et le temple sont eux aussi envahis par les eaux.

Il a attendu des semaines que l'eau atteigne le vignoble. C'est fait. Les précieux plants sont noyés.

Il avait espéré trouver Esprit ici, mais son chien avait fui depuis longtemps.

Il a bu une bouteille de son vin préféré. Il a du mal à boire ou à manger car la blessure de son visage a été recousue en dépit du bon sens par le médecin camé. Mais il a réussi à en avaler suffisamment pour s'enivrer.

Il jette la bouteille et prend dans sa poche un gros joint de marijuana corsé d'assez d'héroïne pour l'assommer. Il l'allume, tire une bouffée et descend la colline.

Quand l'eau lui arrive aux cuisses, il s'assied.

Il jette un dernier regard sur sa vallée. Elle est presque méconnaissable. Le torrent bouillonnant a disparu. On distingue à peine les toits des bâtiments, comme des épaves flottant, la quille en l'air, à la surface d'un lagon. Les vignes qu'il a plantées voilà vingt-cinq ans sont submergées.

Ce n'est plus une vallée : c'est devenu un lac. Tout a été anéanti.

Il tire une longue bouffée de son joint. Il aspire la fumée jusqu'au fond de ses poumons. Il sent le déferlement du plaisir quand la drogue vient se mêler à son sang et que les toxines envahissent son cerveau. Pauvre petit Ricky, pense-t-il, enfin heureux.

Il bascule et tombe à l'eau. Peu à peu, il perd conscience, comme une lampe au loin dont la lueur s'affaiblit jusqu'au moment où elle finit par s'éteindre.

REMERCIEMENTS

Je remercie les personnes suivantes pour l'aide qu'elles m'ont apportée : le gouverneur de Californie, Pete Wilson ; Jonathan R. Wilcox, directeur adjoint du Bureau des affaires publiques au cabinet du gouverneur Pete Wilson ; Andrew Poat, directeur général adjoint du Service des transports. Mark D. Zoback, professeur de géophysique, président du département de géophysique de l'université de Stanford. À l'antenne du FBI de San Francisco : agent spécial George E. Grotz, directeur des relations avec la presse et des affaires publiques, qui m'a ouvert bien des portes ; agent spécial Candice DeLong, coordinateur de programme, qui n'a pas ménagé son temps pour me documenter sur les détails de la vie et du travail d'un agent. Bob Walsh, directeur régional ; George Vinson, assistant du directeur régional ; Charles W. Matthews III, directeur régional adjoint ; agent spécial Don Whaley, conseiller en chef de division ; agent spécial Larry Long, de la Brigade technique ; agent spécial Tony Maxwell, coordinateur de l'équipe de collecte des indices ; Dominic Gizzi, directeur administratif. À l'antenne de Sacramento du FBI : agent spécial Carole Micozzi ; agent spécial Mike Ernst. Pearle Greaves, spécialiste de l'informatique, département de l'information, direction générale du FBI. Lee Adams, shérif du comté de Sierra. Lucien G. Canton, directeur des services d'urgence de la mairie de San Francisco. Dr. James F. Davis, géologue de l'État de Californie ; Mrs. Sherry Reser, responsable de l'information au ministère de l'Environnement. Charles Yanez, directeur de la Western Geophysical, Texas ; Janet Loveday, de la Western Geophysical ; Rhonda G. Boone, directrice de la communication à Western Atlas International ; Donnie McLendon, du bureau de Western Geophysical, Freer, Texas ; Mr. Jesse Rosas, conducteur de bulldozer. Seth Rosing DeLong. Dr. Keith J. Rosing, directeur des services d'urgence au centre médical d'Irvine. Brian Butterworth, professeur de neuropsychologie à l'University College de Londres. La plupart de ces noms m'ont été fournis par Dan Starer, de Research for Writers, à New York. Comme toujours, mes ébauches préliminaires et versions successives ont été lues et critiquées de la façon la plus constructive par mon agent Al Zuckerman ; par mes éditeurs, Ann Patty, à New York, et Suzanne Badoneau, à Londres ; et par de nombreux amis et parents dont George Brennan, Barbara Follett, Angus James, Jann Turner et Kim Turner.

Table

DU MÊME AUTEUR

L'Arme à l'œil, Laffont, 1980.
Triangle, Laffont, 1980.
Le Code Rebecca, Laffont, 1981.
L'Homme de Saint-Pétersbourg, Laffont, 1982.
Comme un vol d'aigles, Stock, 1983.
Les Lions du Panshir, Stock, 1987.
Les Piliers de la terre, Stock, 1989.
La Nuit de tous les dangers, Stock, 1992.
La Marque de Windfield, Laffont, 1994.
Le Pays de la liberté, Laffont, 1996.
Le Troisième Jumeau, Laffont, 1997.

Composition réalisée par INTERLIGNE

IMPRIMÉ EN ALLEMAGNE PAR ELSNERDRUCK À BERLIN
Dépot légal Édit : 21816-05/2002
LIBRAIRIE GÉNÉRALE FRANÇAISE - 43, quai de Grenelle - 75015 Paris

ISBN : 2-253-14926-8 31/4926/7